二見文庫

めぐり逢う四季《きせつ》

ステファニー・ローレンス、メアリ・バログほか／嵯峨静江＝訳

It Happened One Night

by

Stephanie Laurens

Mary Balogh

Jacquie D'Alessandro

Candice Hern

目次

読者への手紙

もし四人の作家が、それぞれアンソロジー向け短篇小説を書き、それらがたまたま同じ設定だったら？　それはたぶん、悲劇だろう。だが、もしそれが意図的なものであったら？　四人の作家が、事前に決められた設定にしたがって書くことに同意し、あとは自由にそれぞれ短篇小説を書いたとしたら？　狂気の沙汰？　そうかもしれない。なにしろ、すべてのストーリーの基本は、同じなのだから。

だが、本当にそうなのか？

たとえ基本的な設定がどれだけ似かよっていようとも、それぞれの作家のイマジネーションや表現方法、スタイル、人生観によって、独自の物語ができあがるはずだという確信を、わたしは長年抱いてきた。その理論をぜひ実証してみたかったものの、つい最近まで協力者に恵まれなかったのだ。ところが、ほかの作家たちとレヴィー社のブックツアーで全米をまわったときに、四方山話《よもやま》のついでとして、このアイデアをキャンディス・ハーンとジャッキー・ダレサンドロに話したところ、ふたりは即座に強い興味を示し、結局、わたしたちはシカゴからデトロイトまでの長いバスツアーのあいだじゅう、ずっとこの話題に終始した。やってみようという話になったのだ。だが、もうひとり、四人目のメンバーが必要だと感じ、わたしたちは希望リストを作った。たまたまキャンディスがステファニー・ローレンスのeメールアドレスを持ち歩いていて、ローレンスはわたしたちのリストのトップにいたことから、彼女にメールを送ると、ほぼ即座に了解の返事が来た。わたしたちがいたデトロイトと、彼女がいたオーストラリアのあいだには、時差があったにもかかわらず。エージェントも、このアイデアに大賛成し——この企画を持ちかけられたエイボン社も、同じ意見だった。というわけで、ここに完成したのは——同じ設定のもと書かれた四つの短篇小説から成るアンソロジー！　評価するのは読者のみなさんだ。あまりに似かよりすぎていて、一篇を読んだだけで、すべて読んだような気分にさせられるか？　それとも、これらの物語の舞台となった四季と同じように、それぞれに魅せられるのか？

共通の設定はこうだ。十年間音信不通となっていた一組の男女が、再会する。偶然同じ宿に泊まりあわせ、二十四時間をともに過ごすことになる。きちんと実証するために、執筆中はいっさい、互いに自分たちの書いている作品について話さなかった。唯一、事前に課された人為的な制約は、それぞれが、違う季節を舞台にするということだけだ。一年には四季があり、わたしたちは、ちょうど四人いたからだ。

これらの、まったく異なる四つの短篇小説を、どうぞお楽しみください——じつは、ある意味で、この四篇はまったく同じストーリーなのだけれど。判断は読者のみなさんにゆだねます。

メアリ・バログ

ローグ・ジェラードの陥落

ステファニー・ローレンス

THE FALL OF ROGUE GERRARD

STEPHANIE LAURENS

登　場　人　物　紹　介

リディア・コンスタンス・メイクピース	ウィルトシャー・メイクピース一族の分家の娘
ロバート・“ローグ”・ジェラード	ジェラード子爵
タバサ・メイクピース	リディアの妹
ステファン・バーラム	アルコンブリー卿
モンタギュー・アディソン	タバサの元恋人

1

それは真っ暗な、ひどい嵐の夜だった。空から容赦なく降ってくる雨のせいで、なにも見えない。五代目ジェラード子爵、ロバート・〝ローグ〟・ジェラードは、氷のように冷たい雨粒に打たれながら、長いまつげ越しに目を細めたが、目に入るのは滝のような雨だけだった。厚地の外套《がいとう》姿で、旅行用馬車の御者席《ぎょしゃせき》で前かがみになりながら、彼はすらりとした片手で手綱《たづな》を軽く握っていた。びしょ濡れの手袋は、すでにずっと前にはずしていた。馬たちが逸《いっ》走《そう》するおそれはまったくなかった。

「あともう少しだけ、頑張って進むんだ」彼は馬たちを猫なで声で励ました。土砂降《どしゃぶ》りのなかで、それが馬の耳に届くとは思えなかったが、なだめすかすような猫なで声はすっかり癖になっている。女性や動物を思いどおりに操《あやつ》りたければ、猫なで声を出すのがいちばんだ。ローの経験では、それはたいていうまくいった。

ふだんは軽快に走る二頭の馬たちは、今夜も蹄《ひづめ》に吸いつく泥をものともせず、雄々しく前進したが、走る速度はのろかった。

滝のような雨粒を顔に受けて悪態をつきながら、ローはなにか目印になるものはないかと暗闇に目を凝《こ》らした。いまは二月。母は二月に旅をするものではないといつも言っていた。ほかの多くのことと同様に、母の教えはやはり正しかったのだと思い知らされた。だが、所用で出かけざるをえなかったローは、今日の午後、ウォルド平野のウォルサム近郊の、彼の本拠地であるジェラード・パークの豪華な暖炉の温《ぬく》もりに背を向け、頼りになる御者ウィリスを伴って街に向かったのだった。

途中、たとえばセント・ネオーツの〈キングス・ベルズ〉で一泊することも考えた。

いつものように彼らはカールスターワース周辺のグレート・ノース・ロードを走っていたが、スタンフォードを通りすぎたあたりで、ウィリスがなにげなくうしろを振りかえると、巨大な嵐雲が北から迫ってきているのに気づいた。ピーターバラへの分岐点はすでに通りすぎたあとだった。どうすべきかと御者にたずねられたローは、できればブランプトンまでたどりつけるように全速力で進むように命じた。ノーマン・クロスの小さな村を駆け抜けているとき、天が裂けたように激しい雨が降りだし、一瞬にして、英国でもっとも整備された幹線道路ですら、旅をするのが悪夢のような状況に陥《おちい》った。

彼らはのろのろとソウトライに向かって進んだが、小柄でやせっぽちのウィリスは御者席で溺《おぼ》れる寸前で、時間がたつにつれてしだいに手綱をうまく操ることが困難になってきたため、ローは役目を交代することにした。いまや、びしょ濡れになった御者は馬車のなかで震えていたが、体格のよいローは、同じように下着までずぶ濡れになっていたものの、激しさを増すばかりの豪雨のなかで、一心に前を見つめて馬車を走らせた。

ソウトライにはすでに一時間前にたどりついていたものの、宿という宿はすべて避難場所を求める旅人たちで占領されていた。グレート・ノース・ロードは、この国でももっとも交通量の多い幹線道路で、荷馬車や荷車は言うにおよばず、郵便馬車や個人所有の馬車までが行く手をはばまれ、ソウトライ周辺に乗り捨てられていた。

避難場所はいっこうに見つからず、大雨もやむ気配がなく、それどころか時間がたつにつれて雨足《あまあし》はますます激しくなっていった。

そのとき、ローはコッピンフォードにある、小さいが小ぎれいな宿のことを思い出した。その宿に通じる道が幹線道路と交わるのは、ソウトライから一マイルほど南に下ったあたりだった。ほかに現実的な選択肢がなかったので、ローはその宿を目指してこの荒天のなかを一マイル進み、そこからさらに二マイルほど田舎《いなか》道を行くことにした。

だが、日が暮れてますます気温が下がったうえに、全身びしょ濡れになった状況で、馬たちの歩みも一歩ごとに鈍《にぶ》くなるばかりだったので、豪雨が見る間に道を沼地に変えていくのを目にしながら、彼は自分の決断がはたして正しかったのだろうかと首をかしげた。だが、幹線道路から二マイルも離れた森のなかにあるうえ、嵐が突然訪れたことを考えれば、〈コッピンフォード・アームズ〉が満室だとは考えられなかった。

自分とウィリス、それと馬たちのために、どうにかして安全な場所に避難したかったローは、〈コッピンフォード・アームズ〉に向かうべきだと判断した。

御者席から降りて馬を引いて歩こうかと思いはじめた矢先、滴《しずく》がしたたる木々の合間にちらちら光る明かりが見えた。重くなった枝はすっかりしなって、豪雨のなかで上下に揺れている。彼は目をしばたいてから、ふたたび目を凝らした。小さなランプの明かりが、滝のような雨の向こうにかすかに見えた。

馬たちが一歩進むごとに、明かりはしだいに大きく、はっきり見えてきた。やがて、灰色のがっしりした石造りの二階建ての建物が目の前に現われた。玄関口に掲《かか》げられたランプとは別に、窓に明かりがちらついているのは、奥で暖炉の火が燃えている証拠だった。それを見た瞬間、ローは自分の体が冷えきっていることを思い出し、体の震えを抑えた。

宿の横にある石造りのアーチ道は、厩舎のある中庭へと続いていた。彼は疲れきった馬たちをそちらに導いた。「ウィリス！　起きろ——やっと着いたぞ」

「起きております」ウィリスは、馬車が停止するまえに外に飛び出した。「馬丁！　出てこい！　閣下の馬たちが流されるまえに、世話をしてやってくれ」

ローが御者席から飛び降りると、馬丁が厩舎から駆けだしてきた。

驚いた表情で、馬丁は先導馬の手綱をつかんだ。「厩舎に入れてから馬具を取りはずしましょう。われわれまで押し流されてしまいます」

振り返ったウィリスに、ローはうなずいた。「行っていいぞ。荷物は自分で運ぶし、部屋はとっておく。終わったら、来るがいい」

ウィリスは敬礼すると、ずぶ濡れになった馬の世話をする馬丁を手伝うために駆けていった。ローは馬車のうしろにまわって小荷物入れを開け、旅行カバンを取り出して、宿の通用口に続く階段を上がっていった。

ドアを開けると、彼はピシャピシャ音をたてなかに入った。その音に彼自身が思わずたじろいだ。これでは誰もが顔をしかめるだろう。「主人はいるか？」

「はい、ただいま」

ローが顔を上げると、宿屋の主人が——以前と同じ、穏やかな物腰の男だった——階段わきのカウンターの奥に立って、ローのブーツの足もとに水たまりができていくのをあきらめの表情で見つめていた。

ため息をついたあと、主人の視線はローの足もとから上にあがっていき、やがてローのずぶ濡れの外套や、その下のやはりずぶ濡れの高価な上着と胴着に目が留まった。「まったくひどい夜でございますね。乾いた快適な部屋をお探しのことでしょう」

「暖炉のある部屋を頼む。御者用にもう一部屋用意してくれ。すぐに入ってくるから」

声を聞いて、主人はローの顔に視線を向けた。

主人はあっと驚いた顔をした。「なんと……これは！　ローじゃ……」彼はあわてて言い直した。「ジェラード閣下ではありませんか？　ずいぶんとお越しがなかったので、いやおひさしぶりです、閣下」

ローグ・ジェラードに一度会ったら、誰もがけっして彼を忘れない。彼はいつでも相手を意のままに操ることができるチャーミングなほほえみを浮かべた。「そのとおりだよ、ビルトだったな？」

ビルトは名前を覚えていてもらったことに大喜びして、カウンターから出てきた。「まったく、とんでもない天気でございますね、閣下。こんなことは初めてでございます――これほどの大雨が降るなんて。まるでノアの大洪水のようですよ。おもてに面した部屋に空きがございますから、急いで火をおこして、女房にベッドを準備させましょう」ローの機嫌をとろうと、彼はカバンに手を伸ばした。「バーでひと休みしていただいているあいだに、お荷物を運んで、支度をととのえてまいります」

ローはカバンを主人に手渡した。疲れきっていて、体がぐしょ濡れだったので、とにかく早く体を乾かしたかった。そのあとで、できれば冷えきった体を温めたかった。

両手で旅行カバンを抱えて、ビルトは階段を登っていった。「バーの場所は覚えていらっしゃいますね」

ローは覚えていた。廊下の先に、片方の壁際にバーカウンターのある、ほどよい広さの部屋があった。

部屋は真っ暗で寒かった。窓から見えた、暖炉の火が燃えていた部屋はここではない。ローは廊下の反対側にあるドアに目を向けた。もし記憶が正しければ、あのドアは談話室に続いているはずだ。ドアを開けると、一気に暖気と黄色の光に包まれた。

「閣下！　そこは……」

すでに部屋に入っていたローは、ドア口から上半身だけ出して、階段の踊り場で重い旅行カバンと格闘しているビルトを見上げた。

ビルトは肝《きも》をつぶしたような表情で彼を見下ろしていた。

ローはまゆをつり上げた。「なんだ？」

ビルトは言いづらそうに言った。「申し訳ございませんが、閣下、談話室はもうほかのかたがお使いになってますので」

ローは室内を見まわしてから、ふたたびビルトを見上げた。「それが誰だかは知らないが、いまは使ってないようだ。おそらく、こんな遅い時間だからだろう。だが、暖炉の火はまだ燃えている。わたしは見てのとおり、骨までぐっしょり濡れているんだ、ビルト。部屋が用意できるまでに、わたしが風邪をひいたら困るだろう？　こうしてせっかく暖炉に火が入っているのだから、それを無駄にすることもあるまい」

彼はビルトにほほえみかけたが、シルバーグレーの瞳には有無を言わさぬ力がこもっていた。「この暖炉のそばで待たせてもらうよ」

ローグ・ジェラードを忘れる人はめったにいない。

談話室に入ると、ローはドアを閉め、暖炉に歩み寄った。一歩近づくごとに待ちこがれていたぬくもりを感じた……だが、それは顔と両手だけで、濡れた服に包まれている部分は文字どおり骨まで冷えきっていた。

炎の前に立つと、彼は外套を脱ぎ、暖炉のわきにある木製の椅子の背もたれにかけた。それから、まわりに誰もいなかったので、もがくようにして上着を脱いだ。仕立屋のシュルツが、体格のよいローの体にぴったり合うように仕立てた服を脱ぐのは容易なことではなかった。その点、ベストを脱ぐのは簡単だったが、クラバットやシャツまですっかり濡れていた。ここまで濡れ鼠《ねずみ》になったのは生まれて初めてだった。クラバットはしわだらけのだらりとした麻の紐《ひも》と化している。彼はそれを、椅子にかけた外套の上に置いた。バックスキンの乗馬ズボンは――出がけに長ズボンにはきかえなかったのは幸いだった――ほとんど水を吸っていなかったが、すでに湯気が出ていた。

彼は一瞬手をとめ、シャツをどうしようかと迷ったが、とにかく冷えきった体を一刻も早く温めたかったので、ズボンのウエストからシャツの裾《すそ》を引き抜き、身をよじりながら、体にへばりついたびしょ濡れの布を引っぱって頭からシャツを脱いだ。すると、ずぶ濡れの髪のせいで布地がいっそう濡れてしまったが、炎の熱が冷えきった胸や両腕を優しく愛撫した。

ローはため息をついて両目を閉じた。丸めたシャツで髪を拭《ふ》きながら、しだいに体の震えがおさまっていくのを感じた。寒さのせいでこわばっていた筋肉がほぐれ、肩の力が抜けていく。まだいくらか寒気は感じたものの、最悪の状態は脱した。

凍《こお》りついていた骨の髄《ずい》が、しだいに溶けていった。

目を開き、手をまわしてシャツで背中の湿気を拭き取ったあと、彼は腕を拭いた。布で激しく皮膚を擦《こす》ることで、血のめぐりをよくした。それから、胸を拭きにかかったが、すでに濡れているシャツのために、皮膚の湿気を完全に取り去ることはできなかった。暖炉の前に立って炎のぬくもりを感じながら、彼は胸毛が生えた引き締まった胸板を、丸めた麻布でくりかえし拭いた。

ようやく気分がほぐれてきたとき、部屋のドアが開いた。ビルトだろうと振り返ったローは――

彼はその場で凍りついた。

ひとりのレディが談話室に入ってきて、こちらに背を向けてドアを閉めた。そして下を向いて傘の滴を払いながら、数歩こちらに近づいてきて、彼女は足をとめた。

女性は厚手のケープに身を包み、足もとが濡れて泥だらけだった。フードをとると、シニヨンに結ばれた艶《つや》やかな赤みがかった褐色の髪と、小さな卵形の優美な顔だちが見えた。

それは、ローがよく知っている、いまでも彼がはっと息を飲むほど美しい顔だちだった。

彼女はまだ彼がいることに気がついていなかった。

ローは顔をしかめた。「いったい、こんなところでなにをしているんだ?」彼女は驚いて飛び上がり、小さく悲鳴をあげたが、その目はある一点に釘付けになった。その一点とは、彼の顔ではなかった。

彼女が見つめているのは彼の胸だった。裸の胸。

それがどう見えるか、ローはちゃんとわかっていた。なぜ女性が、とくにレディが、そんな目で彼を見つめるかよくわかっていたが、目の前のリディアにじろじろと見つめられるのはけっしてうれしいことではなかった。

宿のどこかで、時計が時を告げた。ゴーンと鳴る音が十二回。十二時だ。

いまは自分が半裸だという事実を無視するしかない。もっと悪い状況もありえた。もしも出かける前に長ズボンにはきかえていたら、彼女はきっと気絶していただろう。

「リディア——ちょっと待て! きみはいったい、ここでなにをしているんだ? それより、どこに行ってきたんだ——こんな土砂降りのなかを、こんな真夜中に?」語気の荒さに、彼は自分でも驚いた。それは十年ぶりに彼女と会って、これほど動揺している自分に対するとまどいでもあった。

こんな豪雨のなかを外出するという無謀なふるまいをした彼女を、彼は肩をつかんで揺すりたい衝動に駆られた。

彼女は目をしばたいた。ゆっくりと顔を上げ、胸から肩へ、のどもとから顔へと視線を移した。

彼女は驚きのあまり口をぽかんと開け、目を大きく見開いた。「ローなの？」

口をへの字に結んで、彼はどなりつけたい気持ちを必死で抑えた。相手が誰かもわからぬまま、男の胸を見つめるなんて、彼女はいったいなにを考えているのだ？「さあ、とにかく聞かせてくれ――いったいどこに行っていたんだ？　その理由は？」

口をぽかんと開けて、リディア・メイクピースは生まれて初めて〝唖然《あぜん》とする〟という言葉の意味をかみしめながら、道楽者《どうらく》、博打打ち《ばくち》、ふしだらな女たらし、評判の放蕩者《ほうとう》である男が、目の前でずぶ濡れの半裸体をさらしている姿を見つめ……なんとか一刻も早く平静を取り戻そうとした。だが、そんな彼女の努力をあざ笑うかのように、彼のうっとりするほどたくましい広い胸、引き締まった腹筋、がっしりした肩や腕が、暖炉の炎の黄金色の光に包まれ、まばゆいばかりに輝いていた。

彼女は口がからからに渇いた。生唾《なまつば》を飲みこみながら、リディアは、いらだった表情の彼のシルバーグレーの瞳に焦点を合わせようとした。

まともに考えることができなくなった彼女は、自分が慎重にたてた重大な計画が狂いだしたのを感じた。「いいえ」

ローは眉間《みけん》にしわを寄せた。

彼女も負けずに顔をしかめ、あごを突き出した。「わたくしがなにをしようと、あなたには関係のないことですわ、閣下」

彼はうなり声をあげた。文字どおり、うなった。「ああ、ローだよ――忘れたのか？　いちおう念のために言っておくが――」

彼は突然口をつぐみ、彼女の肩越しに遠くを見た。談話室のドアが開いた。

リディアが振り返ると、そこに宿の主人が立っていた。彼はまるで斧《おの》で戸口に打ちつけられたかのように立ちすくみ、笑顔をこわばらせ、どんな顔をすべきなのか迷っているようだった。彼女と同じように、主人もまたローの裸の上半身を見て目を丸くしていたが、彼女と違って主人は恐怖の表情を浮かべていた。

「おい、そんな目で見ないでくれ！」ローは片手に握ったシャツを振ったが、ひとめ見ただけで、それがあまりに濡れていて、ふたたび着るのは不可能だということは誰の目にも明らかだった。

ローは顔を上げ、鋭い視線でリディアをにらみつけた。「上階《うえ》に行って着替えてくるから、ここで待っていろ。この部屋を出るんじゃないぞ」

もし待っていなければ、追いかけてつかまえてやる。

声に出さない警告をはっきり聞きとった彼女は、歯を食いしばった。淑女の前で裸になったローが警官に連行される姿や、この寒空に外に放りだされる光景が一瞬頭をよぎったが……外は土砂降りの雨だ――信じられないほどの豪雨なのだ――誰が子爵を放り出せるだろう？　宿の主人か、軍隊か？

　リディアは腕組みをして、ローと同じように口をへの字に曲げて目を細めながら、彼がびしょ濡れの服を拾いあげるのを見ていた。「ここで待っています」

　拒絶したところで無駄なのはわかっていた。いままで一度も彼の命令を拒《こば》んだことはなかったし、ふたりの関係は以前となにも変わっていないように思えた。

　彼はそっけなくうなずくと、彼女のわきをすり抜けてドアに向かった。ふたりのやりとりをただ呆然と見守っていた宿の主人があわてて戸口からどくと、ローは部屋から出ていった。

　彼の姿が見えなくなったとたん、リディアにいつもの鋭い洞察力が戻ってきた。頭がすっきりと冴《さ》えてきた。ちょうどよかった。ローという人間を相手にするには、持てるかぎりの知恵と機転をはたらかせなくてはならない。

　主人は咳払いをして、小声で言った。「お客さま――もしこっそり部屋にお戻りになりたいのでしたら、お連れしますよ。ドアには、頑丈なかんぬきがついております。小型のチェストをドアの前に置くこともできますし」

　リディアはちらりと男に目をやり、過去と現在の記憶をたぐって男の名を思い出そうとした。しばらく考えてから、彼女は落ちついた声で、やや尊大な調子で言った。「そんなことは、まったく必要ないのよ、ビルト。心配はいらないわ。子爵ときちんと渡りあえるだけの経験は積んでいますから」

本当にそうだといいけれど。そうであることを、彼女は心の底から祈った。

ビルトの目に疑いの色が浮かんだ。「子爵とお知り合いなのですか？」

彼が言う〝知り合い〟がどんな意味を含んでいるのか、彼女には容易に察しがついた。

「ええ、そうよ」そして相手を制するように続けた。「幼なじみなの」それでもビルトがまだ疑っている様子なのを見て、彼女はやや毒気を含んだ口調でつけ加えた。「頭をちゃんと使ってちょうだい！　もしわたしたちが特別の関係なら、この談話室じゃなくて、上の部屋で会っているはずよ」

たとえあのローグ・ジェラードでも、さすがに談話室よりは心地よいベッドを好むだろうとビルトが納得するまでに、しばらく時間がかかった。だがローの評判を考えると、ビルトが疑《うたぐ》るのも当然だとリディアは思った。

無造作にビルトに傘を押しつけて、彼女は部屋のなかに戻った。「さて」ようやく彼女の頭が正常に動きだした。「ジェラード子爵は到着したばかりのようだし、お食事がまだなのも明らかかね。こんな時間に悪いけど、ミセス・ビルトにお願いして食事を用意していただけると、閣下もわたくしもうれしいわ」マントを脱いで椅子にかけると、彼女は命令するようにビルトを見つめた。「おいしい食事を前にすると、子爵はいつもご機嫌《きげん》が直るのよ」

それにビルトもテーブルの用意や給仕で忙しく働いていれば、よけいな不安に襲われることもないだろう。

ビルトは驚いたように目をしばたいてから、頭を下げた。「かしこまりました。ごもっともでございます」

考えれば考えるほど、たしかによい提案だと彼女も思った。ローとかかわるのは面倒ではあるが、もしかしたらこの際、彼をうまく利用できるかもしれない。

そのことに専念すれば、そもそも彼女がここに来ている目的に意識を集中できるし、最後に彼と会ったときの出来事を思い出さずにすむだろう。

そのときのことを、彼女は思い出したくなかった。

びしょ濡れのドレスの裾——濡れているのは裾だけで、泥道用の木製靴底《パトン》は宿の玄関に置いてきた——から水滴が垂れて靴を濡らしているのに気づいたリディアは、暖炉の前に立って、裾を持ち上げて火にかざした。

さて、彼女の目的のためにどうローを利用しようか。

彼は昔から保護者のような存在だった。彼女が困っているときに、いつでもかならず助けに来てくれる白馬に乗った王子さまだった。といっても、それは十年以上前の話だが、この十年間のかんばしくない数々の評判にもかかわらず、その軽薄だが洗練された態度の奥に、いまでも白馬の王子さまの彼がいることを、リディアは感じていた。

道楽者、博打打ち、ふしだらな女たらし、評判の放蕩者——そのすべてのレッテルが彼に貼られ、しかもどれもちゃんとした理由があった。上流社会のだれもが、彼が手あたりしだいに女性と浮名《うきな》を流し、ギャンブルで巨額の儲《もう》けや損をくりかえし、また噂《うわさ》を鵜呑《うの》みにするならば、しばしば乱痴気《らんちき》騒ぎをして羽目をはずしていることを知っていた。

彼の破廉恥《はれんち》な行状《ぎょうじょう》が彼女の頭に浮かんできた。だが、その多くは六年以上前の出来事で、いまでは彼も大人になり、だいぶ思慮《しりょ》深くなったと世間では言われている。こうした過去の行状にもかかわらず、大金持ちでハンサムなジェラード・パークのジェラード子爵はいままでも上流社会の人気者だったが、上流階級の美しい令嬢たちの花婿《はなむこ》候補としては落第だというのが人々の一致した意見だった。

皿とカトラリーとナプキン、それに大皿を持ってビルト夫妻が現われた。リディアは満足げにうなずき、彼らが部屋の真ん中に据《す》えた小さな丸テーブルに食器をセットするのを黙って見ていた。

リディアは暖炉の前に立って、ドレスの裾を炎の熱にかざしながら顔をしかめた。これまで何年間も、彼女はローグ・ジェラードと再会するときのことを想像しては、自堕落《じだらく》な生活で変わり果てた彼の姿を目にすることになるだろうと思っていた。ところが……目の前に現われた彼は、昔と少しも変わっていなかった。ただ十歳、歳を重ねただけだった。若いころの彼は目立つ男だったが、いまの彼は印象的だ——体つきはいっそうがっしりとして、筋肉質で、激しい感情表現が生来の強さを強調していた。

若いころの彼に、かつてリディアは胸をときめかせた。

大人になった彼に、いま、彼女の胸は高鳴っていた。

階段を降りてくる彼の足音が聞こえたのでリディアが振り返ると、ビルト夫妻はすでにテーブルの支度をととのえてその場を辞していた。彼女はすでに食事を終えていたが、テーブルの上にはふたり分のディナーの用意がしてあった。ローにつきあって、フルーツを少し食べてもいい。そう思いながら、彼女が片方の椅子に近づき、顔を上げると、ドアが開いた。

ローが戸口をふさぐようにして立っていた。

そこにいるのは、部屋を出ていったときのローとは別人の、尊大で高圧的な男だった。彼は非の打ち所がないほど完璧だった。湿ったままの艶やかな栗色のうねった髪から、シンプルなゴールドのピンで留められている複雑に結ばれた清潔なクラバットまで。それに堅苦しいまでにきちんと着こなした上着とベスト。

長い脚を包む黒っぽいズボンのせいで、彼はいっそう長身に見えた。貴族的なその風貌は、なぜか実際よりも冷徹そうな印象をあたえた。

ローは彼女を見てから、テーブルに目を向け、それからふたたび彼女の顔を見つめると、驚いた表情をして部屋に入ってきて、ドアを閉めた。

彼が口を開くまえに、リディアは大皿を指さした。「お腹《なか》がすいていらっしゃるんじゃないかと思ったの」

たしかに彼は空腹だった。腹ぺこだった。目の前のテーブルに、ご馳走《ちそう》が用意されている。

ローは感謝を示すように首を傾け、テーブルをまわって彼女のために椅子を引いた。いくら平静を装《よそお》っても、あまり役には立たなかった。全身で意識せずにはいられない――すぐそばにいる彼女を。

いま、彼女は手を伸ばせば届く距離にいる。

彼女が椅子に腰をおろすと、彼は離れたくない気持ちをおさえて、小さなテーブルの向かい側の席にすわり、ミートパイを一切れ皿に取ってから、テーブル越しに彼女を見つめた。

「それで――ここでなにをしているんだ?」

リディアは長々と言い訳しようかと思ったが、結局――賢明にも――思いとどまった。ローは、彼女の穏やかな表情や澄みきったブルーの瞳からさえ、その真意を読みとることができた。

彼女はテーブルの上で両手を組んで、まっすぐに彼を見つめ返した。「予定外に第三者の手に渡ってしまったタバサの手紙を、取り戻すためにここに来たの」

彼は驚くほど汁気《しるけ》の多いパイをほおばりながら、リディアの様子を観察した。彼女はわざと真実を隠して、彼が質問して話を聞き出すように仕向けていた。タバサはリディアの年子《としご》の妹で、ローが最後に会った十五のとき、すでに女性の自立をうったえる闘士だった。二十五歳となったいまは、目を見張るような経歴を持つインテリ女性となっているらしい。すべての女性、とくにレディの人生には、男――とくに紳士――など必要ないし、自分の人生と財産を男の手にゆだねる前にじっくり考えるべきだという議論を、せっせと説いてまわっているようだった。

彼より六歳年下で、今年二十六歳になるリディアは、妹に比べると昔からおとなしく控えめで、態度も穏やかでしっかりしていた。どうやらタバサは、すくなくとも上流社会の評判では、悪名高い危険な無法者、つまりは女版のローグ・ジェラードになってしまったようだ。

だがこの姉妹に共通しているのは、どちらも弱々しくはないということだ。

彼はローストビーフに手を伸ばした。「その手紙は――誰が持っているのかね？　なぜそれがタバサにとって厄介なものなんだ？　なぜ本人ではなく、きみがそれを取り返しに来た？」

彼女は一瞬、不機嫌そうに口を結んだが、すぐにため息をついて答えた。「タバサがずっと昔に書いた手紙なのよ。あの子が十七のときに」リディアは言葉を切り、探るように彼の瞳をのぞきこんでから話を続けた。「タバサのことは覚えているでしょう――あの子がどんなだったか。身も心ものめりこんで、それ以外のことはなにも見えなくなっちゃうってこと？」

ゴブレットに手を伸ばしながら、ローはうなずいた。

「女性の権利を声高に叫ぶ運動家になるまえ、とくに、わたしたちの結婚しない権利についてだけど……」彼女はためらった。

かわりにローが話を続けた。「十七歳だったタバサは——恋に落ちた」彼女のことを思い起こせば、これ以上確実なことはなかった。

リディアがうなずいた。「そのとおりよ。それで、当時おつきあいしていた紳士に手紙を書いたの。なにしろ、タバサはああいう子だから、〝自由に〟思うままに書いたのよ。慎《つつし》み深さのかけらもないような手紙を、すごく情熱的な内容の……」彼女は小さく息を吸いこんだ。「もしもその手紙の内容が公表されたら、妹は上流社会の笑いものになると言えばわかるでしょう」

ローは目を見開いた。「そんなにひどいことが書かれているのか？」

リディアは顔をしかめた。「あなたが想像する以上のことよ。友だち全員にそっぽを向かれるだろうし——彼女みたいな考えかたをする女性たちからも仲間はずれになってしまうわ」彼女は言葉を切って、つけ加えた。「いまのあの子にとって、あの活動は人生なのよ。それが、この手紙のせいで、破滅の縁《ふち》に立っているわ」

ローはローストビーフを突つきながら、顔をしかめた。「でもなぜ、いまさら——もう八年もまえの話だろう？——そんな手紙が出てきたんだ？」

「タバサが、そのことを思い出したからよ。それで、返してほしいって言ったの」

それを聞いただけでも、問題の手紙が、けっして内気ではないタバサにとっても耐えがたいほど扇動《せんどう》的な内容であることは明らかだった。「手紙を送った相手に対して？」ローは目を細めた。「なのに、彼は返してくれなかったのか？」

「いいえ——返すことには同意したのよ」リディアはうんざりした顔で言った。「もちろん、彼は同意したわ。タバサが頼めば、火の輪くぐりだってするような人ですもの」

ローは目をしばたいた。「誰なんだ？」

リディアは彼をまじまじと見つめてから、意を決して告げた。「モンタギュー・アディソンよ」

ローは目を見張り、笑いを必死にこらえた。「あの、腰抜けアディソンか？」

口を一文字に結び、冷ややかな目で彼女はうなずいた。「そう、彼よ」

「そうか」ローは空《から》の皿をわきに押しやり、ゴブレットを手にとった。「それで、いろいろなことがわかったぞ」タバサ・メイクピースが結婚反対論者になったことも含めて。多感な十七歳のころに、モンタギュー・アディソンを人徳のある紳士の典型だと考えていたとすれば、その後彼女が結婚を否定するようになったのも充分うなずける。とくに、紳士との結婚を否定するようになったのは、もっともだ。

「それで」——ローはリディアを見つめた——「アディソンは手紙を返すことに同意したわけだ。それなのになぜ？」

「まぬけなアディソンは、問題の手紙を元の封筒に入れて、上着のポケットに忍ばせたの。ダンスパーティーでタバサに会ったら手渡すつもりだったと言っていたわ——もちろん、タバサはめったにダンスパーティーなんかには行かないし、それにいまは二月よ！　パーティーなんて、ほとんど開かれていないっていうのに。それに、彼がちゃんとタバサの手紙を読んでいたら、ウィルトシャーの自宅まで持ってきたはずなのよ。でも、あのアディソンのことですもの、そんなことは考えつかないわ。いつものように、何軒かのパーティーに行ったあと、結局タバサに会えなくて、〈ルシファーズ〉とかいうとんでもない場所に行ったらしいの」

ローは、なにが起こったかについて、そしてタバサの手紙がいまどこにあるかについて、非常に悪い予感がしていた。「そこなら知っている」

彼が早口で言うのを聞いて、リディアはローの顔を見つめ、一瞬、アディソンに対するいらだちを忘れた。「ええ、あなたなら知っているわね」彼女は目をしばたき、ふたたび顔をしかめてアディソンの失敗に話を戻した。「アディソンは大きく負けてしまったの。わたしの知るかぎり、彼はいつもそうらしいけど。そこで借用書を書く羽目になって、その相手は……彼が負けた相手の紳士なのだけど――そのころには、彼はすっかり酔っぱらっていたんだと思うわ――なにしろタバサの手紙を取りだして、封筒に手書きの借用書を書いて、それを……その紳士に手渡したの」

それを聞いて、ローはすべてを理解した。「その紳士は、現アルコンブリー卿、アプトン・グレンジのステファン・バーラムだな」

リディアは凍りついた。長いあいだ彼の目を見つめたあと、ゆっくりとブドウの房に手を伸ばした。「なぜ、そう思うの？」彼女は房からブドウをもいで口に入れ、彼の表情を確かめながら無邪気そうに口を動かした。

ローはほほえんだが、おかしくて笑ったわけではなかった。「バーラムは〈ルシファーズ〉の常連だ。アディソンはしょっちゅう他人の機嫌をとろうとしている。それに、アプトン・グレンジは道をはさんだ森の向こうにある」――彼は長い指でその方角を指さした――「ここから一マイルも離れていない。そのうえ、きみが戻ってきたとき、ドレスの裾が濡れていた」彼は歯を食いしばった。「この記録的な大雨のなか、それも深夜に、森のなかをうろついていた……なぜだ？」

リディアがしていることに気づいた彼は、内から湧《わ》きあがってくる感情を必死に抑え、詰《きつ》問《もん》口調にならないように努力した。

彼女は疑わしそうな目で彼を見たが、しばらくして、唇を濡らした。「わかるでしょう、ロー、あなたには、そんなことをたずねる権利はないってこと」彼女はあごを突き出した。「わたしの人生は、わたしのものよ。だから、やりたいようにするわ」

彼はただリディアを見つめ、なにも答えなかった。

彼女は深呼吸をすると、本当のことを話しだした。「今日の午後、まだ雨が降りだすまえにここに着いたの。できるだけ早く、バーラムがあの手紙に気づくまえに、取り返さなければならないのよ。彼がどれほど極悪非道《ごくあくひどう》な人間かは知っているでしょう――もしもあの手紙に気づいたら、彼はきっとロンドンじゅうに言いふらすわ」彼女はテーブルの上で結んだ手をもじもじと動かした。「それに、じつはタバサとバーラムは以前に一度やりあったことがあって、彼女はバーラムに大恥をかかせているの。だからその仕返しに、彼はタバサの秘密を暴露《ばくろ》して、上流社会の人々の面前で彼女に恥をかかせてやりたいと思っているはずだわ」

リディアはローの目の表情から感情を読みとろうとしたが、彼は無表情のままうなずいた。その動作に勇気づけられ、彼女は話を続けた。「それでアプトン・グレンジの屋敷の様子を見に行ったの――屋敷の広さや、なかに忍びこんで手紙を探せるかどうかを調べに。バーラム自身が自宅にいるかどうかはたしかめられなかったけど」彼女は泣きそうな顔になって、ローの目を見つめた。「彼はきっといるわ――屋敷はお客さまでいっぱいだったもの」

ローはうなずいた。「なるほど」彼は一瞬ためらってからたずねた。「それはつまり、すくなくともいまは、アプトン・グレンジでその手紙を探し出すのは無理だとわかったんだな?」

もし運命が味方するなら、すべてうまくいくだろう。雨があがって道が通行可能になりしだい、彼女は無事にウィルトシャーの自宅に帰るだろう。

だがいま、彼女は目の前で顔をしかめていた。「とんでもない、絶対にあきらめないわ。あの手紙を、いますぐにでも取り戻さなければならないの。バーラムがあの手紙を握っているかぎり、彼が中身を読んでしまうおそれがあるんですもの。このまま放っておくわけにはいかないわ」

ローはあごがくだけるかと思うほど歯を食いしばった。「そうかもしれない。だが、ひとつはっきりしないのは、なぜきみ自身が――ほかの誰でもなくきみが――その手紙を取り返さなければならないと思いこんでいるかだ。なぜアディソンや、それは無理にしろ、タバサ自身が取り返そうとしないんだ？」

リディアは即答した。「それはわかりきったことだわ。アディソンに頼むわけにいかないのは、バーラムに怪しまれずにあの借用書を返してもらうには、借りたお金を返すしか方法がないけれど――彼にはそんなことはできないからよ。だって、借金まみれで首がまわらない状態なんですもの。まさかあのアディソンが、バーラムの家からこっそりあの手紙を持ち出せるとは思えないし――あの人は絶対にへまをする能なしだから。きっと捕まってしまうから、そうなったときのスキャンダルのほうがよっぽど怖いわ」

「それなら、タバサは？」

ローの澄んだグレーの瞳は、冷徹さを感じさせるほど目つきが鋭かった。リディアはその瞳をのぞきこみ、固い決意を表わすように深く息を吸いこむと、それが彼の気に入らないことは充分承知しつつ、真実を話しだした。「タバサにまかせるわけにはいかないの。わたしが家を出てきたときには、あの子は理性を失いかけていたの。ときどきそんなふうになることがあるんだけど——そんな状態でアディソンと会えば、彼を絞め殺しかねないし、バーラムのことも……もし家捜しをしているときに彼に見つかったら、彼になにをするかわからないわ——ただたんに主義のために。あの子の性格は知っているでしょう——彼女がこっそりあの家に忍びこんで、スキャンダルになるような大騒ぎを起こさずに手紙を盗みだすのはとうてい無理な話よ」

ローがなにか言いかけると、彼女は手を上げてそれを制した。「こっそり——騒ぎを起こさずに物事をやりとげるのは——タバサの得意な分野じゃないのよ」リディアは彼をじっと見つめ返した。「だけど、わたしはそういうのが得意なの」

火打ち石のかけらのような瞳が、彼女を釘付けにした。「だが、もし捕まったらどうするんだ？　そのほうがスキャンダルになるんじゃないか？」

彼女は口もとに笑みを浮かべ、落ちつきはらって言った。「この話が明るみに出ることはないと思うわ」

ローはまゆをひそめた。「なぜだ？　どうして——」

彼は途中で言葉を切ると、納得がいったという表情を見せた。リディアはますます口角を上げた。「そのとおりよ。タバサのことは、一家のなかでも気の強い扇動者だって誰もが知っているわ。わたしも同じように、おとなしくて控えめな姉として知られている——行儀のいい、礼儀正しいほうの娘として。仮に、タバサならやりかねないとだれもが信じるような無謀な行為でも、わたしがやったとはだれも信じないわ。もしもわたしがバーラムに捕まっても——言い逃れが苦手なタバサよりも、わたしが捕まる確率はかなり低いとは思うけど——もし万が一捕まって、彼がその話を広めようとしても、タバサの手紙の話まで言いふらしても……誰がその話を信じると思う？」

ローは身じろぎせずに、彼女をじっと見つめていた。沈黙の時が流れ、ようやく彼は体を動かした。「きみは、タバサを救うためにわざと自分の評判を危険にさらすつもりなのか」

リディアの顔からほほえみが消え、固い決意が表情に現われた。「妹のためなら、当然だわ」

ローは無表情で彼女を見つめ返していたが、やがて顔をしかめた。「なぜ、結婚しなかったんだ？」

彼は自分の髪を搔《か》きむしりたい気分だった。どうして彼女は結婚して、どこかの紳士の屋敷に落ちついていてくれなかったのか。そうであれば、彼女の身を危険から守るのは彼ではなく、その紳士の役目だったはずだ——いや、いちばんの危険は彼自身かもしれない。これが、どちらの方向に向かうのかはわかっていたし、それが好ましい状況でないのも知っていた——彼だけでなく、彼女にとっても。

リディアは目をしばたいて彼を見たあと、笑い声をあげた——それは彼が忘れていた声だった。いや、忘れようとしていた声だった。ほとんど記憶の彼方に葬り去ったと思っていたのだが。

　愛撫されたように、彼の全身に震えが走った。

「なにを言うの、ロー――まさか、良縁を逃したくなくて、わたしが二の足を踏むとでも思っているの?」彼女はたしなめるような目で彼を見た。「わたしももう二十六歳よ――お見合いはずいぶんしたけど、どのお話にも本気になれなかったの」

　それが彼には理解できなかった。彼女と距離は置いていたものの、彼女が複数の理想的な紳士に求愛されていたのは知っていた。その多くが彼と同じようにハンサムで、なかには彼よりも資産家もいた。彼女の婚約のニュースを聞く覚悟はできていたし、何度もその可能性はあったにもかかわらず、結局それは実現しなかった。よく耳にしたのは、彼女はえり好みが激しいという噂だった。だがプロポーズを断わるときも、あくまでもリディアは控えめで、思慮深かった。

　彼女はあいかわらず口もとをほころばせながら、彼を見つめていた。「わたしが自分で選んだことよ。後悔なんてしていないわ。というわけで、もう婚期は過ぎてしまったから、以前のように自分の評判を必死に守らなくてもいいのよ。今回のように、必要とあれば身を危険にさらすこともいとわないわ」

　彼女の落ちついた理性的な口調から、彼は確信した。タバサの手紙を取り戻すという彼女の決心は揺るがない。失敗と成功の確立を天秤《てんびん》にかけて考え抜いたあげく、自分の選択は正しいと確信しているのだ。

彼女もタバサも、弱々しい女性ではない——ふたりとも、人並みはずれて強情だということを彼は知っていた。

ここで彼女と議論しても、らちはあかない。

「リディア」彼はテーブルの上で組んだ自分の両手に視線を落とし、言いたいことを整理し、つとめて穏やかな口調《くちょう》を心がけた——彼女の〝計画〟を知って、彼のなかに生じた原始的な反応をおおい隠すために——やがて、彼は顔を上げて彼女の目を見つめた。「そう簡単にはバーラムの屋敷に忍びこめない——とくにいまは、大勢の客がいるのだから。せめて客が帰るまで待ったほうがいい」

彼女は目をそらさなかった。その目や表情からは、なにも読みとれない——どういう反応をするか、彼にはまったく予想がつかなかった。ただ昔と同じような落ちつきと、冷静さと、穏やかな不動の意志がそこにあった……十年ぶりに会って初めて、彼女にこんなふうに見つめられながら、いったいなにを見て、なにを考えているのだろうかと彼は想像をめぐらせた。

やがて彼女はにっこりほほえみ、うつむいて椅子を引いてから、ふたたび顔を上げて彼を見つめ返した。

「明日、アプトン・グレンジでタバサの手紙を探すわ」彼女は首を傾けたが、視線ははずさなかった。「あなたが手伝ってくださるとうれしいんだけど」

彼女は立ち上がった。それでも視線ははずさない。「でも、わたしを止めたりしないでね、ロー」ふっと黙ってから、彼女は言い添えた。「わたしの気持ちは変わらないから。だから、無駄なことはやめて」

軽く会釈《えしやく》すると、彼女はローに背中を向けた。

彼も自分の椅子を引き、あわてて立ち上がった。

ドアの前で、彼女は手を振って彼を制した。「いいの、そこでゆっくりくつろいで、ブランデーでも飲んで暖まるといいわ」ドアを開けて振り返り、揺れる炎の明かりに包まれたローを見た。「おやすみなさい。もしかしたら、明日の朝、また会えるかもしれないわね」

リディアはうしろ手にそっとドアを閉めた。

ローはしばらくドアを見つめていたが、やがてふたたび椅子に腰をおろし、両手で顔をおおってうなった。

しばらくすると、彼は手を下ろし、背もたれに体を預け、両腕を左右に広げて手のひらを上に向け、天井を見上げてつぶやいた。「なぜなんだ?」

なんの答えも得られなかった。うんざりして、ビルトが置いていったボトルに手を伸ばすと、ゴブレットにブランデーを一インチほど注ぎ、椅子の位置をずらしてから背もたれに体を預け、手にしたブランデーを口に含みながら消えゆく炎を見つめた。

リディアと最後に会ったときのことを思い出さずにはいられなかった。十年前の、あの運命的な夏の日。

ウィルトシャー・メイクピース一族の一風変わった分家の娘、リディアとタバサは、上流社会の生まれで人づきあいが嫌いだった学者の父と、良家の子女で、妻としての務めと母親役をそつなくこなしていた母を持ち、毎年夏になると、ジェラード・パークと境界を接する母の親戚の家に遊びに来ていた。

リディアより六歳年長だったローは、ひとめで彼女に心を奪われた。初めて会った彼女はまだ六歳で、彼は十二歳だったが、彼はこの少女に身も心も魅せられてしまった。年齢の差は、当時もその後も問題ではなかった。

のちに、十六歳になった彼女は、まだ世間知らずの無垢《むく》なままで、二十二歳の彼はすでに洗練され、大人の世界を経験していた。だがその洗練された態度も経験も、あの日、いつものようにふたりが果樹園で会ったときには、なんの意味も持たなかった。

ふたりはいつものように散歩をしながら話をした。彼女は翌年の社交界デビューのことで頭がいっぱいで、ダンスを楽しみ、紳士に求愛されることを待ちこがれていた――世捨て人のような両親とウィルトシャーでひっそりと暮らしていた彼女は、そうした紳士たちにほとんど会ったことがなかった。

彼女は無邪気におどけて、あのリンゴの樹の下で、自分と踊ってほしいと彼に頼んだ。彼はほほえみ、言うとおりにしたのだ。彼女とハミングしながら、まさかあんなことになるとは思わず……

それまで平静だった彼のなかで、ふと別の不思議な感情が芽生え、その感情がしだいにふくらんできた。

彼がハミングをやめ、ゆっくりと足をとめたとき、リディアは彼の瞳に引き寄せられ、ローもまた彼女の瞳に見入った。

首を傾けて彼は口づけをした。二十二歳にしてすでに、彼は唇を奪うことで女性の心をつかむ術《すべ》を知っていたが、そのときのキスは意味が違った。ローは優しくおずおずと……愛をこめて彼女と唇を重ねた。

彼女を愛しているという事実が、彼を現実に引き戻した。唇を離し、頭を上げたとき、彼はいままでとはまったく違う目で彼女を見ていた。

彼女の瞳には星がまたたいていた。それを見て、その意味を理解し――彼はパニックを起こした。

チャーミングなほほえみを浮かべると、彼は適当な理由をつけて、彼女をその場に置き去りにして――逃げだした。

全速力で走った。リディアが、彼にとって、これまでもこれからもずっと運命の女《ひと》であるということを、まだ二十二歳だったローは受け入れることができなかった。

子どものころから、彼は、乳母《うば》につけられた腕白小僧《ローグ》という名にふさわしい男になると心に決めていた。無法者、やくざもの、博打打ち、道楽者になることが彼の理想だった。よちよち歩きのころから、彼はローグと呼ばれていた。それ以外のなに者にもなるつもりはなかったし、それ以外の選択肢は考えられなかった。

だから彼はリディアのもとから逃げだした。そして二度とうしろを振り返るな、もうけっして彼女に会いに果樹園に行ってはならない——と自分に言い聞かせた。

炎を見つめながら、ローはブランデーをのどに流しこみ、両目を閉じてため息をついた。その後の四、五年間、彼は快楽主義者らしい放埓《ほうらつ》な生きかたを重ね、無法者の評判をたてた。まさしく悪党《ローグ》になり、完全なる自由と快楽を手に入れた。

ところが、その後……

まったく予想もしなかったことに、状況が変わってしまった。放埓な生活がしだいに退屈に思えてきたのだ。かつてはあれほど夢中になれた遊びが、どんどん色あせて見えるようになった。やがて彼はかつての仲間たちと距離を置くようになり、もっと夢中になれることを——それまで見当違いの夢を追い求めることで封じこめていた自分の心を、本当に満たしてくれる活動を探しはじめた。

悪党《ローグ》の仮面の背後から、ついに別の男が姿を現わしたのだった——六年間でさまざまなことを学び、成長し、成熟した男が。

だが悪党《ローグ》として確立した彼の世評は、もはや彼がその場にいなくなってもけっして変わることはなかった。

いまでも、賭博《とばく》場で彼を探す人々は、そこに彼がいないのを見て、どこかほかの秘密の場所に行っているのだと思いこんでいた。スキャンダラスでみだらなパーティーに彼がもう行かなくなっているにもかかわらず、誰もが、彼は秘密裏に開かれている、もっとスキャンダラスな集まりに行っているのだと信じていた。

引きつづき多くの人々が、自分の別荘で開く乱痴気騒ぎの酒盛りの招待状を彼に送り、彼がやって来ないと、彼らは彼がもっといかがわしい場所に行っているに違いないと思いこんでいた。

彼は、自分のそんな悪評を、花婿捜しに奔走《ほんそう》する母親やその娘たちを遠ざける盾として利用していた。またこの悪評によって、取引相手に自分を過小評価させて油断させることで、ビジネスを有利に運ぶことができた。

目を開け、ローはふたたび炎を見つめた。すでに薪《まき》は赤い燃えさしになりかけていた。食事と炎とブランデーのおかげで、彼の体にようやくぬくもりが戻ってきた。

ため息をついて、ゴブレットをテーブルに戻すと、彼は立ち上がってドアに向かった。静かに階段を登りながら、リディアは自分をどう思ったのだろうと考えた。いまの自分がじつは、イギリスでも有数の慈善《じぜん》家であることを彼女は知っているのだろうかと。

彼は思いがけない宿命や環境や偶然に導かれ、自分が慈善家としての才能を持っていることを発見した。まさに天職であり、それはまわりの人間にもすぐにわかった。当初、彼の評判を知っていた彼らは、ローを疑いの目で見ていた。だが慈善事業に誠実に取り組む彼の姿勢に、しだいに彼らはローを受け入れ、彼を理解するようになった。

彼にとっては匿名《とくめい》で善行を行なうことがどれほど重要かを、仲間たちは理解してくれた。

というのも、もしも上流社会でも指折りの悪党《ローグ》であるローグ・ジェラードが、じつは六年前に改心していたことが世間に知れ渡ったら、彼はたちまち花婿候補リストのトップにあげられてしまうだろう。なにしろ、ほかに跡継ぎのいない名家のただひとりの三十二歳の独身男性で、由緒《ゆいしょ》ある家柄と、すばらしい血統と、広大な邸宅と膨大な富を所有しているのだから。きっと花嫁候補が群れをなして追ってくるに違いない。

いまの自分をリディアはどう思っているのだろう、と彼はまだ考えていた……もしも彼女が真実を知ったなら。

前庭に面した自分の部屋の前に立ち、もうひとつの部屋のドアにちらりと目をやって、リディアはあのドアの向こうにいるのだろうかと思いながら、彼はドアを開けて部屋に入った。

旅行カバンのなかをひっかきまわして、ローは招待状の束《たば》を取りだした。有能な秘書であるマーティン・キャンバーソーンは、彼が出かけるときはかならずこれを持たせた。この束は昨日から来週末までの、ローが招かれているすべての催しの招待状だった。来週末まで彼はロンドンに滞在する予定で、そこでほかの慈善家たちと会い、沿岸地域に小学校を建てる計画を話しあうことになっていた。

化粧台の前に立ち、唯一まだ燃えていたロウソクの炎を頼りに、ローは招待状をめくり……やがて探していた一枚を見つけた。

それを束から抜き出すと、なかに書かれた内容を確認した。固い決意を秘めた厳しい表情で、彼はそれを化粧台の上に放った。残りの招待状の束を手にしたまま、彼は化粧台に背を向けた。

宿命、環境、それに偶然が、またもや彼の人生を大きく変えることになりそうだった。

2

ドアの閉まる音が、深い眠りに落ちていたローの耳に届いて彼の意識を刺激したが、まだ早いのはわかっていた。彼はうなり声をあげ、ベッドカバーを頭の上まで引き上げた……だがドアが閉まる音だけでなく、部屋の前を忍び足で行き過ぎる足音や階段のきしみまでが聞こえる。奇妙だ……

ローは耳を傾けるなと自分に言い聞かせると、ベッドに顔を埋《うず》め、ふたたび安眠の罠に身をゆだねようとした。

だがそのとき、記憶が戻ってきて、自分がどこにいるかを思い出した――自宅のベッドではなく、〈コッピンフォード・アームズ〉にいるという事実を徐々に意識した。

そして、同宿の客が誰かを思い出した。

突然、彼は目を開け、ベッドカバーをはねのけると、床に両足をついてベッドの上にすわった。閉まったドアに目をやり、彼は罵声《ばせい》を吐いた。

聞こえてきたのは、隣の部屋のドアが閉まる音で、階段を降りていったのはリディアだったのだ。

「しまった！」彼はさっと立ち上がり、服を身につけずにドアに近寄り、ドアをわずかに開けて隙間《すきま》からひげ剃り用の水を持ってくるよう叫んだ。

彼女は朝食をとっているに違いないが、そのあとすぐに出かけて、森を抜けてアプトン・グレンジに向かうのはわかっていた。

ビルトが湯とブーツと、ブラシがかかった乗馬用ズボンを持って現われた。それを受けとったローは、手を振ってビルトを返し、急いでひげを剃り、顔を洗って服を身につけた。窓の外をちらっと見ると、空は鉛《なまり》のような色をしていたが、すくなくとも土砂降りの雨はすでにやんでいた。

十分後、クラバットをピンで留め、上着に袖《そで》を通しながら階段を降りていった彼は、途中で足をとめた。バー・ルームから、食器の音と朝食の匂いとともに、複数の男性の話し声が聞こえてきたからだ。談話室に続くドアは閉まっていた。

食事をのせたトレーを持ったビルトが、キッチンから姿を現わした。

ローの視線に気づいて、彼は足をとめた。「ほかに誰が泊まっているのだ？」

「お仕事で旅行中のおふたり様です、閣下。あなたさまと同じように、雨で足止めされてしまわれて。ただ、嵐になるまえにお着きになりましたが。すぐに朝食をご用意しますので、バー・ルームでお待ちください」

ローは忙しく頭をはたらかせた。リディアがどんな偽名を使ってここに泊まっているかわからないし、メイドや御者がいっしょなのか、どうやってこの宿にたどりついたのかもわからない。彼は心の内で渋面をつくった。「談話室で食事をとる。レディは文句を言わないはずだ」

彼はビルトに背を向けると、まっすぐ談話室のドアに向かった。

背後で、ビルトが落ちつきなく身を揺らした。「そうですね。レディはもうお出かけになられましたし、とくに問題はございませんでしょう」

ローはぴたりと足をとめて振り返り、ビルトをにらみつけた。「いつ出かけたんだ？」

ビルトは目を見開き、居心地悪そうにもじもじと体を動かした。「そうでございますね……朝食は早い時間にお部屋でとられて、それから、お出かけになられたのは……たぶん三十分前ぐらいでしたでしょうか」

ローは思わず毒づいた。「歩いてか？」

ビルトは生唾を飲みこんでうなずいた。「道沿いに行かれました。右手の方向へ、バックワースに向かって」

ひきつづきぶつぶつ文句を言いながら、ローは玄関へと向かった。

「閣下――お食事は……？」

「三十分ほどで戻る」ローは低い声で答えた。「それまでに、用意しておいてくれ。談話室に！」

玄関のドアを押し開けると、彼はポーチで立ち止まって道の状態を見定め、それからすぐに階段を降りて、ぬかるんでいる場所を避けながら森の入口に向かって歩きだした。濡れた草におおわれた、地面が乾いている場所まで来ると、左に曲がって、リディアが向かったのとは逆の方向に向かって走りだした。

彼女がバックワースに行くわけがない。アプトン・グレンジの裏手から続く馬車道が、少し先でこの道と交わっていることを、おそらく彼女は昨日探り当てたのだ。ローがその道の存在を知っているのは、彼がかつて放蕩していた時代に、仲間の悪名高い無法者のステファン・バーラムを訪ねてジェラード・パークから来る際に、何度もこの道を通っていたからだった。

いまはアルコンブリー卿となったバーラムは、ローと違ってまだ改心していなかった。それどころか、もし噂が正しいとしたら、彼はますます放蕩な生活に身をゆだねているらしい。いまごろリディアはすでに屋敷のすぐ近くにまで行っているはずだとローは考えた。一刻も早く彼女のもとに駆けつけなければならない。そのために、彼はバーラムと彼の男性客たちがいつも〈コッピンフォード・アームズ〉を訪ねるのに使っていた近道を選択した。

屋敷に続く道に出ると、彼は道なりに進んだ。張りだした木々が地面をひどい嵐から守っていたが、それでも道はすべりやすかった。彼は大股で歩き、ときに駆け、可能なかぎり走りながら、リディアがバーラムの使用人に見つかって、屋敷内に引きずりこまれてバーラムの前に突き出されている情景や——さらに悪いことに、屋敷のまわりを探っているところを、好色な男性客に見つかってしまった場面を考えないようにした。

野原を横切りながら、彼は空を見上げた。あいかわらず雲におおわれてはいるが、まだ早朝であることは間違いない。ふだんの彼が——彼の同類たちも——目を覚ますには早すぎるし、あたりをうろつくような時間ではない。おそらくまだ七時にもなっていないだろう。

険《けわ》しい表情のまま、ローは野原の奥にある森に向かった。屋敷の周囲の芝生に続く森に近づくと、彼は速度を落とした。灰色の石造りのずんぐりとした建物であるアプトン・グレンジが、目の前に広がる芝生の真ん中に建っていた。芝生が伸び放題のところを見ると、バーラムの懐《ふところ》具合はかつてほど豊かではないようだ。

飾り窓の奥に、人影が見えた。一階と、その上の階の客用の寝室にも。さらに主寝室にも人の動きがあった。

内心で憤慨《ふんがい》しながらも驚きはせず、ローは腰に手をあてて、あたりを見まわし、木々のあいだを探した。息をととのえながら、心臓の高鳴りを感じ——それは走ったせいだけではなかった——彼はリディアが無謀にも屋敷に乗りこんでいないことを祈った。

彼女の姿を見つけられなかった彼は、自問自答したあと、森沿いに屋敷の周囲をまわることにした。屋敷の窓から見つからないように木々のあいだに身を潜《ひそ》めながら、裏手の車道を目指しつつ彼女を捜しつづけた。

　少し先の木々のあいだから彼女の姿がちらりと見えた。とたんに彼は安堵感で胸がいっぱいになった。表情がゆるみそうになるのをこらえながら、彼はリディアの背後にまわった。彼女は屋敷側の森の端に立っていて、ブルーのマントで全身をおおい、たたんだ傘の柄《え》に両手をのせて屋敷をじっと見つめていた。

　その表情から見て、彼女がかなりいらだっているのは明らかだった。

　大きな手でひじをつかまれたとき、リディアは文字どおり跳び上がった。だが振り返ってローの顔を見るまえに、彼女にはそれが誰なのかわかった。体に触れられただけで彼女が息もつけなくなる相手は彼だけだった。

　彼の顔はほとんど無表情で、グレーの目は冷徹そうだった。「こっちに来るんだ」彼はリディアを森の奥へ、屋敷から遠くへ引っぱっていこうとした。

「いやよ」彼女は怒りのこもった小声で言い、その場に留まろうと足を踏ん張った。

　だが彼に強く引っぱられた彼女はよろけ、彼の力強さを思い知らされた。リディアはローをにらみつけたが、引きずられていく足を止めることはできなかった。「ロー――昨日ちゃんと言ったはずよ――」

「いま、きみにできることはなにもない」ローは彼女のほうを見ようともしなかった。「あそこに突っ立って、誰かに見つかるのを待つ意味などないだろう」

彼女は振り返り、あっという間に木々の向こうで小さくなっていく屋敷を見て顔をしかめたが、やがて前を向くと、しぶしぶ自分の意志で歩きだした。ローは腕をつかんだ手の力をゆるめた。完全に手を離しはしなかったが、彼女に合わせて歩調もゆるめた。彼女の腕をとる彼の手は、でこぼこの地面で彼女を支えるためのものになった。

さらに顔をしかめ、不可解そうな表情を浮かべたまま、彼女は言った。「まだ寝ていると思ったのに——みんなが寝ているあいだに、忍びこんで探すつもりだったの。こんな早くに、あの家の人たちが起きているとは思わなかったわ」

ローは憮然《ぶぜん》として言った。「早起きしたんじゃない。まだベッドに入っていなかったんだ」すくなくとも彼らは自身のベッドで眠るつもりではなかった。

リディアは彼のほうに顔を向けると、ようやく状況を理解して表情がなごんだ。「そうだったのね」彼女はつぶやいて前を向いた。

「ああ、そうだとも」ローは黙れと自分に言い聞かせようとしたが、かわりに言葉が口をついて出た。「もしあそこにのこのこ入っていったら、なにが起こっていたかわかるか？」そんな状況は想像したくもなかった。

彼女は鼻を鳴らし、あごをつんと突きだした。「バーラムのお楽しみが、いわゆる乱痴気騒ぎと紙一重《ひとえ》だということは充分わかっているわ」

「紙一重だって……？」彼はあきれたように大げさな口調で言うと、リディアのひじを握った手に力をこめて、彼女を宿に続く道に引っぱっていった。泥道用の靴底のせいでよろめく彼女を、彼は本能的に支えた。「言っておくが」——彼は言葉をわざと切って話しつづけた——「乱痴気騒ぎに紙一重もなにもあるもんか。乱痴気騒ぎはするか、しないかのどっちかしかない。経験者だから言っているんだ。バーラムのお楽しみは、だれが見ても馬鹿げた乱痴気騒ぎだ」

彼女はちらりとローを横目で見て、すぐに前を向いた。

「わたしを脅《おど》かそうとしているのでしょう」

「成功しているかね？」

「わたしはタバサの手紙を探しにアプトン・グレンジに行くわ——どんなに脅かされても、わたしの気持ちは変わらないわ」

ふたりは無言のまま宿に向かった。

その静けさのなかで、互いのさまざまな思いやたくらみ、期待、感情がうず巻いた。リディアは、ふたりのあいだの空気がしだいに重苦しいものに変わっていくのを感じた。

昨夜、彼女はローの夢を見た。数年ぶりに、彼は夢のなかで彼女に会いにきた。その姿は彼女が胸の内でずっと求めていたもので、それ自体はさほど驚くことではなかった。彼女は何年間もずっと彼のことを夢に見つづけていたのだから。ただ最近はしばらく途絶《とだ》えていたという、それだけのことだ。彼女の気持ちを揺るがしたのは、夢に出てきたローが、果樹園での無邪気なキスで彼女の心を盗んだ二十二歳の青年ではなかったことだった。昨晩の夢に出てきた彼は、いまのローの姿だった――そして彼と交わしたキスは、無邪気とはほど遠いものだった。

彼女は昨夜の夢を思い出すまいとした。思い出すと顔が赤くなってしまうし、そうなったら、彼女に関しては極端に察しのよい彼がその変化に気づき、理由を見抜いてしまうだろう。そんな屈辱感に耐えるくらいなら、乱痴気騒ぎのまっただなかに足を踏み入れるほうがよほどましだった。

そういえば……リディアはローに目を向けた。「バーラムの屋敷を家捜しするのに、いつが適当かしら？ 今日の何時くらい？」

ローはすでに苦虫《にがむし》を噛《か》み潰《つぶ》したような顔をしていて、これ以上不機嫌そうな顔をするのは無理だった。道に出ると、彼は芝生の縁沿いに彼女を導いて宿に向かった。「もう少しあとだ。昼ちょっと過ぎが、ふつうはいちばん静かな時間帯だろう。泊まり客は全員ベッドに入っているし、使用人たちは掃除《そうじ》を終えて、夜のどんちゃん騒ぎが起こるまえに自分たちの部屋で休憩《きゅうけい》をとっている」

彼女はうなずいた。理にかなった話だ。「わかったわ。じゃあ、それぐらいの時間にもう一度――」

「だめだ、きみを行かせるわけにはいかない」ローが彼女の言葉をさえぎった。ふたりは宿が真っ正面に見える位置まで来ていた。正面玄関の階段の前の道は、まるで泥の川のようになっていた。ローは彼女を見つめ返した。「わたしが行こう。あの家の造りはわかっている。バーラムが大切な書類を保管している場所も知っている」

いつものように、まったく恐れを知らぬ表情で、彼女はローを見上げた。彼女らしい、落ちついた、冷静な面持《おもも》ちで、探るように彼を見つめている。ローは、まるで心の底を見透《みす》かされている気分だった。

気がかりなことがあるのか、ふっと彼女の目が曇ったが、すぐにまた彼の目を見つめ、まるで身構えるように小さく息を吸いこんだ。「そう言ってくださって、本当に感謝するわ、ロー。でもこれはわたしがやるべきことよ。バーラムの屋敷に入りこむのは無謀なことだとわかっているけれど、それでも自分の手でやりたいの。屋敷に忍びこんで、タバサの手紙を取り戻して、無事に見つからないように戻ってくるわ。大丈夫、なんとかやりとげてみせるわ。あなたが言ったとおり、わたしは良識があるほうの姉ですもの。賢いし、注意深いし、けっして馬鹿なことをやる娘じゃないわ」彼女は言葉を切って、すぐに続けた。「今回は、わたしが軽率なことをする番なの。冒険をしてみたいのよ——たまには興奮するようなことをしてもいいでしょう」

リディアは彼の目をじっと見つめ、静かにつけ加えた。「あなたなら、わたしの気持ちをわかってくれると思うの」

ローは彼女の澄んだブルーの瞳を見下ろした。わからないと言いたかったが、彼女の気持ちが痛いほどよくわかった。

厳しい表情のまま、彼はかがんで両腕でリディアを抱え上げた。

彼女は押し殺したような悲鳴をあげたが、彼女を抱いたままローが泥だらけの道を歩きだすと、探るように彼の顔をのぞきこんだ。

彼の表情は石のように硬く、彼女と目を合わせようともしなかった。

宿に着くと、ローは彼女をポーチに下ろした。リディアが泥道用の靴底をはずしているあいだに、彼はブーツにこびりついた泥をドアわきの横木でそぎ落とした。彼女がドアを開けてなかに入ると、彼もあとに続いた。

玄関口で立ちどまった彼女は、彼を見上げた。「どういう意味なの?」

答えるのに、しばらく時間がかかった。「きみをグレンジに連れていくということだ。きみを連れて入る方法はわかっている」

彼女の目が輝いた。「本当に?」

こんなことを言いだす自分は頭がおかしい、と彼は思った。「ああ」ローは彼女の腕をとった。「続きは、談話室で」彼女をドアに導いた。「まだ朝食をとっていない。空腹でないほうが、わたしの脳はよく働くんだ」

「きたる二月二十三日から二十七日にアプトン・グレンジで開かれる自由な宴会に、アルコンブリー卿はジェラード子爵のお越しをお待ちしております」リディアは、ローがポケットから取りだして彼女に差しだした招待状を、目を丸くして見つめた。「昨日から、あと三日間続く予定だ」

彼女は、談話室の小さなテーブルの向かいにすわったローに目を向けた。彼は大量のソーセージとタマゴ、ベーコンとハムの山を、おびただしい量のコーヒーで流しこんでいる。彼女は紅茶を飲んでいた。「〝自由な宴会〟ってなんなのかしら?」

彼はほおばった食べ物をよく噛んで飲みこんだ。「文字どおりの意味だよ」

ふたたび招待状に視線を戻した彼女は、まゆを上げた。どうやらこれから本物の乱痴気騒ぎを体験することになるらしい。

「もし気に入らないのなら、わたしひとりで行ってもいい」

彼女が顔を上げると、ローはちょうどからの皿をわきに押しやっていた。テーブル越しに、彼女はローを見つめ返した。「いいえ、わたしも行くわ——興奮するような体験がしたいんですもの。いったいどんなことになるのかしら? もしかしたら……啓発されるような体験かもしれないわね」

聞き違いかもしれなかったが、彼女にはローのうなり声が聞こえた気がした。彼のぼやきを無視して、彼女はふたたび招待状に集中した。

招待状を指でたたいて、彼女は顔をしかめた。「でも、同行者についてはなにも書いてないわ。レディを連れていったら、変だと思われないかしら？」

リディアが顔を上げると、彼の顔に用心深さと慎重さとあきらめが入り交じったような、奇妙な表情がよぎった。

彼がとまどった顔で彼女を見つめたので、彼女はさらにまゆをつり上げた。

「レディなら変だ」彼は口ごもるように言った。「だが、娼婦ならおかしくはない」

リディアは思わず目を大きく見開いた。「わたしが娼婦のふりをするの？」彼女の冒険はいよいよ面白くなっていく。おそらくタバサは羨《うらや》ましくて青ざめるに違いない。

すでに不機嫌そうだったローの唇が、きっと一文字に結ばれた。「さっきも言ったように、無理して――」

「どうすればいいの？」彼女は身を乗りだしてたずねた。「これじゃ娼婦には見えないでしょう――この姿を見て、娼婦だと思う人はいないわ。変装しなくてはいけないかしら？　見かけをどんなふうに変えたらいいの？」

彼の目に浮かんだ表情が彼女を大胆にさせた。まるでトラをけしかけるような気分だった。テーブル越しならば、そんなことをしても安全に思えたし、彼から受ける影響を隠し通すことができた。だがじかに触れられたり、すぐそばにいられたりすると、まともに考えることができなくなってしまう。さっき彼に抱き上げられたときには、理性を取り戻すのに苦労したが、幸いなことに、玄関まで行くあいだ、彼はなにもたずねなかった。彼とのこんな刺激的なやりとりは彼女の気分を浮き立たせたが、まるで彼の気を惹《ひ》くようなその態度は、取るに足りない言葉のかけひき以上に危険な要素をはらんでいた。

リディアにとっては、これは危険な冒険だった。

なぜそんな衝動にかられたのか、どうしてそんな衝動に負けて彼をからかう気になったのかは彼女自身にもわからなかったが、ローの表情から、彼がいまだに彼女が本気かどうかを測りかねているのがわかった。世間が彼のことをどう言おうとも、彼女はローがけっして一線を越える男ではないのを知っていたし、彼女がショックを受けたり怯《おび》えるようなことをする男ではなかった。彼女といっしょにいるときの彼は、いつも完璧な紳士だった。

だからといって、彼女がこれまで――そしていまも――彼といっしょにいるときに、完璧なレディにあるまじき行為におよぶという夢想を抱かないわけではなかった。

内心、ため息をついて、彼女はふたたび招待状に目を落とした。もちろん、実際には突飛なことはしない。なぜなら、誰もが知っているように、リディアは良識のある、行儀のよい娘なのだから。

「まずは、きみのドレスを見つけなければ」彼は一語ずつ嚙みしめるように言った。「それから……その髪をなんとかしなければ」

「えっ？」彼女は目を見開いた。「どうするの？」

「ジェラード子爵！　ようこそ、閣下――アプトン・グレンジによくいらっしゃいました。こうしてお目にかかれるのは、何年ぶりになりましょうか」

「こんにちは、グラフトン」アプトン・グレンジの玄関ホールで、ローはバーラムの執事に魅力的な笑顔を向けたあと、うんざりした口調で言った。「わたしも、またここに来られてたいへんうれしいよ。だが、ここまでの道のりは、そう簡単ではなかった――あまりにもひどい泥道のせいで、馬車の心棒が折れてしまった」

ローは目を細めて、隣に立っているリディアを見た。彼女はマントに包まれて、彼の腕にぶらさがり、その場にふさわしく、不作法にもふくれっ面をする娼婦をうまく演じていた。フードをかぶって、きちんとピンで留めているせいで、まわりの者たちは彼女の顔を見ることができない。「こちらの……レディとわたしは、見たようにいま帰した軽装馬車を使わねばならなかった」彼は気だるそうに車寄せのほうを指さした。「ここでゆっくりすれば、不愉快な記憶を忘れられることを望んでいる」

「もちろんですとも、子爵さま。当然です」大柄で、樽《たる》のように分厚い胸をしたグラフトンは、尊大な態度で従僕を呼んだ。「お怪我《けが》はありませんでしたかな？」

「御者が頭を打ってしまったが、たいした怪我ではない。荷物はあとで届くはずだ……ただし、わたしのほうが、先に呼び戻されなければの話だが。いずれにせよ、ふたたびこうしてステファン主催のパーティーに来る時間をつくれたのは幸いだった――それに彼女も、この催し物の噂を聞いて、ぜひ体験したいということだし――こうしてやって来たのだよ」

「ご主人様も、たいそうお喜びになるはずです、閣下。お部屋はご用意できておりますので、ご案内いたしましょうか?」

「ありがとう。そうしてくれ」ローはわざとみだらな目つきでリディアを食い入るように見つめたあと、グラフトンに顔を向けた。「ところでひとつ頼みたいのだが――荷物が着かなくても、わたしはいっこうにかまわないのだが、彼女は旅の装いで、パーティーに出られるような姿ではないのだ。記憶が正しければ、ステファンはこういう緊急のときのために、ドレスを用意していたと思うのだが」

「もちろんですとも、閣下。グリーン・ルームにご用意してございます」ゆっくりと階段に向かうローに、グラフトンはうなずいた。「お連れ様にお好きなドレスをお選びいただければ、ご主人様もきっと喜ばれると存じます」

「ありがとう」ローは鷹揚《おうよう》に手を振って執事を追い払うと、従僕についてリディアとともに階段を登った。「ステファンが起きたら、わたしからよろしくと伝えてくれ」

「もちろんですとも、閣下、かならず」階段の下で立ちどまって、グラフトンは話しつづけた。「わたくしどものスケジュールは覚えていらっしゃると存じますが、閣下――朝食はダイニングルームで四時からお召しあがりいただけます。夕食はひきつづき十時からでございます」

「その後、宴会が始まる」ローは階段を登りながら引きつった笑みを浮かべた。バーラムのスケジュールはちゃんと覚えている。タバサの手紙を手に入れて、四時までにリディアを無事に宿に連れ帰るつもりだった。「ありがとう、グラフトン。ほかになにか必要ならば、声をかける」

執事と同じような卑屈な態度で、従僕は回廊を抜け、廊下を通って、屋敷の片側に位置する森を見下ろす大きな寝室にふたりを案内した。

ドアが閉まったとたん、ローの指示にしたがってメイドがセットした赤みがかった褐色のカールを乱さぬよう、リディアは慎重にフードをはずした。「ねえ！　それほど難しくはなかったわね」

「いまのは」彼は吐き捨てるように言った。「まだほんの序の口だ。これから先は、そう簡単にはいかない」

マントのひもをほどきながら、彼女は目を見開いて彼を見た。「次はなにをするの？　ドレス？」

彼はうなずいた。「ここで待っていろ。わたしが行って、適当なものを見つくろってくる。そのなかから、気に入るものを選べばいい」彼はドアに向かった。

「待って――いっしょに行くわ。そうしたら、その場でドレスを選べるから――そのほうが早いわ」

「だめだ」ドアノブに手をかけて、彼は振り返った。彼のたてた計画は正気の沙汰とは思えないのに、なぜか彼はここにいて、彼女のために動いている。冒険したいという彼女の欲望を満たしてやっている。とはいえ、ステファン・バーラムのグリーン・ルームに用意された、ほかの客たちの欲望を満たすための品々を思い返すと、彼女にそこまでの放埒を許す気にはなれなかった。「きみはここで待っていなさい。きみの顔を見る人間が少なければ少ないほどいいのだから」

彼女の返答を待たずに、彼はドアを開けて部屋から出て、うしろ手にしっかりとドアを閉めた。

しばらくのあいだは安全だった。バーラムと彼の客たちは全員ぐっすり眠っているはずだ。彼らが起きてくるのは三時過ぎで、それまでにはまだ二時間以上の余裕があった。そのあいだにリディアと彼はタバサの手紙を探し出し、ここから逃げ出さなくてはならない。

だが、そのまえに彼女を変装させなければならない。

グリーン・ルームは記憶にあるとおりの部屋だったが、ドレスを選ぶのは、考えていたよりずっと難しい作業だった。巨大な大型衣装ダンスに下がっていた服のなかに、上品そうな服は一着もなかった。最終的に、彼は三枚のドレスを選び、それを腕にかけて寝室に戻った。

リディアは窓辺に立って、外を見ていた。彼が入ってきた気配で、彼女は振り向き、興味深げな顔つきで、ベッドの足もとに彼が広げたドレスを見にやって来た。

彼は一歩下がった。「これがなかでも……いちばんふつうのドレスだった」

「これは、すてきね」彼女は、サクランボ色のすべすべした絹のドレスを手にとった。極薄の生地でおおわれたそのドレスは、どことなくアラブのハーレムを連想させた。だがよくよく見ると、ドレスの丈《たけ》は太腿のあたりまでしかなく、深く開いた胸もとは下着よりもずっと多くの皮膚《ひふ》を露出することがわかった。

リディアは息を飲んだ。「これは、やめておいたほうがいいわね」彼女はほおを赤らめながら言った。

彼女はあれこれと思いをめぐらした――ローはこれを着た彼女の姿を想像して選んだのだろうか？

二枚目のドレスは非常に淡いグリーンのサテンでできていた。掲げてみると、それはローマ時代のトーガを模したデザインだった。ワンショルダーのドレスで、胸の部分は布地でおおわれているが――背中はウエストの下あたりまで丸開きだった。「これも……だめね」

そのドレスを元に戻すと、彼女は最後のドレスに手を伸ばした。白い絹地とダークブルーのひもを使った非常に手のこんだ装飾的なデザインのドレスを、彼女は祈るような気持ちで手にとった。もしかするとローは、彼女がとても着られないようなドレスばかりを選んできて、彼が手紙を探しているあいだ、彼女が部屋で待っていると自分から言いだすように仕向けているのかと疑わずにはいられなかった。

だが、ローが選んだ最後の一枚によって、彼への信頼が戻った。すくなくともローは、彼女が捜索に同行することを許すつもりのようだった。

ドレスを持ち上げて、彼女は部屋の隅にある姿見のほうを向いて、ドレスを体にあててみた。「これって、酪農婦《らくのうふ》の服のつもりかしら?」ローが彼女のうしろに立ったので、彼女は鏡越しに彼の顔を見上げた。

鏡に映ったリディアの姿を見て、彼は顔をしかめた。「小トリアノン宮殿風のつもりだろうな」

彼女はふたたびドレスに目をやった。「あなたが言うとおりね」そのドレスは前世紀の流行のスタイルで、たっぷりとしたスカートの下に、フリル付きのペチコートがついていた。これなら彼女の脚は充分に隠れる。襟《えり》はダークブルーのレースで縁取られていて、背中心の締めひもはいまの流行に比べるとかなり露骨で、まるで誘惑するようなデザインではあったものの、まだ許容できるものだった。胴部もスカートも、レースに縁取られた縦長の四角い生地《きじ》を継ぎあわせて作られていて、全体から見れば、裾が大きく広がった美しいドレスだった。

きわどい部分は——むろん、一カ所あって——それは前身頃《まえみごろ》だった。

白い絹地の襟もとは、大きく深くくれていて、着ている者の胸を隠すというより縁取りの役目しか果たしていない。だが深い襟ぐりはブルーのレースで埋まっている。ドレスを体にあててみた彼女は、谷間を埋めるレースは密度も高さも充分で、隠したいところをちゃんと隠してくれると判断した。

彼女はうなずいた。「これにするわ」きっぱりとそう言い切ったのは、ローがまたもや彼女に冒険を思いとどまらせようと説得にかかるのを避けるためだった。なにしろ彼女はこの体験を楽しんでいるのだから――胸に湧きあがる興奮、いけないことをするスリル、危険が差し迫ることによる、予想していなかった心地よい快感。

見上げると、ローが苦虫を噛み潰したような顔をしていた。あいかわらず、鏡に映った彼女の姿を見つめている。彼は鏡越しに彼女の目を見つめ、しぶしぶうなずいた。

振り返って、彼はマントルピースの上の時計に目をやった。「急いでそれを着たほうがいい。着替えたら、すぐに手紙を探しに行こう」

そうすれば、彼のこの苦しみも終わるのだから。ローは自分がこんな型破りな行動に同意しただけでなく、実際に自分が計画したことが信じられなかった。すでに苦痛を感じていて、その苦しさは時を追うごとにひどくなっていた。

白とブルーのドレスを手に、リディアは部屋を見まわしたが、もちろん、室内には衝立《ついたて》などなかった。あごが砕けそうなほど歯を食いしばりながら、彼は言った。「窓辺に立って外を見ているから。ひもを結ぶのに手が必要なら、そのときに声をかけてくれ」うなり声が出そうになるのを、どうにかこらえた。

彼が窓際に行くのを見届けてから、リディアはベッドのほうを向いた。彼女はいまの状況を明らかに楽しんでいた。

さらさらという衣擦《きぬず》れに混じって、彼女のハミングが聞こえる。耳慣れた音を追いながら、彼女がいまなにをしているのかと彼の想像がふくらんだ。彼は窓の外を見てはいたが、木々や手入れがされていない芝生など目に入らなかった。

頭のなかに、あのドレスをまとった彼女の姿が浮かび上がった。目の前に広がるのは……考えてみれば、しゃべっていたほうがまだましだと彼は判断した。「そのドレスでは、下に下着はつけられないぞ」

突然の沈黙が、かえって多くを語っていた。衣擦れの音すらしなくなった。やがて彼女が小さく鼻を鳴らし、かすかなシュッという音が聞こえた——ローはその意味を考えないようにした。目の前に浮かんでくるイメージを必死で抑え……

「準備ができたわ」

彼の心の準備はまだだったが……気を引き締めて、彼は振り返った。

リディアは姿見の前に立っていた。ドレスのスカートが絹の泡のように広がり、ダークブルーのレースが陶器のような肌に栄《は》えていた。彼女は両手で胸をおおうようにして前身頃を押さえ――顔をしかめていた。

ローは彼女の背中を見つめた――前に比べれば安全地帯だった。ドレスの両脇は、ウエストのあたりまでぱっくりと開いていて、背中心で結びあわされるのを待っている。目の前に広がる陶器のように白い肌を、彼は必死で見ないようにした。背後に立つと、ローはひもの端をつかんで、それをひも穴に通し、慣れた手つきで後ろ身頃を引っぱりながら合わせていった。

これまで、数えきれないほど多くの女性のためにこの作業をしてきたので、なにも考えずに手を動かすことができた。彼はみだらな妄想を抱かぬように、無心で作業を続けた。

彼がひもを締める作業に没頭していると、リディアが身をよじって言った。「こんなにきついとは思わなかったわ」

目を上げ、鏡をのぞきこむと、ダークブルーのレースによってより強調されている魅惑的な象牙《ぞうげ》色のふくらみが目に入った。罵《ののし》りたくなる気持ちをぐっとこらえ、彼はすぐに両手に握ったひもに目を落とした。十六歳のあのころに比べて、彼女はすっかり成長している――彼が想像していた以上に。

彼女は苦しそうに身をよじった。

「じっとしていろ」彼女がしぶしぶ言われたとおりにすると、彼は歯を食いしばって言った。

「こういうデザインなんだ」

後ろ身頃も同じで、実際に着るまえには首筋まで締めることができたひもも、なかに女性の肉体が入ると、背中の下のほうまでしかひもをかけられなかった。挑発的に広く開いた背中と、ぶらぶら揺れる結びひもの端……ローはそれをきつく二重に縛《しば》った。

彼自身ですらほどけないほどきつくひもを結んだ。

彼女は小さく鼻を鳴らしたが、すぐに作業が終わったことに気づき、突然目を大きく見開いて、肩越しにうしろを見た——背中から離れる彼の姿がまず目に入ったあと、背中を見ようと首をまわした。「どうしたの……？」

くるりとまわり、彼女は姿見に背を向け、背中越しに鏡を見た。「まあ、どうしましょう」

それは、まさにローが思っていることだった。誘うような、それどころか挑発的なドレスを身にまとった美しすぎる彼女の姿を目の当《ま》たりにして、自分の愚かさ加減を思い知らされつつ、彼にできることはただ歯を食いしばって耐えることだけだった。彼女に気づかれるほどあからさまに見つめるな、と彼は自分に言い聞かせた。

手紙を取り戻すこの冒険に彼女を参加させる計画のなかで、彼は——けっして——このような展開を予想していなかった。

そのドレスが放蕩者のエロチックな夢を掻きたてるのみならず、きれいにカールされた髪を上げて束ねたヘアスタイルや、両肩に触れる後《おく》れ毛は、まるで押し倒してくれと言わんばかりの色っぽさだった。

「さてと」自分の声が不自然に聞こえる。きつい口調で、早口になっているのがわかった。「これで用意ができた」言うまでもないことだった。

苦行《くぎょう》に耐えられるよう心を鬼にし、彼は手を伸ばして彼女のひじをつかんだ。「行くぞ――手紙を早く見つければ、それだけ早く、きみはそのドレスから解放される」

リディアは妙な顔をして彼を見つめたが、おとなしく彼にしたがってドアに向かった。

ローはドアを開けると、廊下を見まわした。あたりは静かで、誰もが眠っていて、客も、動きまわる使用人の姿もなかった。リディアを連れ出すと、彼はドアを閉め、彼女の手をとった。「こっちだ」

回廊に向かう彼の少しあとを、彼女は無言でついていった。回廊を過ぎると、廊下を進んで、別の翼へと向かった。

リディアはきょろきょろと閉まったドアに目をやり、それぞれの部屋でけっして会いたくはない客たちが眠っていることを意識して、つま先立ちで歩いた。そのせいで、無視しようとしている恥じらいをよけいに強く感じた。下着をつけずにドレスを着たことなどないし、ましてや、こんなドレスを着るのは初めてだった。

一歩歩くごとに、柔らかい絹布とレースのスカートの下の、フリルがついたペチコートが、裸足《はだし》の皮膚をくすぐった。ひざのすぐ上に締めたガーターから上は裸だった。ドレスをちゃんとまとっていながら——逆にこのドレスのせいで——彼女はしてはならないことをしているような、刺激的かつ挑発的な意味で裸体をさらしているような気分だった。

冒険を欲していた時点では、こんな展開は予想していなかったが、文句を言うつもりはなかった。生まれて初めて、彼女は自分が生きていると実感していた。タバサがなぜとっぴなふるまいをしたがるのか、ようやくその理由がわかった。

翼のはずれまで来ると、ローはふたつ目の階段に向かった。

リディアは彼に寄りかかるようにして、階段を降りながら耳もとでささやいた。「どこに行くの?」

「書斎のデスクだ」ローがささやき返した。「バーラムは借用書を引き出しにしまっている」

彼女はその言葉を聞き、ローがいかに適確に自分をここまで導いてきたかを考えた。「あなた、彼のことをすごくよく知っているのね?」

ふたりは一階に着いた。彼はドアの前で立ち止まると、彼女の目を見つめた。「過去の話だ」そう言うと、ドアを開け、しっかりと握ったままの手を引いて、彼女を室内に導いた。

男性に手を引かれるのは、高級娼婦の日常なのだと彼女は考えた。

部屋には誰もいなかった。ようやく彼女の手を離すと、ローは振り返ってドアを閉めた。

彼女と目が合ったとき、彼は室内をあごで示した。「あのデスクだ」

リディアは振り返って、目を丸くした。「大きなデスクね」

「ステファンの父親や祖父が使っていたものだ――いまは彼のものだが」ローは、三つの張り出し窓の中央にまるでオークの切り株のように居座っている、豪華な彫刻が施《ほどこ》された巨大なデスクに近づいた。リディアも彼のあとにしたがった。

窓際には、すわり心地のよさそうな、赤いベルベッドのクッション付きのベンチがあった。窓から見えるのは、彼らが通された寝室と同じ景色だった。デスクは、真ん中の窓から十フィートほどの場所に置いてあり、窓とデスクのあいだにひじかけ椅子がある。リディアがデスクの向こう側にまわると、驚くほどの数の引き出しがならんでいて、中央に両ひざを入れるだけのせまい空間があるだけだった。

彼女は引き出しの数をかぞえた――縦に五つの引き出しが横に四列。「二十」確認するように、彼女はつぶやいた。

ローが顔をしかめた。「まさか、全部の引き出しに借用書を入れているということはないだろう」彼は片側のいちばん上の引き出しを開けた。

なかを見て驚いた彼は、次の引き出しを開けた。さらに次、そして次の引き出しも。

それから、一歩下がって悪態をついた。

彼の予想は間違っていた。どうやらアルコンブリー卿ステファン・バーラムは、これまで受けとった約束手形をすべて保存しているらしい――彼が称号を受け継いですでに三十五年がたつが、最近の十五年間は賭け事にのめりこんでいた。

リディアは目を丸くした。「これを全部探すなんて、一生かかってしまうわ」

ローは険しい顔つきで、デスクの上の時計に目をやった。「あと一時間半ある」彼は椅子をリディアのほうに押しやった。「きみはそっちの端から探してくれ。わたしはこちら側から始めるから」

もし運がよければ、バーラムやほかの誰かに見つかる前に——すべてを探し終えるか、タバサの手紙を発見することができるだろう。

3

「これって、馬鹿げてるわ」リディアは調べ終えてデスクの上に積み上げた、さまざまな種類の書類の山を見つめていた。すでに調べはじめて十分が経過していたが、まだ右端のいちばん上の引き出しの中身の最上部をさらっただけだった。

十の引き出しのうち、最初のひとつで、すでに彼女は暗礁《あんしょう》に乗り上げていた。

「お金を回収したら、紳士は借用書を返すものだと思っていたわ」

「ほとんどの場合は、そうさ」彼女のすわっている椅子の隣に立ったまま、ローはひざを入れる空間の左側のいちばん上の引き出しに詰めこまれた書類をせっせと選別していた。「だが、ほかのやりかたもあるんだよ。借用書の上にサインして、それで支払い済みの印にする場合もある。これみたいに」彼は、バーラムがリグビー・ランズダウンのサインの上に署名した借用書の例を彼女に見せた。

「でも、どうしてこんなものをバーラムはわざわざとってあるわけ？」

ローは肩をすくめた。「シカの頭を壁に飾る男がいるのと同じ理由さ――バーラムにとっては、これが戦利品なんだろう。彼は昔から筋金入りのギャンブラーだからな」

「そうらしいわね」リディアはデスクの上にならべた三枚の借用書をつついた。「これは、シリングボーン卿から十年前に受けとったもの。こっちは五年前のミスター・スウェイソンのもので、最後の一枚は、スウィンボーン子爵が三カ月前に書いたものだわ」

ローは鼻を鳴らし、手にとった借用書を見つめたまましばらくなにも答えなかった。やがて彼は自分が探していた引き出しに入っている、ほかの書類に大急ぎで目を通した。「きみが見ていた書類は全部、名前がSから始まっているか?」

リディアは彼の顔にちらっと目を走らせると、選り分けた書類をぱらぱらとめくり、引き出しからもうひとつかみ取り出して、それも調べた。「そうよ。みんなSがつく名前だわ」

彼女は、ローが引き出しにしまおうとしている書類を見ようと身を乗りだした。「あなたのは?」

「Lから始まる名だ」

「ということは……」興奮を抑えきれない声で言うと、リディアはデスクの左端のいちばん上の引き出しに目をやった。

ローは調べていた引き出しを閉じ、彼女が見つめる引き出しを開けた。三枚の書類を取り出して目を通す。「これだ――Aの引き出しだ」

「よかった。これでいくらか探しやすくなったわ」リディアは開けっ放しの引き出しに、調べていた書類を詰めこんだ。いちいち元の順番どおりには戻さなかった。引き出しのなかにバーラムがどんな順番で書類を入れているのかは、さっぱりわからない。「さあ――少しこっちによこして」

その前に、ローは二段目の引き出しを調べた。「Bだ。よかった。Aの書類は全部、このひとつに入っているということだ」

彼はいちばん上の引き出しから書類の束をとりだすと、デスクの上に置いた。リディアがさっそくそれに取りかかり、書類の内容を調べはじめた――さまざまなサイズと形と内容が含まれている。なかには仕立屋の請求書に書かれているものもあった。リディアは女性向けの装飾品仕立屋の勘定書を見ながら、評判の高い独身男性であるアヴィンリー卿がいったいなにに首を突っこんでしまったのだろうと考えた。

ふたりは淡々と作業を進めた。希望の光が見えてきたことで、すっかりやる気になっていた。

だがやがて、ローの動きが鈍くなり、手が止まった。リディアが顔を見上げると、彼は、書類の束を見つめて顔をしかめていた。「どうしたの？」

ローは眉間にしわを寄せた。「アディソンは、まだ借金を返していないと言ったな。ということは、ここには手紙は入っていない」

リディアは、目の前に広げた書類を見た。「でも、全部に支払い済みの副署がしてあるわけじゃないわ」

「もしもバーラムがここ以外の場所で貸した金を返してもらったとしたら、やつは支払い額がわかるようなメッセージを書いたカードを相手に手渡すはずだ。ほとんどの場合、そういう借用書は廃棄されるのだが、バーラムはそれも全部とってある——ここに。つまり、これは全部、返済済みのものということだ。たとえ副署がなくても」ローは調べていた書類を、引き出しのなかに戻した。「あまりに数が多すぎるし、ほとんどが昔のものだというのが、その証拠だ。バーラムは、金になる書類をこんなふうにごちゃごちゃにしまっておいたりはしない」

リディアは彼を見つめると、調べていた書類の束を彼のほうに押しやった。「じゃあ、精算していない借用書はどこにしまってあるの？」

引き出しを閉じながら、ローはデスクを見つめた。机の上は驚くほどきれいで、ほとんどなにも置かれていない。一方の隅にランプがあり、浮き彫り模様で飾られた革製のインク吸い取り台のわきに、インクスタンドがあるだけだった。「ここに絶対あるはずだ。彼が新しい借用書を持ってこの部屋に入って、手ぶらで出てくるのを見たことがある」

彼は指でインク吸い取り台をつついたが、それはぴくりとも動かなかった。「なるほど」

リディアはインク吸い取り台を見てから、彼の顔に目をやった。「なるほどって、なにが？」

ローは手ぶりで彼女に下がるように指示した。

彼の邪魔にならぬよう、彼女が椅子をわきにどけると、ローは片ひざをついて、両ひざを入れる空間をのぞきこみ、デスクの下を手でさぐった。空間の上のほうに引き出しひとつ分のスペースがあったが、引き出しの取っ手はどこにもない。

彼は小さなレバーを探り当て、引っぱった。パチッという音がした。「あった」インク吸い取り台が置いてあった角がぱたんと上がった。彼は立ち上がって、それに手を伸ばした。

リディアも立ち上がり、彼の肩越しにのぞきこんだ。それは革でおおわれた、蝶つがいのついた長方形のふただった。ふたりは箱をのぞきこんだ――秘密の引き出しだ。箱のなかには、さまざまな筆記用具とペンナイフが一本、凝った装飾が施されたペーパーナイフ、バーラムの印、ロウソクの燃えさし、封蠟《ふうろう》がきちんとならべられていた――そして、それらといっしょに三インチほどの厚みの借用書の束が入っていた。

ローは一瞬ためらった。バーラムのプライバシーを侵害することに罪悪感をおぼえた。だが……みずからを奮い立たせ、借用書の束を手にとると、ぱらぱらとめくり、やがて一通の封筒を抜き出した。

「タバサの字だわ」リディアが言った。

封筒を見つめ、彼もうなずいた。「裏の筆跡はアディソンのものだ」封筒を開け、彼は一枚のきちんとたたまれた薄い紙をとりだした。全面にタバサの殴り書きの字が踊《おど》っている。

彼はそれをリディアに手渡した。「これが問題の手紙か、読んでみてくれ」

間違いないとは思ったが、腰抜けアディソンがかかわっている以上は、念には念を入れる必要がある。

リディアは便せんを開き、一歩下がって弓形の張り出し窓に近づくと、陽の光の下で文面に目を走らせた。

ローは、アディソンの借用書が書かれた封筒を元の場所にしまい、借用書の束を引き出しのなかに戻し、引き出しを締めて、椅子をデスクの前の位置に戻した。それから一歩下がって、あたりを見まわし、すべてが元の状態に戻っていることを確認した。

リディアは、窓辺で、妹の手紙を夢中になって読んでいた。彼女のほうを振り返ったとき、彼は書斎の前の廊下を歩いてくる大きな足音に気づいた。

もうドアのすぐそばまで来ている。

リディアを守り、ふたりがこの部屋にいるもっともらしい口実を考える時間はほんの数秒しかなく、その選択肢は限られていた。

次の瞬間、彼女もすぐ近くからはっきり聞こえてきたその音に気づき、はっとして顔を上げ、驚いた表情をした。

ローが腰に腕をまわしてリディアをこちらに向かせると、彼女はあっけにとられた顔をした。彼はそのまま窓際の椅子に腰をおろし、ひざでスカートをまくり上げながら、器用に彼女を自分のひざにすわらせた。

リディアは悲鳴をあげそうになった。スカートがたくし上げられ、ローの筋肉質の太腿の上にまたがる格好となり、ストッキングをはいたひざがふかふかのクッションのなかに沈んでいく。

彼のひざの上で、リディアはタバサの手紙――腰抜けアディソンと親密な関係に飛びこもうとしている妹の決意が詳細に語られていた――を片手に握りしめていた。もう一方の手は、動揺しながらもなんとか正気を保とうとして、ローの肩をしっかりとつかんでいる。たった一枚の薄い絹の布を通して感じられる、腰に添えられた彼の力強い両手のせいで、彼女の頭はすっかり混乱していた。

リディアが呆然としているあいだに、ローは彼女の顔に手を伸ばし、長い指で髪を梳《す》き、結い上げた髪をほどくと、顔を寄せて唇を重ねあわせた。

彼はリディアの唇をこじ開け、口のなかに舌を押しこみ、舌と舌を絡《から》めあわせた。

遠くから――はるか遠くから――ドアのかんぬきがカチッとはずれる音がした……だが彼女は体の内から湧きあがってくる興奮を抑えることができなかった。

いま、彼女の五感を支配しているのはローの存在だけで、彼は激しく彼女の唇をむさぼりながら、彼女からも同じような反応を――欲望への完全なる降伏を求めていた。

ローは両手で彼女のほおを包み、燃えるようなキスと刺激的な愛撫で、彼女を体の芯《しん》から溶《と》かしていった。

リディアは彼に身をゆだねた。彼女は息をするのを忘れていたが、忘れていることにすら気がつかなかった。頭も全身も、ローの唇の感触、彼の指先の動きだけに集中していた。ローによって、彼女のなかである感情が湧きあがっていた。彼によって、彼女のなかで欲望が芽生えていた。

息継ぎをするために、彼は唇を離し、かすかに唇を重ね合わされたまま、そっとささやいた。「バーラムがドアのところにいる。わたしたちを見ている」ローはけだるそうに頭を傾け、そそるように彼女のほおから耳へとキスをくりかえした。「求めているふりをするんだ——したがっているふりをしろ」

ふりですって？　彼女のスカートは絹の泡のように、彼のひざの上に広がっている。タバサの手紙をスカートのひだの下に隠すと、彼女はその手を彼の胸にあて、それから、ゆっくりともてあそぶように——その感触を隅々まで楽しみながら——がっしりとした胸もとからたくましい肩へとすべらせ、やがて首のうしろにまわした指を広げて、濃い色のなめらかな髪を梳きながら彼の頭を押さえて——キスを返した。

彼が望んでいる以上に、リディアは彼を求めていた。それを隠すつもりはなかった。彼女はひざで立ち上がり、貪欲《どんよく》に彼の唇をむさぼった。

彼の要求に応えて、熱く、意図的な営《いとな》みに没頭すると、彼女はますます貪欲になり、飽《あ》くことを知らない欲望を感じたが、それでもなお、彼の激しい求めに応えることはできなかった。彼女が貪欲になればなるほど、彼はそれ以上を求め、その行動はよりいっそう大胆になっていく。彼女の求めに――密着した体と、熱烈なキスに――応じるように、彼の欲望が高まっていくのを感じた彼女は、我を忘れて引きずりこまれていった――

果てしのない官能のうずの奥底に。

欲望と情熱に突き動かされるままに。

彼女のうしろのほうで、バーラムのわざとらしい咳払いが聞こえた。「ロー、ひさしぶりだな」

するとローはあわてる様子もなく、いかにも迷惑そうに――小さいが、はっきりとため息までついた――キスをやめて顔を上げた。だが彼女から体を離して、身を起こそうというそぶりはいっさい見せない。目を細め、あいかわらず窓辺の椅子の背もたれに体重を預けたまま、バーラムに顔を向け、気だるそうにまゆを上げた。

リディアが振り返るのを押しとどめるように、ローは彼女の顔を両手ではさんだままで、バーラムから彼女の顔を隠そうとした。

バーラムの笑顔には、男同士の連帯感が感じられた。「この屋敷でまた会えるとは、うれしいね。グラフトンから、きみが来たことを聞いたよ」

「わたしも、また訪問できて非常にうれしいよ」ローはわざと疲れきったような気だるい調子で言った。それはいかにも、礼を尽くすために、より興味深い活動を無理やり中断した男の口調そのものだった。「ようやくまたここに来られて、ご覧のとおり、さっそく楽しもうとしているところだ。なにしろ、きみが主催するパーティーには、ずいぶんとご無沙汰《ぶさた》していたからな。ほかに誰が来ているか、よくわからなかったので、ここで彼女と楽しむほうが賢明だと考えたんだ。ほかに誰もいないところで——すくなくとも、きみが起きてくるまでは」

バーラムはほほえんでうなずいた。愛想のいい主人そのものだ。彼はリディアを、その見えている一部を観察した。「きみの新しい恋人には、まだ会ったことがない気がするが」

ローは満足げにほほえんだ。「そのとおりだ。まだ会わせていない。だが、紹介は後まわしでもかまわないだろう」彼が腰を動かしたので、リディアの体が左右に揺れた。「いまは、少しばかり忙しいのでね」

バーラムの微笑は猥褻《わいせつ》そのものだったが、彼が文句を言わないことはローにはわかっていた。結局のところ、これが、彼の〝パーティー〟の主たる目的なのだから。

「かまわないとも。続けたまえ」バーラムはドアのほうを振り返りながら言った。「暇《ひま》になったら、ダイニングルームに来るといい——朝食がもうじき用意できるはずだ。ふたりとも、夜のお楽しみのまえに、エネルギーを補給しておきたいだろうから」

ローはあからさまに好色そうな笑みを浮かべた。「もちろんだとも。後ほど、行くよ」

バーラムは敬礼すると、ドアに向かった。

ローは、彼が部屋から出ていくのを待たずに、リディアの顔を引き寄せ、唇を重ねた。彼女にキスをする口実がなくなってしまうまえに、すべてを味わい尽くそうとするかのように、彼はふたたび熱い、禁断の悦《よろこ》びに身をまかせた。

ドアノブに手をかけたバーラムは、一瞬立ちどまってふたりの様子を眺めた。

リディアの顔から片手を離すと、ローは絹布に包まれた彼女のわきをつかみ、さらにその手を背中にまわして、ひもの結び目をほどくふりをした――ところが、あれほどしっかり二重に結んだはずの絹のひもが、軽く引っぱっただけですするりとほどけてしまった。ひもの結び目がほどけると、ドレスの背中が大きく開いたので……彼は演技を続けてその手を絹布のなかに這《は》わせるしかなかった。彼女の素肌の感触を――絹のようになめらかな手触りを――手のひらに感じた彼は、その体だけでなく彼女までも自分のものとするために優しく愛撫をくりかえした。

バーラムはドアを閉めて出て行った。

ドレスのなかから手を出せと、ローは自分に言い聞かせた。唇を離し、身を起こして――あまりにも挑発的な姿勢の彼女をひざから降ろせと。いまは、彼のズボンと、熱くなめらかな彼女の内股はぴったりと密着していた。

彼は自分に言い聞かせた。何度も、何度も、くりかえした。耳障《ざわ》りなほど言い含めても

――体が言うことを聞かない。

彼の体はすべて、もはや彼女のものだった。彼はこれまで感じたことがないほど強く激しい欲望の罠に捕らわれていた。

だが、これはリディアだ。

唇を離すのには、計り知れないほどの努力が必要だった。息を飲み、低いしゃがれた声で彼は言った。「バーラムは出て行った。もうやめよう」

重くていまにも閉じそうになるまぶたを開けて、彼は目の前にあるリディアの顔を見つめた。手はまだ彼女の素肌をまさぐっている。すべりやすい結びひものせいで、背中はどんどんあらわになっていく。

彼女も薄目を開けた。ぼうっとした目で、彼女は唇を濡らし、彼の口をじっと見つめた。

「やめたくないわ」

だが、やめなくてはいけない。「リディア」

「いやよ、言い争っても無駄よ」彼女は身を乗りだして、濡れた唇をそっと彼に重ねあわせた。「いいから、キスして。教えて――知りたいの」

それは頼みというよりも命令だった。彼女がそれを望むなら、期待に応えるのが紳士の務めだとささやく悪魔の誘惑から、彼は必死で逃れようとした。

彼は自分のなかの卑《いや》しさを自覚していて、そんな自分を信用できなかった。

だが、ローがまともな言い訳を考えつくまえに、リディアは彼のほおを両手で包み、ふたたび彼にキスをした。今回はより深く、誘いこむように――まるで断固とした決意を持って男をたぶらかす美女のように。

無邪気さを装いつつも、彼をたらしこむために計算しつくされた彼女の熱い口づけのせいで、せっかくの決意が萎《な》えていく……ローは身をよじって、唇を離した。姿勢を正そうとしたが、彼女にのしかかられて動けない。身を起こすためには、彼女の腕をつかんで押しのけなければならないが、彼はリディアの裸の背中から手を離せない――手に力をこめれば、状況はよけいに悪くなる。ローは深呼吸をした。「タバサの手紙は手に入った――早くここから出たほうがいい」

内心で、彼は自分を罵った。しゃがれた自分の声はいかにも弱々しかった。

「まだよ」リディアがいっそう深く腰を落として、温かく、絹のようになめらかで柔らかい太腿でローの股間を刺激したので、彼はうめき声を出しそうになった。ローは苦痛を感じるほど興奮していて、彼が体勢を変えたときにそれに気づいた彼女は、好奇心に駆られていた。

それは彼女の表情からも明らかだ。

リディアは彼を見下ろした。いま、ここでするしかない。彼女にとっては、いまが、ずっと夢見てきたことを体験する唯一の――もう二度とないかもしれないチャンスだった。はじめは、無邪気な夢だった。それが、しだいにそうではなくなってきた。そして……情熱的な情事を微細に記したタバサの手紙を読んでしまったいまとなっては、リディアはすべてを経験せずにこれから生きていくことはできなかった。

ここで、ローと。親密な関係になることをずっと夢見てきたただひとりの男と。いま、誰にも邪魔されないとわかっているこの部屋で。彼をその気にさせ、思いをとげるために、わざわざデザインされたこのドレスを着て。

すくなくともいまは、彼も同じことを考えているのだから。

通常ではありえないこの状況を利用して、リディアはローを口説《くど》き落とし、彼に生来の道義心や抵抗心を捨てさせようとした。

「帰るのは……もう少しあとでもいいでしょう」彼女の声は、自然にハスキーなささやきになっていた。少しだけ身を起こし、彼の目を見つめながら、リディアは胸の前で腕を組み、ドレスの肩に手をかけて、レースがついた袖を腕に沿ってゆっくりとすべらせた……彼をその気にさせるためには、大胆な行動をとらねばならない。運命の女神は勇者に味方する。

ローは目を見開いた。長いまつげの下で、グレーの瞳が銀色に光った。太腿のあいだの感触で、リディアは彼が反応したのを感じた。

彼女は袖をゆっくりと手首まで降ろすと、組んでいた腕を離した。するとドレスの前身頃がウエストのあたりまではらりと落ちた。リディアは、彼の目の前であらわになった自分の胸を見下ろさず、ローの銀色の瞳がきらめき、彼が歯を食いしばるさまを見つめた。

ローはゆっくりと息を吸いこんだ。

彼が口を開くまえに、彼女はふたたび低いハスキーな声でささやいた。「目の前のものが気に入らないなんて、言わないでね」彼女はより深く腰をおろして、挑発するように彼の固くそそり立ったものに下半身を軽くこすりつけ、胸を見せつけるように顔に近づけた。みだらな女になった気分だった。彼のズボンの生地を通して、勃起《ぼっき》した固いペニスの感触が彼女の脚の付け根に伝わってきた。

ローの目は、彼女の胸に釘付けになっていた。彼は生唾を飲みこみ、舌で唇を濡らした。

「リディア……」

彼には目の前で起きていることが信じられなかった。それに、目の前に堂々とさらされている象牙色の胸のふくらみから目をそらした、自分の精神力にも驚いていた。片手は、絹のようになめらかな背中にまだ置かれたままだった――その感触をずっと感じていたいという気持ちにあらがうことができなかった。もう片方の、彼女の顔に触れていた手は、彼女が動いたときに下に落ちて、いまは腰を支えているが、ほとんど添えているだけの状態だ。両手どころか、全身からすっかり力が抜けて、思いどおりに動くことができなかった。

ローは歯を食いしばり、必死で彼女の目から視線をそらさぬようにした。「こんなことはできないよ」

リディアは大きなブルーの目で見つめ返した。「なぜ？」

あごがくだけそうな気がした。「なぜなら……」ふさわしい言葉を探して、一瞬、彼は口ごもったが、彼女はわかったとでもいうようにほほえんで助け船を出した。

「わたしは、あなたがいつもこういうことをする相手とは違うから?」

彼はうなずいた。「そのとおりだ」彼女が非常に重要な点をわかってくれていることに感謝した。「ひとことで言えば、そういうことだ」

残念ながら、その返事に対する彼女の反応は、彼が望んだものとは違っていた。彼の上着の前を大きく開いて、彼女はベストのボタンをはずした。そしてベストの前身頃をわきに押しやると、薄いリネン地のシャツに包まれた胸の下に両手のひらをあてて、その感触を楽しむようにゆっくりと手を動かして彼の胸を愛撫した。

彼女が軽く目を伏せると、瞳が鮮やかなブルーに輝いた。「ふつうならば、それが、お互いにとてもしたいことをやめる理由になるかもしれないけれど」彼女の声は甘く優しく、まさに男をたぶらかそうとする誘惑のささやきだった。「でもね、ロー、わたしはあと何年かしたら、本当に未婚のままおばあさんになってしまうわ。だから……」

彼女は両手を彼の肩に置き、それからその手で彼のほおを包み、顔を近づけた。両ひじが彼の鎖骨《さこつ》にあたり、シャツを着たままの胸に、彼女のみごとな乳房が押しつけられた。上等なリネン生地を通して、その乳房のぬくもりを感じた彼は、自分のなかで原始的な衝動が突き動かされるのを感じた。

数インチの距離から、彼女はローの目を見つめ、答えを求めていた。彼は息をすることができなかった――両手を動かすことすらできなかった。そんなことをしたら、彼女を抱きしめてしまう。彼にすべてを捧《ささ》げようとしている女性の体を、手放せなくなる――そうなったら、もう歯止めはきかない。理屈も良識もどこかに行ってしまう。

そして、彼女に溺れていくだろう。

すでにそうなっていないかどうか、彼には自信がなかった。

彼女に見つめられると、目をそらすことができない。やがて、リディアは静かに言った。

「もし、未婚のままで死ぬのなら、いまだけ――この瞬間だけでも――あなたといっしょに生きたいの。お願いよ、ロー――わたしにこれ以上、言わせないで」

自分は強いのだと彼は自分に言い聞かせた――これに耐えられるだけの強さがあると。彼女にあらがえる強さがあると。自分が正しいと思うことを、口に出し、行動に移す力をかき集めようと、彼はあごに力を入れた。

だが、そのとき彼女はほほえんだ――穏やかな、なにか言いたげな、すべてを理解したようなほほえみを浮かべ――よりいっそう顔を近づけ、ふたりのあいだの距離を縮《ちぢ》めると、優しく、切なげに彼に口づけをした。

「お願いよ、ロー」彼女は、唇を重ねたままささやいたあと、すこし身を引いて、彼の目を見つめた。「あのとき、果樹園でいっしょにワルツを踊って、キスしてくれたとき、あなたが、わたしのことをどう思っていたとしても……いまは、わたしのために抱いてほしいの。お願い……教えて」

なんと言い返せばいいのだろう？

体の奥の、賢い自分が、観念したようにため息をつくのが聞こえた。こういう事態は避けられなかったし、それはわかりきっていたはずだ。

彼女をけっして拒めないことは、はじめからわかっていたはずだ。

いまさら拒もうとしても、無駄なことだ。

ここで、彼女の願いをかなえて、彼女が望む以上のものを与えてやらないのは、真実を否定することになると、彼は突然気づいた。それは、この十年間、ずっとわかっていた真実であり、けっして逃れられない真実だった。

だから、彼はいままで結婚しなかったのだ。おそらく彼女が嫁《とつ》がなかった理由も同じだろう。

本来ならば、じっくり考えるべき問題だったが、いま、この瞬間、彼にはほかにもっとすべきことがあった。

「わかったよ」太くしゃがれた彼の降伏宣言を耳にして、リディアは身震いした――まるで出走フラッグが振り下ろされるのを待つサラブレッドのように。彼はようやく両手に力を入れて、彼女をぎゅっと抱きしめた。そして両腕に抱いた彼女の感触を充分に楽しんだあと、顔を上げて彼女にキスをした。「御意《ぎょい》のままに」

いや、それ以上に。

ローは重ねた唇を通して、その熱いやりとりを通して彼の意図を伝えようとした。リディアは身を震わせた。彼の腕のなかで身震いしたが、彼をつかむ手には力が入った。筋肉をわしづかみせんばかりに、指先をぎゅっとつきたて、彼を駆りたてるように抱き寄せた。

だが彼はけっして急がなかった。

彼の両手がリディアのきめ細やかな肌を撫で、しなやかなくびれや、背骨のくぼみをなぞった。それから彼は、ふたたび髪に手をやると、ピンをはずして結った髪をほどき、長く艶やかな髪を自分の指に絡ませた。

ローは両手で彼女のほおをはさむと、欲するままにより深く、より刺激的に唇を重ね、同時に彼女の求めにも応えた。

ほおから離れた彼の手は、リディアの細長い首をつたって胸のふくらみへと移動した。指先で乳首を愛撫された彼女は、あっと息を飲んだ。

ローは両手で彼女の乳房をつかみ、張りのあるふくらみの柔らかい感触を手のひらで確かめたが、いまの彼女にはこれだけでは飽き足らないことは充分にわかっていた。唇を重ねながら、彼女は息を飲み、キスを彼に返した――熱烈に、もっと多くを求めるように……

彼はリディアの腰のくびれをつかんで、彼女の体を押し上げると、彼女ののどもとに唇を這わせた。指がたどったのと同じ道筋を、今度は熱い唇が這っていく。脈打つ首筋を通り、胸のふくらみをなぞり、やがてその頂点に行きついた。

彼女の激しい息づかいを聞きながら、ローは乳首のまわりに舌を這わせた。固くなった乳首を口に含み、深く吸うと、彼女が叫び声をあげた。

声を抑えようとする彼女に、彼は口を離して低い声で言った。「誰にも聞こえない。ダイニングルームは屋敷の反対側だ」

彼女の悲鳴が心地よかった。もっと聞きたかった。そのために、彼は乳首への愛撫を執拗《しつよう》にくりかえした。

より多くを与え、それ以上を手に入れる。

それは、リディアが夢見ていたよりもずっとずっとすばらしいものだった。

だがいまの彼女はもっと多くを求めていた。

片手で彼の髪を握りしめ、乳首をむさぼる彼の姿を見ないように両目を閉じたまま、リディアは彼を抱きしめて、すべての感覚を研《と》ぎ澄まし、これまで知らなかった感覚が大きくふくらみ、成長し、開花するのを感じた。

彼にすべてを許すことで、より多くが欲しくなる。もっと多くの悦びが。

そして彼のすべてが。

全身の感覚が研ぎ澄まされ、神経がぴんと張りつめ、彼に触れられるたびにはじかれたように反応し、さらに次の刺激を待ち受ける。皮膚の下で、なにかがかっと燃えるように熱くなり、それが体のなかを駆けめぐり、欲望の炎が血管を走り抜け、彼女の体の奥でひとつになっていった。

彼女が体勢を変えると、ローが身を固くした。スカートの下に忍びこんできた彼の手がリディアの太腿をまさぐると、絹のスカートがかさかさと音をたてて持ち上がった。ひざの少し上につけたガーターから上へと腿を這う手のひらが、素肌にはひどく熱く感じられた。やがて、その手は尻を探りあて、まさぐり、そっと握り、探求をくりかえす……それに気をとられているうちに、もう片方の手もスカートのなかに入ってきて、長い指が、彼女の太腿の内側を這い上がり、縮れた毛を探りあてると、その部分を撫で、より奥へと侵入した。

触れられ、愛撫され、刺激的に探られる。

彼女は身震いした。断崖の縁から飛び降りる直前のような気分だった。乳首をもてあそぶ舌が動きを早め、脚のあいだにすべりこんだ指が、彼女のなかに入ってきた。

息苦しくなった肺にほんの少し残っていた息が、かすかなうめき声となって彼女の口から漏《も》れ出た。やがて彼の指が、彼女のなかの炎を燃えたたせるように、出たり入ったりのリズムをくりかえすと……うめきは叫びに変わった。

もうこれ以上は待てなかった。

彼の髪を離し、リディアは両手で彼を押しのけ、両目を開けると、スカートを夢中になってかきわけて彼のズボンのボタンを探した。

泡のように広がったスカートとペチコートの下に手を差し入れていたローは、彼女がボタンをはずすまえにその手を引き出すことができなかった——だが、彼女がボタンをはずした瞬間、彼が悪態をついて彼女の尻を抱え上げたので、バランスを崩《くず》した彼女は、体を支えるために彼の胸に両手をついた。

「ロー!」彼女はやり場のないいらだちを言葉にこめて叫んだ。なにが欲しいかはわかっていたし、いますぐそれが欲しかった、狂おしいほどに——

「わかってるよ」ローはとぎれとぎれに言葉を吐き出した。彼女が理解しているかどうかわからなかったが、彼女が見て質問するとも思えない——たとえば、これってうまくいくの?と訊かれても、彼にはきちんと答えられるほど脳に余裕はなかった。「ちょっと待ってくれ」

彼女はいらだちと欲望で半泣きになっていた。すでに体は熱くほてって濡れていて、すぐにでも彼を受け入れたかったし、それは彼のほうも同じだった。こんな拷問《ごうもん》のような引き延ばしは、まったく無意味だった。

絹のスカートの下で、彼は勃起したペニスの先を彼女の膣《ちつ》にあて、腰を突き上げて先の部分を挿入し、彼女の尻をつかんでゆっくりと彼女を導いた。

リディアは息を飲み、むせび泣くようにうめいたが、彼に導かれてみずから腰をおろし、彼のものを飲みこんでいった。

処女膜にあたったのを感じた瞬間、彼はリディアを押しとどめ、少し腰を上げさせてから、ふたたび腰をおろすよう導いた。両目を閉じて、彼がふたたび体内に侵入して、処女膜を貫《つらぬ》くのを感じている彼女の表情は、なんとも驚くべき光景だった。

彼女はすぐにコツを覚え、リズムを理解した。二度、みずから腰を上げると、彼が手に力を入れるのに導かれて彼の上に身を沈め、やがて、完全に腰をおろして彼のすべてを飲みこむと、処女膜が破れた。彼女はのどの奥から悲鳴をあげたが、なおも彼のものを、なめらかな、燃えさかる彼女の内に包みこんだ。

あまりに強烈な刺激に、ローは歯を食いしばった。彼女をふたたび持ち上げてもう一度激しく貫きたい、自分を喜んで受け入れてくれる固く締まった彼女の鞘《さや》のなかに、ふたたび身を沈めたいという衝動を抑えるために、彼は身をこわばらせた。だが彼女の顔に浮かんだ瞬間的な痛みの表情が、すぐに官能的な快楽のそれに変わったのを見て、彼は心を打たれた。

「ゆっくりと」彼はささやくと、ふたたび彼女を導いた。

彼のリードにしたがって、最初は注意深く、やがて高まる貪欲さと欲望のなかで、彼女はしだいに痛みが消え、悦びだけが残っているのを感じていた。

その悦びを、彼女は当然のように要求し、同時に、彼と分かちあおうとしていた。

リディアが両目を開けると、彼の姿が目に映った。息を切らしながら、彼女は傲慢《ごうまん》な口調で命令した。「どうすればいいか、教えて――どうしたら、あなたを悦ばせてあげられるのか」

「もう悦ばせてもらっているさ――充分に」だが彼は尻をつかんだ手を離さず、一定のリズムで上下動をくりかえした――その動きがしだいにエスカレートしていき、やがて欲望が頂点に達して彼らを突き動かしていく。

激しい息づかいをくりかえしながら、彼女は前かがみになって、彼に口づけした。ふたりは舌を絡ませながら、腰の動きに合わせて互いを探りあった。彼は激しく彼女を突き上げ、彼女の尻をつかんで動きを制し、より深く彼女のなかに分け入っていき……やがてダムが決壊したように情熱の炎が駆けめぐり、ふたりを焦《こ》がしていった。

炎はふたりを満たし、焼き尽くした。

ついには激しく執拗なリズムだけとなり、現実が砕け散って虚空《こくう》を舞い、研ぎ澄まされた神経の綾《あや》がほどけて、官能の谷間に急降下していく……

やがて、雲間からいきなり顔を出した太陽のように、激しいエクスタシーに襲われたふたりは全身を震わせた。

満足しきったふたりは、互いの腕のなかで脱力し、波間をただよう難破船《なんぱせん》のように、現実となった夢の世界をただよった。

ローはこれまで、何度も女を誘惑してきた。女性を誘惑したといって、非難されたことは何度もある——たいていはその本人たちからで、間違った非難であることがほとんどだった——だが今回、ローグ・ジェラードは生まれて初めて女に誘惑されたのだ。

完全に足もとをすくわれ、これまで経験したことのないような形で女を抱いてしまった。彼は降伏を余儀《よぎ》なくされ、我を忘れてしまった。

天井を見上げ、充分に満たされた彼は、骨を抜かれたように寄りかかってくるリディアを抱きしめたまま、ただ苦笑するしかなかった。

誘惑されたと彼を非難した女たちを、言いすぎだと彼はずっと思ってきた。

外の空は曇りで低い雲が立ちこめているが、灰色の空も彼の目には、バラ色に光って見えた。彼の人生を完璧にするために、すべきことはあとひとつだけ。どうやってリディアに、きみは未婚のまま老婆になって死ぬ運命ではないと告げるかだ。

運命に逆らうことは不可能だと、彼はいま、実感していた。

4

一時間後、リディアはローにうながされ、アプトン・グレンジの手入れのされていない芝生を横切り、身を隠すのに最適なまわりの森に入っていった。すでに五時近くになっていて、あたりは暗かった。ひとたび森に入ると、ローは速度を落とし、落ちた枝や藪《やぶ》に足をとられないように彼女の手をとって支えた。やがて道にたどりつくと、彼は道沿いに歩きだした。

「今朝、宿に戻るために使った道だ」

リディアはうなずいた。まだ頭がいつものようにちゃんとはたらかない。夢を見ているような、宙をふわふわと浮いているような感じがして……日常の雑事などどうでもいい気分だった。

ローはほとんどしゃべらなかった。彼女が放心状態でいることに気づいているのだろうか？　もしかしたらこの状態は、彼らがさっきまでしていた行為の後遺症なのかもしれない。もしそうなら、彼も同じ状態のはずだが、ぼんやりしているようには見えない。彼はとても落ちついていて、冷静だった。

リディアは彼のほうを見た。彼が、うしろを振り返り、まわりの木々や、その下の陰に目を配るのを眺めた。彼が緊張しているように見えるのは、彼女を守るためだとわかっていたが、それにしても、ふつうに比べて度が増しているように思えるのだ。彼女はふたたび前を向く。もしかしたら、男性の場合の後遺症は、違うのかもしれない。

いずれにせよ、彼女はあいかわらず宙に浮いている気分だったし、自然と浮かんでくるにやけ笑いを押しとどめるのに必死だった。もしひとりでいたなら、そんな努力も必要なかった。楽しい思い出に耽《ふけ》り、夢のような瞬間を思い起こして、ひとり、その悦びにひたっていたに違いない。

無事タバサの手紙を回収し、そのうえ彼女は、まったく考えてもいなかったようなボーナスまで手に入れた。本当にすばらしく、気分が高揚するような――輝かしい――経験を。なにがあっても、絶対に逃したくない体験だ。そのうえ、良からぬ結果や代償もなく。彼女は危険を冒して運を試し、その結果、勝者となった。

唯一の心残りは、あの白とダークブルーのレースのドレスをアプトン・グレンジに置いてこなければならなかったことだった。リディアがようやく立ち上がれるようになると、その瞬間からローは、彼女とタバサの手紙を安全に――できれば、他人の目に触れずに――バーラムの屋敷から連れ出すことに専念した。彼に連れられて上階の寝室に戻った彼女は、彼の助けを借りて下着と自分のドレスに着替え、ふたたびフードを上げたマントにくるまれた。

床に脱ぎ捨てたドレスは、薄い絹の布の山と化していた。あのドレスは彼女を……別人の気分にさせてくれた。彼女に自由を与えてくれた。あのドレスは、それまで、その存在にすら気づいていなかった、もうひとりの自分を引き出してくれた。その一面がおもてに出たことを、彼女は正しいと感じ、そのことで自分に自信がついた。

〝自信がつく〟という言葉を、タバサはよく使っていたが、リディアはそのことにほとんど注意を払わなかった――これまでは。だがいまは、その言葉の本当の意味を理解し、自信をつけるべきだという妹の考えに共感できた。

あの白とブルーのドレスには、うれしい思い出がつまっている。それは彼女にとっては重要な瞬間だった。生まれて初めて、良識という信頼できる型から抜け出して、本当に手に入れたいものをつかんだ記念品となった。生まれて初めて、彼女は衝動に突き動かされて行動し、内なる叫びに主導権を明け渡したのだ。

もしかしたら、派手な化粧でもしてみれば、ドレスの代わりになるかもしれない。

そんなことを考えているうちに、宿に続く小道に着いた。

ローにしたがって左に曲がる。地面はあいかわらず泥だらけだったが、道の縁は乾いていたので、難なく歩くことができた。彼女とならんで歩きながら、ローは薄暗がりに包まれている前方を見つめていたが、やがて道沿いに振り返った。誰かに追いかけられるどころか、誰も彼らに気づいていない。「もう大丈夫だ。屋敷を出るところを見たものは誰もいない

――客も、使用人のほとんども、ダイニングルーム周辺にいたし、部屋は、屋敷の反対側にあった。わたしたちは実際なにかを盗んだわけではないし――バーラムは、手紙が入っていたことすら気づいていなかっただろう」

リディアの手が、ドレスの前身頃に伸びる。彼女はそこに、タバサの手紙を忍ばせていた。

「たった一枚の紙切れですもの」

ローはうなずいた。「バーラムは、わたしたちが姿を消したことに驚くだろうし、不思議がるだろう――疑いを持つかもしれないが――結局は一笑《いっしょう》に付《ふ》して終わりだろう。次に会ったときに、理由をたずねられるかもしれないが」いまでは彼とバーラムはほとんどつきあいがなかったので、そういう機会が訪れるのはおそらく何年も先だろうし、そのころにはバーラムはすっかりこのことを忘れているに違いない。「会ったのはバーラムと、彼の使用人だけだ。きみの正体はばれていない」

「そうね」

リディアがそれ以上なにも言わなかったので、ローはちらっと彼女の顔に目を走らせた。薄暗がりのなかで、ほとんど表情はわからなかった。バーラムの書斎で、彼の胸にもたれていた彼女は夢うつつの状態だったが、それは彼が予想していたことで、その時点で彼が優先すべき課題は、彼女を無事に、彼女の評判を落とすことなく宿まで連れ帰ることだったので、そのためほとんど話をしなかった。

だが、こうして彼女を無事に連れ帰り、宿が目の前に見えてくると、今度は彼女の沈黙の意味が無性に気になってきた。

彼女はいったいなにを考えているのだろう？　ふたりのあいだに起きた出来事を、彼らのあらたな関係を、どう思っているのだろう？　さっきの出来事は、彼の人生でもっとも重要な事件として頭に刻みこまれていた。肉体的な悦びのほかにも意味があった。名状しがたい、とらえどころのないものだったが、彼のなかで基本的ななにかが大きく変わっていた。

息をついて、彼は足をとめた。「リディア、さっきの――」

「ロー、書斎での――」彼女は振り返ると、いきなりしゃべりだした。

ふたりは、同時に話しだした。ローはそっけなくうなずいて、彼女に続きをうながした。

リディアは深く息を吸いこむと、あごを突きだした。彼の経験からすると、ほとんどの場合、これは良い徴候ではなかった。

「誤解がないように言っておきたいの」――彼女は曖昧《あいまい》な身ぶりで続けた――「書斎であったことだけど」

暗闇のなかで、ローは彼女の目を見つめた。「手紙を見つけたことか？　それとも、そのあとの、ふたりのあいだに起こったことか？」

彼女は口をひき結んでうなずいた。「あとのほうよ。あのことをわたしは誰にも話したりしないし、あんなことがあったからって、わたしに結婚を申しこまなければいけないと思う必要はないわ」

あんなこと？　ローは彼女を見つめた。「いやだったのか？」

リディアはまばたきをして彼を見つめると、その表情をうかがった。「それとこれとは、ぜんぜん関係――」

「リディア――きみは、あの行為を楽しんだのか、それとも違うのか？」

彼女はしばらく彼をじっと見つめていたが、緊迫した時間が過ぎたあと、よりいっそうあごを上げて言った。「ええ、もちろん、楽しんだわ。でも、それはあなたもわかっているはずよ――あなたは経験豊富なプロですもの。驚くことではないでしょう」

ローは鼻を鳴らした。「きみに関しては――それに、きみの妹に関しても――もうなにを聞いても驚かないよ。だが、この点だけははっきりしておこう。きみは、あの出来事を、楽しんだんだな」

彼女の目がきらりと光った。「もし、どうしても知りたいのなら、ええ、たしかにとても楽しんだわ。すてきな体験だったわ」

すてき……とは。〝すてき〟と言われても、とりあえず満足はできるが、〝言葉にはできないほどの〟とか〝信じられないような〟という表現のほうがより適切だろう。

「いずれにせよ」彼女は話を続けた。その口調には、妥協のない決意がこめられている。

「このことだけは、はっきりしておきたいの。ああいうことがあったから、責任をとらなければならないと思う必要はないし、思ってほしくもないのよ」彼女はあごをつんと突きだしたまま、前を向いてふたたび歩きだした。「体面があるからプロポーズをしなければならないなんて、思ってほしくないわ。もしも誰かにたずねられたら、わたしのほうから誘惑したってはっきり言うわ」

なんということだ。ローは彼女のひじをつかんで道の縁沿いを歩きながら思った。リディアにそう言われては、あのような関係になった責任をとるふりをして、彼女に結婚を申しこむという計画をあきらめなくてはならない。

彼らは、宿の向かい側までたどりついた。グレンジへは二輪軽装馬車で行ったために、リディアは木製の靴底《パトン》をつけていなかった。ローは腰をかがめて彼女を両腕で抱き上げた。今度は彼女は悲鳴をあげなかった。彼女を落とさぬようにしっかり抱きかかえ、ローは宿に向かって慎重に道を選んで歩きだした。歩きながら、彼は頭のなかで自分にとっていちばん痛手が少ない彼女への接しかたを模索した。彼女を妻にしたい本当の理由は、できれば明かしたくなかった——とても口に出しては言えない。だが、彼女を言い負かす方法はほかにもある。彼はだてに腕白小僧《ローグ》と呼ばれているわけではないのだ。

宿のポーチに着いても、彼女が黙りこくっていたので、彼は不安になって彼女の顔に目をやった。

遠くを見るような彼女の目つきからすると、彼女は間違いなくなにかを考え、計画している——これもまた、彼の経験からすると、けっして良い徴候ではなかった。

「どうしたんだ？」彼はたずねた。

彼女は目をしばたき、しばらくローを見つめてから首を振った。「なんでもないわ」

ローは歯ぎしりしながら、彼女の父親にきちんとあいさつして、なんとしてでも彼女に結婚を承諾させてやると自分に言い聞かせた。

彼は腰をかがめてリディアをポーチの階段に降ろし、ブーツの底についた泥をこそげ落とした。彼女は階段に立ったまま、道のほうを眺めていた——ウィルトシャーの自宅に続く幹線道路の方角だ。

彼は助言を与えることにした。「馬車を走らせるには、道はまだぬかるんでいる——わたしの二頭立ての小型二輪幌馬車でも無理だろう」大事な馬たちに、絶対にこんな道は走らせられない。「もし、今夜も雨が降ったなら、すくなくとも明後日《あさって》までは、ここに缶詰になるだろう。もし雨が降らなくても、そのまえに馬車を走らせられるほど、道が固まるとは思えない」

彼女は鼻を鳴らしてほかに目を向けた——幹線道路とロンドンの方角へ。

「あちらはもっと道が悪いぞ」彼は言った。「幹線道路はまだましだろうが、そこまで行くのに二マイルは走らねばならない」

彼女はちらりとローに目をやると、背中を向けて宿のなかに入っていった。

内心ほくそ笑みながら、彼もそのあとを追い、ドアを閉めた。カウンターに目を向けると、ビルトが向こう側で彼の命令を待っていた。「夕食を用意してほしい」午後のお楽しみのあとは、女性に食事を与えるべきで、とくに夜にもう一度お楽しみを期待している場合は、そうした配慮が必要だった。

ビルトはうれしそうだった。

足をとめて、リディアが振り返った。あいかわらずうわのそらで、かすかに顔をしかめている。

ローは魅力的なほほえみを浮かべて彼女に近づき、手をとってキスをした――すると彼女のブルーの瞳に、ふたたびあの夢見るような輝きが戻ってきた。「あんな冒険をしたあとだから、きっと身支度をととのえたいだろう。一時間後に談話室で会おうか?」

彼女は目をしばたいて、首をかしげた。「そうね。それがいいわ」

階段に向かう彼女の手を離すと、ローはビルトに向かって言った。「ミセス・ビルトは一時間後に食事を出してくれるだろうか?」

「もちろんですとも、閣下」ビルトはきっぱりと言った。「一時間後に談話室に――すべてご用意しておきます」

小さくうなずくと、ローはリディアを追ってゆっくりと階段を上がっていった。計画を立てられるのは、彼女だけではないのだ。

ローが談話室で待っていると、夕食のために身支度をととのえたリディアが降りてきた。腕を組み、マントルピースに寄りかかって、炎を見つめていたのは、さっきよりもずっと威圧的なローだった。彼女が部屋に入ってきた気配で、顔を上げ、背筋を伸ばした彼は、申し分のないほどエレガントで、全身から権力の匂いが漂っていた。

こんな紳士に逆らう者などいないだろう、とリディアは思った。

彼女はその姿を心ゆくまで眺めてから、うしろ手にドアを閉めて部屋に入っていった。すると、室内にはビルトもいて、暖炉の前にしつらえられたテーブルの上のゴブレットに、ワインを注いでいた。

テーブルにはふたり分の食卓が用意されていて、ミセス・ビルトが特別な注意を払ってそれを準備したのは明らかだった。テーブルクロスとナプキンは真っ白で、テーブルセンターに置かれた、装飾付きの銀の燭台にささった一本のキャンドルの光を浴びて、カトラリーはきらきら光っている。

彼女がテーブルに近づくと、ローは彼女の手をとって椅子へと導いた。椅子を引いて、彼女をすわらせると、彼はビルトに聞こえないように耳もとでささやいた。「残念ながら、バラはないんだ。いまは真冬だし、ここは、連続栽培のバラ園からは遠すぎる」

彼女はあっけにとられて、彼がテーブルをまわって向かいの席にすわるのを目で追った。

穏やかな表情で、堂々としているローは魅力的だった。彼がビルトに向かってうなずくと、宿の主人はすぐにふた付きの深皿を持ってやって来て、スープを注いだ。

給仕を終えると、彼は深皿をサイドボードに置いて、お辞儀をして出て行った。

なにが起こっているのだろうと、あれこれ考えをめぐらせながら、リディアはスプーンを口に運んだ。スープは美味だった。彼女は自分がひどく空腹なことに気がついた。ローもせっせとスプーンを口に運んでいる。スープを飲み干すあいだ、ふたりのあいだに心地よい沈黙が流れた。

スープの皿が空になると、ビルトがかたづけにやって来た。ミセス・ビルトがほかになにを用意しているのかというローの陽気な質問に、ビルトは皿を下げながらメニューの細部まで説明した。

ビルトが部屋から出ていくと、ローはグレーの目を彼女に向けてほほえんだ——それからタバサについてたずねたが、リディアはその笑顔を信用していいのかどうか迷っていた——一見、大らかそうに見えるが、その裏には、深い意図と、戦略と、貪欲さが隠されていると彼女は感じた——それでも、彼女はローの質問に答え、その後の彼の問いかけに応じて、最近の家族の様子を語った。

彼の意識をほかに向けようとして、彼女もローの母親であるジェラード子爵夫人についてたずねた。すると驚いたことに、ローはここぞとばかりに話しはじめ、彼の敷地や、別荘や、ロンドンでの最近の出来事を次々に語った。そのあとは上流社会の話題に移ったが、その点でも彼の話は尽きなかった。

だが、食べ残したシェリー・ケーキをビルトがかたづけているとき、リディアは何度も声をあげて笑い、すっかりくつろいでいる自分に気づいて心底から驚いた。

それは、部屋に入ってきた時点では、まったく予想していなかった展開だった。最初にローの姿を見たとき、彼女は本能的に身がまえ、慎重に様子をうかがわねばならないと思った。部屋に入って、顔を上げた彼と目が合った瞬間に、彼はなにかをたくらんでいる――彼なりの計画を立てていて、彼女からなにかを得る目的があると彼女は確信していた。

それがなにかは彼女にはわからなかったが、いまはそんな警戒心もすっかり消えてしまった。彼はとてもチャーミングで、脅威など微塵《みじん》もない話し相手だった。彼女の神経を逆撫《さかな》でするような行ないは一度もなかった。

食事が終わって、彼はテーブル越しに彼女の手を取った。「暖炉のそばにすわろうか。まだ時間が早いから」

彼に手を引かれて椅子から立ち、暖炉の斜め前に腰をおろした。彼女の隣に、彼も腰かけ、ふたりはじっと炎を見つめた。

「ミセス・スウィシンの庭を横切ろうとしたときのことを覚えているかい？　あのばあさんがテリアをけしかけたときのことを？」

リディアはにやりと笑った。「タバサはあなたの背中に飛び乗ったのよね」

「きみは、わたしの腕をつかんで、うしろに隠れようとした」

彼らが無邪気な子ども時代の思い出話をしているあいだに、ビルトはテーブルの食器をかたづけ、ローにブランデーを勧めたが、彼がそれを断わると、ビルトはお辞儀をして部屋から出ていった。

リディアはすっかりリラックスしていて、ローの隣にすわっているのがとても心地よかった——もう何年間も、彼女の夢のなかにずっと住みつづけてきた彼が、いま、生身の人間となって、現実に隣にすわっている。がっしりした彼の体躯《たいく》とまぶしいほどのオーラに、どうしても彼女は脅威を感じざるをえなかった。彼からの脅威ではなく、彼女のなかのもうひとりの女の脅威を。

誘惑に負けぬように、良識のある自分を前面に出して、彼女は深く息を吸いこんだ。「ロー」彼女は彼のほうに顔を向け、グレーの目を見つめた。それからうつむき、ひざの上で組みあわせた手を見つめた。「御者のウィシャートにたずねたら、風が出てきたから明日の朝には馬車を出せるはずだって言っていたわ」顔を上げ、炎を見つめる。「だから、朝食がすんだら出発するわ」

一瞬、ローはなにも答えなかったが、やがて口を開いた。「ウィルトシャーの自宅に戻るのか？」

彼女はうなずいた。「タバサの手紙も取り戻したし」彼女はちらっと彼のほうを見た。「そのために、来たのだもの」それ以外のものも、手に入れたのだが。

ローは彼女を見つめ返してうなずいた。その顔にはかすかな笑みが浮かんでいた。「あのころ、果樹園で会っていたときのことを覚えているかい？」

「もちろん」それは少女時代の彼女のもっとも輝かしい思い出だった。

「最後にあそこで会ったとき、いっしょにワルツを踊ったことも覚えているかい？」

「ええ」どうして忘れることができるだろう？

ローの顔に笑みが広がった。彼は立ち上がって、リディアの手をとった。「もう一度、わたしと踊ってくれないか」

彼女にはあらがうことなどできなかった。ふたりが最後に会ったときも、こうしてワルツを踊ったのだ。ローは彼女を抱き寄せ、ステップを踏みながら静かにハミングした。十年前のあの日とまったく同じだった。今回もまたワルツで終わるのがふさわしいように思えた。

彼女は顔を上げ、彼の瞳を見つめて、その瞬間に溺れていった。あのときより、ずっとダンスの経験を積んでいた——それは、彼も同様だった。ゆっくりと彼女をリードして、部屋のなかをくるくるとまわる。リディアは、これほど男性と一体化した感覚をいままで経験したことがなかった。以前は彼の手が背中に触れるたびに神経が逆立ち、体を寄せるたびに肩に力が入っていたのが、体の関係を持ったいまでは、彼の腕に抱かれていると、彼女の体が

——神経や感覚や頭のなかまで——そこが自分の居場所だと感じていた。ふたりはくつろいで楽しみながら、このひとときの悦びに身をまかせた。

グレーの瞳が、彼女をとらえて離さない。ゆっくりとステップを踏むたびに、リディアは彼の瞳に溺れていった。

しだいに、彼の足がゆっくりとなって、ハミングもやんだ。それでも、彼女は抱きしめられている。捕らわれているのではなく、そっと優しく抱きしめられている。ローは彼女の瞳をのぞきこみ、首を傾けた。

もし彼女が望むなら、身を引く時間を与えるように、ゆっくりと。

気がつくと、ふたりの唇は一インチの距離まで近づいていた。彼女は顔を上げ、彼に自分の唇を重ね、キスをした。

ローもすぐに反応した。たんなるキスが、またたく間にすべてを吸い尽くすような激しいキスとなり、またもや、あのぬくもりが彼女の体内を満たしていった。彼は両腕で彼女をしっかりと抱きしめた。リディアは彼の腕のなかでうっとりと幸福感にひたった。

明日の朝には、ここをあとにするのだ。

ローの両手が彼女の背中をまさぐり、やがて腰におりて尻をつかんだ。密着させた体から、彼がどれほど自分を欲しがっているかがわかった。

それに気づいたリディアは、全身が震えるほどの欲望を感じた。

自分がどれほど彼を求めているかを、あらためて実感した。体に広がるぬくもりがかっと熱くなり、血管をつたって下のほうに溜まっていく。両脚のあいだの柔らかい襞《ひだ》がずきずきと脈打った。そのなかで、妙な、空っぽの痛みがぽっかりと口を開けている。彼を受け入れる感触を知ってしまったいまでは、自分の体がなにを欲しているか、はっきりとわかる。なにを求めているか。彼女自身が求めているもの……

それは、彼から与えられる感覚だ。

彼女は一瞬身を引いた。彼の両手で胸をまさぐられて、思わず息が荒くなった。「ロー――なにをしているの？」

口もとは笑っていたものの、彼は真剣な表情で言った。「きみを誘惑しているんだ。さっき書斎ではきみに誘惑されたから」彼のグレーの目が彼女の目をのぞきこんだ。「今度は、わたしの番だ」

彼は首を傾けて、彼女にキスをした。ゆっくりと、優しく、胸が苦しくなるほど激しく。やがて、唇を離すと、耳もとでささやいた。「誘惑できているかな？」

リディアはためらった。無難な答えを探したが、最後にはため息をついて言った。「ええ」そして、ずっと彼女の記憶のなかに生きつづけている――そして正直に言えば、心のなかでずっと愛しつづけてきた彼の顔を見つめた。「ええ」

「よかった」驚いたことに、彼は顔を上げて、両腕を彼女の腰にまわした。「上に行こうか」

彼女はわけがわからず、とまどった顔をした。

それを見て、彼は言った。「きみをベッドで抱きたい。本当の悦びを教えてやりたいんだ。そのためには、ベッドがいる」

彼はその道のプロなのだ。言い返すことなどできはしない。期待で神経を高ぶらせながら、彼女はうなずいた。「いいわ」

ずっと前から彼女はひざががくがくしていた。彼はリディアの腕をとった。

ローはドアを開け、彼女をエスコートして部屋から出た。彼女の肌はほのかにほてり、唇はかすかに腫《は》れていた。彼はビルトを探してあたりを見まわした——宿の主人はバー・ルームにいた。情事の気配に気づくには、遠すぎる距離だった。

リディアを階段に導くと、彼はうしろから彼女を支えながら二階に上がった。ふたりが踊り場にたどりつき、リディアの姿が見えなくなったところに、ビルトが階段の下までやって来て、息を切らしながらたずねた。「ほかになにかご入り用なものはないですか、閣下?」

「いいや、けっこうだ、ビルト。もう部屋で休むことにする」

上から、リディアの声だけが聞こえた。「なにか必要ならば、呼び鈴を鳴らすわ、ビルト。うちのメイドに、用事があれば呼ぶからと伝えてちょうだい。おやすみなさい」

「おやすみなさいませ、お嬢さま、閣下」

ローはリディアのあとから階段を登りながら、小走りでバー・ルームに戻っていくビルトの足音に耳をすました。バー・ルームにいる客に感謝しながら、彼はリディアとともに彼女の部屋に行き、ドアを開けて彼女を先に通してから、続いて室内に入ってうしろ手にドアを閉めた。

四柱式寝台のわきの小さなサイドテーブルの上に、一本のキャンドルがともっていた。ベッドのカーテンが閉まっていなかったので、厚いマットレスと、ベッドカバーの下の真っ白なリネンのシーツや分厚くふくらんだ枕が見えた。

左手の暖炉には、火が赤々と燃えていて、部屋中を黄金色の光に包んでいた。リディアはベッドの前で立ち止まると、振り返って彼のほうに顔を向けた。

ローは彼女を見つめ返した。視線をそらさずに、彼はゆっくりとした足どりで彼女に近づき、慣れた手つきで彼女を抱きしめると、首を傾け――さっき途中でやめたキスを続けて、ふたたび恍惚《こうこつ》の世界に彼女を連れ戻した。

くすぶったままになっていた、炎のなかへとまっすぐ戻る。

彼が予想したとおり、ふたりのあいだの情熱にはすぐに火がついた。生まれて初めて、彼はなにも考えず、ためらいなく自分の衝動に突き進んだ。燃えさかる情熱と、大きくなっていく欲望に身をまかせる……その瞬間、彼は自分のすべてを無条件で彼女に明け渡した。

彼女の自制心もまた、彼と同じくらい萎えていた。彼は、そのことを、キスを通して感じていた。湧きあがる欲情を、隠すどころか、ごまかすそぶりすら見せない。

ふたりはせわしなく手を動かして互いの服をはぎ取っていった。一瞬唇を離しても、すぐに貪欲に互いを求めた。欲望が高まり、情熱がそれに続き、灼熱《しゃくねつ》の炎がふたりを飲みこみ、体内を駆けめぐる。外では、風がうなり声をあげていたが、室内では、冬の寒さにもかかわらず、燃えたつような裸体と裸体の接触がすべてを舐《な》め尽くすような欲望へとエスカレートしていった。

下着とドレスを脱ぎ捨てたリディアは、いきなりローに抱き寄せられて息を飲んだ。彼女の手で剝《む》きだしになった彼の広い胸に、リディアは顔を埋めた。指で彼の筋肉質の下腹をなぞりながら、彼女は顔を上げ、彼の唇にキスをした。ふたりは互いの情熱とあからさまな欲望の炎に身を焦がしていった。

彼女はあらわになった乳房を彼の胸に押しつけ、裸の腰を彼の太腿にこすりつけた。その淫乱な女のような挑発行為に、彼ははっと息を飲んだ。

彼の片手は、それまでもてあそんでいた固くなった乳首から乳房をたどって下へと移動し、彼女のウエストをつかんだ。彼は頭を上げると、唇を離した。

その熱い唇が、彼女の首筋をつたい、鎖骨をなぞり、やがて胸のふくらみに到達した。疼《うず》く先端に敬意を表《ひょう》したあと、彼は胴に軽く嚙むようなキスをくりかえした。ウエストに来ると、彼はへそのまわりに舌を這わせ、優しく愛撫した。

衝撃が彼女の全身を貫いた。彼の愛撫に反応して体に震えが走った。彼はその場にひざまずき、彼女の引き締まった下腹部に唇を這わせた。まぶたを閉じたまま、リディアは彼の髪に指を差し入れた。彼の両手が腰を撫で、太腿に触れるのを感じた。やがて彼はガーターに手をかけ、片方ずつストッキングを脱がせていった。

されるがままに、彼女はストッキングを脱ぎ終えた。靴はずっとまえに脱いでしまっていた。彼女が、ローが立ち上がってズボンを脱ぐのを待っていると——

彼はしゃがんだまま頭を上げ、彼女の茂みに顔を埋め、そこに唇を這わせた——

「ロー」リディアは頭をのけぞらせ、彼の頭をぎゅっと握りしめた——それは、突然、官能の海に放り出された彼女にとって、唯一の頼みの綱だった。経験豊富な舌が巧みに動き、彼女の体を精査する。彼の舌の愛撫に、全身が震え、ひざの力が抜けた。

大きな両手で、ローは彼女を支えた。背中がベッドの支柱にあたるように彼女の位置を動かすと、彼はリディアの下腹部をひしゃくですくうように舐めつづけた——脚の付け根の、感じやすい、秘密の場所に侵入するために、彼女の片脚を持ち上げて肩にかけ、大きく脚を広げさせた。

彼の愛撫は周到で、女の体を知りつくしていた。情け容赦ない舌づかいで攻めたてられたリディアは、目の前の世界がぐるぐるとまわりだした……

舌がなかまで差し入れられると、彼女はあえぎ声をあげた。それは体がばらばらになって虚空に投げだされた彼女が発した、押し殺された叫びだった。

だが、彼はそんな彼女を支え、抱きしめ、彼女を抱き上げてベッドに横たえた。

全裸で、すでに全身の力が抜けた状態であっても、期待に震えながら彼女は待った。息をととのえようと苦心しながら、彼が靴を脱ぎ、ズボンを脱ぎ捨てるのを眺めた。彼の筋肉質の太腿と、大きく固くなったペニスが、炎の明かりに照らされていた。

ローは片ひざをベッドについて、つかの間、彼女の姿を愛《め》でてから、ベッドカバーの上を這い寄って、彼女の足首をつかんで大きく脚を広げさせ、そのあいだにひざまずいた。

足首を離した手が、ふくらはぎを登る。その動きを追うように、彼の視線はリディアの脚を上昇し、やがてたっぷりと味わったばかりの熱く濡れそぼった部分を見つめると、そのまま視線を上げて、彼女と目を合わせた。

ふたりは、しばらく見つめあっていた。激しい鼓動で、彼女の皮膚の下の全身が、指先までがどくどくと脈打っていた。やがて彼は身を乗りだすと、彼女の恥丘《ちきゅう》をおおう茂みにキスをし、ゆっくりと、着実に、畏敬《いけい》の念と目的意識を持って、唇を上に這わせていき、熱く引き締まった体を彼女に重ねあわせた。

彼の唇が、ようやく彼女の唇にたどりつくころには、リディアは半狂乱になり、すっかり我を忘れていた。彼女はローにしがみつき、彼の下で背中をのけぞらせた。

ローは唇を重ね、舌を差しこみながら、彼女のなかに分け入って、彼女を支配した。やがて、大きく広げた彼女の脚のあいだにさらに深く侵入し、力強い一突きで彼女を満たした。

その瞬間、彼女のまわりの世界がぐらりと揺らぎ、彼が腰をいったん引いて、ふたたびより奥まで侵入すると、唇を合わせたまま、彼女は大きく息を飲んだ。彼の両腕にしがみつき、彼の下で身をのけぞらせ、彼の皮膚に爪で情熱の印を刻んだ。やがて彼は下のほうに手を伸ばし、彼女のひざをつかむと、彼女の両脚を自分の腰に巻きつけた。

そして、さらに奥へと侵入した。

ローがゆっくりと、規則的なリズムで容赦なく彼女のなかに分け入ると、リディアはすすり泣きをくりかえした。より深く、より激しく、しだいに興奮がつのっていく。

そのリズムによって、ローが引き起こす刺激が微妙な差異にいたるまで彼女の五感に徐々にしみわたっていった。体の深いところで不規則に動く容赦ない圧力、彼女をベッドに釘付けにする彼の体の重み。互いの体がこすれあう、なめらかな感触。自分はもう彼のもので、彼は彼女を好きなようにできるという言葉に尽くしがたい原始的な感動。彼から与えられる無上の悦び。

魂が揺さぶられるような悦び。

彼は唇を離した。リディアは重いまぶたを開け、目の前にある彼の顔を見つめた。ローは、彼女のさらに奥底まで達しようと、完全に彼女と一体となろうとして動きを速めた。サイドテーブルに置かれたキャンドルのほのかな光がふたりを照らしだし、彼の顔を、筋肉質の胸板を、情熱的に動きまわる唇を、黄金色に染めていた。

閉じかけたまぶたと長いまつげの下からのぞく瞳は銀色に光っていたが、やがて、彼は完全にまぶたを閉じた。

ふたりの息づかいが荒く激しくなっていき、彼女は体の奥の緊張が高まり、しだいに快感が頂点に達していくのを感じた。彼はさらに動きを速め、よりいっそう激しく彼女のなかに分け入った。リディアは両目を閉じて、叫び声をあげた。

その瞬間、ふたりは大きなうずのなかに飲みこまれていった。底知れぬ深さの原始的な快感がはじけて、体じゅうの感覚がしびれた。ふたりは抵抗できない衝動に突き動かされて、そのしびれる感覚に酔った。

快感の波がふたりを襲った。

ローは彼にとっての命綱である彼女にしがみついた――ずっと以前から気づいていながら、ずっと逃げていた彼の心のよりどころに。情熱が全身を貫き、悦びが彼を破壊し、すっかり正気を失った自分だけが残ったが、彼はそんな自分を真正面から受けとめた。

彼の下で、リディアの体がこわばり、痙攣《けいれん》しながら彼を締めつけ、解き放たれると同時に彼のすべてを包みこんだ。ローは彼女を抱きしめ、最後に大きく息をつきながら、彼女の上に崩れ落ちた。彼はこんなことはけっしてすまいと心に誓っていたが、リディアに対してだけは別だった、彼女にだけは……

彼は喜んで身も心も彼女に差しだし、魂を彼女に預けた。

5

「いいのよ、わたしは妹なんだから」

ローはまばたきをして目を覚まし、枕から顔を上げると、肩越しに振り返り——意図的ではなく、本能的な行動だった——リディアの部屋のドアに顔を向けた。

その瞬間、ドアが開いて、縮れた赤毛の女が飛びこんできた。

あんぐりと口を開け、目を大きく見開いて、彼女はその場で足をとめた。

やがて、彼女は声を絞り出すようにして言った。「ローなの？」まったく信じられないという口調だった。

彼女はローの隣に横たわる姉の裸体を見て、目を丸くした。「リディア！」

それは絶叫に近かった。

ローはうなり声をあげて両目を閉じた。「出て行ってくれ、タバサ」

リディアは彼の腕のなかから抜け出そうともがいた。「タバサ？　なんてこと！」彼女はひじをつき、ベッドカバーで胸を隠しながら妹を見つめた。「どうして……？」

それからリディアは妹の肩越しに廊下に目をやった。「なんていうこと！　お願いよ、タバサ——ドアを閉めて出て行って」

しばらく呆然としていたタバサは、目をしばたき、やがて満面の笑みを浮かべた。「ええ、もちろんだわ。わたしたちは階下《した》で待っているから」

そう言うと、彼女はふたりに背を向けて、ドアから出て行き——廊下で待っていた老年のカップルと合流した。

ドアが閉まった。

ローは腹這いになって、枕に顔を埋めた。うなり声をあげる気にもなれなかった。「いまのは、きみの両親だよね——タバサのうしろにいたふたりは？」

リディアはうなずいた。まだあっけにとられた表情でドアを見つめている。

「置き手紙をしてきたんだな」彼はあきらめたような口調で言った。

「ええ、タバサに心配させたくなかったから。バーラムの屋敷のそばの宿に寄って、手紙を盗んでくるって書いたの——すべてわたしにまかせて、家で待ってなさいって」

「タバサが、人の命令を聞くわけがないだろう——きみのだろうが、ほかの誰のだろうが」

ローはカバーをはねのけ、ベッドの上にすわった。

あいかわらず驚きを隠せぬまま、リディアはドアを指さした。「まさか来るとは思わなかったのよ。よりによって、父や母までいっしょに」

ズボンをはきながら、ローは肩をすくめた。ボタンを締め、シャツに手を伸ばす。ふたたび脳が稼働しはじめていた。もしかしたら、タバサは彼に手を貸してくれたのかもしれない。わざわざウィルトシャーまで出向くことなく、この場ですべてを解決することができるかもしれないのだから。

残念なのは、クラバットも締めずにメイクピース家の家長に向きあわねばならぬということだ。クラバットを締めている時間はない。彼がベストを身につけ、靴を履き、上着を着たところで、ようやくリディアは気づいた。

彼女は顔をしかめた。「なにをしているの？」

「階下《した》に降りていって、きみの父上と話すために服を着ているんだ。おそらく、母上とも話すことになるだろう」

「なんですって？」とり乱して、彼女はベッドから飛びだした。「馬鹿なことを言わないで。なにを言うつもりなの？」彼女は下着を急いで手にとると、大あわてでそれを身につけた。

上着をしっかり着こむと、彼は顔をしかめた。「なにを言うと思っているんだ？　いっしょにベッドにいるところを見られてしまったんだぞ。服が、ドアとベッドのあいだに点々とある状態で。考えなくても、彼らはなにがあったか気づくだろう」

「だったら――」リディアはドレスを頭からかぶる手をとめて言った。「わたしが両親と話すわ――だってあなたは関係ないし――」

ローはそこにいなかった。彼女が振り返ると、すでに部屋の外に出ている彼の姿が見えた。

途中でつまずきそうになりながら、彼女はドアを少し開けて叫んだ。「ふたりと話しちゃだめよ！」

「ロー！　戻ってきて！」

ドアの向こうから手が伸びてきて、タバサが姿を現わした。「そんなこと言っても無駄よ──彼はもう降りていってしまったもの」彼女はリディアを押しのけ、ドアを開けた。

「ああ、どうしよう──タバサ、ちょっと手を貸して」リディアのドレスはめちゃくちゃにもつれていた。裾は身頃に絡まり、スカートは曲がっていて、袖は裏表になっている。「早く着替えて、あの人が馬鹿なことをしでかすまえに階下《した》に行かなくちゃ」

タバサはしばらく姉を見つめたあと、ベッドに近寄り、そこにすわって、一度、身を弾ませると、ベッドに仰向けになって天蓋《てんがい》を見つめた。「ローが馬鹿なことをするところなんて、見たことがないわ」彼女はリディアに顔を向けた。「それなのに、なぜ彼が馬鹿なことをしでかすと思うわけ？」

リディアはいらだったように言った。「彼が名誉を重んじる男だからよ──あのひとったら、わたしに結婚を申しこむつもりなのよ」

タバサはうなずいた。「そうだろうと思ったわ。でも、それのなにが馬鹿なの？」

「だって、あの人はわたしを愛していないんだもの！　ただ体面を重んじて、結婚を申しこむのよ。お父さまとお母さまに、わたしといっしょにいるところを見られたから」

タバサはにやりと笑った。「お母さまが、なんておっしゃったかわかる?」

「いいえ――なんておっしゃったの?」リディアはくしゃくしゃになったドレスにてこずっていた。引っぱれば引っぱるほど、かえってひどくもつれてしまう。まるで、ドレス自体が意志を持っているようだ。

「こう言ったのよ。〝まあ、よかった――ジェラード子爵とならば。あの子が、いつそこまで決心するかと思っていたのよ〟ですって」

リディアは鼻を鳴らした。「嘘《うそ》ばっかり」

「お母さまのお墓に誓って嘘じゃないわ。ともかく、お母さまがおっしゃりそうなことだって、わかっているでしょう」

リディアはあえて否定はしなかった。彼女自身は別として、彼女の家族は全員、信じられないほど変わっているのだから。しかもなぜだか、それでまかり通っている。上流社会の人々は、一家をおもしろおかしく眺めているのではないかと、彼女はかねてから疑っていた。

「タバサ――いいから、ベッドから降りて、こっちに来て手伝ってよ! 早く階下《した》に行って彼を救わなければならないんだから! あの人の性格を知っているでしょう――もし結婚の申しこみを口にしたりしたら、あの人はもう一歩も引かないわ。そうなったら、断わることなんてできなくなるんだから」

横向きに寝返りを打ったタバサは、ひじをついて、姉に向かって顔をしかめた。「どうして断わるわけ？　お姉さまは、ずっと昔から彼に恋していたじゃない――そんなことは、みんな知っているわ――お母さまだってご存じなんですもの。なぜ、そんなふうに文句を言うの？」

ようやくドレスのねじれを直し、スカートの裾を降ろすと、リディアはタバサをにらみつけた。「そんなことは、どうでもいいの。たとえ、わたしが彼に恋していようとも、彼はわたしのことなど、なんとも思っていないんだから――それが重要なのよ」

「馬鹿なことを言わないで――彼だって、同じくらいお姉さまを愛しているじゃない。昔からずっと」

リディアはうなり声をあげた。

「だって――本当のことよ。わたしが社交界にデビューした年、お姉さまは二年目のシーズンだったでしょう？　パーティーで彼とよく会ったのよ――でも彼は、お姉さまに見つからないように、すごく気をつけていたわ。なのに彼は、お姉さまのことをいつも見ていた。本当に、彼の顔をひとめ見れば、そんなことはお姉さまにだってわかるわよ」タバサは顔をしかめた。「この際だから、教えておいてあげるけど、わたしがアディソンとおつきあいを始めたのは、そのせいなんだから――そのうち、ローもあきらめてお姉さまにおつきあいを申しこむだろうし、お姉さまはそれを受けるって思ったの。そうなったら、ふたりはカップルになるでしょう……わたしも、そういう人が欲しかったのよ」

リディアはドレスの身頃を引っぱる手をとめて、目を丸くしてタバサを見た。「あなたがアディソンを誘惑したのは、わたしがローを愛していて、彼もわたしを愛していると思ったからなの？」

タバサはうなずいた。「でも、結局、ローはこっそり姿を消してしまって、お姉さまに告白もしなかったわ。アディソンがどうなったかは、ご存じのとおりよ」彼女は顔を上げて、リディアの目を見つめた。「ところで、わたしの手紙は見つかった？」

リディアはあごでバッグを示した。「そのなかに入っているわ」彼女はドレスの前後をきちんと直すと、袖に腕を通したが、結びひもがついていなかった――ローがひもを完全にひも穴から引き抜いてしまっていたのだ。「タバサ――お願いだからここに来て、ドレスを着るのを手伝って」

タバサはまゆをしかめた。「わたしの話を聞いてないのね？　彼がお姉さまのことを愛しているって信じてないんでしょう？　だったら、彼はなんのためにお父さまと話をしていると思うの？」

「ローだからよ。彼がやりそうなことじゃない！」うんざりしたように、リディアは足を踏み鳴らした。「わたしにきずをつけたとか言って、責任をとるつもりでいるのよ――」

タバサは鼻を鳴らした。「お姉さま――相手は腕白小僧《ローグ》ジェラードよ。なぜ彼がそう呼ばれているか、知っているでしょう? かわいらしい、ふざけたことをするからじゃないわ。ローグの意味は、手に負えないってことなの。制御不能ってこと。彼はしたいことをするし、昔からそうだったじゃない。誰も、彼を抑えることなんてできないの。彼がなにかを欲しいと思えば、手に入れるの。彼は間違いなくお姉さまを欲しがっているわけだし――」

「ナンセンスよ。彼はただ体面を保とうとしているだけ。でも、わたしには口を出す権利があるし、彼のプロポーズは受けないわ」

タバサは首を振った。「今回こそ、彼はお姉さまを逃がさないわよ。だって、相思相愛《そうしそうあい》だってわかってしまったんですもの」

リディアは歯ぎしりしながら、背中のひもを結ぼうとした。「彼は、わたしのことなんて愛していないし、絶対に、わたしが彼を愛してるなんて思っていないわ」

タバサは目を丸くして姉を見つめたあと、乱れたままのベッドに目をやり、ふたたび姉の顔を見た。「リディア――彼はちゃんとわかっているわ。もちろん、わかっているにきまっているじゃない」

「馬鹿言わないで――そんなことは、ひとことも言わないようにしたんだから。意識が薄れそうになっても、けっして言わなかったのよ」

「言葉にする必要なんかないわよ。二十六にもなって、尼僧《にそう》院にいるような暮らしをしているのよ。お姉さまと結婚したがった紳士や、誘惑しようっていう紳士が数えきれないほどいたのに」――タバサはベッドを指さした――「ようやく体を許した相手はローだった――その歳になって、初めての相手がなぜ自分なのかって彼が考えないと思う？」

リディアは鼻を鳴らした。「初めてじゃないわ。最初は、バーラムの屋敷の書斎だったんだもの」

タバサは目を丸くした。「ステファン・バーラムの書斎？」

「しかも娼婦のドレスを着て」

タバサは口をあんぐりと開けた。「ようやく、メイクピース一家の一員らしい性格をおもてに出そうって決めたら、とことんまでやっちゃったってことね。ねえ、なにがあったか、全部話して」

「このひもを結んでくれたら、話してあげるわよ！」

タバサは目を細めて、ふたたびベッドに横たわった。「だめよ。だって、ローは完全に考えを改めたみたいだもの――お父さまとお母さまを説得するのに時間が必要なはず……お姉さまももう二十六だし、たとえ断わられても、彼があっさり引き下がるとは思えないわ。もしかしたら、さらって行くかもしれないし、駆け落ちするかもね。それって、わくわくするわね」

「タバサ！」リディアは裏切り者の妹をにらみつけた。「貴婦人の人生にとって、男や結婚は破滅の元だっていう話はどうなったのよ？　紳士と結婚しちゃいけないって説はどこに行ったの?」

タバサは片方の肩をすくめた。「その助言は、お姉さまみたいな女性と、ローみたいな紳士にはあてはまらないわ――心から信頼できる男性を見つけられない、わたしみたいな女のためのものよ」

リディアはいらだってため息をついた。ふたたび息を吸いこむと――ローが、階下《した》で両親を説得するために、いかなる議論をくりひろげているか、必死で考えないようにした。「お願いよ、タバサ――頼むから手を貸して、このひもを結んでちょうだい」

タバサは姉を見つめた――こうなったら、意地の張りあいだ――彼女は首を振った。「だめよ。お姉さまが、自分で自分の幸せをぶちこわしに行くまえに、できるだけ長く、ローがお父さまやお母さまと話しあったほうがいいもの」

リディアはまゆをしかめて妹をにらみつけたあと、うなずいた。「わかったわ――もう頼まないわ」彼女は妹に背を向けると、戸口に歩みより、ドアを開け、ドレスのうしろをできるかぎり手で押さえながら、部屋から出ていき、階段を降りた。

背後から、うれしそうな高笑いが聞こえてきた。お節介なあの妹に、いつか相応の仕返しをしてやると、リディアは心に決めた。

一階に着くと、彼女は廊下を駆け抜け、談話室のドアに向かった。カウンターの向こうで、びっくりしてこちらを見つめているビルトと夫人の興味深げな――それどころか、驚愕《きょうがく》したような——視線を無視した。彼女は部屋の前で深呼吸をすると、ドアを開けてなかに入った。

談話室では、父親が腰かけているひじかけ椅子の前に立っているローが、両親との面談を無事に終えたことで自分を祝福していた。彼らとの話しあいは、驚くほど容易ではなかったにしろ、予想外に穏やかに進んだ。彼が思っていたよりはずっと簡単にことが運んだ。

明らかな事実を、わざわざ述べるまでもなかった——リディアが彼を愛していること、そのことがステファン・バーラムの書斎で明らかになったこと、その後、いっしょに過ごした数時間で再度その事実を確認したことを——たしかにローは、彼女に対する長年の深い思いを語ったが、本当は彼もまた狂おしいほど彼女に恋をしていて、その思いを二十二歳のときから抱いていることまでは話さなかった。

たまたま、リディアの父親はローのことを——彼の現在の正体や、本当の趣味について——共通の友人である、慈善事業の仲間、ギデオン・アーミステッドを通して思いのほかよく知っていた。それが、状況をかなり楽にしてくれた。この六年間の彼の評判が、たんなる偽装であることを証明するどころか、説明する必要すらなかったからだ。

そのうえ、ミセス・メイクピースが、彼の母親と定期的に連絡を取りあっていることもわかった。上流社会では変わり者で知られていたが、メイクピース夫妻は衝動的でも考えなしでもなかった——彼らの娘に関することについては、なおさらだった。

リディアの父親が、ちょうどローに、娘との交際の許可を与え、母親が優しげだがちょっぴり厳しい表情で、彼が許可を得ても、彼といっしょになるかどうかはリディアの気持ちしだいだと釘を刺していたとき、彼のうしろでドアが開いた。

ローが振り返って見ると、ちょうどリディアが足でドアを閉めて部屋に入ってくるところで、その行動がどことなくぎこちなく見えたのは、両手が妙な角度で背後にまわっていたからだった。どうやら、ドレスのうしろを押さえているらしい。

だが、彼女の表情を見ただけで、ただならぬ気配が感じられた。そこには、固い決意が見えた。

リディアは、確固たる足どりでローに近づくと、彼の横を通りすぎ、両親に顔を、彼には背を向けた。彼女は振り向き、肩越しにささやいた。「頼むから、ドレスのうしろを締めて!」

ローは彼女の背中を見下ろし、おとなしくひもをつかんだ。

リディアが両親を見つめると、彼らはあからさまに興味を示して娘を見つめていた。変わり者の夫婦らしく、ショックを受けている様子はなかった。「この人、なにを言ったの?」

彼らが答えるまえに、リディアは片手を上げて両親を制した。「いいの――気にしないで。彼がなにを言ったにせよ、なにを主張したにせよ、決めるのはこのわたしですから。だから――」

「では、タバサの手紙を見つけたのだな？」父がいつものように曖昧で学究的な笑みを浮かべ、メガネ越しに娘を見上げた。

リディアはいったん口を閉ざすと、大きく息を吸いこんだ。「ええ。二階にあるわ」

「よかったわ」母は、ひざに手を重ねていた。「ローが探すのを手伝ってくれたんでしょう？」

リディアはぎゅっと口を結んで、うなずいた。父の態度は曖昧だったが、母はけっしてそうではなかった。娘と同じ賢そうなブルーの目で、しっかりと――冷静に――娘を見つめ返している。リディアは唇を濡らした。「いっしょにバーラムの屋敷に入りこんだの」

「さぞや、わくわくするような体験だったでしょうね」母は美しいまゆを片方だけ上げ、物知り顔でほほえんだ。「バーラムの評判を思えば、ローがいっしょに行って、あなたを守ってくれたことに感謝しなければね。冒険をするのはいいけれど、無謀な行ないは愚かですもの。でも、すべてうまくいってなによりだったわ。これでタバサも過去のことは気にせずに、落ちつくことができるでしょう。でも、あの子のことだから、あなただけが楽しい思いをしたって文句を言うに違いないけど」彼女のほほえみはよりいっそう楽しげなものに変わり、同時に、娘に対する愛情にあふれていた。「あなたがわくわくするような冒険に挑戦して、タバサがあなたを救ってやってと言いに来るなんて、いつもと正反対だわ」

母はローに視線を移した。彼はあいかわらずリディアのうしろで、彼女のひもをつかんでいる。「でも、すべてがうまくいったわけだし、ローはあなたになにか言いたいみたいだから、彼の話をじっくり聞くべきだと思うわ」

リディアは母の冷静な口調にあやうくまるめこまれそうになった。「いいえ、だから」――息を吸いこみ、タバサとの会話で失った冷静さを取り戻そうとした――「すべてうまくいったわ。それにローも言いたいことがあるかもしれないけれど、わたしが言いたいのは、彼がなにを言おうと、彼がわたしと結婚しなければいけない理由はないってことなの」

父は目をしばたき、それからとまどったような、心配そうな表情を浮かべ、ローのほうをちらっと見てから、娘に視線を戻した。「ローはそんなふうには言っていなかったよ――一度、彼の話をちゃんと聞いてみたらどうだね」

「いやよ！　と言うか、話は聞くけれど、もちろん――話すなと言うわけにはいかないし――でもね、これだけはわかっておいてほしいの。なにがあっても、わたしは、彼に結婚を強要するつもりはないの」彼女は両手を腰にあてて、両親の、愛《いと》おしそうな顔を見つめた――どうしてふたりともほほえんでいるのだろう？　なにがそんなに面白いのか？――固い決心と強い目的意識を持って、彼女は言った。「いくらプロポーズされても、わたしは――」

ローの大きな手が彼女の口をふさぎ、彼の腕が彼女の胴に巻きついた。

「もしもお許しいただけるのでしたら、お嬢さんにいくつか、きちんと説明しておきたいことがあるのですが」

母の笑みがよりいっそう大きくなった。「ええ、もちろんよ、ロー――好きなだけ、時間をかけるといいわ」

大きく目を見開いて、リディアは狂ったように口をもぐもぐさせた。なんとかローの手を振りほどこうとしたが、身動きができない。腕から逃れようと身をよじったが、彼はいっそう腰にまわした手に力を入れ、しまいには彼女を床から抱き上げた。

同じように、うれしそうに笑っていた父親は、白髪《しらが》頭で何度もうなずいた。「もう今夜は遅い。続きは明日にしよう――リディアがちゃんと理解してから」

ちゃんと理解してるわよ！

いらだった彼女の反論も、押さえつけられた口のなかでくぐもるだけだった。ローは彼女を抱え上げたままドアまで行くと、ドアを開けるために一瞬だけ彼女の口にあてた手を離した。

「ロー、いますぐわたしを降ろさないと……」

手がふたたび彼女の口をふさぎ、脅しはそこで途切れた。

ローはリディアを抱えたまま談話室を出て、廊下を進んでいった――ビルト夫妻がぽかんとした顔で見つめていたが、むろん、タバサは大喜びで手をたたいていた。やがて、ふたりは照明の消えたバー・ルームに着いた。

夜も更《ふ》け、明かりはすでに落とされていて、部屋には誰もいなかった。ローは入口付近の壁際で立ち止まると、ようやく彼女を離した。足が床に着いたとたん、リディアは文句を言おうと振り返ったが、ローは彼女のほおを両手で包みこみ、顔を上に向けさせて唇をふさいだ。

突然のキスに、リディアは息を飲み、頭がくらくらした——彼がようやく顔を上げたときには、彼女は呆然として、言葉も出ない状態だった。

彼女は目を見開いてローを見つめた。まばたきしたあと、深く息を吸いこんで歯を食いしばった。「わたしは、絶対に——」

ローはキスをくりかえした。さっきより長いキスを。より深く、情熱的なその口づけは、彼女の意識を遠のかせ、ようやく唇を離して、彼が頭を上げたときには、リディアは彼にしがみつき、壁にもたれて、立っているのもやっとだった。真っ暗なバー・ルームのなかで、彼女はまばたきをして、目を見開いた。正気を取り戻そうとしても、まともに言葉さえ出ない。

彼女の目をのぞきこんだだけで、彼もそれに気づいたようだった。「よかった」彼はかすかに口をへの字に曲げた。「メイクピース家の人間と結婚するのが簡単ではないのはわかっていたよ——単純にプロポーズをしても受けてもらえるわけがない」

彼女は意識を集中して顔をしかめた。唇を開いてなにか言い返そうとしたが、言葉が出るまえに、彼はしかめっ面を返した。「いいから——とにかく話を聞いてくれ。きみは言いたいことを言ったのだから、今度はわたしの番だ。そうだよ、きみのご両親に、きみとの結婚を申しこんだ。だが、きみを誘惑したからとか、深い仲になったからという言い訳は、最初から使う気はなかったよ。そうしなかったのは、それがきみと結婚したい理由ではないからだ」

彼は一瞬言葉を切って、彼女の目をのぞきこんだ。彼が内心で葛藤《かっとう》していることを、内に秘めたなにかを言おうか言うまいか迷っているのを察知した彼女は、口まで出かかった質問を必死で飲みこんだ――明らかにいまは口をはさむべきときではない。

やがて、ローは深く息を吸いこみ、唇をきゅっと結んで彼女を見つめた。「十年前からずっと、きみと結婚したいと思っていた――いっしょに果実園でワルツを踊ったあの日から、ずっとわかっていたんだ――だが、無性に怖かった。まだ二十二歳で、愛がなんたるものかも知らなかった。運命の人を見つけたときに、どうしたらいいかもわからなかった。ところが、思っていたよりずっと早く、わたしたちは出会ってしまった」

リディアは彼のシルバーグレーの目を見つめ、自分の世界が一気に傾き、やがてゆっくりと元に戻るのを感じた。絶対に見られないと思っていた光景が、ふたたび目の前に浮かんできた。

彼はひきつった笑みを浮かべた。「ああ、わかっているよ。ずっと昔のことだ。だが……三十二歳になったいまでも、きみ以上の人とはめぐり逢えない」

ローは視線をそらさずに彼女の手をとり、自分の心臓の上に押しあてた。「わたしの心臓を高鳴らせるのはきみだけだ。昔からずっとそうだったし、これからもずっと、それは変わらない。きみにこの話をしたくはなかった――知られたくなかったんだ――ここまですべてをさらけ出すのが、無防備になるのが怖かった――これほど、きみに依存しているなんて」

ローは彼女の手を握りしめ、胸から持ち上げると、指にキスをし、それから手のひらにも唇をあてた――だがけっして視線ははずさなかった。「わたしの妻になってほしい。子爵夫人に。きみに、そばにいてほしいんだ。きみが口でなんと言おうと、きみもわたしを求めていることがわかった以上、わたしはけっしてきみを離さない。きみがイエスと言ってくれなくても、わたしは逃げないし、申し出を引っこめるつもりもないし、きみといっしょでなければ、この宿を出ない。十年前のあの日、リンゴの樹の下で、わたしは、きみのものになったのだから……」彼女の目を見つめたまま、彼は手を離して、両腕を広げた。「あとは、すべてきみしだいだ。わたしの人生はきみのものなのだから。この心も、魂も、好きにすればいい。きみがなんと言おうと、なにをしようと、変わらない――それだけだ」

彼は真顔になった。心のなかに抱えていた不安が全身に広がった。だが、彼女が強情なのはわかっていたし、真実を認めて説得しなければ、彼女がかたくなに彼の申し出を断わることはわかっていた。彼にプライドがあるように、彼女にもプライドがある。本気にしてもらえなければ、彼女はけっして折れないだろう。

リディアが信じてくれることを彼は祈った。彼女が、彼と同じように真実に気づくことを。ふたりがどれだけ強い絆《きずな》で結ばれているかに、彼女も気づいてくれることを。

小さく息を吸いこみ、彼は思いきって、その答えを求めた。「ずっと黙っていて悪かった。そのことは、忘れてくれるとうれしい。そして、わたしのプロポーズを受けて、これから、わたしといっしょに生きていってほしい」彼は口をつぐむと、ふたたび彼女の手をとった。「きみは、わたしにとってかけがえのない女《ひと》なんだ――結婚してくれますか？」

彼女を妻に娶《めと》ることは、ローの人生で唯一、たんに求めただけでは手に入らないものだった。彼女も同意してくれなければ、彼女が、自分の意志で決めてくれなければ、けっして実現しないのだ。

彼の心臓は、しだいに動きが遅くなり、鼓動がとぎれとぎれになった。彼女の大きく見開いた目を見つめたが、暗がりのなかでは、その表情はうかがえない。彼は答えを待った。聞きたい言葉がその唇から発せられるのを、ただひたすら待った。自分の心臓は本当に止まった、と彼は思った。遠くで、時計の鐘が鳴った。十二時だ。

そのとき、彼女は笑顔を浮かべた。最初はおずおずと、だが、しだいに笑みが顔全体に広がると、やがて、彼女は満面の笑顔で彼を見つめた。「ああ、ロー！　もちろん、あなたと結婚するわ」

リディアは彼の首に両手をまわし、彼の胸に飛びこんで、口づけをした。音をたてて。それから、彼女は身を引くと、メイクピース家のトレードマークの瞳で彼を見つめた。「早く言ってくれればよかったのに」上気した彼女の顔は、文字どおり輝いていた。

安堵と勝利が混じりあい、ローの全身を駆け抜けた。彼も笑みを浮かべると、ふたたび彼女を抱きしめた。

ふたりの意思を確かめるように彼女にキスをしながら、ローはローグ・ジェラードはたった二十四時間でこの女に陥落《かんらく》してしまったと、頭の隅で皮肉混じりに考えた。

ジェラード・パークのジェラード子爵、ロバート・〝ローグ〟・ジェラードと、ウィルトシャー・メイクピース家のミス・リディア・コンスタンス・メイクピースの目前に迫った結婚のニュースが突然上流社会を駆けめぐると、どうやってミス・メイクピースはほかの誰も成しえなかったことを、いとも簡単に成しとげたのかという噂や推測が乱れ飛んだ。だが、貴婦人たちは一様に声をそろえて、驚くには値しないと主張した——腕白小僧《ローグ》を飼いならしたレディは、おとなしく、良識があり、礼儀正しい女性だというかねてからの評判にもかかわらず、じつは彼女の一族と同じように、明らかに変わり者だったからだ。

かなり自由奔放なレディだけが、ローグ・ジェラードをひざまずかせることができる、と彼女たちは言い張った。

当然ながら、ローも彼女たちの結論を耳にしたが、彼はただほほえむだけで、彼女たちの過ちを訂正しようとはせず、真実を彼だけの胸に大切にしまっておいた。

リディアを妻に選んだのは、彼女の自由奔放さゆえではなく——たしかに、とらえどころのないところが、彼を魅了し、惹きつけたのだが——純粋に彼女に対する彼の愛ゆえだった。そして彼に対するリディアの愛が——彼の運命を決定した。

愛こそ、彼を降伏させた唯一の武器で——その結果、上流社会の歴史に〝ローグ・ジェラードの陥落〟なるあらたな伝説がつけ加えられたのだった。

ステファニー・ローレンス

《ニューヨーク・タイムズ》紙のベストセラー作家であるステファニー・ローレンスは、味気ない科学者としての生活から逃避するため小説を書きはじめた。ところが、たんなる趣味が、またたく間に仕事となる。リージェンシー時代のイギリスを舞台とした彼女の小説は世界中の読者を魅了し、彼女はロマンスの世界でもっとも愛される有名作家のひとりとなった。現在は、夫とふたりの娘とともにオーストラリアのメルボルンに在住している。

ステファニーと、新刊本を含む彼女の本に関する情報は、公式ホームページhttp://www.stephanielaurens.com/で見ることができる。

またslaurens@vicnet.net.au.を通じて、読者が直接ステファニーに手紙を送ることもでき、また同じアドレスにメールを送ると、新刊本の発売を報《しら》せるメールマガジンに登録することも可能。

魅せられて

メアリ・バログ

SPELLBOUND

MARY BALOGH

登　場　人　物　紹　介

ノーラ・ライダー	没落貴族の娘
リチャード・ケンプ	ボーン男爵
ウィンストン・バンクロフト	准男爵
アデライン・バンクロフト	ウィンストンの妻
ジェレミー・ライダー	ノーラの兄

1

ノーラ・ライダーの予想では、ウィンバリー村は小さいにしろ、人であふれかえっているはずだった。なにしろ、今日は五月一日なのだから。ミセス・ウィザースプーンの使用人であるカウパーの話によると、五月一日には村の広場に花とリボンで飾った柱が立てられ、そのまわりには露店が軒《のき》を連ねる。近隣の住民は誰もが、そこにやって来るのだと彼は語った。むろん、ミセス・ウィザースプーンその人は、例外だが。彼女は、どこにも出かけはしない。

それに彼と、もうひとりの召使いも祭りには行けない、とカウパーは、どこか哀愁をおびた口調でつけ加えた。

ミセス・ウィザースプーンはなにも祝ったりはしないのだ――たとえそれがクリスマスでも、誕生日であっても。春の開花を目指して、草のなかに最初に顔を出したマツユキソウを祝うことすらしない。そんな彼女の付添婦《つきそいふ》として働いた半年間は、ノーラにとって、けっして愉快な体験ではなかった。

ウィンバリーに行くのなら、せめて五月一日以外の日を選ぶべきだったことにノーラは気づいたが、選択の余地はほとんどなかった。もう一日、屋敷に残ることも選択肢であったかもしれない。もし、友好的な形で退職したのであれば。だが、そうではなかった。それどころか彼女は、ミセス・ウィザースプーンにクビだと言い渡される直前に、かろうじて、みずから辞《や》めると宣言したのだ。

ミセス・ウィザースプーンは、すぐに出て行けと彼女に申し渡したが、それに対してノーラは、遅すぎるぐらいだと言い返した。結局、彼女は翌日屋敷をあとにすることになった。賃金は、いっさいもらえなかった——六カ月も働いていながら、一度も。この五カ月間というもの、さまざまな言い訳を聞かされてきた。かつてはそれでも、それが理にかなっていると考えたこともある。ミセス・ウィザースプーンはけっして自宅から離れないし、庭より外へは出ないのだから、彼女の付添婦も外出するわけはなく、ゆえに金を使うことはないという言い訳だった。だが、半年が過ぎたいまになって、ミセス・ウィザースプーンはこう言いだした。ノーラを採用する際に、年給制で合意している——つまり、給料は一年に一度、支払われるものだというのだ。今回、ノーラが途中で退職する以上、彼女には、賃金を受けとる資格はないと。これまで毎日食事を与えられ、寝るところもあって、贅沢《ぜいたく》な暮らしをさせてもらったのだから充分だろうと。

たとえ、屋敷での暮らしが贅沢なものであっても、充分とは言いがたい。それに、この半年間の生活は、贅沢とはほど遠かった。だが、見れば手に負えない状況は、ノーラにだってわかる。そこで、屋敷をあとにするまえに、元の雇い主に対してどう思っていたかはっきりと——はっきりと！——言ってやることで満足感を得るだけに留めることにした。思いのたけを口にすることで、傷ついたプライドを癒《いや》すことはできたものの、なにを言っても財布を満たすことはできない。

昨日、老婦人の使い走りを担当するカウパーが、ノーラのために乗り合い馬車のチケットを買ってきてくれた——とは言っても、例の夫人が気前よく費用を払ってくれたわけではないことは、言い添えておくべきだろう。チケット代は、ノーラがドーセットから屋敷に働きに来た際に、持ってきた少額の蓄《たくわ》えから支出されたものだった。

飢餓《きが》に苦しむ旅になる、と彼女は気づいた。なにしろ、紅茶半杯を買えるぐらいしか、財布には金が残っていないのだから。それも、もしも半分の量の紅茶を半額で売ってもらえればの話で、かといって、屋敷のコックがノーラのために、ミセス・ウィザースプーンに叱《しか》られるのを覚悟で弁当をつくって持たせてくれるということは、とても期待できなかった。だが、すくなくとも彼女は、以前と同じような自由と心の平穏を手に入れた。情けないほど無一文だが——これも考えてみれば、以前と同じだ。兄のジェレミーは、彼女がまたしても自宅の玄関に現われたら、きっとため息をつき、お得意の困りはてたような顔で、彼女を見つめるに違いない。

とにかく、次の仕事を見つけなければならない。今度は、もっと長つづきする仕事であることを望むばかりだ。

重い旅行カバンを引きずって村までの五マイルの距離を歩かずにすんだのは、近所に住む農民、ミスター・クロウが、この休みを使って、十マイルほど離れた場所に住む娘を訪ねることになったからだ。ノーラにとっては幸いなことに、彼はその途中でウィンバリーを通過する。彼の古ぼけた一頭立ての二輪軽馬車の木の座席は、注意しないと、脚と尻に数千の棘《とげ》が突き刺さるような代物で、錆《さ》びついた車輪が一回転するごとに、歯が浮くような不快感に襲われた。それに馬車全体が、積み荷がないのにもかかわらず、つねに堆肥《たいひ》の臭いを放っている。今日も、そんな具合だった。だが、たとえ丸々と太ったミスター・クロウの隣に縮こまって行くにせよ、歩くことを考えればずっとましだったので、ノーラは彼の申し出を心から感謝して受けた。

村に着くのは朝のうちとはいえ、彼女は大勢の人出を予想していた。だが目的地である〈クルーク・アンド・スタッフ・イン〉周辺の大混雑ぶりは、彼女の予測をはるかに超えていた。むろん、祭りの本番が始まるまえに、前祝いで飲んだくれようと早くから宿屋のバー・ルームに陣取っている連中はいるだろう。だが、彼らは店内のそれぞれの席で、静かに酒を楽しんでいるはずだ。

ところが、宿屋の周辺は、人であふれかえっていた。

彼らの頭越しに見える乗り合い馬車もまた、同じ状況だった。馬車は、予定より早く到着していた。乗ってきた馬車の席から身を乗りだしながら、ノーラは不安で胃が痛んだ。彼女が人混みをかきわけて乗りこむまえに、乗り合い馬車がロンドンに向かって出発してしまったらどうしよう？　そのときは、どうすればいいのだろう？　次の馬車が来るまで、丸一日待たなくてはならない――それは、明日の馬車に空席があればの話だが。第一、それまでのあいだ、なにをして過ごしたらいいのだろう？　もういまさらミセス・ウィザースプーンの屋敷に戻ることはできない。だが、そのことに関してはいっさい後悔はしていなかった。

だがすぐに、馬車に乗りそこなう危険はないことがわかった。乗り合い馬車は、まるで太りすぎの乗客か、とてつもなく重い荷物を片側にだけ積みすぎたかのように、ひどく傾いていた。

「どうやら、あの馬車は事故を起こしたようだな」十分あまりの眠気を誘うような会話を中断して、ミスター・クロウは物知り顔で言った。それから、彼は馬車を少し離れた場所に停めると、ノーラの旅行カバンを荷台から降ろし、大きな手を差しだして彼女が馬車から降りるのに手を貸し、彼女の礼に軽くうなずいて、もごもごとなにかつぶやいてから、ふたたび馬車に乗りこんで、まるで好奇心のかけらすら持ちあわさないかのように、うしろも見ずに去っていった。

ノーラは旅行カバンを持ち上げ、騒々しい小競《ぜ》りあいの輪に入っていった。そこに集まっている群衆は、乗り合い馬車の乗客たちと、野次馬と化した村の住人たちのようだった。彼らは、宿の庭に続く入口と問題の馬車周辺にたむろし、ほぼ全員が興奮しながらなにかしゃべっていて、なかには、激しい身ぶりをまじえて、とんでもない大声でわめいている者もいた。

「なにがあったんですか？」ノーラは、近くにいた人たちに話しかけた。

彼らはいっせいに返事をしたが、誰ひとりとして振り返って彼女を見ようとはしなかった。

「ひどい衝突事故があったのよ」大きな音を聞いたとたん、心臓がとまったかと思ったわ。すくなくとも一ダースぐらいは死人がでたと思ったわ。

「乗り合い馬車の御者《ぎょしゃ》は、宿の庭に入るまえに警笛を鳴らさなかった。それに、あまりにスピードを出しすぎていた。それで、ちょうど庭から出てきた紳士の馬車に突っこんだんだ」

「御者は、警笛を鳴らしたわよ。あんた、耳が聞こえないんじゃないの？　わたしは、耳がつんざけるかと思ったもの。紳士のほうが、ちゃんと注意していなかったのよ。それだけ」

「新品の二頭立ての二輪馬車と、ポケット半分を埋めるぐらいの財産を持った自分に優先権があると、きっと紳士は思ったんだろうよ」

「四分の三は埋まってるほうに、おれは賭けるね。彼の履いていたブーツを見たか？　ちょっとやそっとの金額で買える代物《しろもの》じゃないぞ」

「御者が前をよく見ていなかったのよ。その結果、どういうことになったか。誰も死なななくて、彼にとっては幸いだったわ。そうでなけりゃ、週末までに縛り首になってたはずだもの。間違いなく、御者が悪いわ」

「御者は、しっかり前を向いていたさ。よそ見していたのは、紳士のほうだ——たぶん、客室のメイドに気をとられてたんだろう」

「公共交通機関のほうが、通行の優先権がある」

「いや、違う。そんな馬鹿な話を、どこで聞いた？　出てくる馬車のほうに優先権があるんだ」

「御者は、さっき悪態をついていたわ。あれを聞けばわかるわよ。彼は紳士に対して、そうとう文句を言っていたもの。それは間違いないわ」

「あんたに英語がわかるのならね。紳士のほうが、よっぽどひどく御者を罵《ののし》っていたわよ」

「乗り合い馬車の車輪と心棒はひどく曲がってしまっている。修理はもう不可能かもしれない」

「紳士の馬車のほうは、バラバラになっちゃったわ」

「いや、そんなことはない。ただ心棒が真っ二つに割れただけだ。乗り合い馬車のほうが、よっぽどひどくやられている」

「よりによって祝日の今日、誰が壊れた車輪と心棒を修理するって言うんだ？　誰もが休みの日だというのに？　だが、彼らは修理をしてもらえると思いこんでる。これは、断言できる」

ノーラのすぐまわりにいる群衆の向こうから、乗り合い馬車の乗客たちが大声で文句を言っているのが聞こえてきた。明日まで、どうやって過ごしたらいいんだ？　今日じゅうに目的地に着かねばならないのに、どうしてくれる？　明日には馬車が直って、出発できるという保証はどこにある？訴えてやる。責任をとれ。賠償を求めるぞ。

誰かの血だらけの姿を見たわけではないが、ノーラはひざの力が抜けていくのを感じた。自分は、どうしたらいいのだろう？

やがて、人々は宿に向かって移動しはじめた。人混みをかきわけて進んでいくうち、ノーラは、乗り合い馬車の御者らしき男性の前にたどりついた。

「いつ出発できるのかしら？」言葉が口をついて出た瞬間に、それが愚かな質問であることに彼女自身も気づいた。馬車の様子がはっきり目に入ってきたからだ。

「もしもどうにか修理できたら、明日には」男は、彼女のほうに顔も向けず、礼儀正しさのかけらもない口調で答えた。「もしチケットを持っているなら、明日また来てください」

「でも、今日はどうしたらいいの？」彼女は御者にたずねた。

彼は肩をすくめ、頭をかき、壊れた馬車を見つめたまま言った。「ほかの連中と同じように、宿に部屋をとったらどうです？　ただし、急いだほうがいい。すぐに満室になってしまいそうだ」

たとえ百の空き部屋があったとしても、状況は変わらない。自分が、本当に、完全に立ち往生《おうじょう》してしまったことに気づき、ノーラは軽いめまいを覚えた。行くあてもなければ、移動する手段もない。

「もしかして」彼女は言った。「チケット代を返してもらうことはできるのかしら？」

だが、そんなことをしても、なんの解決策にもならないのだ。もし、その金を使ってしまったら彼女は、一生この村で足止めを食らうことになる。

「無理ですね」いらだった御者はつっけんどんに答えながら、ひざを折って、馬車の下をのぞきこんだ。「チケットの払い戻しはできません」

そういうことか。ロンドンへの長旅を始めるまえに、どうやら、この村で一日——一晩——過ごさねばならないようだ。

この村に知り合いはいなかった。ウィンバリーはミセス・ウィザースプーンの屋敷から五マイルしか離れていないにもかかわらず、彼女は、屋敷の庭より外には一度も出たことがなかったし、ミセス・ウィザースプーンを訪ねてくる人も皆無だった。

とても長く、空腹な一日になりそうだ。ノーラは空を見上げたまま、あてもなく、ほかの人々が姿を消していった宿屋の入口に近づいた。どうしたらいいか、どこに行けばいいのか決めかねて、彼女は、しばらくバー・ルームの入口近くにたたずんだ。まわりを人々が行き来している。誰もがみな、行くべき場所があり、話す相手がいるようだ。

突然、どうしようもない孤独感と孤立感に襲われ、同時に、途方に暮れた。染みのあるエプロンをつけた、やせて長身の若者が、からのグラスをのせたトレーを持ったまま、彼女のそばで立ち止まった。彼は面倒くさそうに言った。

「もし、馬車が動かないで立ち往生しているなら」彼は言った。「今夜の宿は、どこかほかで探してください。なにしろ今日はメイデーの祭りの日ですし、そのうえ、馬車の事故があったせいで、もう部屋はすべて埋まっていますよ」

「わたしは――」

あとになって考えると、ノーラは自分がなにを言うつもりだったのかわからない。彼女より先に、誰かが口を開いたからだ。それは、穏やかで教養のある、明らかに命令し、服従されることに慣れている男性の声だった。

「このレディはすでに部屋をとっている」彼は言った。「わたしの連れだ」

驚いたノーラは、彼が誰に話しかけているのか、誰について話しているのか見ようとあたりを見まわした。明らかに、紳士はウェイターに向かってしゃべっている――そして、彼は気だるそうなブルーの目で、彼女を見つめていた。

最初に彼女の目に飛びこんできた男性の印象は、長身で、肩幅が広く、すらりと細い腰に対して、太腿は筋肉質でがっしりしているということだった。その体が、ファッショナブルな、ぴったりとフィットするように仕立てられた高級なスーツにおおわれている。だが、そのとき、彼女は別のことにも気づいた。

そんな馬鹿な。

まさか――

窓は小さく、そこに厚手のカーテンがかかっていたので、バー・ルームは薄暗かった。陽の光を浴びた直後の暗さになれていない目では、はっきりと見分けることができなかった。

それにしても……

だが、そんなはずはない。

しかし、見間違いではなかった――やはり彼だった。

リチャード。

彼女は、大切なことを聞き漏らした。彼の正体がわかったショックで、しばし呆然としているあいだに、彼はほかのことも言っていたのだ。その言葉は、まるでこだまのように、彼女の耳に刻みつけられた。

「わたしの妻だ」彼は、いま、そう言った。

「そうですか。それなら問題はありませんね、閣下」ウェイターはそう言うと、自分の仕事に戻っていった。

2

ボーン男爵ことリチャード・ケンプは、早朝に旅立った。彼がダートウッド・クローズの屋敷をあとにしたのは、ようやく東の空が白みはじめた時刻だった。ハンプシャーの祖母の家で数日間過ごしたあと、ロンドンに向かう予定で、彼は今シーズンの末まで、首都に滞在するつもりだった。

ほとんど風のない天気のいい朝で、二頭立ての小型二輪馬車で旅するには絶好の日和《ひより》だった。ほとんどの荷物と従者を積んだ自家用四輪馬車は、数日遅れで、ロンドンに向かう手はずになっている。

ウィンバリーで馬車を停めたのは、馬を交換するためで、そのころにはすでに昼近くなっていたが、宿に入ってひと休みしたいという誘惑に彼はあらがった。祝日のバー・ルームは予想どおり混んでいたし、この村で祭りが開かれることを思えば――メイポールが立っているのを見れば、それは当然だ。もし店内に入っていたら、会話に引きこまれてしまうだろうし、気がついたら貴重な旅するための一時間かそこらは、あっという間にたってしまうに違いない。肩の力を抜くのは、目的地に着いてから。祖母は、彼の訪問を楽しみにしているのだから。

だが、急がばまわれということわざがあるだろう？ ことわざというのは、しゃくに障ることに正しいものだと、あとで思い返して、彼はつくづくそう思った。

もし、もう少し常識的な時間に屋敷を出ていたとしたら。もし、もっと早く馬を交換するために停まっていたら。もし、エールとパスティーを口にするために、この宿のバー・ルームに入っていたら。もし、さまざまなことを実際よりも、もっとゆっくり行なっていたなら彼は、〈クルーク・アンド・スタッフ・イン〉の庭に乗り合い馬車が入ってきたちょうどその瞬間に、馬車を出そうとはしなかったはずだ。

だが、現実にはそうなってしまった。

視線の先には、カラフルなリボンがはためくメイポールが立っていたが、彼は細心の注意を払って庭から馬車を出そうとしていた。そのとき、大事故が起きた。ほぼ同時に聞こえてきたのは、鳴り響く警笛と蹄《ひづめ》の轟《とどろ》きと、悪態をつく叫び声――その一部は、彼の口から発せられたものだった。それから金属と木が、金属と木にぶつかり、こすれる音がして、ヒステリックな悲鳴があがった。パニックを起こして目を剝《む》いた馬たちがうしろ脚で立ち上がり、正面から突っこんできた大きな乗り合い馬車の御者席で、血色のいい隙っ歯の御者が必死に手綱を引いている姿が目に入った。

彼の馬車は、乗り合い馬車と正面衝突してしまったのだ。

最初に頭に浮かんだ考えは、乗り合い馬車の御者が警笛を鳴らすべきは、急な角を曲がるまえで、曲がりながら――それも無謀なまでのスピードを出した状態で――ではないということだ。その時点では、警笛を鳴らしてもほとんど意味はないのだから。

相手の御者は、エールを手にするのが待ち遠しかったのだろうと彼は考えた。

危険なまでに傾いた乗り合い馬車のなかから、乗客たちが飛びだしてきた。なかには、投げだされた者もいたけれど、その多くは元々屋根に乗っていた乗客だ。嵐のように罵り言葉をくりかえしながら、御者はどうにか馬たちを制御しようと格闘し、馬車が完全にひっくり返ってこれ以上の大惨事を引き起こすのをまぬがれようとした。

男たちはどなり散らし、女たちは悲鳴をあげた。バー・ルームにいた客たちもいっせいに外に飛びだしてきた。彼らの多くは、手にグラスを握ったままだった。どこからともなく、村人たちも集まってきた。

これは奇跡だ――それは、リチャードの頭に次に浮かんだ思いだった――どこを見渡しても、死体もなければ、血だらけの怪我人もいない。彼は頭のなかで自分の被害状況を確認した。両手、両脚やそのほかの部分にこれといった傷はなく、足首をねじっていたが、おそらく折れてはいないし、ひどい捻挫《ねんざ》でもなさそうだ。

ゆっくり考えたり記憶をたどったりする時間はなかった。二十人ほど――すくなくとも、それぐらいはいた――の人々が同時にしゃべり、どなり、叫んでいて、彼らのほとんどが、自分は目撃者だと主張し、このままでは、多数決でどちらが悪いかが決まってしまいそうな勢いだった。彼の乗り物には、彼ひとりしか乗っていなかった以上、罪を着せられるのは、当然彼のほうになる。

馬たちにも怪我がないことを、彼は横目で見て確認した。乗り合い馬車の馬たちも、傷は負っていなかった。もうひとつの奇跡だ。だが、彼の二輪馬車のほうは、そこまで幸運ではなかった。間違いなく心棒は折れているし、塗装にはひどい傷がついている。だが、彼の勘が正しければ、直せない箇所はないだろう。

彼は自分を守ることに、意識を集中することにした。別に誰かに殴りかかられたり、命を脅《おび》かすような武器で襲われたりしたわけではないのだが。ただ罵りあいはひどくなり、汚い言葉を吐きつづけているのは、主に乗り合い馬車の御者だった。そのほとんどが、彼の血統と母に関する、毒々しい無礼な言葉の数々だった。御者の顔が真紫になっているので、リチャードは、彼が卒中の発作を起こし、今回の不幸な出来事の唯一の犠牲者になるのではないかと危ぶんだ。

リチャードも口を開いて、言いたいことをまくしたてた。事故のショックがおさまると、しだいに怒りがこみあげてきた。実際、とても腹が立ったのだ。二輪馬車はまだ手に入れてから三カ月しかたっていない新品で、彼の自慢の種だった。今夜じゅうには、祖母の家に着こうと思っていたのに、こうしてこの村で足止めをくらい――身のまわりの世話をする従者もいない。こうなったのも、すべて目の前にいる、口の悪い、乗り合い馬車の御者の責任だ。彼は、相手の血統に言及することなく、そのことをしっかり彼に申し渡した。

乗客たちの怒りも、しだいに彼らの御者に向かっていった。いつ警笛が鳴らされたかや、曲がって庭に入るときに乗り合い馬車がどれほどスピードを出していたかについて、激しい口論がかわされた。御者の罵詈雑言《ばりぞうごん》にほくそ笑んでいたバー・ルームの客たちは、リチャードが延々とくりひろげた激しい非難に喝采《かっさい》を送り、なかのひとりは、彼に対してグラスを掲げた。村人たちも、それぞれに自分の意見を口にしたが、それは、正確な情報に基づいたものではなかった。なにしろ彼らのほとんどが、実際の事故の瞬間を目撃したわけではなかったからだ――だが、おそらく全員が、自分は目撃者だと言ってまわるに違いない。

とりあえず自分の主張を述べたあと、ふたりの馬丁が彼の馬を馬車からはずして、どこかに連れ去るのを確認してから、リチャードは騒ぎに背を向けて宿のなかに入っていった。そばに立っていた宿屋の主人は、いちばんよい部屋を彼のために押さえてあると請《う》け負った。同じように、ここで足止めを食った乗客たちも、群れをなして彼に続いた。彼らもまた、今夜の宿泊場所が必要で、もしかすると、数が足りないかもしれないことに、ようやく気づいたからだ。なかには憤慨している者もいて、誰かに責任をとらせてやると息巻いていたが、静かに、予想外の遅延という運命を、甘んじて受け入れている者たちもいた。

そのなかのひとりが、宿屋のドアの内側に立っていた。彼女は、部屋を確保しようと人を押しのけて前に進む努力すらしていない。旅行カバンを手にして、たしなみの良い服装をしていたが、肩を落とし、陰鬱《いんうつ》な表情をしているところを見ると、空室を見つけることは彼女にとって重要な問題ではないことがリチャードにもわかった。

彼女のように、事故のせいでこうむる追加の支出に耐えられない乗客がどれほどいるのだろうか？——と、彼はふと思った。

荷物はすでにいちばんよい部屋に運び入れてあるという、宿屋の主人の説明にうなずいた瞬間、彼女の姿を見失った。彼も部屋に上がろうと振り返った。静けさが戻るまで、この騒ぎから逃れていたかったのだ。あとで馬車の様子を見に行って、修理の手はずをととのえるつもりだった。

まったくとんだ災難だった、と彼は不機嫌になりかけた。

振り返りながら、ふたたびドア口に目を向けると、彼女はまだそこに立っていた。先ほどの、乗客の女性だ。ひとり旅をしているらしい。彼女は窓に顔を向けていて、明かりが彼女の横顔を照らしだした。

彼の目を引いたのは、彼女の鼻だった。とくに目立つ特徴ではなかったし、正面から見たときはまっすぐに見えた。だが、鼻梁《びりょう》の少し下がかすかに曲がっていて、それが、彼女の顔に独特の雰囲気を与え、そのせいで、彼女はたんなる美人で終わらずにすんでいる。

リチャードはかつて、鼻がまっすぐだったらよかったのにと嘆《なげ》く彼女に、そう言ったことがあった。

だが、まさかそんなはずは……

彼女を思い起こさせる女性を見かけるのは、よくあることだったが、そばに寄ってじっくり見ると、彼女とは似ても似つかない。彼女のような女性は、この世にふたりといないのだ。神に感謝だと、彼は歯を食いしばって内心つけ加えた。

だが、顔をしかめて階段から数歩離れる。いつものように近づいていって、確認せずにはいられなかった。

彼女はふたたび室内に顔を向け、空のグラスをのせたトレーを持ってキッチンに戻っていくウェイターのほうに顔を上げた。

ああ、なんということだ！

あれから十歳年をとった彼女は、どこか以前の彼女とは違って見えた。それどころか、ずいぶん変わってしまっていたが、彼女であることに間違いなかった。

ノーラだ。

ウェイターはいらだった様子で彼女と話していた。他所《よそ》へ行けと言っていた。

その事実が、なぜ自分をここまで不機嫌にさせるのかという点について考える間もなく、リチャードはさらに一歩前に出た。

「このレディはすでに部屋をとっている」彼は言った。「わたしの連れだ」

なにも見なかったふりをして、このまま部屋に帰ったほうが賢明だと思ったが、すでに後の祭りだった。自分がなにを言うつもりか考える間もなく、言葉が口をついて出ていたのだ。

彼女は驚いたように目を見開き、彼を見つめた。彼の正体に気がついて、彼女の表情が驚きからショックへと変わっていくのを、リチャードは見つめた。

たしかに、彼女は変わった。彼より三つ年下だから、いまは二十八になっているはずだ。歳を重ねて、顔は完璧な卵形となり、若いころのほおのふくらみは消えていた。記憶にあるのと同じ真っ青な瞳は、以前より大きく、くぼんで見えた。以前のような輝きも、そこにはもうなかった。かつては動くたびに飛び跳ねていたカールが亜麻《あま》色の髪から消え、いまはまっすぐな髪がボンネットの下でしっかりと結い上げられている。ボンネットも含め、彼女の服装は着やすそうな上品なものだった。パステル色のフリルや縁飾りはすっかり姿を消していた。

まるで家庭教師のようだ――実際、そうなのかもしれない。

それが、彼の頭のなかに一瞬のうちに浮かんだ印象だった。

「わたしの妻だ」彼は言い添えた。

そのひとことで納得したウェイターは、キッチンへと戻っていった。

しばし、沈黙が続いた――ふたりの周囲の喧噪《けんそう》を考慮に入れなければの話だったが。

「わたしは——」彼女が口を開いた。

リチャードは手を上げて、彼女に近づいた。

「なにも言わないでおくほうが賢明だよ」彼は厳しい調子で言った。「空室は、もう残っていないはずだ。それに、ここはちゃんとした宿屋だ。わたしの部屋に泊まったほうがいい——妻として」

ノーラは目を見開いて彼を見つめた。彼と同じことを考えているのは明らかだった——いつ、この不思議な夢から覚めるのだろうか？

「お客さま？　ミスター・ケンプ？」主人が横にやって来て、階段を指さした。

リチャードは、ノーラを見つめていた目を無理やり引きはがし、主人に顔を向けた。自分の爵位はあえて明かしていなかった。貴族とわかれば、こびへつらいとごますりが延々続くことになるからだ。

「妻の荷物も上に運んでくれないか？」リチャードは、彼女のひじに手を添えると、階段に向かって導いた。

「奥さま、ですか？」主人は驚いたようだった。

「幸い、馬車から落ちたときに傷は負っていないが、それでも、少し部屋で休ませてやりたい」

「ごもっともです、ミスター・ケンプ」主人はきびきびとした口調で答え、指を鳴らして従僕を呼んだ。

まだ部屋を確保していない乗客たちのあいだで、騒ぎが続いていた。リチャードが、上階の部屋に向かおうとして、ノーラといっしょに彼らの横をすり抜けたとき、誰かが彼らに向かって何か言うのが聞こえた。おとなしく待っていてくれるなら、村人が彼らに宿を提供してくれるだろう。

彼女も無料で村人の家に泊めてもらえるかもしれない。それならば、なんのうしろめたさも感じずに、運命に任せて彼女を置き去りにできる。

うしろめたさだと？　彼は顔をしかめた。うしろめたい気持ちなど、なぜ持たねばならないい？

リチャードは部屋のドアを開け、道を開けて、彼女を先に通した。ここでも階下の騒音は、はっきり聞こえたものの、なぜか部屋はとても静かに思えた。

「リチャード」

ノーラは彼に、青ざめた顔を向けたが、従僕が彼女の旅行カバンと彼のカバンを並べて置いて、ドアを閉めて出て行くまで待つしかなかった。

「リチャード」彼女はくりかえした。「わたしはあなたの妻じゃないわ」

「違うのか？」彼はまゆを上げ、手をうしろで組んだ。彼女はあいかわらずスマートだが、若いころの子馬のような印象は消え、いまは艶《なま》めかしさが漂っている。

白がっているふうではなかった。

「もちろん、違うか」彼は穏やかな声で言いながら彼女にほほえみかけたが、その表情は面白がっているふうではなかった。

「ここにいるべきではないわ。こんなことは、すべきではないの」

彼女は不安そうにドアを見た。

「ひとりで、外にいたほうがいいと言うのか？」彼は、彼女のためにドアを開けようとするかのように戸口のほうを振り返った。

「村人が、宿を提供してくれると言っていたわ」

「事故で、どこかに傷を負ったのか？」彼女の青白い顔は、怪我のせいかと考えた。彼女はいまにも気を失いそうに見えた。

「乗っていたわけじゃないから」彼女は言った。「馬車に乗っていたのではなくて、ここから乗りこむはずだったの」

「ということは、ここに住んでいるのかい？」

「ここから五マイルのところに」彼女は答えた。「住んでいたのよ。過去形よ。老婦人の付添婦だったの」

「クビになったのか？」

「そうなるまえに辞めたの。難しい仕事だったから。ミセス・ウィザースプーンは、気むずかしい人なの」

「そうだろうな。他人に使われるのは、きみには苦痛だっただろう」

リチャードはすぐにその発言を後悔した。あまりに卑劣な攻撃だった。

ノーラは彼をじっと見つめた。その顔に赤みが少し戻ってきた。

「泊めてくれる家を探してもらうわ」彼に近づきながら、彼女は言った。

「きみは対象にはならないよ。事故のときに、馬車に乗っていたわけではないのだから」

彼女は足をとめた。

「金はあるのか？」

「失礼します」彼女はふたたび前進した。肩をいからせているのが彼にもわかった。

「ここにいたほうがいい」ドアの前に立ちはだかるようにして、彼は言った。「心配は無用だ。きみに手を出すつもりはない。床の好きなところを寝床として使いたまえ。わたしたちが夫婦かそうでないかは、誰にもわからない――きみが、そのことを言いふらさないかぎり。もしも施しを受けるのがいやなら、見てのとおり、わたしには召使いがいないから、妻ではなく召使いのふりをすればいい」

「なにか違いはあるのかしら？」彼女の口調には、間違いなく棘《とげ》があった。

彼は、じっと彼女を見返した。

「馬車の損害状況を調べてくる。腹が減っているから、そのまえに食事をしよう。いっしょにどうだい？」

「とんでもないわ」彼女は答えた。「宿を探してもらうから」

「好きにすればいい」彼は肩をすくめると、ドアを開けて廊下に出て、うしろ手にドアを閉めた。そのまま階段を降りると、バー・ルームを抜けて、食堂に向かった。食堂はがちゃがちゃと騒がしく、食欲をそそるようないい香りがした。突然、リチャードは、自分が朝からなにも食べていないことに気づいた。

彼女はどうするつもりだろう？　部屋に戻ったとき、彼のカバンだけがぽつんと部屋の真ん中に置いてあるのだろうか？　それとも、彼女はまだあそこにいるだろうか？

背筋がぞくっとするような感覚に襲われた。

彼は窓際の小さなテーブルを選んだ、ハムエッグとポテト、それにトーストを注文した。わざと、階段に背を向けてすわった。彼女が出て行くところを見たくはない。そのときに、責任を感じたくなかった。

いったい、なにを考えているんだ？　彼女に対していっさい責任など感じる必要はないはずなのに。だが、この十年間ずっと抱きつづけてきた疑問が、ふたたび脳裏に浮かんできた。

もしもいま、彼女が去ったなら、もう二度と姿を現わすことはないかもしれない。明日の朝、馬車に乗りにも来ないかもしれない。そうなれば、彼はもう二度と彼女に会うことはないだろう。

そう思ったとたん、驚くほどのパニックに襲われた。

そんなふうに考えている自分に対して腹が立った。

もう何年もまえに、ノーラのことは忘れたはずだ。それは簡単なことではなかった。彼女とのあいだに起きた出来事が、彼の人生にとても大きな影を残していた。

たとえ彼女が、彼の人生から永遠に消えても、それでもまだ足りないくらいだった。

彼女が消えていなくなってくれることを、彼は望んだ。

今日も、そして明日の朝も、彼女の顔など見たくない。もう二度と、彼女には会いたくない。

「これと同じものを、それに紅茶のポットを、部屋にいる妻にも運んでやってくれたまえ」料理を運んできたウェイターに、リチャードは言った。「もし、祭り見物に出かけてしまっているようなら、食事は持って帰ってきて、厨房《ちゅうぼう》にいる使用人に食べさせるがいい。支払いは、わたしがする」

たったひとつの質問に、彼女は答えてくれなかった。だが、財布の中身を確かめるまでもなく、彼女が無一文なのは間違いなかった。仕事を辞めた時点で、彼女の元雇い主は、賃金の支払いを拒んだのだろう。

たとえ彼女が一文無しであろうと、彼には関係ないことだ。それどころか、彼女が一文無しであることを、彼は望んでいた。飢《う》えればいいのだ。

だが、なぜかそのことに対して、彼は責任を感じていた。なんてことだ! なぜ責任など感じるのだ?

またしても。

そんな悪意に満ちた思いを抱きながらも、十年間、一度も会っていなかった相手に対し、このような子どもじみた敵意を持っている自分に気づいて、彼は混乱した。

ナイフとフォークを手にとったが、すでに食欲は失せていた。

3

すぐに部屋を出ようと思った。ほかの宿を探してもらおうと思ったのだ。だが、その計画にはあまりに多くの障害があって、彼が部屋から出ていったあとも、ノーラはしばらくうろたえたまま、その場に立ちすくんでいた。

こうなってしまった以上、もう遅すぎるかもしれない。それに、彼の言うとおりかもしれない――事故のとき、乗り合い馬車に乗っていなかった以上、彼女は対象とはならないかもしれない。それに、いったんミセス・ケンプと名乗ってしまったいまとなっては、説明するのも厄介だ。それに、村人の家に泊めてもらうにしろ、金を払わねばならないかもしれない。たとえ有料ではなくとも、世話になる以上、なにがしのものは渡したくなるだろう。だが、財布のなかに入っているのは小さなコイン二枚だけだった。

それに……

それに、それに、それに。

それに、彼はリチャードだ。リチャード・ケンプなのだ。

突然、その現実が目の前に突きつけられたような気がした。彼女は勢いよくベッドに腰をおろして、目を閉じた。

あのリチャードが、ここにいる。実際、彼は彼女を救ってくれて、この部屋に連れてきてくれたのだ。けっしてうれしそうな表情ではなかったが。それどころか、露骨《ろこつ》に迷惑そうな顔をしていた。

ならば、どうして助けてくれたのだろう？　ノーラは、片手でベッドの支柱を握りしめた。ああ、いまさらリチャードに会うなんて！　なんて不思議な、奇妙な偶然なのだろうか？こうして、イギリスの片田舎で、たまたま出会ってしまうとは。それも、いっしょに立ち往生するなんて。彼も彼女と同様に明日まで、ここから動くことができないのだ。

どうして彼だと気づいたのだろう？　記憶のなかの彼とは、まったく別人になっていたというのに。最後に会ったときは、彼はまだ少年の面影を残していた。ひょろりと背が高く、若木のような青年だった。真っ黒な髪の下の顔だちはとてもハンサムだったが、いつも難しい顔をしていた。それでも、ふたりきりでいるときは、ブルーの瞳は優しく、情熱的だった。彼が、それと気づくまえに、彼女はあっという間に彼に激しく恋していた。

そして彼も、彼女が知るずっとまえから、彼女に恋をしていた。

それはまるで前世で起こった出来事のように、ずっと昔の話だった。

ノーラは首をかしげ、ひたいをベッドの支柱に押しつけた。生きていたくはなかった。死にたいと思ったが、そう簡単に命を絶つことができずに、しかたなく今日まで生きてきた。

すっかり大人になった彼は、いまや権力と完璧な体を持つ男性だった。あいかわらずハンサムな顔は冷ややかで――ブルーの目は、信じられないほど冷ややかだった。彼の態度には、かつてなかった自信があふれている。あたかも、生まれながらにして権力を手にしているかのように。だが、実際は、そうではなかった。

いまの彼はボーン卿なのだ、と彼女は自分に言い聞かせた。男爵になったのだ。あのころの彼とは別人だ。新しい名で呼ばれるようになった彼を、ノーラは知らない。

彼女はふたたび考えた。なぜ彼は、自分を救ってくれたのだろうか？　彼が、彼女を憎んでいるのは明らかだった。もしかして、意地の悪い満足感を得るためか？　今夜寝る床を、自由に選んでよいと言った。彼は、ひとりベッドで寝るつもりなのだ。つまり、この申し出にはいっさい下心などないということだ。

きっと、そうだ。彼が救ってくれたのは、ふたりの立場が正反対になったことを、彼女に思い知らせるためだ。

どれほど問題があろうとも、どこか別の宿を探さねばならない。彼の世話になるわけにはいかないのだ。絶対に、彼の世話にだけはなれない。彼女は立ち上がったが、誰かがドアをノックしたので、ふたたびベッドの支柱を握りしめた。

もしリチャードなら、ノックなどせずにそのまま入ってくるはずだ。ノーラは部屋を横切ってドアを開けた。そこには、大きなトレーを持ったウェイターが立っていた。彼がなにを運んできたのかはわからなかったが、料理の匂いがした。

そのとき初めて、彼女は自分がひどく空腹なことに気がついた。昨晩の夕食以来、なにも口に入れてなかったし、このまま自力で生きることを選んだら、あと二日はなにも飲み食いできないことを思い出した。腹筋に力を入れ、腹が鳴るのを必死で押しとどめた。

「ご主人様から、お食事をお持ちするよう頼まれました、ミセス・ケンプ」ウェイターが説明した。

それをつき返す力は、もう残っていなかった。いずれにせよ、リチャードはこの食事代を払わねばならぬのだから、それなら、食べてしまってもいいだろうと彼女は自分に言い聞かせた。ウェイターを部屋に入れて、彼がトレーを化粧台の上に置くのを待った。

ウェイターが部屋を出ていったとたんに、彼女はぺろりと皿の中身をたいらげた。紅茶も全部飲み干した。それから、最後に残ったコインを、出て行くまえにトレーに置いていくのは愚かだろうかと考えた。もちろん、そんなことをする意味はない。第一、あまりに情けない。

さて、どこへ行こうか？　民宿を探すには、もう明らかに手遅れだ。祭りを祝う村人たちに混じって時を過ごすことはできるだろうが、夜はどうしたらいいだろう？　そのときになったら考えればいいと彼女は思った。

そのとき、彼が言ったことを思い出した。これまで聞いたこともないほど皮肉っぽい口調で、もし妻になりたくないのなら、かわりに召使いになれと言ったのだ。それは、朝食代を払うひとつの方法だった。彼女のちっぽけなプライドを守るひとつの方法。彼をあざけるひとつの方法だ。

ノーラは彼のバッグを開けた。ほとんどなにも入っていない。明らかに、長旅をするつもりはなかったようだ。彼女は燕尾服《えんびふく》をとりだし、糸くずをとってからそれをワードローブに掛けた。真っ白なシャツは、軽く振ってしわを伸ばし、上着の隣に掛けた。それが、最高級のリネン製であることに彼女は気づいた。柔らかい布の上に指を這わせ、一瞬、ほおを押しつけてみたりもした。洗ったばかりの布を通して、かすかだが懐《なつ》かしい匂いがするのに気づいて驚いた。三本のネクタイのしわを伸ばし、丁寧《ていねい》にシャツの隣のレールに掛けた。それから、黒いフォーマルな靴を、ワードローブの床にきちんとならべて置く。下着はそのままバッグに残し、彼のひげ剃り道具一式を、洗面器の横にならべた。

水入れが空だった。ボーイを呼ぶロープを引いたが、誰もやって来ないのを見て、彼女は水入れを手に持ち、自分で階下に湯をもらいに行った。これで、リチャードに朝食を食わせてやったと恩着せがましく言われる筋合いはない。

バー・ルームとその先のダイニングルームには、数人の客がいたが、そのなかにリチャードはいなかった。おそらく、庭に出て馬車の具合を見ているのだろう。彼が部屋に戻ってくるまでに、宿を出る時間は充分ありそうだ。

手を貸してくれる召使いが誰もいなかったので、彼女は直接キッチンに入っていった。そのせいで、使用人たちのあいだにちょっとした騒ぎが起こり、彼らは恐縮してお辞儀をくりかえした。すぐにケトルの湯は沸いて、水入れに熱湯が注がれた。だが、その短い時間のあいだに、状況はすっかり変わってしまった。上階に戻り、ドアを開けて部屋に入ると、リチャードがちょうど上着を脱いでいるところだった。

「おお」彼は彼女のほうを振り返って言った。「出て行くときに、旅行カバンを忘れていったのかと思ったよ」

「ちょっと戻ってきただけよ。お湯をとりに行っていたの。ひげを剃りたいんじゃないかと思ったから」

リチャードはまゆを上げて彼女を見た。

水入れはひどく重かったが、彼がそれを受けとろうともしなかったので、彼女は部屋を横切って、自力でそれを洗面台の上に置いた。

もし、あの事故が起こらなければ、彼はそのまま通りすぎ、彼女は乗り合い馬車に乗って、ふたりとも、互いが至近距離ですれ違ったことなど気づきもしなかったのだと、彼女はふと考えた。いまごろ、彼女はロンドンに向かっていて、彼は、それがどこかは知らないが、目的地に向かって馬車を走らせていただろう。

「それでは、失礼するわ。朝食、ごちそうさまでした」

「ひげを剃ってくれないのかね？」

彼の口調は尊大で、厳しかった。

ノーラは彼に目を向けた。

「のどをかき切られるんじゃないかって、心配にならないの？」

彼は片側の口角を上げた。ひざが抜けそうになるほど懐かしい、中途半端な笑顔だった。だが、そこには好意のかけらも見えない。

「鋭くなったね、ノーラ」彼は穏やかな口調で言った。

頭が切れるという意味ではない。口が悪くなったという意味だ。

「大人になったのよ」

「想像していなかったことだろうね」

「誰だって、人生の先になにが待っているかなんてわからないものよ。人生の向かう方向にしたがって、大人になっていかなければならないの。あなたの場合は、良い方向に行ったみたいだけれど」

「わたしの人生か？　そうだな、そうかもしれない。きみにとっては、過酷だったようだ」

「これでも、まだましなのよ」ノーラは、彼から視線をそらさなかった。リチャードが、ふたたび片側の口角を上げる。

「鋭くなった。これから、どうするつもりだい？」

彼女は肩をすくめた。「あなたには、関係ないでしょう」

「だが、そうもいかない」彼はまゆを上げた。突然、彼の態度が尊大なものに変わった——

間違いなく、ノーラの知らないあらたな一面だが、それはこの十年のあいだに身につけたものだった。「ウィンバリーの人々にとって、きみは、わたしの妻なんだよ、ノーラ。誰もが、きみが馬車から投げだされた話や、わたしがきみを宿屋のなかで見つけて、体を休めるためにここに連れてくるまで、きみがいることにすら気がつかなかったという話をするだろう。わたしが、朝食を部屋に届けさせた話もみなが知っている。心優しい、ロマンチックなエピソードじゃないか？　それなのに、きみがひとりで旅行カバンを手に、浮浪者のように出て行ったら、変だと思わないか？」

「わたしのために嘘をついてくれなんて、頼んだ覚えはないわ」彼女はぴしゃりと言った。

今度は、リチャードが彼女を見つめ返す番だった。

「本当に、嘘かい、ノーラ？」彼はたずねた。

「もちろん、嘘よ」

「だが」彼は優しい声で言った。「わたしは結婚式をはっきり覚えているよ」

「有効なものではなかったじゃない」彼女は叫んだ。

「スコットランドでやったからかい？　教会の牧師によって執《と》りおこなわれたものではなか

ったからかい？　その直後に、きみが逃げだしたからかい？」

「初夜の儀式がなかったでしょう」彼女はそう口に出したとたん、ほおが紅潮するのを感じた。だが、言ってしまったことは取り返しがつかない。

「それは、多くの人が信じている間違った考えだとわたしは思う。初夜を過ごさなければ、その結婚は無効にできるという考えかただ。それは、間違っているよ」

彼女はなにも答えなかった。かわりに、ぎこちなく唾を飲んだ。

「それに」彼は、話を続けた。ノーラは、長いトンネルを通して、彼を見ているような気分だった。「それは、的はずれの議論だと思わないか、ノーラ？　わたしもきみも、あの結婚は成立したことを知っているのだから」

一度だけ。ぎこちなく、不器用な形で。欲望に駆られた、自信のない初体験の者同士が、寝室の小さな窓の向こうの、どんよりした雨空と分厚いカーテンによってつくられた薄暗い部屋のなかで、手探りで。それはあっという間の、未熟な、そしてすくなくとも彼女にとっては苦痛を伴う行為だった。

信じられないほどぞっとする体験。

想像を超えたすばらしい体験。

幼い愛を、けっして見くびってはいけない。

彼女はうつむくと、両手を見つめた。

「結婚など、しなかったわ。本物の結婚ではなかった」

「そうかもしれないな」彼はかすかに笑いながら言った。その口調は面白がっているというより、脅しにさえ聞こえた。「金によって、なかったことにされたのだ。金によってさまざまなことが可能になることは、最近、幸いなことにわかってきた。きみは幸せだよ、ノーラ。あのとき、子どもができなかっただけでも」

彼女は、妊娠したと思いこんだ。三週間以上遅れていたからだ。だがその後、大量の出血があった。もしかしたら、自分は妊娠していたのかもしれないと、すくなくとも、受胎はしたのではないかとずっと考えていた。もしかしたら、流産したのかもしれないと。

安堵と失望のあまり、彼女は寝こんだ。

長いあいだ、体調不良が続いたのだ。毎朝、ベッドから起きあがるだけでもたいへんな労を要した。歩くだけでも。食べるだけでも。

「じゃあ、行くわ」その言葉は、彼女自身の耳にも、本気には聞こえなかった。本気ならば、とっくにここから出て行っているはずではないか？

頼りない自分が、いやでたまらなかった。自分はいつも、頼りない気がしてならない。だが、かつて一度だけ、彼女は自分の意志で行動した――果敢な抵抗を試み、自由を求めた、ほんの一瞬の輝かしい行動。それに最近も、彼女は人に依存することを拒否したのだ。面倒を見てやると言う兄の申し出を断わり、かわりに仕事を見つけた。自分にあまり厳しすぎるのは考えものだが、それでも、ノーラは途方に暮れていた。

彼女はボンネットと旅行カバンに手を伸ばした。

「ここにいたほうがいい」そっけない口調でリチャードが言った。「今日いちにち、夜まで過ごせばいいだけだ。ここにいたほうが安全だ。間違いなく、安全だぞ。結婚初夜をくりかえす気は毛頭ないから――初夜と言っても、実際は夕方だったが。まったく記憶に残らない出来事だった、そうだろう?」

そのひとことは、彼女を侮辱し、傷つけるために発せられたと彼女は感じた。ちゃんと、両方の役目を果たしている。

「たしかにそうね」ノーラは彼を見上げた。「あなたに言われるまで、わたしもすっかり忘れていたもの――そちらは、忘れてはいなかったみたいだけど。でも、あなたの言うとおりだわ。たしかに、そういうことはあったわね。きれいさっぱり忘れていたけど」

一瞬、彼の目がきらりと光った――間違いなく、本気で面白がっているせいだろう。またもや、それは胸が痛くなるほど懐かしい表情だった。なぜ、こんなにも彼のしぐさを懐かしく思うのだろう? 十年間、ずっと離ればなれで暮らしていたのに。そのあいだずっと、彼のことを忘れようとしてきたのに。

リチャード。

ほんの短いあいだだけ、夫だった人。その後、夫ではなくなってしまった人。

「今日はメイデーだ。この村は、典型的な祭りでこの日を祝うらしい。メイポールも立っているし、村の広場に露店が出ている。まるで真夏のような晴天だし、外に出かけよう、ノーラ。祭りを楽しもう。どうせ一日、時間をつぶさなければならないのだから」

「いっしょに？」彼女はたずねた。

彼は肩をすくめた。

「ウィンバリーは大きな村じゃないだろう？　たとえそうしたくとも、互いを避けるのは至難の業《わざ》だぞ。だいたい、そんなことをしたら、おかしいだろう。まるで夫婦喧嘩をしたみたいだ。望んでもいない注目を浴びることになると思うがね。いっしょにいたほうが、話は早い。第一、きみはわたしの質問に答えていない。財布のなかは空っぽなのか？」

「それは」彼女はきっぱりと言った。「あなたには関係のないことだわ」

彼はうなずいた。「そう言われると思ったよ。だが、きみだって、あとで食事をしなければならないだろう。ならば、いっしょに過ごそう」

彼女はためらったが、彼の言うことはすべて理にかなっていた。今日いちにち、彼を避けて過ごすのは不可能だと彼女も思った。それに、今夜はこの部屋で、一夜を明かさねばならないのだ――彼女にとっては、あまり考えたくないことだった。どうせならば、一日をいっしょに過ごすのも悪くない。たとえ、噂話の種になるのを避けるだけのためでも。

「わかったわ。でも、こんなことになったのも、全部あなたのせいなのよ、リチャード。あなたが、階下《した》でとんでもないことを言いだして、わたしを呼び止めたりしなかったら、こんなことにはならなかったんだから」

「もしきみが、十年前にかけおちしようなどと、わたしをそそのかしたりしなかったら」彼は言い返した。「あんな、とんでもないことをわたしが言う必要もなかったんじゃないか、ノーラ？　わたしは高潔《こうけつ》な騎士のふりをして、昔の知り合いに部屋を譲り、自分はどこかの家に泊めてもらえばよかったのだから」

そそのかしたですって！

わたしをそそのかしたりしなかったら。

胸が痛くて、目の前が真っ暗になりそうだった。彼女は震える手で、ボンネットのリボンを結んだ。

4

体面を保つことが、それほど重要なのだろうか？　リチャードは彼女とともに宿から歩きだしながら考えた。すぐに、陽の光が彼らの体にぬくもりを与えた。

それとも、本当に彼女のことが心配だったのか？　だが、それは馬鹿げた考えだった。十年間、ずっと音信不通だったのだから。むろん、そのあいだじゅう、彼女のことを考えたり、彼女に思いをはせたり、彼女のことで気に病んだりしていたわけではない。それとも？

　もしかしたら、彼女に同情したのだろうか？　すっかり出世した彼に対して、彼女はあのころに比べるとすっかり落ちぶれている。あのころの自分よりもずっと。

「広場を歩きまわって、どんな店が出ているか、見て歩こうか？」彼が提案した。

すべてが、とても魅力的に見える。縞《しま》の天幕の日《ひ》除《よ》けがついた屋台が、緑の広場を囲んでいる。その後方には、かやぶき屋根に白漆喰《しっくい》塗りの民家が建ちならんでいる。そして中心には、踊り手を待つメイポール。丸一日、どうせどこかで立ち往生しなければならないのなら、せめて今日、この場所で足止めを食らうのは、それほど悪くないかもしれないとリチャードは思った。

　それにしても、ノーラもまたここで足止めを食らうことになるとは、なんと奇妙な運命のめぐりあわせだろう？

「そうね、そうしましょうか」彼女が答え、ふたりは時計まわりに屋台をのぞいてまわった。彼は腕を貸さなかったし、彼女もまた、手を伸ばさなかった。

　すでに祭りには大勢の人が出ていた——むろん、すでに昼近くにはなっていたのだが。村人全員と、周辺の農村地帯に暮らす人々が、見物にやって来ているに違いない。誰もが、ひさしぶりの祭りのムードに酔いしれていた。

　彼の期待とは裏腹に、多くの人が彼に気づき、ノーラにも目を留めた。見知らぬ人に何度か話しかけられ、怪我はないかとたずねられた。あの事故は彼の非ではないと言われ、村の祭りを楽しんでいくようにと勧められた。

　だが、そんなことができるだろうか？　ふたりとも無言で、気まずい雰囲気が流れているのに。他人に対してはほほえみを浮かべ話をするが、互いに対してはなにも言わない。一日は、まだ延々と続くのだ。そして夜が来て……まあ、いい、夜のことはそのときになったら考えよう。本当に自分は、彼女に床に寝ろと言ったのか？　彼にそんな不躾《ぶしつけ》なことを言わせる彼女を、リチャードは憎んだ。

　ああ、ノーラ！　彼女がかたわらにいることがいまだに信じられない。横目で彼女を見て、まったく変わってしまった彼女に驚きを覚える。はち切れんばかりに若く、かわいらしかった彼女は、もうそこにはいなかった。いまの彼女は……だが、彼女を美しいと形容することに、彼はとまどいを覚えた。リチャードは歯を食いしばって目をそむけた。

刺繍とレースがついたハンカチを見ようと、彼女は立ち止まった。教会の鐘楼《しょうろう》の修復費用を集めるために、教会の女性たちが作って売っているものだ。彼は、その女性たちと言葉をかわし、たまたま彼のイニシャルが刺繡《ししゅう》されたリネンのハンカチを見つけて、それを買った。もう一枚、ノーラのためにレースの縁取《ふちど》りがついたハンカチも買ったが、彼女はうさん臭そうな目で彼を見て、必要ないと言い張った。

その場にいた女性たちは顔を見あわせて笑っていた。明らかにふたりのやりとりを面白がっているようだ。

「もらっておきなさい」ひとりが言った。「亭主がプレゼントをくれたら、さっさともらっておくものよ」

リチャードやノーラも、これには思わずいっしょに声をあげて笑いだした。

「こんなことをされたら、本当に困るの」教会の屋台を離れると、彼女は小声で、だがきっぱりと言った。「あなたから、なにもいただく筋合いはないわ」

「きみのために買ったんじゃない」彼はぶっきらぼうに言った。「彼女たちのために買ったんだ。教会の利益のために、たいへんな時間と手間をかけて美しい品々を作ったのだから」

「だったら、寄付をすればよかったじゃない」

「それでは、意味がない」

彼女はハンカチをたたむと、それ以上なにも言わずに——感謝の言葉さえ言わずに——ハンドバッグにしまった。彼は、その様子をいらだたしげに眺めた。だがすぐに、ふたりは顔を上げてほほえみを浮かべた。今朝の事故で怪我はなかったかとたずねてきた老夫婦がいたからだ。

別の屋台で、リチャードは、スタンドの上に巧妙なバランスで置かれたキャベツに向かってボールを投げつけた。最初の三回の投球では、それを落とすのに失敗し、二度目に受けとった三つのうち二球目でようやく成功した。彼は賞品としてもらった長いリボンを、そばに立っていた小さな女の子にプレゼントした。彼女が手をたたいてうれしそうに笑っていたからだ。

ノーラもまた、少女と同じことをしていたが、彼がそれに気づいたときには、リボンはすでに少女の手に握られていた。

「いいことをしたわね」少女が宝物を手に走っていくのを見ながら、ノーラは言った。「すごく喜んでいたもの」

「リボンなどもらっても、わたしには使い途《みち》がない。いや、あるかな。帽子に結んで、それをあごにかければ、帽子が風に飛ばされるのを防げる」

「そうとう変わった光景ね。あのリボンはピンクだったから」

「それに、風もないしな」彼が言い添えた。

一瞬、ふたりはくだらない冗談に警戒を緩《ゆる》め、見つめあってほほえみをかわした。その瞬間、リチャードは彼女のなかに昔のノーラの面影を見つけた。だがすぐに、ふたりとも真顔になって、顔をそむけ、互いにばつの悪さを感じた。

ふたりは、似顔絵画家の屋台で立ち止まった。彼が描く木炭画の似顔絵は、まずまずの出来映えだった。

「一枚、いかがでしょう、奥さま？」彼はノーラを見上げて言ったあと、リチャードに顔を向けた。「奥さまをスケッチさせてくださいませ。一生の思い出になりますよ。お約束いたします」

「いいえ、それは――」ノーラは顔をそむけた。

「描いてもらいなさいよ」誰かがうながした。「ウィンバリーのいい思い出になりますよ」

「事故で死んでいたかもしれないのに、そうならなかった記念に」別の声がつけ加えた。

ほかの人々も声をそろえ、さかんに勧めた。誰もが好意で言っていて、じつに楽しげだ。

彼女は下唇を嚙みしめながら、リチャードを見上げた。

「そうだな」彼はふたたび財布を開けた。「すわって、似顔絵を描いてもらいなさい」

「ボンネットを脱いでいただけますか」画家は言った。「その美しい髪は、隠してしまうにはあまりに惜《お》しい」

やや緊張しながら、身動きひとつせずにモデル席にすわっている彼女の明るいブロンドの髪が、陽の光にきらきらと光る——だがしばらくすると、まわりに人混みができて、かわるがわる話しかけられているうちに、彼女は笑顔を見せ、ときには声をあげて笑い、しだいに緊張がほどけてきた。

リチャードは、その光景を黙って見ていた。本当に、彼女は美しい。もしかすると、若いころよりずっと魅力的になっているかもしれない。それは、奇妙な感覚だった。赤の他人を見つめているのに、なぜか、どうしようもない懐かしさを覚えるのだ——同時に胸が痛み、怒りを感じ、憎しみすら覚える。そんな激しい、いやな感情はとっくの昔に忘れたと思いこんでいたが、彼女の姿をひとめ見た瞬間に、すべてが怒濤《どとう》のように押し寄せてきた。まるで、癒えたと思っていた過去の傷が、じつはまったく治ってはおらず、意識の奥で、じつはどんどん悪化していたかのように。

できあがった似顔絵のまわりに人々が集まり、似ているか否か、しきりと意見を述べあった。多くの人は、それが似ていると判断し、ようやく画家は完成品をリチャードに手渡した。

「ぜ、ん、ぜ、ん似てないわ」ノーラは、画家に声が届かない場所まで来ると言った。画家は、次の顧客を確保しようと、さかんに声をかけている。「お世辞《せじ》にも限度があるわ。もちろん、それが、こういう絵の目的なんでしょうけど。客に、お金を返せって言われたら困るものね、そうじゃない？」

「お世辞ではないと思う」彼は絵をくるくると丸めると、握りしめて言った。「実際には、実物のほうがずっといいよ」

ノーラは驚いて彼の顔を見上げた。だが、彼の口調は無愛想で冷たかった。これが彼からの賛辞なのか。かすかに残っていた笑みが彼女の顔から消え、彼女は顔をそむけた。リチャードの胸に後悔がよぎった。なにもあんな言いかたをしなくてもよかった。似顔絵を描いてほしいと、彼女が望んだわけではないのだから。

「その絵、どこかに捨てたほうがいいわ。お金を無駄にしたわね」

「それは、わたしが決めることだ。無駄にしたのはわたしの金だ」

「そうでしょうとも」

彼らは、まるで子ども同士のように、互いにいらだち、愚にもつかないことで言い争っている。

次に立ち寄った屋台では、早口の男がトランプの手品を見せていた。その鮮やかな手つきは、口調と同じようになめらかで、腕がよかった。

「まあ、どうしたら、あんなことができるの？」みごとな手さばきを見て、ノーラは声をあげた。リチャードを見上げる彼女のほおは、ボンネットのつばの影になっているにもかかわらず、陽に焼けて赤くなっていた。

彼女は祭りを楽しんでいるように見えた。自分は、どうなのか？　祭りの雰囲気が抵抗しがたいものであるのは認めざるをえない。たとえ、ひとりで足止めを食ったのであっても、おそらく一日を楽しんだだろう。本当に、そうか？　本当にひとりでも、こうして陽の光を浴び、田舎の、馬鹿馬鹿しいお祭り騒ぎに加わっただろうか？

彼は、似顔絵を握りしめる指に、ほんの少し力を入れた。

先に行くと、中世のピエロの衣装を着たジャグラーの滑稽《こっけい》なしぐさを見て、ノーラが、声をあげて笑った。演者を取り囲む人々も、いっせいに笑いだした。そして、不本意ながらリチャードも。彼がノーラを見下ろしたその瞬間、彼を見上げようと顔を上げた彼女と目が合った。突然、陽の光がいっそう強く、激しく照りつけるような気がした。ふたりは、なにも言わずに目をそらした。

次の屋台では女性が、ここで売っている石は非常に貴重な宝石なのだと、道行く人々に大声で説いていた。

「ですけど、今日だけ特別の値段でお分けしますわ」彼女がリチャードに話しかけている横で、ノーラは明るい色のビーズでできたネックレスに手を伸ばした。「今日だけ、特別ですよ。本物の真珠なのに、この破格の値段。全部、本物ですよ」

ノーラは笑い声をあげた。「こんな真っ青な真珠があるの？」

女性は、リチャードにウィンクをした。「だから珍しいんですよ。奥さまに、きっとお似合いです。さあ、値札の半額でどうです。これじゃ、ぜんぜん儲けが出ないけど。一シリング（十二ペンス）にまけときますよ」

「それって、十一と二分の一ペンス高すぎると思うわ」ノーラは抗議したが、顔はあいかわらず笑っている。

「一シリングと六ペンスで、揃《そろ》いのブレスレットもおつけしましょう」女性は、リチャードから視線をそらさずに言った。「二シリングなら、ネックレスとブレスレットを三つ。これ以上の掘り出し物は、中国まで行かないと、見つかりませんよ」

「リチャード」ノーラは、突然警戒したように言った。それでも笑顔は絶やさなかった。

「だめよ」

だが、彼はその忠告にしたがわない。突然、これを、どうしても買いたくなってしまったからだ。

彼は金を払い、けばけばしいロイヤルブルーの長いネックレスを店主の手から受けとると、それをノーラの首にかけ、一歩下がって、質素な紺のワンピースに栄えるネックレスに見とれた。ノーラがあげた左腕に、彼は三本のブレスレットをすべらせた。

彼女が、ハンカチのときと同じように不機嫌な顔をしていやがるとばかり思っていたが、今回は、彼女はブレスレットをした腕を振って、ビーズがぶつかりあう音を楽しんだ。彼女の瞳は楽しそうにきらめいていた。

「これじゃ、一マイル先からでも、わたしが来るのが見えるわね。本当に、お馬鹿さんね、リチャード」

「きみこそ、すっかり有頂天になっているくせに」彼の言葉に、ノーラはふざけて顔をしかめた。

「まるで、王冠をかぶった公爵夫人のように見えますよ」女はそう言うと、次の客をつかまえようと、ダイヤモンドのイヤリングを見ている客に近づいていった。

ノーラは軽く首をかしげた――その懐かしいしぐさに、リチャードははっとした。

「もう、こんなことはおやめなさい、リチャード」すでに真顔にはなっていたが、彼女はあいかわらず目を輝かせていた。「すっかり散財しちゃったじゃない」

「いまのところ、五シリングの出費だよ」

「五シリングだって、ない人にとっては大金だわ」彼女はそう言うと、言いすぎたとばかりに、あわてて顔をそむけた。

「お腹はすかないかい？」彼がたずねた。

彼女はため息をついた。「いいえ」

彼は食べ物を売る屋台から漂ってくる食欲をそそる香りを吸いこんだ。「うまそうな匂いだ。朝食をとってから、もうずいぶんになる」

「リチャード、わたしはまだ――」

「だが、わたしは腹がすいている。できれば、ひとりで食事をとりたくない」

彼は、ノーラに筒状に巻いた似顔絵を手渡すと、ふたり分のミート・パスティーを買ってきた。彼女を連れて、近くに誰もいない草原に移動する。まわりでは大勢の人々が、すわって食事をしたり、ひなたぼっこをしている。

彼らはならんで腰をおろし、無言でパスティーをかじった。ふたりが口を開いたのは、気さくに話しかけてきた一家に、体の具合と馬車の様子についてたずねられ、答えたときだけだった。ノーラは横座りをして、背筋を伸ばし、うつむいて食べつづけた。食べ終わると、リチャードは横たわり、片ひじをついて、まわりの祭りの様子を眺めた。

「ずっと仕事をしていたのか?」しばらくして、彼はたずねたが、すぐにそれを後悔した。会えなかった十年のことは知りたくないし、知る必要もなかった。

「ずっと、働いていたわけじゃないわ。父が生きているあいだは――二年間、いっしょに暮らしたの。父は最後まで、また羽振りがよくなるって信じていたわ。たぶん、わたしもそう思っていたのね。まさか、あんなことに……まあ、その話はいいわね」

彼女は裕福な家の、深窓《しんそう》のお嬢さまだった。多くの富と政治的な影響力を持つ男の娘だったのだ――すくなくとも、周囲はそう信じていた。リチャードは、父親の秘書を務めていたが、その彼ですら、ライダー家の資産がすべて抵当に入っていることも、天文学的な金額の借金があることも、父親が病的なまでにギャンブルにのめりこんでいることも知らなかった。

彼はリチャードにきちんと給料を出していた。

「父が死んだあとは、一年間、ジェレミーといっしょに暮らしたの」ジェレミー・ライダーは、彼女の兄だった。「でも、一生あそこにいるわけにはいかないし、とくに兄が結婚しちゃうとね。それ以来、ずっと働いているのよ」

彼は質問しようと口を開きかけ、いったん閉じたが、結局訊きたいことを口に出した。

「結婚しようとは、思わなかったのか？」

しばらく、彼女はなにも答えなかった。まわりの人々から拍手喝采を浴びているジャグラーの様子をじっと見つめた。

「思わなかったわ」

「誰にもプロポーズされなかったから？」

「結婚しようと思わなかったから」

「すでに、結婚していたからか？」

その質問が聞こえたかどうかはわからなかった。彼は小声で話していたし、周囲の騒音が大きかった。

「結婚なんかしていない」しばらくすると、彼と同様に小さな声で彼女は答えた。「結婚しないって決めたのは、そうしたくなかったからよ。あなたは、なんで結婚しなかったの？」

そう言ってから、彼女は彼のほうに顔を向けた。「それとも、したの？」

「いいや」結婚については考えた。大勢の愛人や、その時々の情事ではけっして満たされない思いを埋めるために、ひとりの女性に決めようと思ったこともある。それに、子孫をもうけるという義務もあった。だが、どうしても重婚の罪を犯すという思いが頭から離れなかったのだ。それにもかかわらず、本当にそうなるものか、専門家にたずねたり、調べたりはしなかった。

彼らは、スコットランドに駆け落ちし、そこで結婚式を挙げた。宿の部屋に戻り、結婚の契《ちぎ》りを結んだその直後、なにか食べようと階下に降りたところへ彼女の父と兄が現われ、彼女を連れ去ったのだ。彼はひとり残された。父と兄が、罰として、また警告として彼に加えた暴行の傷が、どうにか癒えて宿を出られるまでに丸二日かかった。当時の彼はか細い青年で、がっしりとした体つきではなかった。怒りに燃えたふたりの男には、とても太刀《たち》打ちできなかった。

結婚式を執りおこなった男と、宿の主人は、おそらく金を渡されたのだろう。彼らが結婚したという証拠は、すっかり消し去られていた。

それはつまり、彼らが結婚しなかったということになるのか?

確かなことはわからなかった。いまでも、その答えは出ない。

だが、たしかに人生のうちの、ほんの一時間半という短い時間ではあったものの、彼とノーラは夫と妻になったのだ。いつまでもいっしょに暮らすはずの「いつまでも」が、ほんのつかの間だったというだけだ。

もし爵位と財産を結婚する半年前に相続していたらどうなっていただろうか？　と彼は考えた。だが、その答えは明らかだ。実際、彼が――まったく予想もしなかったことに――爵位と財産を相続すると、将来への見通しなどなにもなかった秘書だった彼をスコットランドまで追ってきて、死ぬほど殴りつけたその張本人が、あたたかく祝い、喜んで迎え入れてくれたのだ。突然、彼は理想的な花婿候補となった。そのころには、ライダーは破産寸前で、彼の懐事情はすっかり知れ渡っており、あちらこちらの債権者からしつこく取り立てを受けていた。そこに現われた資産家の花婿候補は、まさに神からの贈り物だった――それは、半年前ライダーが金のために、娘を嫁がせようとした大資産家の老人ポッツのときと同じだった。

「わたしがこの十年、なにをしていたかは、あなたには関係のないことだわ、リチャード」ノーラは、手についたパンくずを草の上に落としながら、彼のほうに顔を向けた。「あなたがなにをしていようが、わたしとは関係ないのと同じこと。それでいいと思わない？　もし、まだ祭り見物を続ける気なら、わたしは部屋に戻って休むことにするわ。もし、あなたが部屋で休みたいのなら、わたしはここに残るし」

彼女の父親は、娘を貧乏人に奪われ、その結果、自分の借金返済に力を貸してくれるような裕福な夫をおびき寄せるために彼女を利用できなくなることを恐れ、その恐怖に突き動かされて、彼女を追って来た。もし、あのとき、父親が彼女を追って来さえしなかったら、もしくはその後に、彼がもう少しましな対応をしていたら、彼とノーラは十年間の結婚生活を送っていたはずだ。すでに、互いのことを知りつくし、おそらく子どももいただろう。もし、あのとき――

陽気な笑顔を浮かべた男たちが、人々を原っぱから追い払っていた。バイオリニストとバグパイプの奏者たちは、野原の向こう側で楽器のチューニングに忙しい。ふたりの少女がメイポールのリボンを、まっすぐに直していた。そろそろ、ダンスが始まる時間だ。

「ここにいてくれ」彼は立ち上がると、手を差しだして、彼女を助け起こした。「いっしょにダンスを見物しよう、ノーラ。メイポールのダンスは、年に一度しか見られないものなのだから」

「そう言われてみれば」彼女はメイポールを見上げ、周囲の動きにようやく気づいた。「見逃すのは、惜しいわね」

彼女はふたたびほほえむと、明るく楽しげな表情で、あたりを見まわした。陽の光が反射して、けばけばしいネックレス――珍しい、貴重なブルーの真珠――がきらきら光る。リチャードは、こうなったことを自分は後悔しているのだろうかと考えた。どうしようもなく人をまどわせるようなこの状況を――

だが、彼はかすかに首を振って、その考えを頭の隅に押しのけた。

そのとき、若い男女がリボンを手にとり、音楽家たちは、足を踏みならしたくなるような明るい音楽を奏《かな》でて、ダンスが始まった。

リチャードは、ほとんどノーラと肩が触れあいそうな位置で、ダンスを見物した。突然、若いころの自分に対する郷愁に襲われた。純真だったあのころ。満足な仕事に就《つ》き、雇い主の娘であるノーラがいて、いつも遠くから彼女に憧れていたあのころ。夢を抱いていたあのころ。彼女も自分を愛していると気づくずっと以前に、彼女に恋をしていたあのころ。そしてようやく、彼女を抱きしめ、キスをかわし、望まない結婚から彼女を救い出そうとしたあのとき――苦しんでいる乙女を救い出す、おとぎ話に出てくる白馬の王子さまのように、彼女を連れて国境を越えて逃げたあの日。

だが、その物語は、そこでは終わらなかった。

ハッピーエンドにはならなかった。

野原にいるほかの観客たちといっしょに、彼女もステップを踏みながら手をたたいている。ふたたびその顔に笑みが戻り、瞳は楽しそうに輝いていた。

ノーラは彼を見上げた。

彼も彼女を見つめ返す。

そして、リチャードは、彼女に向かってほほえんだ。

5

自分は長いあいだ、どうしようもなく孤独だったのだと、ノーラは突然気づいた。あまりに長いあいだ孤独だったので、まるで生まれたときからずっと孤独だったような気さえした。

母親を一歳足らずで亡くしてはいたものの、彼女は大事にされ、愛情を注がれて育ったが、同世代の友人と交わることはなかったし、寄宿制の学校にも行かなかった。女は時期が来たら社交界にデビューし、有力者の、裕福な紳士と結婚するものだと教えられてきた。ところが、ロンドンに行って社交界デビューをはたすまえに、カスバート・ポッツ卿と結婚するよう言われたのだ。彼は気だてのよい、心優しい紳士だったが、問題なのは――彼がすでに六十歳を越えていたということだ。彼女はこの老人と結婚しなくてはならない理由が理解できず、父に抗議したところ、彼が父親の救世主だということを知ったのだ――父親がいかに金に困っているか、それまでなにも知らなかった。

彼女は孤独な少女時代を過ごした。

そして、この数年に関しては――〝孤独〟という言葉では、とても言い足りなかった。自己憐憫《れんびん》にふける趣味はなかったものの、いま、この喜びにあふれた祭りの場で、踊り手たちがカラフルなリボンをつむいで、明るい陽光を浴びてメイポールのまわりで踊る姿を見ながら、彼女は自分の孤独を嚙みしめていた。

実際には、リチャードが隣に、肩が触れあわんばかりにして立っている。だが、彼らは地球の真裏にいるようなものだ。彼女の孤独感は、ここにひとりで、腹をすかして、寝るところもなく立っているよりひどかった。だが、もしも彼以外の人が事故の当事者だったなら、実際に路頭に迷っていたはずなのだ。

彼女のなかのあまのじゃくな自分は、明らかに幸せを感じていた。今日という日は、神さまからの間の悪いプレゼントのようなもの。今後一生忘れずに、大切にして、思い出とすべき一日——たとえ、その結果胸が痛むとしても。日光が、けばけばしいロイヤルブルーのビーズに反射してきらっと光るのが目に入り、自分が、このネックレスを宝物のように大切にしていくだろうことを感じていた。

人の心というのは、わけのわからないものだ。

右足で、音楽に合わせてリズムをとりながら、ほかの観客と同じように、ほほえみを浮かべて手拍子をした。メイデー。自分はまだ生きていて、健康で、そして……

せっかくチャンスが訪れたのだから、幸せになればいいじゃないか？

お世辞ではないと思う。実際には、実物のほうがずっといいよ。

きみこそ、すっかり有頂天になっているくせに。

今日、彼に言われた台詞《せりふ》だ。そしてその彼が、いま、隣に立っている――リチャードが。

いまでも信じられない思いだった。彼に最後に会ったのは、スコットランドの宿のダイニングルームだった。荷物をまとめるために、彼女を部屋に連れていこうとする父を、彼はとめなかった。その後も、部屋に探しには来なかったし、宿を離れるときも彼はいなかった。その後、ずっと音沙汰がなく、ようやく連絡が来たのは、あの奇妙な、格式張った短い手紙だけ。彼女に、結婚を申しこむ手紙だった。彼が予想外の爵位と財産を相続したあと、彼らがかけおちしてから半年後のことで、父の財政状態が破綻《はたん》寸前とわかってから一週間もたたないときだった。

プロポーズしてきたのは、彼女を哀《あわ》れんでのことかもしれない。それとも、父に対する意地の悪い満足感を満たすためだったのか。父は、申し出を受けるようにと娘に懇願した。

だが、彼女はきっぱり断わった。

頭をもたげて、彼を見上げる。彼も、彼女を見つめ返し――ほほえんだ。

彼はまじめな青年で、父の秘書をしていた。ずっと長いこと彼のことは憎からず思っていたが、ある日、彼の書斎の前をたまたま通りかかったとき、彼が読んでいた本から顔を上げ、彼女と目が合った瞬間にほほえみかけてきた――その瞬間、彼女は一気に恋に落ちた。

彼の笑顔は変わらなかった。まず目に表情が現われ、魅力的に口角を上げ、口全体に笑みが広がる。

ノーラは懐かしい光景に魅了された。空虚で、辛かった過去をさかのぼり、ふたりが互いにほほえみあったあの日へと戻っていった。それは、ふたりの結婚式の日。

彼の目が、彼女をとらえて離さない。そこにはまぎれもなく――まぎれもなく――彼の、彼女に対する切望が。思いは同じだった。

なぜ、こんなことになってしまったのか？

音楽とダンスがやみ、十五分前に彼らを原っぱから追いだした男のひとりが、ふたたび原っぱの周囲を歩きまわる。両手で手招きしながら、人々に、リボンを持ってメイデーのダンスに参加するよう募《つの》っているのだ。

「さあ、踊ってください」彼らのそばに来ると男は言った。「ミスター・ケンプ、でしたね？　奥さまといっしょに踊りませんか？　ここで今日足止めを食らったのは幸いでしたよ。メイポールを囲んでいっしょに踊った男女は、一生、いっしょに踊りつづけるという言い伝えがあるんですよ」

そばに立っている人々から、明るい笑い声と、喝采が聞こえた。男はまた歩き出し、人々に対して、同じ話をくりかえした。

リチャードは、まだ曖昧な笑みを浮かべていた。

「踊ろうか？」彼はメイポールを指さした。

その表情には、切なる気持ちが現われていた。以前よりずっと激しく。

「メイポールのダンスなんて、子どものとき以来踊ったことがないわ」口ではそう言いつつも、彼女の目は輝いていた。

「わたしも、似たようなものだ。もし、きみがリボンにめちゃくちゃに絡んだとしても、わたしもきっと同じことになる。やってみないか？　すくなくとも、村人たちに大声で笑う種を提供できるよ」

それから、リチャードは、彼女が息を飲むような行動にでた。片手を伸ばして、あごの下にあるボンネットのリボンをほどいたのだ。のどもとに、彼の指先のぬくもりを感じ、ノーラは彼の顔を見上げると、そこには、彼女と同じブルーの瞳がこちらをのぞいていた。

脱いだボンネットを、彼のシルクハットと似顔絵とともに芝生の上に置くと、笑顔の少女が彼女の手にブルーのリボンを渡した。彼の手には黄色のリボンが渡される。春の到来を祝うメイポールのダンスをいっしょに踊るのだ。

あらたな、輝かしい、期待に満ちたすべてのものの到来を祝うために踊るのだ。

係員の話を信じるならば、彼らのダンスは一生続く。その言葉を思い出し、突然ノーラは、笑いがこみあげてきた。リチャードの顔にも、同じように楽しそうな表情が浮かぶ。

なんだか、突然暑くなってきたような気がする。今日いちにちが、なぜか輝いて見える。

そのとき、バイオリンとバグパイプの演奏が再開された。

その後十五分間、ノーラはダンスに意識を集中し、ほかの踊り手たちに混じって、かがんだり背伸びしたりをくりかえしながら、係員の指示にしたがってリボンを柱に巻いていった。彼女のリボンは、驚いたことに一度ももつれることなく、うまい具合にほかの踊り手のリボンと編みあわされていった。

リチャードが大声をあげて笑っていることに、彼女は気づいた。

そして、自分も。

踊り手たちのステップの音と、足でリズムをとる音や手拍子、子どもたちの叫び声や、鷹《たか》匠《しょう》たちが自分の鷹を呼ぶ声が聞こえた。

これこそ幸せなのだ――色とりどりのリボンが行き交うさまを眺めながら、彼女は思った。美しく、はかない春の一日。

メイポールの周囲を、彼女とリチャードがいっしょに踊っている。

彼らは、互いのリボンを絡ませ、見つめあって声をあげて笑いながら、ほんの一瞬、互いの体温を感じた。すぐに、次のパートナーが現われて、やがてまたふたりは出会う。逆方向にリボンを絡ませながら、過去のしがらみを忘れ――そして、また次の出会い。

音楽が終わるころには、ノーラはすっかり息を切らしていた。あいかわらず笑いながら前かがみになって、腰に手をあてて息をととのえた。係員がふたたび広場をまわって、次のダンスの踊り手を集めている。

ようやく身を起こしたとき、片手に彼女のボンネット、もう片方の手に似顔絵を持ったリチャードが前に立っていた。彼も顔を紅潮させ、幸せそうに見えた——それは、十年の歳月がもたらした変化にもかかわらず、胸が痛くなるほど懐かしい表情だった。

「ありがとう」彼女はボンネットを受けとった。「すごく楽しかったわね。こんなに楽しい思いを、いままでしたことがある、リチャード?」

「いいや」彼は答えた——その短いひとことに含まれたなにかに、ボンネットのリボンを結ぶ彼女の手がとまった。

ふたりは、見つめあわずにいられなかった。突然、いままでの陽気な気分が姿を消し、同じくらい激しい哀しみが、それにとってかわった。

これは、リチャードなのだ。彼女を救ってくれなかった、助けにさえ来てくれなかった夫。しまいには彼女を哀れんでか、もしくは彼女の父親に復讐するためか、たった一通の、冷たいプロポーズの手紙を送ってきて、一度断わられたら、重ねて求愛すらしてこなかった男。彼は、ボーン男爵で、彼女は失業中の付添婦。彼は三十代で、彼女は二十代の後半。目の前が、突然ぼやけて見えた。ノーラはいきなり顔をそむけ、リボンを結ぶのに専念した。

「ノーラ」彼の口調は穏やかで、もしかすると、彼女の気持ちと同じくらいみじめさが含まれているように思えたが——もしかすると、それは考えすぎかもしれない。

だが、彼は続きを口にせず、彼女にも、彼の目を見つめ返すチャンスはなかった。

「ミスター・アンド・ミセス・ケンプ？」すぐそばで、洗練された愛想のいい男の声がした。

ふたりは、いっせいに声のするほうに顔を向けた。

「そうですが」リチャードが答える。

「あなたがたの、不幸な事故の話をいま聞いたばかりですよ」紳士は言った――彼は、明らかに紳士だった。「そうだね、アデライン？　ですが、お怪我がなくてなによりでした。おふたりとも、ご無事だったのでしょう？」

「大丈夫です」リチャードが答え、紳士といっしょにいた黒っぽい髪の女性が、ふたりにほほえみかけた。「ありがとうございます。どうやら、わたしたちも乗り合い馬車に乗っていたかたたちと同様に、まったく無事でした」

「ウィンストン・バンクロフト准男爵です」紳士はリチャードに握手の手を差しだした。

「こちらは妻です。われわれは、アッシュダウン・マナーに住んでおります」彼は曖昧に後方を指さした。

紳士はノーラに会釈し、彼の妻は手を差しだした。

「もし、もっと早く事故の話を聞いていましたら」彼女はノーラに向かって言った。「わたくしどもの家にお越しいただきましたのに。いまからでも、もしよろしかったら、アッシュダウンにお移りになって、好きなだけ滞在していただいてかまいませんのよ。お客さまは、大歓迎ですもの。結局、乗り合い馬車の御者が悪かったのでしょう?」

「たんなる事故ですわ」ノーラが答えた。

「ありがとうございます」リチャードが言った。「ですが、〈クルーク・アンド・スタッフ〉は悪くはない宿屋ですし、明日の朝には出発できる予定ですから」

「もしかして、デヴォンシャーのケンプ一族のご親戚でしょうか?」ウィンストン卿はリチャードにたずねた。

「そうです」彼は答えた。

「まさか、ボーン卿、ご本人ではないですよね?」紳士がたずねる。

「ええ、本人ですよ」リチャードはあっさりと認めた。

これで遅かれ早かれ、彼らはボーン男爵に妻がいないことを知るだろうとノーラは思った。それは村人たちの噂話に、絶好の種を提供することになるだろう。

「ボーン男爵夫人」レディ・バンクロフトはふたたび笑顔を向けた。「あなたがたが、村の祭りを楽しまれたと知って、本当にうれしく思っていますわ、そうよね、ウィンストン? ウィンバリーの催しは、世界一すばらしいメイデーのお祭りですのよ。それに、夜の部もありますの。ご存じでした? わたくしどもは、毎年みなさんをご招待して、アッシュダウンのテラスと庭でお飲み物とダンスと花火を楽しむんですの。ぜひ、あなたがたも、いらしてくださいね。お待ちしていますから」

リチャードとノーラは顔を見あわせた。

「喜んで」リチャードが答えた。

「すばらしい！」ウィンストン卿はうれしそうに両手を擦りあわせると、交互にふたりに笑顔を向けた。「お迎えの馬車を差し向けましょう。パーティーのまえに、いっしょに夕食もどうですかな。いけませんよ、ぜひ、いらしてください。〈クルーク・アンド・スタッフ〉よりは食欲をそそるメニューをご用意しますから。もちろん、二マイルも歩いて来させるわけにはいきませんから、お迎えの馬車でいらしてください」

「ありがとうございます」ノーラが言った。「本当にご親切に感謝いたしますわ」

「さて、わたしたちはこれからレースの売り場に行ってきます。アデラインがわたしの財布の中身を軽くしたがっているので」ウィンストン卿が言った。「むろん、立派な大義名分があるわけですが。いっしょにいかがですか？」

「もう行ってきましたわ」ノーラが答えた。「とても美しい品ばかりで」

「わたしたちは、これから宿屋に戻ってひと休みすることにします」リチャードが言った。

「あんなふうに踊る様子を見たら、ごもっともです」ウィンストン卿は帽子のつばをつかんで、ノーラにあいさつすると、夫人と腕を組んで去っていった。

「あまりに気まずいわ」ノーラが言った。「もちろん、お邪魔するわけにはいかないわよね」

「せっかくの好意を無にするつもりかい？」リチャードが言った。「もちろん、行くに決まっている」

「リチャード」彼女は顔をしかめて彼の顔を見た。「彼らは、わたしたちが夫婦だと信じているのよ。あなたが誰だかも知っているし」

「どちらが嘘なのか、わたしにはよくわからないよ」彼は言った。「結婚しているのか、していないのか。だが、せめて今日だけは、わたしたちは夫婦だよ、ノーラ」

「今日だけ」彼女はその言葉をかみしめた。

「そのことは、もう話しただろう」突然、口調が冷たくなった。「今夜、きみに手を出すつもりはないよ、ノーラ。〝今日だけ〟を強調するのが、そういう意味なら」

メイポールのリボンが、青い空を背景にカラフルな模様を織りあげている。彼らは宿に向かった。楽しげな音楽が続いている。足でリズムをとる音や手拍子が鳴り響く。そして明るい話し声や笑い声も。

だが、あたりが一気に暗くなったような気がした。

彼女をエスコートする彼の腕は温かく、揺るぎない。

かつて彼女が信頼していた、彼の美点だ——温かさと揺るぎなさ。

だが、そのどちらも、結局、彼は持ちあわせてはいなかったのだ。

6

リチャードはその後の数時間をひとりで過ごした。はじめはバー・ルームで、一杯のエールを時間をかけて楽しんだ。一気に飲み干さなかったのは、おかわりを頼まねばならなくなるからだった。その後、彼は、広場の様子が見られるように、外に用意されたテラス席に移った。どちらの席でも、話し相手はほしくなかった。周囲には、つねに人がいて――大勢の人々が――話し相手にはこと欠かない。男たちは満足げに、エールを片手にゆったりと過ごし、そのあいだ妻や子どもたちは祭りを楽しんでいた。

ノーラは部屋に戻っていた。おそらく休んでいるのだろう。出かける時間になるまで、彼は彼女の元には戻らなかった。リチャードが部屋に帰ったとき、彼女は化粧台の前にすわり、髪をアップに束ねていた。服もすでに着替えていて、それは、明らかに夜会服用のブルーグレーのワンピースだった。半袖でハイウエストのその服は、胸のくりが小さいのがひとめでわかった。野暮《やぼ》ったくはないが、かといって洗練されてもいない。それは、周囲の視線を集めることなく、それなりの体裁《ていさい》はととのえなくてはならない付添婦が着るにはふさわしい衣装だった。

理由はわからないが、その服と、それが象徴するものに彼はいらだちを覚えた。彼女は両手で髪を上げながら、鏡越しに彼と目を合わせた。細く優美な腕と、白鳥のような首筋が目の前にあらわになった。彼女の髪はいまでも豊かで、艶があり、ウェーブがかかっていた。もし地味なドレスに、彼女の美しさを隠そうという意図があるとしたら、かえって逆効果だった。

彼は部屋に入ると、室内を見まわした。祖母とのディナーのために夜会服の着替えは持ってきたものの、しわだらけになっているはずだと、ここに上がってくるまでのあいだに気がついた。

だが、そうではなかった。

旅行カバンに目をやり、最初に目に入ったのは靴だった。床にきちんと揃えて置かれていた靴は、もし見間違いでなければ、磨《みが》いたばかりのように見える。

「磨き残しがないといいけど」彼女は、鏡越しに彼を見ながら言った。「男性の召使いには、なったことがないから」

「なんてことだ、ノーラ」彼はいらだった調子で言った。「まさか、自分で磨いたんじゃないだろうな?」

「だって、ひげを剃らせてはくれそうもないから、なんとかして生活費を稼ぐほかの方法を考えなきゃならないでしょう」

冗談にも聞こえる発言だが、彼女の口調から、そうではないのがわかった。

彼はベッドの端に腰をおろし、片方ずつブーツを脱いだ。ひげ剃り道具一式は、以前と同じ洗面台の上にきちんと置かれている。水差しからは、湯気が立っている。夜会用のシャツはワードローブのドアの取っ手に下がっていて、上着がもうひとつの取っ手にかかっている。両方とも、アイロンをかけたばかりだった。同じようにアイロンがかけられたネクタイが、洗面台の縁から垂れ下がっている。

「全部自分でやったのか？」彼女に、妻になるのがいやならば、召使いになれと言ったことを思い出し、彼は内心、顔をしかめた。

「ええ」彼女が答えた。

「どうやら」彼は言った。「きみは、良い妻になりそうだ」

それは、誉《ほ》め言葉には聞こえなかった。

「いいえ、けっこうだわ」彼女は前かがみになって、髪を上げる作業に戻った。「なぜ好きこのんで奴隷《どれい》になんかなりたがるのよ？」

彼はなにも答えなかった。上着を脱ぎ、ネクタイをはずすと、一瞬ためらったあと、頭から一気にシャツを脱いだ。もし彼女が半裸の男といっしょの部屋にいたくないのなら、みずから出て行くことだろう。彼は洗面台に近づき、湯を洗面器に注ぎ——それは、本当に熱かった——ひげを剃りはじめた。

彼女も鏡の前での作業を終え、自分の旅行カバンのわきにひざまずき、中身をせっせと整理しだした。

彼は、洗面台についた小さな鏡を通して、彼女の様子を眺めた。彼女のヘアスタイルは、さっきまでのものよりずっとよく似合っている。ひっつめにしているのは同じだが、高い位置で髪を束ねたスタイルは、長い首と美しい横顔を強調していた。子どものころのようなカールは、もはや必要なかった。

リチャードはカミソリをすすぐと、上半身を軽く洗って、髪をすすぎ、タオルで全身を拭いてから、アイロンがかかった新しいシャツに手を伸ばした。

「お父さんたちになんと言われた？　彼らは、どうやってわたしたちが結婚していないときみを説得したんだ？」

その質問は、明らかに彼女を驚かせたようだ。ノーラはカバンから顔を上げ、一瞬、彼の裸の胸に視線を奪われたあと、ゆっくりと目を上げて、彼の目を見つめた。

「結婚式を執りおこなったのは聖職者じゃなかったし、わたしはまだ成人の年齢に達していなかった。それに、そのあと——」彼女はふいに口をつぐんで、ふたたび旅行カバンに視線を戻した。

「初夜をきちんと迎えなかったから？」彼は言った。「そんなことは関係ない。それは、正式な結婚の必要条件ではないのだから。彼らがそうだと言ったのか？　きみは、わたしと寝ていないと答えたのか？　彼らに訊かれたのか？」

「あなたは、訊かれたの？」彼女はリチャードに同じ質問をぶつけた。ふたたび彼を見上げた目には軽蔑《けいべつ》の色が浮かんでいて、口をぎゅっと結んでいた。

「訊かれたよ」彼は答えた。

「それで、あなたは――？」

「自分の妻と、寝室でふたりきりでなにをしたかは、あんたたちには関係ないと言ってやった」

「でも、あなたも父たちの言うことに納得したんでしょう。わたしたちは、正式に結婚していないって」

「そう思うのか？」彼がシャツをズボンのなかに入れる様子を、ノーラはじっと見つめていた。

「だって、お父さまたちに連れられて宿を出ていくわたしを、止めようとしなかったじゃない」彼女は言った。「荷物を詰めているとき、部屋に来なかったじゃない。わたしを追いかけてこなかったでしょう」

　もしかしたら彼女はなにも知らなかったのかもしれないということに、彼は突然気がついた。たしかに、なにも知らないということはありうるのだ。だが、その可能性をいままで、彼は考えてもみなかった。

「いろいろ事情があって、それは難しかったからだ」彼は言った。「自力で歩けるようになるまでに、二日かかったから。そのころには、きみはとっくにいなくなっていた」

彼女は旅行カバンのふたを閉めながら、彼を見つめていた。

「自力で歩けるようになるまで？　それって、どういう意味なの？」

「わたしは、大切な娘をさらうような真似《まね》をした男だよ」彼は言った。「たかが秘書の分際《ぶんざい》で、破産を防ぐ唯一残された希望であるきみを連れ去ってしまったんだ。そのうえ、きみと結婚した。彼らの目に、わたしがどう映るかわかるか、ノーラ？」

やっぱり、彼女は知らなかったのだ。大きく見開いた目や真っ青な顔を見れば、それは明らかだった。

「お父さまたちに殴られたの？」

「二対一では、あまりに分《ぶ》が悪かった」彼は言った。「それでも、得るところはあったのさ。自分が、どれほど力のない弱虫かを思い知らせてくれた。体を鍛《きた》えることを考えるきっかけをくれた。いまと同じような力があれば、わたしをたたきのめすのはあれほど簡単ではなかったはずだ」

「あなたのことを殴ったのね」彼女は肩を落とした。「ひどくたたきのめされたせいで、わたしを止めることも、追いかけてくることもできなかった」

それは、質問ではなかった。

「男なんてそんなものさ」彼は上着に手を伸ばした。「腹が立つと、そういうことをする」

「なにも聞かされてなかったわ」

「わたしは驚かないよ」彼はそっけなく言った。

だが、彼らの拳《こぶし》も腫れあがっていたはずだ。彼女は気づかなかったのか？　もし気づかなかったとしたら、なぜ？　イギリスへの帰り道、彼女はどれだけ動揺していたのか。彼女は、自分の父親と兄が、彼を徹底的にたたきのめしたことを知らなかった。荷物をまとめているときに、部屋に来てくれると信じていた。父と兄の前に立ちはだかり、彼女をきっと守ってくれると期待していたのだ。彼女が連れ去られるのを阻止してくれると信じていた。そして、そのどれもが現実のものとならなかった時点でもまだ、あとを追ってきてくれると思っていたことだろう。

なぜなら、彼は、夫なのだから。それは、夫が妻のためにすべきことだから。

いつの時点で、彼女は希望を失ったのか？

彼らの結婚は有効なものではなく、リチャードはただ、疑うことを知らない裕福な娘をたぶらかしただけだという父親の話を、いったいいつから信じはじめたのだろう？　その時点では、彼女はまだ自分たちが裕福だと信じていたのだ。

彼女は、わずか十八歳だったのだ。なにも知らされぬまま、彼を信じつづけることなどできるわけがないだろう？

「ノーラ」

だが、ドアのノックが彼の言葉をさえぎった。ノーラは部屋を横切ってドアを少し開け、そのあいだに、彼は糊《のり》が効《き》いたネクタイを手にとった。

「馬車が来たわ」ドアを閉めながら、彼女が言った。「あら、やってあげるわ」

彼女は早足で彼に近づいた。

「よくお父さまのを結んであげたのよ」まゆを上げた彼に対して、彼女は説明した。「あのころ……使用人がいなかったから」

召使いを雇う余裕などなくなったからだ。ライダーはすべてを失った。それでも、生きているあいだに債務者監獄《かんごく》に入らずにすんだのは、幸いだった。彼の息子は、父親よりもずっと気骨があったようで、ちゃんと仕事を見つけた。

ノーラがせっせとネクタイを結んでいるあいだ、リチャードはあごを上げて、彼女の指のぬくもりをのどのすぐ近くに感じていた。すぐそばで、眉間にしわを寄せて意識を集中している彼女の顔をじっと見下ろす。

それは、気まずいほど親密な行動だった。

「あなたが」彼女は言った。「派手な結びかたを好まないことを祈るわ。昔は、派手な結びかたが好きじゃなかったけど」

そう言って、彼女は目を上げると唇を嚙みしめた。おそらく、かつての記憶が蘇《よみがえ》ってきたのだろう。

「秘書は、付添婦が女主人より目立ってはいけないのと同じように、雇い主より目立ってはいけないんだよ。だが、いまだに、わたしの好みは変わっていない」

彼女は無言のままネクタイを結び終え、一歩下がって彼を見上げた。

傷ついたような目をしているのは、気のせいだろうか？

「だがなかには、ずだ袋を着ていても、目立ってしまう付添婦もいる」

彼女はほほえみ、ふたたび瞳が輝きを取り戻した。

「失礼なことを言うから、足を踏んずけてやろうかと思ったわ」彼女は言った。「ちょうど、あなたはまだ靴を履いていないことだし」

「しまった」彼もまた、笑顔を返した。

突如として、馬車がすでに来ていることに感謝したくなった。部屋のなかの緊張が息苦しいまでに高まっていたからだ。

「そろそろ出かけたほうがいいな」彼は言った。「用意はいいか？」

「十五分前に、もうすっかり用意はできているわよ」彼女は答えた。「わたしは、出かけるぎりぎりまで準備に時間がかかるタイプではないの」

彼は口をすぼめ、腕を差しだした。

7

かつて運命の女神は、鮮やかな一瞬の、ときには丸一日にわたる、思いがけずすばらしい幸せをプレゼントしてくれた。それをしっかりつかみ取り、思いきり楽しまなければ、それはすぐに目の前から消えてしまうことをノーラは学習していた。

ところが、今日は、まさにそんな一日だった。悲劇で始まり、あれよあれよと言う間に事態はどんどん悪くなっていった。ウィンバリーで立ち往生したくはなかったし、そこで、リチャードにはけっして会いたくなかった。

だが、その両方が起こってしまった。そして彼女はメイデーの祭りを心ゆくまで楽しみ、メイポールのまわりでダンスまでしたのだ。そして今夜、彼女の前には、子ども時代に過ごしたような世界にふたたび連れ戻されるという、じつに魅惑的な幻想がくりひろげられている。准男爵とその夫人の屋敷で、上流社会の客たちとともに夕食を楽しみ、そのあとテラスに出て、祭りのフィナーレを飾る催しを満喫することになる。

彼女はいつもの慎重さをかなぐり捨て、意識的に、心の底からこの状況を楽しむことにした。華やかな祭りのあとの感傷には、明日ひたればいい。

テーブルを囲んだ全員が、ノーラのけばけばしい青いビーズとそれにまつわる彼女の話に声をあげて笑った。リチャードが、彼女のためにと屋台で買ってくれたので、ほかの宝石ではなく、今夜これをつけてきたのだと彼女は説明した。嘘をつくことにならないよう、彼女は慎重に言葉を選び、ダイニングテーブル越しに、彼にほほえみかけた。

言ったことは嘘ではなかった。もし宝箱一杯の高価な宝石を持っていたとしても、今夜はこのビーズを身につけていたことだろう。それは、今日という日の魔法の一部なのだから。

「結婚十周年記念のプレゼントなのですよ」リチャードは言った。「売り手は、非常に貴重な真珠だと言っていましたしね。わたしは、一瞬たりともその言葉を疑わなかった」

全員が、その冗談に大笑いしているあいだ、彼はきらきらした瞳で、彼女を見つめ返した。

彼らは、本当に五月に結婚式を挙げたのだ。ちょうど十年前。

ああ、リチャード！

「なんてすてきな、ロマンチックなお話なのかしら」レディ・バンクロフトが言った。「そんなプレゼントなら、誰だって一生大切にするわよね？　売り手の言葉が真実かどうかなんて関係ないわ」

「来月、きみの誕生日が来たときには、その言葉を忘れずにいてくれよ、アデライン」バンクロフトが言うと、ふたたび笑い声が巻き起こった。

ノーラは、召使いが彼女の空になったデザート皿を下げるのを眺めながら、ネックレスに触れた。

そのとき彼女は、十年前の出来事に関する自分の理解が、あらゆる意味で間違っていたことに突然気づいた。

父とジェレミーは、荷物をまとめろと彼女を部屋に行かせたあと、リチャードを徹底的に痛めつけた。そのため、彼は彼女のもとに来ることはできなかったし、連れて行かれる彼女を引き留めることもできなかった。

リチャードに、棄《す》てられたわけではなかったのだ。だが、彼女は、十年間ずっとそう信じこんできた。

実際には、正反対だったのだ。父や兄に必死で抵抗し、夫がいっしょでなければ家に帰らないと頑張るかわりに、彼女は従順すぎる以前の自分に戻って、抗議もせずにおとなしく父の言いなりになった。

十八歳だった彼女は、親に反抗し、好きな男とかけおちして、結婚できるほど自分は大人だと思っていた。しかし、突然起こった出来事に対処できるほど大人にはなりきれていなかった。

その結果、彼女はずっとリチャードを責めつづけた。

それでも、そのあと彼はなぜ、訪ねてきてくれなかったのか？　怪我が治ったあとに。

全員が食事を終えると、バンクロフトは客を連れて客間のフランス窓を抜けて、すでに人でごった返しているテラスに出た。ノーラの目から見ると、日中村にいた人たちが全員、ここに集まっているようだった。子どもたちも含めて。彼らはそこらじゅうを駆けまわり、彼らの甲高い叫び声が、大人たちの楽しげな声と入り交じっている。人々はテラスのみならず、その下にある花園とその先にある芝生まで埋めつくしていた。よく手入れされた庭園の中央には、ダンス用の板が敷き詰められている。そのわきには椅子が用意されていて、メイポールのダンスで演奏していたのと同じバイオリニストやバグパイプ奏者が、楽器の音合わせをしていた。

「毎年、お天気がよいことを祈っているのですよ」ノーラと腕を組んだレディ・バンクロフトが言った。「舞踏室にすべてを移しても、まったく同じというわけにはいきませんもの」

花園の通路に沿ったテラスにはランプの火がともされている。空には雲ひとつなく、月と無数の星がまたたいていた。涼しい夜だったが、寒さは感じない。

「本当に、楽しい一日でしたわ」ノーラが言った。「足止めされたいなどとは思ったことがありませんでしたが、今日にかぎっては、幸運だったと思っていますもの」

「わたしも同感ですわ」レディ・バンクロフトも言った。「あなたやボーン卿とお目にかかれて、本当にうれしく思っていますもの。こうして、お越しいただいたことも。これから、どちらにいらっしゃいますの？」

リチャードがどこへ向かっているか、ノーラはまったく知らなかった。どちらの方角に行こうとしているかも。それどころか、彼のことをなにひとつ知らないのだ。知りたくもなかった。

「ロンドンですわ」ノーラは言った。

「今シーズンは、ずっとあちらに?」レディ・バンクロフトがたずねた。「わたくしたちも同じだわ。来週、ここを発《た》ちますの。また、ロンドンでお会いしましょうね。いっしょにお食事をいたしましょう。お芝居を観《み》るのもいいわ。それともボクスホール公園に行きましょうか。世界一、お気に入りの場所なんですもの。いっしょに、ショッピングに行くのもいいかも」

つまり来週になれば、バンクロフト夫妻は、今日自分たちが騙《だま》されたことを知るのだ、とノーラは思った。ロンドンで、彼女に会うことはないし、リチャードにも会えないだろうが、ボーン卿には妻がいないことは、知ることになる。

「まあ、楽しみだわ」彼女は答えた。

「そろそろ、ダンスを始めよう、アデライン」ウィンストン卿はリチャードとともに妻たちのほうに寄ってきて、言った。「これ以上待たせたら、みながじれてしまう。レディ・ボーン、最初のダンスをごいっしょ願えますかな?」

「喜んで」ノーラは答え、ウィンストン卿の袖に手をかけると彼にエスコートされてテラスの階段を降りていった。

リチャードが、レディ・バンクロフトを伴ってあとに続く。

それは陽気なカントリー・ダンスの曲だった。同じような曲が、そのあと二曲続いた。ノーラは、やはりディナーに招かれていたほかの紳士たちとあとの二曲を踊り、三曲目が終わるころには息を切らしていた。ダンスの輪を抜け、花園の通路沿いにぶらぶら歩いた。ちょっと先には、小さな八角形の東屋《あずまや》があった。もし先客がいないようなら、すわって休むには絶好の場所だ。驚いたことに、そこには誰もいなかった。ほどよく暖かい東屋のなかに入り、壁一面をおおっているクッション付きのベンチに腰をおろした。壁全面に続く窓からは、芝生と、その先の森が見渡せた。芝生の上では数名の子どもたちが、手をつないで輪になって踊っていた。

もし、父が財産を失わなかったら――彼がギャンブルにあそこまでのめりこまなければ、自分の人生はどう変わっていただろうか、とノーラは考えた。だが、そんなことを考えてもしかたがなかった。過去は変わらない。なにをしても変えることなどできないのだ。なにひとつとして。

彼女は目を閉じ、後頭部をガラスにもたせかけた。

時間があるときに、ひと休みしようと思ったが、旅行カバンに入れっぱなしだった服にアイロンをかけなければならなかった。そして、リチャードのシャツと上着とネクタイにもしわが寄っていたことを思い出した。それから彼の靴も。たしかにきれいではあったが、本来の姿に比べれば輝きが足りない。

第一、たとえ彼が部屋にいなくとも、どうしてもあのベッドを使う気にはなれなかった。床には、小さな敷物すら敷かれていない。今夜は、床に直接寝るしかないだろう。

東屋の入口に人の気配を感じて、彼女は目を開け、ガラスに頭を押しつけたまま、そちらのほうに顔を向けた。

「果実酒《ラタフィア》を持ってきたよ」リチャードが言った。「きみがレモネードを嫌いなのは知っていたから」

そんなことまで、覚えていてくれたの？

「ありがとう」彼女はグラスを受けとり、彼は隣の席に腰かけた。ノーラはグラスの中身に口をつけた。本当はレモネードよりラタフィアのほうが嫌いであるにもかかわらず。「リチャード、レディ・バンクロフトにこれからロンドンに行くって言ってしまったの。そうしたら、あちらでまた会って、いっしょにいろいろ楽しみましょうって。もちろん、ロンドンに行けば、あなたには奥さんがいないっていうことがわかってしまうんだけど。ごめんなさいね」

「わたしには妻がいるとわかるだけだよ」彼は言った。

「なんですって？」彼女は呆然と彼を見つめた。

「上流社会の連中に訊けば、たしかにわたしには妻がいると聞かされるはずだ」

「まあ」ノーラは胃がむかついた。と言うことは、昼間の話は嘘だったということか。

「わたしの妻は、世捨て人で有名なレディで、ずっとデヴォンシャーのダートウッド・クローズに引きこもっている。そこには、人を招いたことがない」彼は、ノーラを見つめたまま話を続けた。「たぶん彼女は――彼女とわたしの関係は――みなの好奇心をそそって、この十年間、客間の噂話の種になっているはずだ」

「でも、そんな人は実在しないの？」彼女は顔をしかめた。

「ダートウッドの隠遁《いんとん》妻か？」彼はまゆを上げた。「ああ、いないよ。だが、ほかの場所にはいるのかな？　正直言って、わたしにもわからない、ノーラ。どちらなのか、はっきり確かめる機会がなかったのだ。だが、レディ・バンクロフトがついにわたしの人前に出ない、孤独好きな妻に会ったとなったら、誰もが興味を抱くことだろう」

　ノーラはふたたび目をつぶり、ゆっくりと息を吸いこんだ。彼は、わざと上流社会の面々に自分が結婚していると信じこませたのだ。自分でも、独身かどうかわからなかったせいで。

　自分たちは、夫婦なのだろうか？　そんなことがありえるのか？

「いままで、どんな暮らしをしてきたの？」しばらく沈黙が続いたあと、彼女はリチャードにたずねた。

「秘書として働いていたころに比べると、良くなったかな」彼は答えた。「あのままで、妻子を養うのはたいへんだった」

彼女は、地位や財産を棄ててもかまわないとずっと信じこんでいた。大切なのは愛だけだと。そんなことは無理だと言い張るリチャードに対し、自分はけっして後悔しないと説き伏せたのだ。だが、もしかしたら、後悔していたのだろうか？　もし父の生活があのままだったら？　リチャードの暮らしも、なにも変わっていなかったら？　その答えを知ることはできない。

だが彼は、彼女といっしょになっていたら、暮らしは悪くなっていたと思っている。

「どれくらい、良くなったの？」彼女はたずねた。

「わたしには、財産と自由がある。それにいまやっている仕事は、誰かのためではなく、自分と、自分に依存している人々のためにしていることだ」

財産と自由。

「もし、今後結婚したいと思ったら、隠遁生活をおくる奥さんを棄てなきゃならないのね」

「彼女は病弱だと言ってまわっている。すぐに姿を消してくれるさ」

「問題は、バンクロフト夫妻が、彼女に会ってしまったことね。わたしが病弱に見える？」

彼は小さく声をあげて笑ったが、なにも言わなかった。彼女は目を開けなかった。

「あなたは、幸せだった、リチャード？」彼女はたずねた。「いま、幸せ？」

「幸せでないわけがないだろう？」彼は答えのかわりに問いかけた。「人生で欲しいと思っていたものすべてを、手に入れているのだから」

「あなたの自由を束縛しない、隠遁者の奥さんも含めて」

「そうだね。彼女も含めて」

目の前にいた子どもたちが、突然いっせいに芝生に転がり、甲高い悲鳴をあげた。彼らの後方の花園とテラスからは、陽気な騒ぎと笑い声が聞こえてきた。足でリズムをとりたくなるような軽快な音楽が流れている。そのなかで、静かな東屋はオアシスのように思えた。けっして音がさえぎられているわけではないのに。

「きみはどうなんだ?」リチャードが言った。「どんな暮らしをしていたんだ、ノーラ?」

彼女は小声で笑った。

「自分が、家庭教師や淑女のメイドや、帽子屋のアシスタントに向かないってことはすぐにわかったわ。帽子屋のアシスタントは、父が死んだ直後に本当にやったのよ。針山より指のほうにたくさん穴が開いちゃったの。だから、ジェレミーが結婚してロンドンを離れるからって、そこを辞める言い訳ができたときには、本当にほっとしたわ。それ以来、ずっと付添婦をしているの」

「ずっと同じ人の下で働いていたのかい?」

「いいえ。たしか……」彼女は指を折ってかぞえた。「全部で八人。でもレディ・ラッシュフォードは入っていないわ。働きはじめて二日でクビになったから。息子のラッシュフォード卿が、わたしの髪は夏空からすべての日光を吸い取っているに違いないなんて、とてもくだらないことを言ったから。彼が詩人にならないことを祈るわ。あと、ミセス・アーケンライトも入っていないわ。わたしが屋敷に着く一時間前に亡くなったから。ブリテン島のほぼ半分の距離を旅して、わざわざ行ったのに」

「それで、いちばん最近の雇い主は？」彼はたずねた。

「ミセス・ウィザースプーン？　彼女の文句と叱責と欲深さに半年も我慢したの。でも、二日前に、彼女の忌まわしい飼い犬の小さなプードルが、寝室の床にお漏らしをして、それが、わたしが毒を盛ったせいだって言われたとき、堪忍袋《かんにんぶくろ》の緒《お》が切れて、濡れ衣《ぎぬ》をはらすだけでは飽き足らなくて、それ以上のことを言ってやったの。いつもみたいに、掃除をしてあげて、うまくなだめるかわりに、本当のことを言ってやったのよ――犬が病気になったのは、あなたがいつもボンボンをあげるからだって。それに、彼女がいつも具合が悪いのも、ボンボンの食べすぎだって。彼女は、わたしを判事の前に引きずり出して、不服従か殺人未遂か、そんなわけのわからない罪で裁《さば》いてやるって息巻いていたけど。残念ながらそれで一巻の終わり。自分でも馬鹿だとは思うけど、率直に言ってしまったの――言いたいことを言って、すごくすっきりしたけれど。その結果、今朝わたしは荷物を持って、職もなく、お金もなくウィンバリーに着いたわけ。だって、彼女は賃金を払うことを拒否したから」

「彼女を責めるわけにはいかないな」彼が言った。

　ノーラは彼をにらみつけたが、薄暗がりのなかでも、彼がにやにやしているのが見えた。

　彼女も声をあげて笑いだした。

「たしかに笑える話よね」彼女は率直に認めた。「ただ問題は、この六カ月間、一度も給料をもらえなかったということ。いつもなにか言い訳をするの。あの憂鬱でつまらない仕事がすべてただ働きだったというわけ。また一からやり直しよ」

　彼女はふたたび目を閉じた。またもや、ふたりのあいだに沈黙が流れる。それは、心地よい静けさではなかった。彼の顔から笑みが消えているのはわかっていた。彼女の笑い声が消えたのと同じように。

　彼も、自分と同じように孤独だったのだろうか、とノーラは考えた。

「そろそろ」ようやく彼が口を開いた。「あっちに戻って、踊らないか、ノーラ。あまり長く席をはずすのは失礼だよ。もうすぐワルツが始まると伝えようと思って、きみを捜しに来たんだ。踊らないのは、惜しいだろう。ワルツを踊ったことはあるかい?」

　はるか昔に、ダンス講師からステップを習ったことはあるが、実際のパーティーで踊ったことはなかった。パーティーには、結局出たことがないのだ。ロンドンでの社交界デビューは果たせなかった。

「ダンスの先生と踊ったことがあるだけ。それもずっと昔のことよ」

「ならば、覚えているかどうか、試してみよう」彼はノーラの手をとった。「もし忘れてしまったのなら、教えてあげよう」

リチャードは彼女の手を握った。長く力強い指のぬくもりが伝わってくる。

リチャードは、ノーラを花壇沿いの小道に導き、人混みを抜けていった。何人かは、楽しそうに、彼らに話しかけてきた。

ほろ苦い幸せだと、ノーラは感じた――今日ここで起こった出来事は、長い人生においては、なんの意味も持たないのだから。

不覚にも、彼女は泣きだしそうになっていた。

8

リチャードはいままで、とりわけダンスを好きだと思ったことは一度もなかった。彼が踊るのは、それが社交界では礼儀正しいことだからだ。それに、ダンスを、たとえワルツであってもロマンチックだととくに感じたことも、これまでなかった。ワルツのパートナーを選ぶ基準はたいてい、半時間ほどのあいだ、ダンスフロアーをくるくるまわりながら気の利いた会話ができるか否かだけだった。

だが、楽器の大きな音や周囲の騒々しさを考えると、ノーラと会話を続けることは不可能だったし、同じように、ダンスフロアーの広さとワルツを踊っている人の数を思えば、フロアーじゅうをくるくるまわるなどということも不可能だった。

結局、ふたりはふつうのワルツよりもゆっくりとしたペースで、通常の距離より体を密着させて踊らざるをえなかった。それも、沈黙のなかで。なぜだか、ランプの光はダンスフロアーまで届かず、彼らは月明かりと星の瞬きのなかで踊ることになった。

それはリチャードにとって、予想外にロマンチックな体験だったものの、完璧に心地よいものではなかった。

しばらくすると、この雑踏のなかでノーラを守るには、握った彼女の手を自分の胸のあたりに置き、彼女の腰に手をあてて引き寄せるしかないと判断した。女性として成熟していたが、彼女の体はいまでも少女時代のようにほっそりしていた。彼女の手が肩をつたって、彼の首にまわされる。指先が、シャツの襟の上の、素肌にあたるのを感じた。体を密着させたその姿は、上流社会のダンスパーティーではスキャンダルを巻き起こすことだろう。

だが、これこそ、本来のワルツの体勢だと彼は考えた。ノーラは彼の目を見上げ、彼も彼女を見つめ返し、ふたりはそのまま見つめあった。ノーラは笑っていなかった。彼も笑顔は見せていない。だが彼女の表情は穏やかで、おそらく自分も同じような顔をしているのだろうとリチャードは思った。

これほど多くの人に囲まれていながら、パートナーとふたりきりでいるような気分になるのはなぜなのだろうか。突然、この世界にいるのはノーラと彼のふたりだけになり、周囲のものはすべて消え去り、月と星の光だけが残った。それにワルツという愛の音楽を奏でるバイオリンとバグパイプだけ。

彼らが結婚式を挙げたのは、五月五日だった。あれから、ほぼ十年がたっている。大昔のことだ。

あのあと、リチャードは彼女に近づくことを許されなかった。彼なりに、何度も接近しようと試みたのだ。もう一度たたきのめされることを覚悟の上で。だが、彼女は会ってくれなかった。会いたがっていないと、毎回、門前払いを食らった。彼の手紙にも返事はくれなかった――唯一、返事が来たのは最後の一通だけ。それに対する彼女の返事に、彼は驚いた。皮肉なことに、彼はイエスという答えを期待していたのだ。

なぜ、断わられたのだろう？

リチャードは彼女の目を探るように見つめたが、声に出して質問することはしなかった。いまは、ワルツと、この思いがけない幸せを心ゆくまで楽しみたかった。

幸せか？

だが、今夜、それをくよくよ考えることはしたくない。考えるのは明日にしよう。どうして自分がいまこの瞬間を幸せだと感じたのか、これから死ぬまでじっくり考えればいい。

今夜、彼は大切な女《ひと》をその手に抱き、彼女がすぐ身近にいるのだ。今夜の彼は、ロマンスという言葉すら信じられる気分だった。

彼女の、シンプルなドレスと髪型を美しいと感じた。記憶のなかにいるノーラとはまったく違う。瞳の奥に見える深遠さと、すっきりとしたあごの線が気に入っていた。彼女は、成長して美しい女性となった。かつての少女の愛らしさはうわべだけのものだったのだと、いま、彼は気がついた。おそらく、あの愛らしさには、人としての深みはほとんどなかっただろう。だがいまは、控えめな美しさの裏に深い人間性が宿っている。それどころか、この美しさの源の一部は、いまの彼女の人間性なのだと彼は考えた。

彼女が苦労してきたことは、疑いの余地もない。だが、結婚式の直後、父親に見つかったとたんにくじけたあのころの彼女に対し、いまの彼女は、数日前に雇い主から侮辱されたときにも、けっして負けなかった。給料ももらえず、乗り合い馬車のチケットを買ったら財布が空になってしまったにもかかわらず、彼女は屋敷を出てきたのだ。

そのことを、彼女は笑い飛ばしてみせた。

もしかしたら、かつての若かったノーラよりも、いまの彼女のほうが好きかもしれないと彼は考えはじめていた――もしも時間をかけて、もっと彼女を知ることができるなら。だが、考えてみれば、十年前の彼女のことも、それほどよく理解していたのだろうか？　あれは、たんなる一時の恋愛感情だった。身分違いの恋や密会のスリルや、彼女の政略結婚という状況が彼らを必死にさせ、燃えあがらせた。それが彼らを国境へと駆りたてた。スコットランドで結婚式を挙げたのは、愛があったからだ――すくなくとも、彼らはそれが愛だと思っていた。

その後、時間がたっても、ふたりは愛しあっていられただろうか？

その答えは、いまさら知るよしもない。

もしかしたら、幼い愛は充分強く、立ち直りが早く、十年間の歳月を乗り越えられたかもしれない。彼らはいっしょに大人になっていったかもしれない。

突然、後方にスペースが空いたので、彼は彼女を抱きかかえたまま大きくターンしながら、彼女の瞳に笑いかけた。

ノーラも頭をのけぞらせ、声をあげて笑った。月明かりが彼女の顔と、のどもとを照らしだした。ネックレスが大きく片方に揺れ、光をはじく。たしかに、世にも珍しいブルーの真珠だ！

やがて、彼がふたたび彼女を抱き寄せると、彼女の表情から笑顔が消え、彼のほほえみに応えるような穏やかな表情に変わった。またもや、ふたりはほかのカップルに取り囲まれた。だが突然、彼女の瞳が星の光にまたたき、彼女はうつむいた。

涙か？

リチャードは彼女をぎゅっと抱きしめた。胸と胸が触れあうほど。

「ちゃんとステップを覚えていたじゃないか」彼はノーラの耳もとでささやいた。

「そうね」彼女は言った。「わたしにとっては、最初で最後のワルツだわ。ここで、今夜、踊ることができてよかったわ」

わたしというパートナーといっしょに？

だが、彼はその思いを声に出しては言わなかった。

そのことを、訊きたいのだろうか？　その答えを、訊きたいのか？

もしノーだったらどうする?

もし、イエスと言われたら、どうしたらいい?

彼女が大きくため息をついたので、彼は音楽が終わろうとしていることに気づいた。

彼は足をとめ、彼女を抱きしめたまま、その顔を見下ろした。

「そろそろ、村に戻ったほうがよさそうだな」リチャードは言った。「明日の朝は、早く出発したい」

馬車はもう直っているはずだ。すでにそのことは確認済みだった。

本来ならば、今夜ここを離れるべきだった。これだけ月明かりがあれば、馬車を走らせることはできる。そうすれば、ノーラは宿の部屋を自由に使える。ふたりにとっては、そのほうがよかった。

「そうね」彼女は彼の肩に手を置いたまま、彼を見上げた。

だが、自分が今夜、出発できないのはわかっていた。まだ早すぎる。だが、もうまったく手遅れなのだ——あらゆる意味で。

彼らはその場に立ちつくしていたが、まわりのカップルはすでにいなくなり、楽器奏者たちも消えていた。そのとき大きな爆発音がして、屋敷の反対側から花火が打ち上げられた。

カラフルな光の滝が夜空に広がる。

「見て、リチャード!」彼女は叫び声をあげ、花火を見ようと、彼の腕のなかでさっと身をひるがえした。「花火よ！」

花火のことを、リチャードはすっかり忘れていた。火花が少しずつ消えながら地面に落ちていく。

誰もが、もっとよく見ようと、花火が打ち上げられた方向に近づいていくのに、リチャードは気づいた。だが花火というのは、そばで見なければならないものではないのだ。

彼は、うしろから彼女を抱き寄せた。ノーラはウエストに置かれた彼の手に自分の手を重ねると、すぐに、彼の肩に頭をもたせかけた。

ふたりは無言のままじっと花火を見つめた。それは、この日を締めくくるにふさわしい魔法のような最後の仕上げだった。たとえ彼が百歳まで生きようとも、この日を、生涯忘れることはないだろう。

おそらく、胸の痛みとともに。

だが、悦びもいっしょに。

空には、色とりどりの光と、薄暗い星空が交互に現われ、あたりに煙の匂いが漂っている。屋敷の向こう側で次々と花火が打ち上げられるたびに、歓声と拍手が巻き起こった。

だが彼とノーラは、美しい魔法の世界でふたりきりだった。

破壊された関係は、まぎれもなく彼らの過去十年間の人生を台無しにした。

今後十年間も？

その後も、永遠に？

その疑問の答えを模索する心の準備は、まだできていない。

最後の花火が打ち上げられ、夜空に消えていったあと、彼らはバンクロフト夫妻の姿を見つけ、楽しい夜の礼を言ってその場を辞した。ふたたびダンスが始まり、新しい飲み物がテラスに運びこまれていた。

ウィンストン卿が馬車を出すと主張したにもかかわらず、彼らは歩いて〈クルーク・アンド・スタッフ〉まで戻ることにした。ほんの二マイルですから、と彼らは言い張った。それに、夜の散歩には最適な天気だし。

ふたりは、しっかりと腕を組んだまま、無言で歩きつづけた。

リチャードは、先のことを考えないようにした――今夜のこと、明日のこと、それに、残りの人生のこと。

9

こんなに今日いちにちを楽しむなんて馬鹿げている——〈クルーク・アンド・スタッフ〉に着いたとき、ノーラは思った。リチャードより先に階段を上がり、部屋に向かう。彼といっしょにパーティーを楽しむなんて、本当に馬鹿げている——ディナーとダンス、東屋で過ごしたひととき、それに、ワルツ……

ああ、ワルツ！　本当にロマンチックな夜だった。音楽と、月明かりと、いっしょに踊った彼のことしか覚えていない。

そしてあの花火。光と色と音と匂い。無言のままそれを見ていたとき、彼女を抱きしめていたたくましい腕。

魔法にかかったみたいだわ。

鎧《よろい》をかなぐり捨てて、こんな出来事にすっかり酔いしれるなんて、本当に馬鹿げている。これから、ひとつの部屋で彼と一夜を過ごすことになるが——堅い床の上では、なかなか寝つけないだろう。いや、今夜はたとえふかふかの羽布団《はねぶとん》の上であっても、眠ることはできないだろう。そして夜が明ければ、彼は自分の馬車に乗ってふたたび旅立ち、彼女は乗り合い馬車に乗って目的地に向かうのだ。

部屋のカーテンは閉まっていなかった。外は明るいので、室内にキャンドルの明かりは必要ない。彼がキャンドルの火をともそうとしないのを見て、彼女はほっとした。

「わたしは、あそこで寝るわ」彼女は、振り返って彼の顔を見ることなく言った。彼女が選んだのは、洗面台の向こうの暗い隅だった。旅行カバンのなかに入っているマントを毛布代わりに使えばいい。旅行カバンは枕の代わりになるだろう。

「もちろんきみは」リチャードが決めつけるように言った。「ベッドで寝るんだ」

「それは、だめよ」彼女は振り向いた。「紳士ぶる必要はないの。ここはあなたの部屋ですもの。こうして、ここで寝かせてもらえるだけで、わたしは——」

「ノーラ」彼の口調が優しくなる。

リチャードがすぐそばに来たことに、彼女は気づかなかった。彼の肌のぬくもりを感じた。頭をのけぞらせなければ、彼の目をのぞきこむことができない。

彼女は息を飲み、言葉を続けることができなかった。

彼の指がノーラのほおに触れ、その羽根のような優しい感触に、彼女は目を閉じてその場から動けなくなった。

「ノーラ」彼はふたたび言った。ささやくような声だった。

彼女の唇に重ねられた彼の唇は、柔らかく温かかった。自分の唇が震えているのに、彼女は気づいた。

自分が引くべきなのはわかっていたが、そうすることができない。

体の奥から湧きあがってくる欲望が、彼女をその場に釘付けにした。

「やめろと言ってくれ」彼は唇を重ねたままささやいた。「もし、きみがいやなら、手を出すつもりはないから」

このまま、ただこの場に立ちつくし、彼にこれからどうなるかを決めてほしかった。決断を下さなければ、責任は生じないし、あとで自分を責めずにすむ。

昔のノーラなら――結局、それを貫き通せるほど強くなかったせいで、ほんの一瞬で終わってしまった、たった一度の大胆な反抗を除いて――ずっと子どものころから男性に依存し、屈従してきた少女なら、そう考えたに違いない。

だが、彼女はもはやあのころの少女ではない。彼女には選択権があり、決められるのは彼女だけだった。

ノーラは彼の両肩に手を置いた。

「やめないで」彼女は言った。

今朝、リチャードが彼女の姿を見かけたときから、こうなる運命だったのだろうか、と彼女は考えていた。それとも、宿の庭先に乗り合い馬車が入ってきたのと同じタイミングで、彼の馬車がそこから出ようとしたときから。もしかしたら、彼女が、今日の乗り合い馬車のチケットを手に、ミセス・ウィザースプーンの屋敷を出たときから、こうなることは決まっていたのかもしれない。それとも、もっと昔のあのときから――

どこまでさかのぼればいいのだろう？

そして、この先、なにが起こるのか？

やめないで、と言ったことで、彼女の人生は完全に変わってしまった。それが、どう変わっていくかは、彼女にもまだ予想がつかない。だが、彼女は自分の意志で、本心からそう言ったのだ。それが、彼女の望むことだった。今日いちにちの思い出にさらに、今夜の記憶が加わる――それが、悲惨だった結婚式の記憶にとってかわるのだ。

今夜を境に、ノーラは二度と彼を憎むことはできないのだろう。なにが起ころうと、けっして彼を怨《うら》むことはない。

彼の唇は、彼女の唇から首筋に、さらに肩へと這っていった。彼の両手が彼女のドレスのボタンをはずすと、布が肩からすべり落ちた。

彼女は身震いしたが、それは寒さからではない。

彼は一瞬顔を上げ、首のまわりからネックレスをはずした。床に落ちたビーズがカラカラと音をたてる。暗闇のなかで、ふたりは見つめあい、ほほえみを交わした。

これは、彼女の身を滅ぼす行ないだ。欲望に駆られた男女の行為ではない。リチャードと彼女とのあいだに起こることだ。なぜなら、彼女はずっと――ずっと彼を愛しつづけてきたのだから。

彼を憎みつづけ、愛しつづけた。

だが、そこにはつねに愛があった。

まだ少女だった彼女に、あのとき、彼はほほえみかけた。その瞬間、ノーラは彼に恋をした。そしていま、ふたりきりの寝室の暗闇のなかで、彼はふたたび彼女にほほえみかける。

リチャードは、彼女のドレスを降ろして胸をあらわにすると、両手で乳房を包んだ。彼の指が胸をまさぐる感触に、彼女は頭をのけぞらせた。親指の腹が乳首を撫でると、それは、すぐに固くなった。刺すような痛みがのどもとにこみ上げてきて、胃をつたって子宮から太腿へと下りていく。

彼は、ノーラのドレスと下着を足もとまで引き下げた。

片ひざをつくと、彼は片方ずつ、ストッキングを脱がしていった。ノーラは、まるで祝福を授《さず》けるように彼の頭に両手を置き、彼がストッキングを降ろしやすいよう、片方ずつ足を上げた。

リチャードは最後に足の甲に口づけし、その唇をふくらはぎからひざの内側、そして興奮のあまり震えている太腿の内側へと這わせた。次に彼は立ち上がり、両手で彼女の脚の外側から腰の曲線を撫でたあと、その手をウエストにいったん置き、すぐにその手をうしろにまわし、彼女を力一杯引き寄せ、ふたたび唇を重ねる。今回は最初から唇を開き、欲望を剝きだしにして激しく求め、彼女の唇が開くのを待って、舌を差し入れた。

欲望に駆られて力が抜けそうになりながらも、ノーラは彼にしがみつき、もしかしたら彼の服も脱がせたほうがいいのだろうかと思った。自分はあまりにもなにも知らなすぎる！でも、この状況はあまりにも——なんと言えばいいのか？——エロチックだ。全裸のまま、服を着た男性に抱かれるのは、たまらなくエロチックな感じがする。

彼女は、差し入れられた彼の舌を強く吸いこみ、彼の頭のうしろに手をまわすと、彼は悦びのあまりのどを鳴らした。

「こっちに来て、ベッドに横になれ、ノーラ」彼はベッドのほうに顔を向け、彼女を抱きしめた手を離さぬまま、もう一方の手でカバーをはがした。

彼女がベッドに横たわると、彼は彼女の上にかがんでディープキスをくりかえしながら、上着を脱ぎ、ネクタイをゆるめた。彼女も手を伸ばして、いっしょにシャツを頭から脱がせると、脱いだシャツを床に落とした。

彼は両手で自分のウエストのあたりをまさぐり、上半身を起こすと、乗馬用ズボンと下着を降ろした。

ああ、なんてきれいなのかしら——窓から射しこむ月明かりのなかで、彼の裸体を見上げて、ノーラは思った。昔の彼よりずっときれいな体だった。以前より肩幅が広く、体じゅうに筋肉がついている。

それとも、そう感じるのは、自分がもう少女ではなく、女の視点で見ているからなのかもしれない。突然、かつて彼をきれいだと言ったときの記憶が蘇ってきた。彼はスマートで優雅だった――するとリチャードは声をあげて笑い、ふたりは激しい欲望に我を忘れた。遠い昔の、あの初夜の行為は未熟で、満足できるものでもなかったが、彼らは幸せだった。若さゆえに、ふたりともおとぎ話のような幸せが、いつまでも続くと信じていた。

そしていま、女の体を知り尽くした彼は、ふたたびこうしてノーラをベッドの上で抱いている。本能にまかせて彼の体をまさぐるだけのノーラは、一瞬悲しくなった。それでも彼を求めて指先で優しく触れるたびに、彼の口から悦びのあえぎ声と欲望のうなり声が漏れた。

だがすぐに、彼女のほうも欲望のあまり体が震え、ついには痛みすら感じるようになった。

「リチャード」ノーラは唇を重ねたまま、彼の名を呼んだ。「リチャード」

それは、まるで祈りのようだった。

「ああ」彼は言った。「わかっている」

彼女の上に折り重なるように体を預けながら、リチャードはひざを使って彼女の両脚を押し開げ、尻の下に両手を差し入れて、固く勃起したペニスを彼女のなかに挿入した。膣が広がり、彼のペニスで埋め尽くされるのを感じながら、彼女は下唇を嚙みしめて痛みが襲ってくるのを覚悟した。

だが、痛みなどなかった。

腰にまわした両手を引き抜くと、彼はひじを立てて自分の重みをそちらに預け、彼女をじっと見下ろしながら、腰を前後に動かして、ゆっくりとしたリズムを作っていった。

彼女は、彼の手首から腕、そして肩へと指を這わせ、柔らかい腕の体毛と、筋肉と、命と、ぬくもりを実感した。本能に突き動かされ、ノーラは両脚をマットレスから上げると、彼の腰に巻きつけた。そして彼女も腰を振り、体の奥の襞を本能的に伸縮させながら、目を閉じて膣の感覚に意識を集中した。

彼が腰を突き出すたびに、濡れそぼった自分の内部に彼が侵入してくる感触を覚えた。

やがて彼女は体の奥から鈍い痛みが襲ってくるのを感じた。その痛みはしだいに強くなり、そのうちに刺すような痛みに変わり、苦痛のあまり彼女は膣のなかでペニスをぎゅっと締めつけたが、その痛みは耐えがたいほどに増していき、ついに頂点に達すると、彼女は脱力して降伏するように身を震わせた。そのとき、彼女は自分が身をゆだねたのは痛みではなく、正反対の快感だったことに気がついた。

大きな悲鳴に、彼女は自分でも驚いた。まさか、自分がこんな声をあげるなんて。

そして、彼女がばらばらになった自分をふたたび立て直す暇も与えずに、彼はふたたびより速く、激しく、深く動きだした。やがて、耳もとで彼のため息が聞こえたのと同時に、彼女のなかで彼の熱いものが放出されるのを感じた。そのあと、がっくりと力を抜いた彼の体の重みが全身にかかった。

リチャード。

愛している。ああ、愛しているわ。

彼の体は熱を持ち、汗でつるつるしていた。

それは彼女も同じだった。

ノーラは彼の重みを受けとめながら、静かに身を横たえ、自分の激しい胸の高鳴りがしだいに落ちついていく様子に耳をすました。呼吸もしだいにゆっくりになった。彼らは愛しあったのだ。彼らは愛しあった。

自分がまだ既婚者なのかどうか、確信が持てないと彼は言っていた。

もちろん、確信は持てないだろう。

彼らは、結婚したわけではないのだから。

おそらく。

そう、父は言っていた。

だが、こうなった以上、それはどうでもいいことではないか？

明日、彼は旅立つ。そして彼女も。だが、ふたりの行く先は別の場所だ。二度とふたたび顔を合わせることはないだろう。

リチャード。

彼はようやく起き上がり、彼女のかたわらに身を横たえた。シーツと毛布を引き上げて、ふたりの肩にかける。腕枕をしたまま、もう一方の手で毛布を彼女にかけた。

どちらもなにも言わず、ただぬくもりに包まれていた。

吐息は聞こえなかったが、彼の体は温かく、すっかりくつろいでいた。

眠ってしまったのだろうか？

彼女も目を閉じて眠りにつこうとした。

だが、かわりに涙がこぼれそうになった。

またもや。

ああ、リチャード。

10

リチャードは眠ってはいなかった。だが、とりあえずいまは、寝たふりをすることで満足していた。

この十年間、彼女を怨みつづけてきた。弱虫だと嫌っていた。彼のことを一生愛しつづけると、たとえ物置で暮らすことになっても、ずっと愛しつづけると何度もくりかえし誓ったにもかかわらず。父に押しつけられた縁談から救ってくれと泣いて頼み、いっしょにスコットランドに逃げてくれと懇願したにもかかわらず。死がふたりを別つまで、彼を愛し、尊び、したがうと誓ったにもかかわらず——彼女は父の姿を見た瞬間、あっさりと降伏したのだ。彼がジェレミー・ライダーを引き連れて、宿屋のダイニングルームに乗りこんできて、部屋に戻って荷物をまとめてこいと彼女に命令した瞬間、ノーラはなにも言わずに、うろたえたようにリチャードのほうをちらりと見ただけだった。彼が彼女の腕に手を置き、ここから動くなと言ったにもかかわらず。

今朝、宿屋のロビーで会うまでは、それが、最後に見た彼女の姿だった。

彼女はひ弱な少女だった。

まだ、ほんの十八の少女だった。

いまの彼女を、かつての彼女で判断するのは公平なことだろうか？

ノーラは規則的で穏やかな寝息をたてている。だがそれは、本当に眠っている人の深い寝息ではなかった。

今夜、彼女に指一本触れないと、彼は約束した。それなのに、彼女はすべてを許してくれた。

起きていることを先に白状したのはノーラのほうだった。彼の肩にほおをすり寄せるように顔を向けた。

「わたし、床に寝るわ。そうしたら、あなたが眠れるのなら」

リチャード小さな笑い声をたて、空いているほうの手で彼女の顔にかかった髪を払った。

彼も首を曲げ、ふたりは互いに見つめあった。しばらくすると、彼女も笑いだす。

「わたしのせいで眠れないんじゃないかと思ったの」

「たしかにそうだった。たしかに、そうだよ」

「こんなこと、してはいけなかったのよね」

「だが、こうなってしまった」

「そうね」彼女はゆっくりと息を吸うと、静かにため息をついた。

彼は、彼女に口づけした。彼女の唇は、柔らかく、ぬくもりがあって、濡れていた。だが口のなかは熱く、彼の舌に絡みついてくる。

体を重ねた瞬間に、彼女はあのときのままなのだと彼は気づいた。二十八年間に男に抱かれたのは二回きりだ。一度目は、十年前。そして今回が二回目。両方とも、相手は彼だった。そのあいだに、自分がベッドに連れこんだ女の数は、数えきれない。

すべて、彼女を忘れるためだった。

それは毎回、肉体的な快楽を得ると同時に、心の重荷を下ろすための無駄な努力だった。

ノーラの手が、彼の肩をさすったあと、ゆっくりと腕を降りてくる。彼女もキスに応え、彼の舌をもてあそぶ。

リチャードは、彼女に憧れていた。何カ月ものあいだ、遠くから彼女に恋いこがれていたのだ。そしてやがて、彼女も同じ気持ちだと気づいたとき、彼は若者らしい情熱と献身的な愛情で、彼女にのめりこんでいった。ノーラが自分を愛する理由が、生涯のパートナーとしてではなく、逃げ道として利用しているだけではないかと、自分に問いかける間もなく。

いずれにせよ、彼は目的どおりの役目を果たした。彼女の軽率な行動の話がポッツの耳にも入ったのだろう――もしくは、ライダーが破産寸前だということがわかったせいか、ともかく彼は結婚の申しこみを取り下げた。おそらく、手遅れになった時点で、彼女は後悔したに違いない。あのときポッツと結婚していれば、みじめな一時雇いの生活を免れることができたのだから。

だが、彼も、同じことをしてやれた。

それはすべて、ずっと前の話。昔々の出来事だ。

リチャードは彼女を仰向けに寝かせると、彼女の上にかがみこんで両手で体を愛撫して彼女の欲望を刺激した。さっきと同じように、彼女の細い体と、形のよいつんと立った胸と、長くしなやかな脚に懐かしさを覚えた。ほのかな石けんの匂いに混じった女の香り。男の欲情をそそる汗とセックスの残り香《が》。

盛り上がった乳房を愛撫し、舌でもてあそび、脇腹に唇を這わせると、そのまま平らな腹、太腿の内側、ひざ、ふくらはぎ、そして足へと移動した。それから彼女の脚を広げると、あいだにひざをつき、ふたたび唇を重ねながら、彼の手を、脚の付け根にある濡れた部分にすべりこませた。軽く指で触れたあと、二本の指をなかに差し入れ、親指の腹で感じやすい部分を愛撫すると、彼女は身をよじるようにしてベッドから腰を浮かせ、うわずった声をあげた。

彼は閉じたまぶたと唇に、ふたたびキスをくりかえした。指を抜き、ゆっくりと彼女のなかに侵入した。熱く濡れた彼女が、彼を丸ごと包みこみ、締めつける。

これをたんなる性的快楽と受け取ることもできた。こうして互いが絶頂を味わい、彼女をたんなる女として、自分をただの男として割り切ることもできただろう。

だが、これはたんなるセックスではなかった。

リチャードはゆっくりと息を吸いながら、目を開けた。彼はまだひざまずいていて、彼女の両脚は彼のひざに両側から巻きついていて、彼は両手で彼女の腰を支えていた。ノーラは両手を、手のひらを下にしてマットレスの上に置いている。彼女の亜麻色の髪が枕いっぱいにみごとに広がり、彼女もまた潤《うる》んだ目で彼を見つめていた。

彼は、両ひじを彼女の頭の両わきにつくと、脚を伸ばして、彼女の上に体を重ねた。全体重が彼女にかかる。彼は首を曲げて、彼女の横に頭を置いた。そして、長い時間をかけてゆっくりとリズムを刻んでいった。やがて、すべてのエネルギーを使い果たし、制御がまったく効かなくなるまで。最後に一度、激しく深く彼女のなかに分け入ると、彼は彼女のなかにすべてを解放した。悲鳴もあげず、震えもしなかったものの、彼女もまたその瞬間に絶頂を迎えたことが彼にはわかった。

眠りに落ちるまえに、彼が最後に考えたことは、女性と本当に愛しあったのはこれが初めてだということだった。その相手はノーラだった。

彼の妻。

リチャードがふたたび目を覚ましたとき、空はすでにうっすらと明るくなっていた。彼は彼女の上に折り重なったままで、まだ彼女のなかに入っていた。驚いたことに、どう考えても快適とは思えないその状態で、彼女はぐっすり眠っていた。体は温かく、くつろいでいて、深い寝息をたてている。

彼女のなかから出ると、彼は身を起こして、あごの下まで彼女をシーツと毛布でおおってから、窓辺に立った。その部屋は宿屋の裏側に面していて、野原と森を見下ろす位置にあった。まだ外はしんと静まりかえっているが、窓を少し開けると、朝の訪れを告げる鳥のさえずりが遠くから聞こえてきた。

彼は窓枠に手をつき、外を眺めた。朝の冷気が、裸の胸と腕に心地よかった。

11

彼の体の重みが消えた瞬間、ノーラは目を覚ました。かわりにシーツと毛布がかけられたが、彼がベッドから離れるまで、目を開けなかった。

やがて、彼女はそっと目を開け、窓際に裸でこちらに背を向けて立っている彼の姿を眺めた。なんてすてきな男性《ひと》なんだろう。彼は恋人としても申し分ない。

自分のなかに、彼の存在がいまでも痛みとして残っている。長い時間、大きく脚を広げていたせいで、両脚がまだこわばっていた。彼の匂いが、ベッドにも、彼女自身にも残っている。

「リチャード」彼女は小声で言った。「なぜ、あんな手紙を寄こしたの。おかげで、わたしはひどく傷ついたのよ」

本来ならば、その事実を認めるべきではないかもしれない。おそらく昨日だったら、認めたりはしなかっただろう。

彼は振り向いて、肩越しにノーラを見た。両手は、あいかわらず窓枠についたままだった。

「どの手紙の話だ？」

「どの手紙って？」彼女はまゆを寄せた。「一通しかないじゃない。一度しか、手紙は寄こさなかったでしょう」

彼は目を丸くして、微動《びどう》だにせず、無言で彼女を見つめていたが、やがて、声をあげて短く笑った。

「わたしは、なんて愚かだったのだろう。まったく、救いようのない愚か者だ。そりゃ、そうだ！ほかの手紙は、見てもいないんだな？」

「ほかにも手紙があったの？」

だが突然、ほかの手紙があったことに彼女も気づいた。もちろん、何通も来ていたのだ。彼が、そう簡単にあきらめるわけがない――彼女自身、長年そう信じこんでいたのだが。

彼はふたたびくすっと笑ったが、楽しんでいる表情ではなかった。

「まったく、わたしたちは世にも珍しいまぬけなカップルだと思わないか？ きみに会いにも行ったんだよ、ノーラ、だが、門から先にはけっして入れてもらえなかった――毎回、きみが会うのを拒否しているからと言われた。その話も、きみはいっさい知らないんだろうね」

彼女は答えなかった。答える必要もなかった。

ふたりは、無言で見つめあった。

彼は、窓から離れ、一歩ベッドに近づいた。彼女を見下ろしていたが、ノーラには、彼の表情は読みとれなかった――窓を背にして立っているせいで、顔が影になっていた。

「なぜ、あの手紙を読んで、傷ついたんだ?」彼はたずねた。「結婚を申しこんだのに――仮に、まだ正式には結婚していないという前提で」

「父に対するいやがらせでプロポーズしてきたんでしょう。突然、立場が逆転したから。突然、あなたは爵位と多くの財産を手に入れて、わたしたちは極貧と言ってもいいほどおちぶれたから。父に、そのことを思い知らせるためにやったのよ。あのときなら、父が大喜びして申し出を受けるって信じて」

「予備交渉は終わっていたのさ」彼は穏やかな口調で言った。「だから、もう一度きみに手紙を書いた。きみが望んでいることだと思っていたし――プロポーズを受けるよう、父親から言われていると思っていた」

ノーラは目を閉じた。

「わたしは、みんなにとって、かけひきの道具でしかなかったのね」

「きみに断わられたときは、驚いたよ。それまでは、お父さんの言うことにけっして逆らわなかったから。あのとき、あの半年間で初めて、わたしはきみに対して尊敬の念を抱いた」

返事を書き終えたあと、彼女の胸は激しく痛んだ――これは、むろんたんなる比喩《ひゆ》だ。実際に胸が痛んだわけでも、締めつけられるような思いをしたわけでもない。だが、いっそのこと心臓が止まってくれればいいと思った。

ただそれも、はるか昔の出来事だ。自分が、好むと好まざるとにかかわらず、どんなことでも乗り越えられる人間であることを、彼女は思い知った。いまでもそうだし、今後も、そうでなければならない。今回も、乗り越えることはできるはずだ——この、人生のなかの二十四時間のつかの間の出来事も。

「服を着たら」彼は突然口を開いた。「階下《した》に行って、馬車と馬の様子を見てくる。せっかく早く起きたのだから、すぐに出発しようと思う」

体を拭いて、服を着るリチャードを、彼女は見つめた。昨晩の残りの冷たい水でひげを剃り、昨日の夜の艶めかしい《ホットな》恋人が、冷たい《クールで》、きびきびしたファッショナブルな紳士に変身していくさまを眺めていた。

すぐに、昨日のことも、昨夜あった出来事も——それに、この瞬間も——夢のように思えることだろう。

もしかすると、悪夢かもしれない。

彼は部屋を出るためにドアノブに手をかけたとき、ベッドのほうに目を向けた。

「一時間ぐらいしたら、朝食を持って来させる」

そんな金はないと反論しようとしたが、あまりにみじめだったのでやめた。

別に言い争いになったわけでもないのに、喧嘩をしたような気分になっているのはなぜだろう？
昨晩、ふたりは二度、愛を交わしたのだ。
彼らは、愛しあった。
それとも、彼女があまりに世間知らずで、欲望と愛の見境がつかないだけだったのか？
あれは、たんなるセックスだったのか？
たぶん、そうだったのだと彼女は思った。
「ありがとう」
彼は、部屋を出ていった。

12

リチャードの馬車は、すっかり出発の準備がととのっていた。木造部分に関しては、もう少し修理と、塗装を直す必要があったのは確かだが、それは、ロンドンに着いてからでもいいだろう。馬車は充分に道を走れる状態だったし、彼はいますぐにでも出発したい気分だった。そろそろ、現実の生活に戻る潮時《しおどき》だ。

乗り合い馬車のほうも修理がすんでいた。破損は、当初思われていたよりずっと軽いことがわかった。馬車はすでに宿屋の庭に停まっていて、乗客たちが朝食を終えて宿や、近隣の住宅から出てくるのを待っていた。

今日も晴天だったが、昨日に比べると風が強かった。村の広場の中心で、役目を終えたメイポールのカラフルなリボンが、音をたててはためいている。

ノーラが出発するのを見送ろうと、リチャードは心に決めた。だが本当は、彼女よりまえに出発して、このまま会わずに行ってしまいたかった——宿屋の使用人にカバンをとりに行かせることもできる。しかし、やはりこれ以上乗り合い馬車の出発が遅れるような事態がないことを確認せずにはいられなかった——彼女は、無一文なのだから。たとえ金を渡そうとしても、彼女はけっして受けとりはしない。

大勢の人々にとって、それは奇妙な光景だろう。彼女は乗り合い馬車に乗りこみ、彼は、ひとりで自分の馬車に乗っていく。きっと、彼らは思うのだ……

彼自身は、誰になんと思われようがかまわなかった。だが、彼女の場合は、これから長い時間を馬車のなかで彼らといっしょに過ごすのだ。彼女は、なにか言われるだろうか？

なにを考えているんだ！

それにしても、今朝、あの部屋で彼らのあいだにいったいなにが起こったのだろうか？それは、とても奇妙なことだった。喧嘩をしたわけでもないのに……

彼は、突然過去の話をさえぎり、服を着ると宣言した。突然、ふたりのあいだに冷たい沈黙が流れた。

せっかく、彼女はなにも知らなかったということがわかったというのに。彼もまた、被害者だったとわかったところだったのに。

それなのに、自分はこの期《ご》に及んで逃げだすのか？

はたして彼女は？

もどかしげに乗客を呼び集める声がした。なかには、すでに馬車に乗りこみ、窓側の良い席を確保している者たちもいた。

リチャードは宿屋のなかに戻った。部屋に行って、彼女を呼んでこよう。旅行カバンを運んでやって、礼儀正しく彼女を見送るのだ。

だが、なぜそんなことをしなければならない？

彼女はすでに旅行カバンを持って階段の下まで降りてきていた。ふたりは一瞬見つめあい、彼はノーラに近づくと、彼女の手からカバンを受けとった。

「どうやら、集合の合図が聞こえたようだね？」

「ええ」

彼女の顔は、少し青白かった。目を大きく見開いている。髪はしっかりとボンネットの下にたくしこまれている。

このまま、指をくわえて彼女が去っていくのを見送るつもりか？

あの結婚式後の半年間が、彼女の目にどう映ったか、ようやく理解できた。意気地《いくじ》なしの彼は、父が彼女を連れ去るのをただ黙って見送り、結婚を無効にされてもあらがいもしなかった。その後、彼女を追いかけてくるでもなく、会いに来るでもなかった。手紙すら寄こさなかった。その後、おそらく彼の生活が一変したあとで、彼女の家族が無一文になったあとで、突然、結婚を申しこむ手紙を送ってきたのだ。意地の悪い満足感を得るために。彼女の父親は、なんとかして彼女にプロポーズを受けさせようとしたに違いない。彼女自身も、それを受けなければどうなるかはわかっていた。それでも、彼女には断わる勇気があったのだ。

もはや、彼を愛していなかったからではない。ただ、じつは彼に愛されていなかったのだと思いこんでしまったからだ。

ノーラは、彼の目を見つめていた。

「ミス・ライダー？」いらだたしげな御者の大声が聞こえてきた。ドアロのところで呼んでいる。「ミス・ライダーはいらっしゃいますか？」

「ノーラ」リチャードは言った。「あの手紙は、きみのお父さんを侮辱するために書いたものじゃない。彼を見下して満足感を得るためのものでもなかった。あれは、きみを取り戻すための、最後の悪あがきだったんだ」

彼女は目を見開いて、無言で彼を見つめていた。

「ミス・ライダー？」声の主は、苛立ちながら、怒って、庭のほうへと戻っていった。「誰か、彼女が昨晩どこに宿泊したか知りませんか？　彼女がどんな顔をしているか、知りませんか？」

「最初の一カ月、わたしは毎日あなたに手紙を書いたわ」彼女は消え入りそうな声で言った。「毎日よ。でも、一通も送ることができなかった。どこにも送る場所がなかったの。あなたの居場所がわからなかったから。あなたは、すっかり姿を消してしまったのだもの。わたしを置いて。連絡はまったくないし。一度も。いまのわたしは、ときどき、孤独を感じるの――レディの付添婦の人生なんて、楽しいものではないから。でも、あのころ感じた孤独感に比べたらなんでもないわ。せっかく結婚したのに、すぐに――すべてを失ってしまったのだもの。そのあと、突然あの手紙が来たの。冷たい、紋切り型のあの手紙が」

「これでいいと決心がつくまで、百通りの下書きをしたんだぞ。わたしにとっては、唯一の、最後のチャンスだったのだから。絶対に無駄にしたくはなかった。結局、そうなってしまったが」

「ミス・ライダー？」御者はふたたびドア口に姿を現わした。彼は大声でわめいた。

「まったく、なんという女だ！　どこにいるんだ？　主人、彼女のことを知らないか？」

「わたしにはわかりませんよ」宿の主人は答えた。

「だったら、置いていくしかないだろう。いい気味だ」御者が言った。「全員を、再度待たせるわけにはいかないからな」

ノーラはリチャードの肩越しに御者のほうを見て、一瞬、その目にパニックの色が広がる。

「行かないでくれ」リチャードは彼女の手首に手を置いた。「行くな、ノーラ。わたしといっしょにいてくれ。一生、わたしのそばにいてほしい」

彼女はかすかに首を振った。

「ミセス・ケンプ」宿屋の主人が横から近づいてくる。「バッグを馬車まで運びましょうか？　ご主人様の分も、部屋から運び降ろして参りましょうか？」

彼女は下唇を噛みしめたまま、リチャードから視線をはずさない。

外からは、車輪が石畳《いしだたみ》を踏みしめる音や蹄の音が聞こえてくる。道路へと続く門の付近にいるほかの馬車に対する警笛が大きく鳴り響いた。

乗り合い馬車は出発した。

彼女を残して。

「ああ、そうしてくれ」リチャードが答えると、主人は旅行カバンを手に、急いで外に出て行った。途中、そこからは見えない誰かに対して、部屋に行って、ミスター・ケンプのバッグをすぐに持ってくるように指示しながら。

「きみは、わたしの妻だ、ノーラ」リチャードが言った。

彼女の瞳が、突然涙で光る。

「あの結婚は、有効ではなかったし」彼女が言った。「あれは――」

「有効だとも」彼は強い口調で言い返した。「むろん、あちらこちらに金が渡って、すべての書類が闇に葬《ほうむ》られたのは間違いないが。だからといって、あれが結婚ではなかったとは言えないよ、ノーラ。きみは、わたしの妻なんだ」

「リチャード――」

「愛しているよ」彼は低い声で言った。「ずっと愛していたんだ。憎んだときもあったとは思う。だが、いつも、いつだって、きみを愛していた。昨日のことは、愛があったから起ったことだ、ノーラ。それは、ちゃんと理解してほしい。いっしょに来てくれ」

「ああ」彼女はため息をついた。「もう、馬車に乗らないと」

「手遅れだよ。馬車はもう出てしまった」

「そうなの？」彼女は目を見開いた。

驚くことに、ノーラには、馬車が出て行く音が聞こえなかったのだ。目の前でくりひろげられているドラマに、すっかり注意を奪われていた。

「また、ここに足止めだよ」彼は言った。「立ち往生さ。わたしといっしょに」

「まあ」彼女は言った。「一生？」

「すくなくとも、一生だ」

彼らは見つめあったまま、その場に立ちつくした――やがてリチャードが彼女にほほえみかけ、ゆっくりと、彼女の口もとに笑みが広がり、やがて、ノーラは瞳を輝かせた。

「だが、かならずしもこのウィンバリーの〈クルーク・アンド・スタッフ〉でというわけじゃない。いつでも出発できるよう、馬車と馬の用意はととのっている」

「どこに行くの？」彼女がたずねた。

「一生かけた、長い旅路だよ」彼は言った。「だが、まずはロンドンに行く。着いたら、できるだけ早く特別の結婚証明書を発行してもらおう。わたしたちは疑いの余地もなく、罪を犯しているわけではないが、ほかの人たちが信じてくれるかというとそうではないからね」

「ああ、リチャード」

彼は、両手で彼女の右手を握りしめた。

「結婚してくれるかい、ノーラ？」彼はたずねた。「もう一度？」

彼は、歯を見せて笑った。突然、あふれんばかりの幸せを感じていた。

「ええ、結婚するわ」彼女が言った。「ただし、今度だけよ、リチャード。こんなことが何度も起こるのは絶対にいや」

ふたりは喜びのあまり、声をあげて笑った。リチャードが前かがみになって、彼女と唇を合わせた瞬間、上の部屋に荷物を取りに行った従僕が、彼のバッグを手に足音をたてて階段を降りてきた。それに宿屋の主人も、ノーラのカバンを馬車に積み終えて、庭から戻ってきた。

従僕は、あわてて音をたてて、階段をまた上がりはじめ、主人は咳払いをすると、なにか別の用事を思い出したかのように、急いで庭へと出て行った。

リチャードは妻の腰に手をあて、彼女は、夫の首に腕をまわした。そして彼らは、長く、かなりスキャンダラスな愛の行為を公《おおやけ》の場でくりひろげた。

とりあえず、ほかのことは、なにも目に入らないかのように。

メアリ・バログ

メアリ・バログはウェールズで生まれ、大学卒業後に高校の英語教師としてカナダに移住した。初のリージェンシーロマンス小説“*A Masked Deception*”が出版されたのは一九八五年。それ以来、彼女の作品数は七十以上の小説と三十近い短編に及んでいる。そのなかには、《ニューヨーク・タイムズ》紙のベストセラーとなった、Slightlyシリーズ六作、および『ただ忘れられなくて』、『ただ愛しくて』（いずれもヴィレッジブックス刊）をはじめとするシンプリー・カルテットシリーズ四作も含まれている。彼女は数々の賞を受賞しているがそのなかには、アメリカの巨大書店チェーン、ボーダーズが毎年選ぶベスト・ヒストリカル・ロマンス賞が含まれる。彼女の代表作のひとつである“*Simply Magic*”はアメリカのクィル賞の最終選考作品に選ばれた。現在は、カナダのレジーナ在住。

オンリー・ユー

ジャッキー・ダレサンドロ

ONLY YOU

JACQUIE D'ALESSANDRO

登場人物紹介

カサンドラ（キャシー）・ヘイウッド	ウエストモア伯爵夫人
イーサン・バクスター	〈ブルー・シーズ・イン〉の主人
デリア・ティルドン	〈ブルー・シーズ・イン〉のメイド
パリッシュ卿	カサンドラの父
レディ・パリッシュ	カサンドラの母

謝辞

楽しいレヴィー社のブックツアー中に、すばらしいアイデアを分かちあってくれたメアリ・バログに感謝します。それにステファニー・ローレンスとキャンディス・ハーンにも。メアリと彼女たちのおかげで、このプロジェクトがとても楽しいものになったことを。それから、いつも応援してくれる最高の主人、ジョーにも感謝。夢のようなあの夜、彼はわたしのハートを盗んだのだ。そしてわたしのハートを盗んだもうひとりの男、最高の息子、クリストファーにも心からの感謝を。

わたしとメアリ、それにキャンディスが知りあうきっかけをくれた〈レヴィー・ホーム・エンターテイメント〉のすばらしい人々、パム・ネルソン、ジャスティン・ウィリス、キャサリーン・ケルブル、クリスタル・ネルソン、ジャネット・クレイ、エミリー・ヒックソン、それにディーバー・スパイトにも感謝します。それに、スーザン・アンダーセン、スー・グリムショーをはじめとする〈エイヴォン・ブックス〉の面々が、このプロジェクトを支えてくれたことに感謝します。

1

「馬車を止めて！」ウエストモア伯爵夫人、カサンドラ・ヘイウッドは御者《ぎょしゃ》の注意をひくために馬車の天井に拳をたたきつけて、強い口調で言った。

「どうなさいました、奥さま？」彼女のメイド、ソフィーは美しい顔を心配そうに歪《ゆが》めてたずねた。「お顔の色がよくありませんよ？　ご気分がお悪いのですか？」

馬車はがくんと揺れて急停止し、御者のミスター・ワットリーが騒々しい音をたてながら御者席から降りるのが聞こえた。「いいえ、ただ……」パニックしただけ。よくわからないけど。ああ、どうしましょう、とんでもない過ちを犯したかもしれない。「……ちょっと落ちつかない気分になっただけ」控えめな言葉に、声がのどもとで詰まる気がする。

ミスター・ワットリーが馬車のドアを開けると、温かかった馬車の内部に、ひんやりとした潮の香りがする風が吹きこんできた。「なにか不都合でも？」

「レディ・ウエストモアはお疲れなのよ」ソフィーが言った。「あと、どれくらいかかるのかしら？」

答えた。

「〈ブルー・シーズ・イン〉までは、あと一マイル足らずですが」ミスター・ワットリーが答えた。

あと一マイル足らず。カサンドラは、手袋をした手で、自分の黒いギャバジンの喪服を握りしめた。

「もしかしたら、宿屋に泊まるのはやめておいたほうがいいのではないでしょうか」ミスター・ワットリーがしわくちゃの顔をしかめて言った。

それは、彼らが三週間にもおよぶ、骨の折れるコーンウォールまでの長旅の最終区間を走りきるために、今朝、馬車に乗りこんだ直後から、彼女が何度も考えたことだった。

「ゲーツヘッド・マナーまではあと二時間ほどですし」彼は続けた。「奥さまが〈ブルー・シーズ・イン〉で一泊なさるご予定なのは存じておりますが、もしご気分がお悪いのなら、このままお屋敷まで一気に行ってしまわれたほうがよろしいかと」

胃が締めつけられるような感覚は、病気のせいではなかったが、このまま先を急いだほうが賢明だという事実を否定することはできなかった。臆病者ねと、彼女のなかで、もうひとりの自分があざけって言う。たしかに、そうだ。だが、そんなふうにはなりたくない。もう二度と。それでも、身についた悪癖は、なかなか直らないものなのだ。

「そうね……たぶん、新鮮な空気を吸えばよくなるわ」カサンドラは小声で言うと、ミスター・ワットリーが差しだしたタコのできた大きな手につかまって、馬車から降りた。暖かい日光と涼しい風が彼女のほおを撫でる。こわばった背を伸ばすと、体の節々が痛んだ。単調な車輪の動きに合わせて革のシートの上で延々揺られたせいで、ひどい頭痛がした。

馬車から数ヤード離れて、彼女は狭い土の道に沿った低木の茂み越しの景色を眺め、その美しさに小さく息を飲んだ。目の前には、セント・アイヴィス湾のみごとな風景が広がっている。真っ青な海が、水平線付近で大西洋の紺碧《こんぺき》の空と交わっている。カモメが、砂浜を真下に見ながら飛びまわり、やがて白波の立つ海面すれすれに滑空する。昼下がりの、金色のリボンのような陽の光が、浅瀬に浮いているボートに反射してきらきら光る。イワシ漁や、ロブスターの罠籠を引き上げるために出航を待っている船だった。

カサンドラはゆっくりと深呼吸して、一瞬目を閉じると、夏の空気に含まれた潮の香りを満喫した。懐かしさのあまり、喉が締めつけられるような気がして、彼女は初めて万力で締めつけられるような激しいホームシックを感じた。子ども時代を過ごしたランズ・エンドのゲーツヘッド・マナーには、この十年間、一度も帰っていない。その懐かしい我が家まで、あと二時間ほどでたどりつくのだ。そこに戻るのが楽しみでもあり、不安でもあった。多くの思い出が詰まったあの家。もっとも幸せな時を過ごし、同時に、胸が張り裂けるほどの哀《かな》しみを味わったのもあの場所だった。

その家で、今度は先の見えない未来と対峙《たいじ》しなければならない。

だが、いかに将来が不確かであろうと、三週間前に彼女が棄ててきた過去より悪い状況にはなりえない。彼女は、悪夢と化した人生から、ようやく逃げだしてきたのだから。

だが、このまま一気に、今日じゅうにランズ・エンドまで行くべきなのか？　当初は、このセント・アイヴィスで一泊する計画だったが、いまや、どうするかは彼女の決断にかかっている。先ほどから、言い知れぬ不安に襲われているのだ。彼女のなかの良識ある自分、分《ふん》別《べつ》のある自分が、ここで一泊する必要はないのだと警告を発している。そんなことは向こう見ずだと。間違っていると。非常に不道徳な行ないだと。それに、危険なことになるやもしれない。過去を取り戻すことなどできないのだから。そんな、警告にもかかわらず、彼女の気持ちは……気持ちの上では、それに耳を傾けることができないでいる。

そのとき、三週間の旅程のあいだじゅうくりかえし聞こえてきたひとつの疑問が、ふたたび聞こえてきた。彼は、はたして宿屋にいるだろうか？

陽のぬくもりをとらえるように、彼女は天を仰いでまぶたをぎゅっと閉じた。その答えを知る方法はひとつしかないわよ、カサンドラ。

ふたたび目を開け、海を見つめて思い出にひたった。その思い出は、すぐに彼女の不安を取り除き、彼女に決断をうながした。彼女の感情とは関係なく、ずっと他人が彼女がどうすべきかを決めてきた。これは、彼女が追い求めてきた答えを見つけるチャンスだった。ようやく、やりたかったことをやるチャンスだ。彼女が必要としていることを成しとげるチャンス。

もう一度、こんな機会が巡ってくるかどうかは、わからないのだから。

彼女がしたいことは、必要なのは、〈ブルー・シーズ・イン〉に立ち寄ることなのだから。

彼は、いるのだろうか？　もしいたとして、彼は自分のことを覚えているのか？　思わず、大きなため息が漏れる。もちろん、彼は覚えているに違いない。だが、どんなふうに？　楽しい思い出とともに――それとも、たんなる過去の記憶として？　おそらくもう何年も、彼女のことなど思い出したことすらないだろう。たぶん、妻がいて、子どもがいて、幸せな、満ち足りた人生を送っているに違いない。話しはじめて五分もたてば、おそらく、話題にこと欠くことになるだろう。

それでも、この機会を逃したら、自分はきっと後悔すると内なる自分が主張するのだ。もう二度と、後悔はしないと彼女は自分に約束した。

決心がつくと、彼女は背筋をぴんと伸ばして、問いかけるような表情でミスター・ワットリーとソフィーが待っている馬車のところに戻った。

「今夜は〈ブルー・シーズ・イン〉に泊まることにするわ」きっぱりと、はっきりした口調で言った自分に、彼女は誇りを感じた。

「仰《おお》せのままに、奥さま」ミスター・ワットリーが答えた。

彼の手を借りてカサンドラとソフィーが乗りこむと、ふたたび馬車は目的地に向かって走りだした。十五分後、またもや馬車はがくんと揺れて停まった。いまや、まるで第二の皮膚のようにすっかり身についている落ちつき払った表情を装い、カサンドラはふたたび差し伸べられたミスター・ワットリーの手をとると、馬車から降りた。ボンネットの短いつばの下に隠れた顔に、日光が激しく照りつけ、彼女は片手を上げて日射しをさえぎる。

二階建ての古びた石造りの建物は、薄灰色のしっとりと落ちついた色合いになっていて、〈ブルー・シーズ・イン〉がすくなくとも百年以上前に建てられた屋敷だということがひとめでわかる。だが外観は非常によく手入れされている。マリオン窓はぴかぴかに磨きあげられている。通路を飾る控えめな花壇はよく手入れが行き届いており、たくさんの野生の草花が色とりどりの花を咲かせている。本館に似せて作られたすぐ隣の建物は、明らかに最近建てられたばかりだった。

その馬小屋に目を向けた瞬間、記憶がまざまざと蘇ってきた。その激しさと鮮やかさに、思わず息が詰まりそうになる。ふたりで冗談を交わしながら、イーサンの黒い瞳が彼女を見下ろす。ふたりは、カサンドラの栗毛の雌馬に櫛《くし》を入れていた。彼のたくましい手の動きは堂々たるものだったが、動物の扱いは、いつもとても穏やかだった。

彼女は目を瞬かせて目の前に広がったイメージを振りはらい、潮風に吹かれて静かに揺れている手書きの看板に目をやった。そこには、白波の上を飛ぶカモメの絵が描かれていて、先端が灰色の鳥の羽に、陽の光が反射している。〈ブルー・シーズ・イン〉の文字が藍《あい》色で書かれていて、それは、この魅力的な宿にふさわしい名だった。その下には小さな字でこう書かれていた。〝所有者　イーサン・バクスター〟

彼女の視線は、その名に釘付けになった。そこに指を走らせたいという衝動を抑えるために、彼女はしっかりと拳を握りしめた。

「なかまでごいっしょして、お部屋をお取りしましょうか？」ミスター・ワットリーがたずねた。

カサンドラは、看板から無理やり視線を引きはがすと、御者のほうに顔を向けた。その申し出に飛びつきたいと、最初は思った。宿屋のなかにひとりで入っていかずにすむ言い訳にすがりつきたいと。だが、口をついて出そうになるイエスという答えを必死に押しとどめた。いまさら誰かのうしろに隠れるには、ここまでの道のりは遠すぎた。それでも、不安のあまり彼女は生唾を飲みこんで必死に声を絞り出した。

「いいえ、けっこうよ」彼女はソフィーに顔を向けた。「ミスター・ワットリーに、今夜、どの荷物が必要か教えてあげてちょうだい」

「かしこまりました、奥さま」ソフィーは馬車に意識を集中し、カサンドラは意を決して不安定な足どりで石畳の通路を玄関に向かって進んだ。頭のなかには、あの質問が離れなかった。彼は、ここにいるのだろうか？

イーサン・バクスターは汗がしたたるひたいを、同じぐらい汗だくの前腕でぬぐってから、痛む肩をまわした。こうして馬小屋を掃除し、馬にブラシをかけるのはひどく疲れる作業だったが、彼は心地よい疲労感を覚えていた。彼にとって、これは大好きな仕事だったが、家畜の世話をさせるためにジェイミー・ブラウンを雇ってからは、めったに自分ではやる機会がなかったからだ。だが、ジェイミーの妻が、今日の午後に産気づいたと聞いたとたん、イーサンは彼を家に帰した。ジェイミーの表情——畏敬と興奮とどうしようもないほどのパニックが組みあわさった表情——を思い起こすだけで、イーサンの顔には笑みが浮かんだ。だが、すぐに妬《ねた》みの感情が全身をおおい、楽しかった気分は一気に削《そ》がれ、心にぽっかりと空洞ができた。ジェイミーとセーラが手に入れたものを、彼も求めていた。幸せな結婚生活——生まれてくる子ども。本当の家族。

彼はいらだたしげに歯を食いしばった。まったく、こんな心の空《むな》しさを、いつまで抱えていればいいんだ。いいかげんに、なんとかしなくては。さんざん自己分析をくりかえした結果、なにをすればいいかはわかっているのだから。

イーサンは家畜小屋をあとにして、明るい日射しのなかに歩みだした。すぐに、見覚えのない馬車が宿屋の外に停まっているのに気づいた。御者が、旅行カバンを荷物の山から取りだしていて、メイドが、次に取りだすカバンを指し示している。馬車のなかは空であるところを見ると、明らかに乗客は空き室があるかどうかたずねようと宿のなかに入ったらしい。

御者とメイドがいるところから、すくなくとも二部屋は必要なはずだ。商売繁盛でなにより。彼はこういう客をいつでも歓迎する。〈ブルー・シーズ・イン〉は清潔で上品な経営状態のよい宿として評判をとっている。その評判を勝ち得るために、彼はこの宿を開いた四年前から必死に働いてきたのだ。

汗だくの馬臭い体で、新しい客と対面したくなかったので、彼はわきにある通用口に向かい、まっすぐ自分の部屋に戻って見苦しくない格好に着替えようとした。あらたな客を迎え入れ、彼らに快適な部屋を与えることぐらい、デリアなら問題なくこなすはずだ。それどころか宿屋のメイドはじつに有能で、もしイーサンがセント・アイヴィスを一カ月ほど留守にしたとしても、誰もそのことには気づかないだろう。むろん、彼は一瞬たりともここから離れるつもりなどない。セント・アイヴィスや〈ブルー・シーズ・イン〉は、彼にとっての我が家――ようやく探しあてた自分の居場所なのだ。ここで、彼はそれまでけっして得ることができなかった平穏な生活を得た。過去を忘れ去るほど頭や体が疲れきることはないにしろ、すくなくとも、ほかの場所では見つけられなかったほんの少しの平安を、ここでは得ることができた。

彼が自分の部屋に戻れば、デリアは彼がいなくなったことにすぐに気づくだろう。彼は肩で息をしながら、汗で濡れた髪を撫でつけた。デリアといえば、彼ははっきり気づいていたが、この一年――とくに最近になってより頻繁に――彼女は気になる発言を続けていて、彼のことを独特の表情で見つめている。そのどちらをとってみても、彼女がたんなる従業員以上の存在になりたがっていることは、友だち以上の関係を望んでいることは明らかだった。彼女は魅力的な女性だったし、彼女の思わせぶりな態度に気づかないふりを続けるのはもう無理だと思ったこともしばしばある。

だがいまのところ、彼はそれを無視しつづけていた。デリア・ティルドンはすばらしい女性だし、彼にはもったいないほどの若い寡婦《かふ》だ。彼は、外見も、心のなかも傷だらけだったが、自分の孤独を癒すために彼女の優しさを利用したくはなかった。それだけ彼はデリアのことが好きだったし、彼女を大切に思っていた。

だが、近ごろ……この数カ月というもの、彼はその誘惑に打ち勝つのは並大抵のことではないと感じていた。彼を蝕《むしば》む空しさからくる心の痛みは、以前にも増して鋭く彼を攻めたてる。思い出が次々と蘇ってきて、彼を苦しめるので、過去に引きずりこまれないために、彼は必死に闘っていた。なぜ自分はそこまで過去を引きずっているのだろう？　なぜ、自分は忘れることができないのだ？

だが、どれほど激しい誘惑に駆られたとしても、いまのところ彼はデリアの魅力にあらがいつづけている。デリアのような女性は、男の心からの愛情を求めるはずだし、それは当然のことだったが、彼はそんな彼女の求めに報《むく》いてやることができない。それができないのに彼女と恋仲になることは、どちらにとってもけっしていい結果はもたらさない。

そうは思っていたが、ここ数日、孤独もまたいい結果はもたらさないと、しみじみ感じていた。ともに人生を歩む相手が、互いにうちとけて話をする相手が欲しくてたまらなかった。デリアを利用して傷つけたくはなかったが、彼はこの孤独な生活にすっかり疲れはてていた。もしかしたら、好意と尊敬だけあれば、結婚生活はやっていけるかもしれない。誰かといっしょに暮らせば、すべてを忘れられるかもしれない。すくなくとも、けっして手に入らないものを追い求めたりはしなくなるだろう。

そろそろ、誘惑に屈する潮時《しおどき》なのかもしれない。デリアときちんと話しあうときなのかもしれない。好意と尊敬だけでも充分かどうか、彼女に決めてもらえばいい。もし彼が、とても幸運ならば、彼女とあらたな人生を始められるだろう。そうなったら彼は、ようやく孤独から解放される。

久しく感じていなかった浮き立つ気分になりながら、イーサンは通用口から宿屋へ入り、オーク材のドアを静かにうしろ手で閉めた。暗闇に目を慣《な》らすためにしばらくその場にたたずんでいると、ロビーにいるデリアの声が聞こえてきた。

「では、二部屋でよろしいのですね、奥さま？」

「ええ、お願いしますわ、ミセス・ティルドン。一部屋はわたくし用に、もう一部屋はメイドのために。一泊でけっこうです」

客の声を聞いて、イーサンはその場で立ちつくした。無数のイメージが頭のなかを駆けめぐり、心臓が完全に止まったような気さえした。とれたてのハチミツのような色をした艶やかな髪。楽しそうに笑うブルーの瞳。いたずらっ子のような笑顔。彼は目をしばたいて目の前のイメージを消し去ると、うんざりしたように首を振った。まったく、何年たっても彼女のことが忘れられないのはまだしも、ついに幻聴まで聞こえるようになるとは、なんたることか。

「御者にもベッドを用意していただきたいの」彼女にそっくりの、穏やかな、ちょっとハスキーな声が話を続けた。彼は自分の意志とは関係なく、ロビーに向かって歩いていった。それが彼女でないことは、常識で考えればわかっていた。彼女は、数百マイル離れた土地で暮らしているのだ。それでも、まるでのどが渇いた男がオアシスに引き寄せられるように、彼は声のするほうへと歩いていった。

「彼のためのベッドは、家畜小屋にご用意できますわ」デリアの声が聞こえる。「こちらの馬小屋は、セント・アイヴィスでも最高の馬小屋なんですよ」

「ミスター・バクスターが所有している宿ですもの、驚きはしませんわ」

イーサンは廊下を曲がって、戸口で足をとめた。デリアがまゆを上げるのがちらっと見える。驚いたように彼女がたずねる声がした。「イーサンをご存じなのですか、奥さま？」だが、彼の視線はもうひとりの女性に釘付けになっていた。

彼の立っている位置からは、横顔の一部しか見えなかった。上半分はボンネットのつばで隠れている。だが、ちらりと見えたハチミツ色の髪に、あごの線と唇の形に、彼の胸は高鳴った。口もとにあるかすかなくぼみが、彼女が笑うとえくぼとなるのが目に見えるようだった。

彼女は大きくうなずいた。「ええ、知り合いなのよ」彼女は穏やかな口調で言った。「すくなくとも、ずっと昔、知り合いだった……」

彼女の言葉は途中で途切れ、彼女の動きが完全に止まったように見えた――そのとき、彼の心臓がいきなり大きな音で鳴りだした。まるで、遠く離れた場所から、十年の歳月を一気に駆け抜けてきたかのように。それから、まるで彼の熱い視線を感じたように、彼女はゆっくりと彼のほうに顔を向けた。二度と、見ることはできないと思っていた瞳を、自分が見つめていることに彼は気づいた。海を思わせるような美しいブルーの瞳。思い出せないくらい長いあいだ、昼も夜も、彼を悩ませつづけてきたあの瞳。

キャシー……

彼女の名が、イーサンの頭のなかで鳴り響き、喉まで出かかったが、声が出なかった。彼はただ黙って彼女を見つめていた。

カサンドラの顔は一瞬青ざめたが、すぐに、信じられないといった表情で見つめている彼の前で、彼女はほおを赤らめた。しばらくのあいだ、彼の耳に聞こえてくるのは、自分の高鳴る心臓の音だけだった。やがて、いつも夢のなかで聞いている、あの穏やかな声がした。沈黙を破って、彼女が口を開いた。

「こんにちは、イーサン」

2

こんにちは、イーサン。

その短いひとことで、一気に過去にさかのぼって、イーサンはふたたびあのころと同じ、彼女の実家の馬小屋で働いていた少年に戻っていた。日課のように、彼女が馬に乗りにやって来て、真っ黒な雲ですら振りはらうようなえくぼの笑顔で彼に話しかけてくれるのを待っていた日々。そして、いつもの台詞。こんにちは、イーサン。

こんにちは、キャシー。口をついて出そうになる言葉を、彼は歯を食いしばって押しとどめた。彼女は、もはや幼なじみのキャシーではない。親友のように親しく長い時間をともに過ごした、内気で、ぎこちなかった少女は、いつの間にか美しい女性となって、いまは、伯爵夫人、レディ・ウエストモアとなっている。

だがいまでも、彼女はやはり美しい。大きなブルーの瞳に鼻筋が通った形のよい鼻、弓のような形の唇。まるで、神が、彼女を創るときだけ、特別に手をかけたような美しさだ。だが、よくよく彼女の顔を見つめると、かすかな変化に気がついた。その瞳からは、以前の輝きは失われ、口もとには緊張がみなぎり、昔はまん丸だったほおがすっかりこけている。かつて彼が知っていた、いつも声をあげて笑っていたおてんば娘の面影は、目の前の女性にはなかった。なにがこの変化をもたらしたのだろうか、と彼はふと考えた。

そのとき、彼女の着ている服に気づいて、彼は驚いた。頭の先からつま先まで彼女をおおい隠す真っ黒な服。喪服だ。だが、誰が死んだのだろう? 彼女の母親、それとも父親? それはありえない。パリッシュ卿とレディ・パリッシュの館は、セント・アイヴィスから二時間しか離れていない距離にある。もしどちらかが亡くなったのなら、その噂はきっと彼の耳にも聞こえてくるはずだ。残るは彼女の夫だけだ。

不謹慎なことに、彼女が未亡人になったという事実に、彼は一瞬心を躍らせた。だがすぐに現実に引き戻されて、胸に激しい痛みを覚える。彼女に夫がいようが、いまいが、なにも違いはないのだ。いまも、そして十年前も。そしてこれからも。彼女との身分の違いは大きすぎて、考えると馬鹿馬鹿しくなるほどだ。プラトニックな関係で満足していられた子どものころ、そして十代のころはもうずっと過去の話だ。彼の感情が、たんなる彼女に対する友情を越えてしまったのは、彼ひとりで耐えなければならない痛みなのだ。彼女はそれ以上の関係を望んでいるそぶりをまったく見せなかったのだから――ふたりのあいだの限界については、疑問の余地もなかった。馬丁の息子と伯爵令嬢? そんなことが、あるわけがない。

それでもイーサンは、愚かしいとわかっていながら、けっして手に入らない女性に惹かれている自分の気持ちを押しとどめることができなかった。

現実の胸の痛みは、同時に怒りを呼び起こした——けっして過去を忘れられない、彼女を思いきれない自分に対する怒り。この無駄な思いを棄てきれない自分への苛立ち。そして彼女に対する怒りも感じた。こんなふうにいきなり目の前に現われたことに。あれから何年もたっているにもかかわらず、いまでも、そこに立っているだけで彼の世界が傾いてしまうような力を持っていることに。

あのころ、彼は自分の想いをおもてに出さないように必死に努力した。それにもかかわらず、心の底では、彼の気持ちに気づいてくれない彼女に不条理な怒りを覚えていた。全身の毛穴から光を発するように彼女に恋をしているのは明らかなのに、なぜ彼女はそれに気づかないのか？　明らかに、彼は優秀な役者であり嘘つきなのだ。むろん、最後の年の彼女は、社交界デビューの準備に心を奪われていたし、その後は結婚式のことで……

彼女の咳払いで、彼ははっと我に返った。自分が言葉を失い、どれくらいのあいだ呆然として彼女を見つめていたのだろうと思った。

「レディ・ウエストモア」その言葉は、ナイフのように彼の胸に突き刺さった。「黙りこんでしまって、失礼いたしました。またお目にかかれて、驚いてしまったものですから」

判読しがたいなにかが、彼女の瞳に一瞬浮かんだが、すぐに、彼女は安堵の表情を浮かべた。まさか、彼が彼女を忘れるはずがないではないか。おかしくもないのに、のどもとに笑いがこみ上げてきた。まったく、どれだけ彼女を忘れようと必死に努力したか、彼女に教えてやりたいほどだ。

カサンドラは、まるで強盗団がドアから飛びこんで来るとでも思っているかのように、小ぶりのハンドバッグを腹のあたりで握りしめた。「いやな驚きでなければ、いいけれど」

「もちろん、そんなはずはありません」それが本心から出た言葉なのか疑問を抱きつつ、彼は答えた。

「本当に、何年ぶりかしら」

十年と二カ月と十四日だ。

「そうですね」自分の声が、まるで十年間一度も発したことがないかのようにかすれているのがわかる。

カサンドラは、彼の顔を探るように見つめた。「お元気だったかしら……?」彼女の言葉がしだいに先細りになったのは、左のほおについた歪んだ傷痕が目に入ったせいだとすぐに気づいた。傷を負うまえもハンサムとは言いがたかったが、その傷は、彼が愚かしくもそれまで抱いていたうぬぼれを一気に消し去ってしまった。その傷は、昔の出来事を、彼に毎日思い出させる。彼女の目に浮かんだショックと同情の色を見て、彼は歯を食いしばった。彼女に哀れんではもらいたくない。それだけは、耐えられない。

彼女の視線が数秒間、傷痕に留まったあと、服へ、ブーツへと降りていくのを眺めながら、彼はうめき声が出そうになるのを必死でこらえた。この状況を何度、夢に見てきたことだろう？　彼女がこの宿にやって来る。もしくは、どこかで偶然再会する。数百回か？　いや、数千回にはなるだろう。にもかかわらず、その夢想のなかで、彼はいつだって清潔で、身なりもよく、礼儀正しかった――それなのに実際は、汚い服で、汗と馬の匂いを発し、言葉を失っているとは。

両手を握りしめ、イーサンは彼女の視線に耐えながら、自分がどんな服装をしていようが、どんな匂いだろうが関係ないのだと自分に言い聞かせた。彼は、いつまでたっても同じなのだ。昔からそうなのだ――平民、労働階級の男だ。

ふたたび彼女と目が合ったとき、彼は嘘をついた。「ずっと元気でおりました。ところで、あなたは？」

「わたしも……なんとかね」手袋をした片手で黒のドレスに触れると、彼女の下唇がかすかに震えた。「ウエストモアは死にましたの。二カ月前に」

イーサンはウエストモア伯爵を憎みたかったし、おそらく、ある意味憎んでいたと思う――完璧な美しい顔だちの、爵位と財産を持ったあの男は、イーサンがなによりも愛し、欲しかったものを手に入れたのだから。

キャシー。

だが、彼女が受けるにふさわしいものをすべて与えた男を、憎むことができるだろうか？

煌《きら》めくような舞踏会や美しいドレス。伯爵夫人としての地位や財産、社会的地位。なにひとつ不自由のない幸せな生活。彼女は、明らかに夫の死を悼《いた》んでいる。そのことで、彼は胸が痛んだ。

「ご愁傷《しゅうしょう》様です」

彼女は儀礼的にうなずいた。「ランズ・エンドのゲーツヘッド・マナーに戻る途中なのよ」

「ご両親を訪ねられるのですか？　それとも、ずっと、ずっとそこに？」

彼女は一瞬ためらったあと、答えた。「ずっと、あそこで暮らすことになるわ」

あごがぴりぴりするような感覚を覚えた。これから彼女は、ほんの二時間の距離にいるのだ。

どうしたらいいのだろうか。

「今日このまま、お屋敷に向かわれるのではないのですか？」彼はたずねた。突如、彼女にどうしてもこの場から立ち去ってほしいという衝動に駆られたからだ。自分が後悔するようなことを言ったりしたりするまえに。「このいいお天気は、そう長くは続かないかもしれませんよ」きみがこの宿に、ぼくの家にいるなんて、拷問なのだ。けっして触れてはならないのに、触れられる距離にいるということが。

カサンドラは首を振った。「家に帰るまえに、長旅の疲れを癒す休息が必要なの」目に見えないほどの、かすかな笑みを口もとに浮かべる。「もう一瞬たりとも、あの馬車に乗っていたら気が狂ってしまいそうなの」

その気持ちはわからないではないが、彼の宿で泊まるのは計画的か、それとも偶然なのか？　偶然のはずはないが、だとしたら、なぜ彼女は〈ブルー・シーズ・イン〉にやって来たのだ？　まさか、旧交を温めようというわけではないだろう？

愚かなことに有頂天になると同時に、かぎりなくパニックに近い感情が一気に押し寄せてきた。ほんの一瞬、正気を失ったかのように、ふたたび彼女と友人に戻り、ともに笑い、哀しみを分かちあうさまを思い浮かべ、数年来感じたことのなかった幸福感を覚えた。だが、すぐにその一瞬の高揚感に大きな恐怖がとってかわった。

いまさら、友人になどなれない。彼女を目の前にして、想いを隠し通すことなど不可能だ。あのころ、それができたのは、彼女がまだ無垢な少女だったからだ。十年の結婚生活を経て、十歳大人になった彼女は、当然、彼の報われない想いに気づくだろう。心優しい彼女は、それをあざけりはしないだろうが、同情などまっぴらだ。この傷痕のせいで、彼女に哀れみの目で見られただけでも傷ついているというのに。

彼女は、なにをしにここにきたのか？　満ち足りた生活と、すばらしい亭主の話を彼に聞かせるためか？　そんな彼女の人生を羨んだりはしないものの、昔と違って、その話を聞かされるという罰を甘んじて受けるつもりはなかった。

突然、暑すぎる気がしてきた部屋のなかで、気まずい沈黙が続いた。なぜ、必要なときに言葉が出てこないのだ？　すくなくとも、この場にふさわしい言葉が必要なのに。いま、口をついて出そうな言葉を、ここで発するわけにはいかなかった。出て行け！　それどころか、もっと悪いことに、会いたかったなどとは。

「ご家族は……お元気なの、イーサン？」彼女はたずねた。

「家族？」彼は、困惑して逆に聞き返した。父が死んだことは、とうぜん彼女も覚えているはずだ。墓の前で、彼女は隣に立っていたのだから。「わたしに、家族はいませんよ」カサンドラのうしろで人が動くのが目に入り、彼はデリアに目を留めた。彼女がそこにいることさえ、すっかり忘れていたのだ。こちらを見つめる暗い目に気づき、彼は我に返ってようやく彼女に笑いかけた。それから、カサンドラに向かって言った。「ですが、ここ〈ブルー・シーズ・イン〉にいる友人たちのおかげで、家族がいるような気分にはなりますが」

ふたたび、カサンドラの目に複雑な表情がよぎった。彼女はなにか言いかけたが、そのとき玄関のドアが開き、外で見かけた、明らかにメイドと思われる若い女性と、旅行カバンをふたつ提《さ》げた御者が入ってきた。カサンドラはふたりを簡単に紹介すると、デリアの手から真鍮《しんちゅう》の鍵をふたつ受けとった。

「お部屋は、階段を上がってすぐの五号室と六号室です」デリアはいつものてきぱきとした口調で言った。「お夕食は、ダイニングルームで七時からになります。カバンをお持ちしましょうか？」

「わたしが運びますよ」ミスター・ワットリーが言った。

「お夕食のときは、あなたもいらっしゃるの、イーサン？」そうたずねるカサンドラの大きなブルーの瞳に、彼はまたしても釘付けになった。

「夕食？」

彼女は片方のまゆを上げた。「ええ、七時からダイニングルームで饗《きょう》される」

彼は目をしばたき、ようやく彼女にからかわれていることに気づいた。まるで、昔よく彼女がやったように。まったく、これではまるで……あのころに戻ったようじゃないか。だがそれは、けっして愉快な体験ではなかった。イーサンは腕組みをして無愛想に答えた。「わたしも、食事はしなければなりませんからね」

彼女は不安そうな表情を見せたが、やがて言った。「よかったわ。では、七時にまた」

ミスター・ワットリーを先頭にカサンドラとメイドは階段を上がっていった。やがて姿が見えなくなり、かすかな話し声だけが聞こえてきた。

イーサンは深く慎重に息を吸った。今夜、彼女といっしょに食事をとるのだ。彼女は、この屋根の下で眠るのだ。この胸の高鳴りが、上機嫌になっているせいか、それとも不安からくるものか、彼にはわからなかった。おそらく、その両方が入り交じっているのだろう。

ほんの一晩のことだ。これだけ長いあいだ、自分の感情を押し隠してきたのだから、抑制してきたのだから、あとほんの二十四時間、それに耐えられないことはないだろう。

そのときさえ過ぎれば、そのあと彼女は十年前と同じように、さようならと言って去っていくのだ。

イーサンは、彼女がここにいることに、自分がどうすれば耐えられるのかわからなかった。そして、ふたたび彼女が去っていく姿を見ることに、絶対に耐えられるとは思えなかった。

3

カサンドラは、小ぎれいなダークブルーのベッドカバーに指を這わせながら、ゆっくりとせまい寝室を歩きまわった。オーク材のナイトテーブル、ワードローブ、平ダンスに洗面台はどれも使い易《やす》そうで、よけいな装飾は施されていないが、家具もマントルピースも磨き抜かれていることに、しっかりと目を留めた。壁は、飾りのないシンプルなベージュ色で、その淡い色のせいで小さな部屋が広く見える。プレーンなブルーのカーテンがかかっている窓は開いていて、温かい潮風が漂ってくる。この部屋のどこを見ても、ここの所有者がイーサンであることはひとめでわかる――がっしりとしていて、機能的で、小ぎれいで、よけいな装飾はいっさいいない。

イーサン……彼女は目を閉じると、長く深い息をついた。彼の姿をひさしぶりに目にし、彼の声を聞くことで、多くの思い出が蘇ってきて言葉を失いそうになる。どこで会っても、彼の姿を見まごうことなどないにせよ、彼が、すっかり変わってしまったことは否定できなかった。肉体的には、より大きく、たくましく、筋肉質になった。体にぴったりした彼の乗馬用ズボンからのぞくたくましい太腿や汚れたシャツの下の筋肉に、思わず見とれてしまいそうだった。乱れた服装は、彼の男としての魅力を損なうものではなかった。

かつて短すぎるほど刈りこまれていた黒檀色《こくたん》の髪も、いまは襟につくほど長く伸ばしていて、指で撫でつけたような艶のあるウェーブがかかった黒髪に触れたいという衝動を、彼女は両腕を腹に押しつけて必死にこらえた。

それに彼の瞳……底知れない深みをたたえたあの焦げ茶色の瞳は、かつては人をからかうように笑いながらきらきらと光っていた。あのきらめくような瞳も、すっかり変わってしまった。以前の温かみはなく、その裏には秘めた苦悩が隠されていた。

彼の傷痕に、彼女はショックを受けた。なぜ、あんな傷を負ったのだろうか？　そのために彼はひどい苦痛を味わったに違いない。そのことを、彼女は知らなかった。そばにいて、彼を慰《なぐさ》め、救ってやることができなかった。いつも彼がそばにいて、彼女を慰め、助けてくれたように。だが、イーサンはもはや、慰めが必要な男性には見えなかった。いまの彼は、まるで要塞《ようさい》のようだ。暗く、厳格で、けっしてそのなかに入りこむことはできない。禁制の場所。

ようやく、彼女は質問の答えを手に入れた。彼は、ここにいるのだろうか？　イエス。彼は、ここにいた。そして今日という一日、ふたりの人生はふたたび交わる。彼女は、この一日を有効に使うつもりだった。今夜、彼といっしょに食事をしながら、互いのこれまでについて語りあい、この十年間ずっと抱きつづけてきた疑問の答えを得るのだ。

それよりもまえに、彼に会うことになれば話は別だが。

そう、いまがなにより重要なのだ。

洗面台を使って身支度をととのえると、カサンドラは乗馬服に着替えて階段を降りていった。ダイニングルームに入ると、ミセス・ティルドンが記入していた帳簿から目を上げた。

「乗馬にいらっしゃるのですか、奥さま?」彼女はカサンドラの服装をちらっと見るとたずねた。

「もし、馬をお借りできるのなら。もしだめなら、散歩だけでも充分だわ」カサンドラは彼女にほほえみかけた。「ずっと馬車に乗りっぱなしだったのですもの、外の空気が恋しくて」

「出てすぐのところに馬小屋がございますから、イーサンが馬にサドルをつけてくれるはずですわ」

それこそまさに、カサンドラが待ち望んでいた台詞だった。「ありがとう」

彼女はドアに向かった。ひとりで馬に乗ろうとする彼女の本当の目的にミセス・ティルドンに気づかれるまえに、ここから逃げだしたかった。だがドアを出るまえに、彼女が話しかけてきた。「奥さま……」

カサンドラは一瞬間を置いてから、振り返って彼女を見た。ミセス・ティルドンは魂の奥までのぞきこむような目で彼女を見ていた。それは、間違いなく人を落ちつかない気分にさせる視線だ。彼女が魅力的な女性だということに、カサンドラは気がついた。おそらく歳は三十前。茶色の髪に賢そうな黒い目をしていて、グレーのドレスの上にエプロンをつけていても、体つきがほっそりしているのはわかった。

カサンドラは答えた。「なにかしら、ミセス・ティルドン?」

「さっき、イーサンとの会話が聞こえてきてしまったもので。ご主人が亡くなられたという話。わたしも、主人のジョンを二年前に亡くしましたの。あの痛みは、けっして消えるものではありませんわ。心から、お悔やみを申しあげます」

あの痛みは、けっして消えるものではありませんわ。ええ、たしかにそうだわ。「ありがとう。わたしからも、あなたのご主人のこと、お悔やみ申しあげますわ」

ミセス・ティルドンは感謝するようにうなずいた。「イーサンとは、昔からの知り合いとおっしゃいましたよね……?」

尻つぼみの質問は、明らかにもっと訊きたいことがあるという証拠だった。カサンドラには、それを拒む理由が見つからなかった。「彼は、ランズ・エンドの家の馬小屋で働いていたのよ」

「ゲーツヘッド・マナーですか?」

「ええ、彼から聞いているでしょう?」

「あそこで働いていたとは。それどころか、あのお屋敷で育ったと言っていました」

「ええ、そうよ。彼のお父さまが馬丁《ばてい》長として雇われたとき、彼はまだ六歳だったのですもの。ふたりは敷地内にあった馬小屋の二階に住んでいたの」

「馬の扱いがとても上手ですもの、イーサンは」

カサンドラは、思わず笑みを浮かべた。「昔からそうだったわ。少年のときから。彼のお父さまも、同じように馬の扱いがうまかったの」

ミセス・ティルドンはまたもやうなずいたが、カサンドラの瞳から目をそらさなかった。

「彼は、イーサンは本当にすばらしい人ですわ」

ミセス・ティルドンの口調やその真剣な表情に含まれるなにかが、カサンドラの動きを止めた。彼女は、わたしの彼とは言わなかったものの、その言葉がふたりのあいだにぶら下がっているかに思えた。彼女がたんに自分を観察しているだけではないことに、カサンドラは気がついた。彼女は、目立たないように——いや、もしかしたら、それほど目立たないようにではないかもしれないが——所有権を主張しているのだ。

自分の態度のなにが、彼女に権利の主張が必要だと思わせたのだろうとカサンドラは考えたが、彼女も同じ過ちを犯すつもりはなかった。

ウエストモア伯爵家に代々伝わる誇り高い態度で、カサンドラはつんとあごを突きだし、相手の目をじっと見つめて言った。「本当に、いい人よね。では、また後ほど、ミセス・ティルドン」彼女はきびすを返し、背中に突き刺さるような視線を無視して宿から出た。

だが、胃のむかつきを抑えることはできなかった。ミセス・ティルドンが、イーサンの所有権を主張したくなるようなことをなにか、自分は言っただろうか？　なにか、態度に出ていたのか？　それとも、たんに彼女は〈ブルー・シーズ・イン〉に来るすべての女性客に焼きもちを焼くタイプの女性なのか？　彼女とイーサンのあいだにはなにかあるのか？　それとも、ミセス・ティルドンはたんなる友人として心配しているだけなのだろうか？　もしかすると、自分がただ彼女の口調を聞き違えて、言葉を誤解しているだけかもしれない。

彼女は家畜小屋までの短い距離を進むと、開けっ放しの両開きのドアを抜けた。室内の暗さに目を慣らすために、数回まばたきをくりかえす。小屋のなかの空気は冷たく、さわやかな干し草と革と土臭い馬の強い匂いがした。暗い室内に射しこむ黄金色の日射しの帯のなかで、ほこりが舞うのが見える。

馬小屋は広々としていて、きちんとかたづいていた。イーサンの馬小屋なのだから、当然だ。彼は、昔から自分の仕事に大きなプライドを持っていたし、彼ほど馬と相性の良い人間に、カサンドラはいまだかつて会ったことがなかった。本当に、彼はすべての動物を愛しているのだ。

まるで、彼のことを考えたのがイーサンを呼びだす呪文となったかのように、馬具室に続いているわきの戸口から、彼が姿を現わした。大きな黒い犬が、その横にぴたりとついている。彼女の姿を見た瞬間、イーサンはその場で足をとめたが、犬は尻尾《しっぽ》を振りながら、舌を出してまっすぐ彼女に近づいてきた。

カサンドラは、不安になるほど激しくこちらを見つめているイーサンから目を無理やり引きはがし、近づいてくる犬に視線を移した。尻尾の先だけ白いのを見て、彼女はその正体に気づいて目を丸くした。

その場にかがみこみ、犬の耳のうしろを掻いてやる。それから、あいかわらず同じ場所に立ちつくしているイーサンを見上げてたずねた。「この子……まさか、あのTCなの？」

自分の名前を呼ばれた犬は、質問に答えるかのように、太い声で吠えた。それから、自分の尻尾を追ってその場でくるくるとまわりだした。彼のいちばん得意な芸。そこから、彼の名前がついたのだ――TCは〝尻尾を追うもの《テイル・チェイサー》〟の略だった。

犬の滑稽なしぐさを見て、思わず、カサンドラは声をあげて笑った。そのことに、彼女自身が驚いた。もう長いこと、こんなふうに思いきり笑うなどということはなかったからだ。笑いたくなる理由もなかった。TCは、ようやく雪のような尻尾の先に追いつくと、満足げにそれを口から放し、今度はその場に仰向けになって、腹を撫でてくれとばかりにさらけ出した――これが、彼の次に得意な芸なのだ。

「最後に会ったときは、まだちっちゃな子犬だったのに」カサンドラがくすくす笑いながら、犬の厚い毛皮に指を這わせると、TCはうれしがって身をよじった。「なんて大きな、ハンサム・ボーイに成長したのかしら」

ブーツでざらざらした木製の床を踏みしめながら、イーサンがカサンドラの真横に来た。洗いたての石けんの香りが漂ってきたので、彼女が目を上げると、すっかりすり減った黒のブーツが目に入った——明らかに、長年使いこんだお気に入りらしい。洗濯したての淡黄褐色の乗馬用ズボンから、長く、たくましい脚がのぞいていて、彼女の心を乱した。彼女は無理やり視線を上げ、雪のような真っ白なシャツに目をやった。さりげなく胸もとが開いていて、まくり上げた袖からは、黒い毛が目立つ陽に焼けたがっしりとした前腕が見えた。

彼女は、黒檀色の瞳を見つめている自分に気づいた。不可解な表情を浮かべたその瞳に見つめられるだけで、彼女はその場から動けなくなった。底知れない瞳を懐かしく思うと同時に、それはまた見ず知らずの他人のものだった。この角度から見ると、彼はとんでもなく背が高く、信じられないほどたくましかった。

体が自然と熱くなった。彼女が立ち上がろうと思いかけたとき、突然、彼がその場にしゃがみこんだ。彼にもはや見下ろされていないという安堵感が広がったと同時に、彼が、その大きな体の体温が感じられるほどすぐそばにいるというだけで、彼女は落ちつかない気分に襲われた。腕を伸ばせば届くほど間近にある彼の顔は、あいかわらず陰になっていて、ほおの傷痕がかすかに見えるだけだった。

しばらくのあいだ、ふたりは見つめあった。彼女の手は、まだTCの温かい体に触れている。まるで、室内からすべての空気が吸い取られてしまったかのようだ。話題を探して頭を必死にはたらかせたが、どうも彼女は言葉の発しかたすら忘れてしまったらしい。呼吸の仕方すらわからない。

「どうやらTCはきみのことを覚えていたようだ」ようやく、イーサンが口を開いた。

彼女は答えるまえに、息を吸わねばならなかった。「そうかしら」自分の声が、内心の葛藤とは裏腹に息切れしているように聞こえなかったことに、彼女は満足した。「撫でてくれそうな人に対しては、誰にでもこうやってお腹を見せるんでしょう」

「きみのほうは、明らかにTCを覚えているわけだ」彼は冷たい口調で言った。彼は犬に目を移し、犬のたくましい脇腹を撫でた。「キャシーのことは覚えているよな、TC？　おまえがハンカチを盗んだ彼女だよ。それに、湖に引きずりこんだあの女性だ」

キャシー。その懐かしい呼び名が、彼女のなかでこだまする。突然、数々の思い出が蘇ってきた。イーサンもあのころのことを覚えていたという事実が、彼女を安心させ、そのことで、彼から近寄りがたさがほんの少しだけ薄れた気がした。

尊大な態度を装って、彼女はイーサンに告げた。「TCに湖に引きずりこまれたわけじゃないわ。自分から入ろうと思ったんですもの」

「靴を履いたまま？　そうじゃないだろう。おれの記憶が正しければ、きみはTCにドレスの裾を噛まれて、水のなかに引きずりこまれたんだよ」

「そうね。でもそれは、あなたが手こぎボートに乗って、湖の真ん中から彼を呼んだせいだわ。〝おいで、TC！　キャシーをここに連れて来い！〟って」

イーサンはちらっと彼女のほうを見た。一瞬、彼は記憶のなかにいるいたずらっ子の少年に戻った。「そんなことをした覚えはないなあ」しごくまじめな表情で、彼は答えた。「誰か、ほかのやつと勘違いしているんじゃないか？」

彼女が反論するまえに、ふたりの指がかすかに触れあった。カサンドラの腕を熱が駆けあがる。彼女は手をとめ、うつむいた。すぐそばにあるイーサンの大きな手を、彼女はうっとりと見つめた。たくましく、器用な手。陽に焼けて浅黒いその手に比べると、色白で小さな自分の手がとても頼りなく、役立たずに思えた。

ふたりのあいだに沈黙が流れる。ふたたび、カサンドラはなにか言うことを探した。彼女がもう一度顔を上げ、彼と目を合わせたとき、言葉は、口をついて自然に出てきた。

「キャシーなんて呼ばれたのは、あなたに最後に会って以来だわ。わたしのことをそう呼ぶのは、あなただけだったんだもの」

彼の表情がとたんに曇る。「失礼。こんなこと、言うべきでは――」

「いいえ、いいのよ。呼んでくれていいの。どれほどわたしが喜んでいるか、あなたにはわからないでしょうけど。ただね……」彼女は言葉を濁《にご》してうつむいた。

「ただ、なに？」

彼女は深く息を吸いこみ、ふたたび彼の瞳を見つめた。「彼女が、いまどうしているか、わからないの。あなたがキャシーって呼んでいたあの女の子が」

「彼女は目の前にいるよ。おれの道化者の犬を撫でている」

カサンドラは首を振った。「ずいぶん長いこと、彼女のことを見かけてないの。だけど、彼女が完全に消えてしまうまえに、もう一度会いたいわ」

彼はまゆを寄せた。「どういう意味だい？」

「いえ、ただ……もうわたしは、昔のわたしではないってことよ、イーサン。あなたは、十年前と同じひと？」

彼は片手を上げ、指で左のほおをなぞった。「そうでないことは、見ればわかるはずだ」

「なにがあったのか、その傷のことを聞かせてくれないかしら。それから、いままでの人生であったことを」彼女は勇気をふりしぼって、彼の瞳を見つめつづけた。「いっしょに、今日いちにちを過ごしましょうよ。このすばらしい夏の日を、明日、ここを去らなければならなくなるまでの時間を、いっしょに過ごしたいの。浜辺を散歩して、ゲーツヘッド・マナーの思い出を話して。この十年間、お互いにあったことを語りあうの」彼女は、不安そうな笑みを浮かべた。「あなたがふるさとに決めたこの美しい町を、いろいろ観てまわりたいの。いっしょに、今日いちにち過ごしてくれない、イーサン？」

しばらくのあいだ、彼は不可解な表情で彼女を見つめていたが、やがてその瞳が怒りに燃えた。いらだったようにさっと立ち上がると、彼はまるで彼女のそばにいるのが耐えられないとでもいうように、数フィート先まで移動した。彼女に背を向けたまま、立ち止まる。いからせた肩を見るだけで、その緊張感が目に見えるようだった。

気落ちしながら、自分が過ちを犯したことに彼女は気づいた。明らかに、イーサンは彼女といっしょに時間を過ごす気などないのだ。何年も会っていなかった相手と、過去を語りあうつもりはない。なぜか彼女は、彼が、自分の頼みを聞いてくれるものだと思いこんでいた。拒絶されるとは思わなかった。愚かにも、彼女はその痛みに耐える心の準備をしていなかった。

恥ずかしさのあまり、全身がちくちくする感覚に襲われた。できるかぎりの威厳を保って、このまま部屋に戻ろうと、彼女は立ち上がった。だが、最初の一歩を踏みだすまえに、彼が振り返り、怒りのこもった目でにらみつけたので、彼女はその場で足を止めた。そのまま視線をそらさずに、彼はゆっくりと近づいてきた。カサンドラは、本能的に数歩しりぞいたが、やがて両肩が壁にあたって、逃げ場を失った。彼はそれでも近づいてきて、ついには手を伸ばせば届く距離までやって来た。

「きみはどうせ、すばらしい人生を送っていたんだろう」彼は低い声で、激しい調子で言った。「なぜ、おれのつまらない暮らしなどに興味を持つ？」

彼女は身動きできなかった。見まがいようのない憎悪に燃えた瞳をじっとのぞきこんだ。だが、そうするうちに、彼女のなかにも怒りと怨みが燃え上がってきた。そのため、彼女はきっとあごを上げ、彼の顔をにらみかえした。

「すばらしい人生ですって？」彼女は苦々しい調子で言い返した。「最後に会ってから、わたしがどんな暮らしをしていたか、あなたはなにも知らないわ」

口もとを歪め、彼は前かがみになって手を伸ばし、彼女の逃げ道をふさぐように両手を彼女の顔の両脇の壁についた。カサンドラは息を飲んだ。頭のなかが、彼の香りでいっぱいになった。洗いたての石けんの匂いと、それがなにかはっきりとは言い当てられないが、彼女の心臓を高鳴らせる熱のこもった男っぽい匂いが。それとも、この胸の高鳴りは、彼がすぐそばにいるせいなのか？

「おれは、あのころのおれではないよ、キャシー」彼が優しい声で言った。温かい吐息が、彼女の唇にかかる。「もし、いっしょに今日いちにちを過ごすのなら、互いにあとで後悔するようなことをしでかさないという保証はできない」

「たとえば、どんなこと？」

炎のように燃えていた瞳に陰りが見えた。彼は、彼女の唇をじっと見つめる。鋭い視線に、唇がちくちくするような気さえしたが、考えがまとまるまえに、彼の唇が彼女の唇を奪った。それは熱く、激しいキスで、情熱と、抑えつけられた衝動と、邪悪な欲望の味がした。

彼女は全身がかっと熱くなり、ひざの力が抜けそうになったが、キスをしたときと同じ唐突さで、彼はいきなり唇を離し、煙が出そうなほどぎらぎら燃える瞳で、彼女を見据えた。

ああ、どうしよう。ショックのせいで、彼女は動けなくなった。唯一動いているのは心臓だけで、その激しい動悸《どうき》が耳のなかにこだまする。これまで一度も、こんな目で男性に見られたことはなかった。まるで飢えに苦しむ男性が、ご馳走を前にしたような目で。まるで、彼女をむさぼり尽くしたいと思っているような目で。すくなくとも、夫に、こんな表情をさせたことは一度もなかった。

「こんなふうにだ」彼はハスキーな声でうなった。

こんなふうに……。でも、彼はこれを互いに後悔するようなことだと思っているのだ。もしかしたら、彼は後悔しているのかもしれないが、彼女は違った。後悔すべきだということは、わかっている。だがそれでも、こんなに挑戦的で熱っぽい、邪悪なまでに刺激的な体験を、どうしたら後悔することができるのだ？　もう長いこと空しさ以外はなにひとつ感じたことがないというのに？

「昔とは違うんだ」彼は優しく言った。

彼の発言の意味に気づき、カサンドラはほおを赤らめた。結婚する直前に、彼女はイーサンにキスしてくれとせがんだのだ。ようやくウエストモア伯爵がキスをしてくれたとき、それは、彼女が夢見ていたようなときめく体験ではなかった。それどころか、期待はずれの体験だった。そこでイーサンに、比較のためにキスをせがんだところ、彼は怒って、最初はそれを拒否した。だが彼女のしつこい求めに応じ、彼はついに折れ、軽く彼女に口づけした。

それはほんの一瞬の出来事だったが、彼女は雷に打たれたような衝撃を感じた——それは、ウエストモア伯爵とのキスからは絶対に得られなかった反応だった。彼女は、どうしてももう一度イーサンにキスをしてほしかったが、それを頼む勇気を奮い起こすことはできなかった。自分の激しい反応に、彼女の心は激しく揺れた。イーサンは、さっと身を引くと、軽い冗談を口にして、そのことはその後、けっしてふたりの口にのぼることはなかった。二日後、彼は短い置き手紙を残して屋敷から出ていった。

そしていま、彼女は、彼の体が緊張で固くなっているのを感じていた。彼が、もう一度彼女にキスをしたいと思っているのは間違いない。そして、彼女もそれを求めていた。あのときと同じように。あのとき、彼も同じように思っていたなどということが、ありうるのだろうか？　いまとは違って、その想いを押し殺していたということか？

彼女は生唾を飲みこんでから、震える声で同意した。「そうね、昔とは違うわ」

「それでも、おれと散歩をしたいのかい、キャシー？」

彼の口調は挑戦的だった。その目は、言えるものならイエスと言ってみろと語りかけてくる。そのとき、彼が真実を語っていることに彼女は気づいた——彼は、たしかにあのころの彼とは違うのだ。

だが、彼女も、もうあのころの娘とは違う。

「ええ、イーサン。それでも、あなたといっしょに散歩に行きたいのよ」

4

TCを先頭に、イーサンはカサンドラとならんで浜辺へと続く雑木林のなかの小道を歩いていった。先ほどのキスの記憶を必死で忘れようと奮闘しながら。だがそれは、波を箒《ほうき》で押し返そうとするのと同じ、無駄な努力でしかなかった。

彼のなかのある部分は、ほんの数分間彼女といっしょにいるだけで、あのように我を忘れた自分に腹の底から苛立っていた。怒りと憎しみに負けてしまった自分に。だが、別の部分では、長いあいだ押し殺してきた欲望をついに満たした自分に満足していた。だが、また別の部分では、そんなことをした自分を罵っている。なぜなら、キスは彼の欲望を満たすどころか、かえって一瞬、あの唇を味わったことで、内に秘めた欲望がますます増してしまったからだ。それは、十年前に起こったことと同じだった。

あの夏の日、馬小屋で交わした軽いキスの思い出が、頭のなかに蘇る。それは、まるで十年前の出来事ではなく、ついさっきあったことのようにしっかりと記憶に残っていた。あの一瞬に、彼は彼女の味を確かめた。それは天国の味だった。そしてもう二度と、彼女の唇が、自分が想像していたようにみずみずしく柔らかいかどうか、思い悩む必要がなくなった。実際、彼女の唇は想像どおりだった。

キスをしてくれという彼女の願いは、彼を驚かせた。そして怒らせた——なぜなら彼女が、ただあの婚約者のキスと比べたがっているだけだとよくわかっていたからだ。だが最後には、彼女にあらがうことはできなかった。そして、彼自身にも。そうして自分がもう二度と手に入れられないその味を経験したあと、彼は、息をするより激しく、もう一度彼女にキスしたいと願った。

そして十年後、彼は自分の馬小屋でふたたび彼女にキスをして、同じ思いにとらわれていた。

彼女に、横っ面をひっぱたかれたほうがまだましだった。彼女が、怒り狂って馬小屋から飛びだしてくれればよかったのだ。彼女がそうすることを、彼は望んだ。だがそのかわりに、彼女はショックを受けた顔をして、彼を自己嫌悪に陥らせた。一歩も引かず、彼の挑戦を受けて立った彼女に感嘆はしたけれど、それでもなお、互いのために、彼女がさっさと出て行ってくれればよかったと考えていた。だが、そんなことにはならないと彼は知っていたはずだ。彼のキャシーは、昔からけっして臆病者ではなかったのだから。

おれのキャシー。それは、頭のなかから追い出さなければならない愚かな言葉だ。彼女は自分のものではない——一度もそんなことにはならなかったし、これからだって、そうはならない。だがそれでも、彼女はいまここにいて、ふたりは友人としてふるまい、彼は無愛想な顔をしている。彼女に恋してしまったのも、その想いを断ち切れないのも、彼女のせいではないのにもかかわらず。だが一日じゅう、ロンドンの社交界や豪華な夜会の話や、彼女の完璧な夫の話を延々と聞かされることに、どうやって耐えたらいいのだろう？

最後に会ってから、わたしがどんな生活をしていたか、あなたはなにも知らないわ。

彼女の台詞には怒りがこもっていたような気がした。だが、その理由は想像もつかない。当然、ウエストモア伯爵は彼女を熱烈に崇拝していたはずなのに。彼女が苦々しく思っているのは、夫をつい最近亡くしたせいに違いない。

彼らは散歩道を進んでいった。ふたりのあいだにある緊張感にもかかわらず、これまでの歳月が彼方に消えていった気さえした。かつて、ふたりはゲーツヘッド・マナーの敷地内を数えきれないほど何度も散歩した。ときには徒歩で、またあるときは馬に乗って。ほとんど息つく間もなく、話に夢中になったこともある。まるで、言いたいことをすべて伝えるには一日は短すぎるとでもいうように。またあるときは、いまのように、無言でいることもあった。

もちろんあの当時、それは心地よい沈黙だった。互いを知りつくした相手といっしょにいる心地よさ。胸の内をさらけ出し、夢を語りあった相手といっしょにいる安心感だ。恐怖や失望も聞いてくれた相手。いっしょに笑い、ともに涙を流した友人。

彼は、物心ついてからずっと、彼女を愛しつづけてきたが、十五歳になって自分が彼女に恋をしているのだと気づいてからは、そんな沈黙のなかで、彼女がなにを考えているのかと頭を悩ませた。彼女も、彼と同じような想いを抱いているのだと夢見たりもした——自分が爵位を持った紳士で、彼女に求愛しているのだと。彼女に宝石やドレスをプレゼントして、プロポーズするところを想像した。毎日ずっと彼女と過ごし、彼女を抱きしめ、キスをする。彼女に触れ、ベッドのなかで愛しあい、彼女の隣で眠るところを思い描いた。彼女を自分のものにするところを。そしていま、十年がたって、彼はふたたび自分が、彼女はいまなにを考えているのかと思い悩んでいることに気づいた。

「とてもきれいなところね」

物思いに沈んでいたイーサンは、彼女の穏やかな声で現実に引き戻され、カサンドラに顔を向けた。頭上に生い茂った木々のあいだから降り注ぐ陽の光が、彼女の艶やかな髪にあたってきらめいている。脱いだボンネットは、リボンで背中に背負っていた。それを見て、彼女がいつも母の目が届かないところに行くとすぐに、ボンネットを脱いでいたことを彼は思い出した。彼女はよく、母親の口癖を真似して、彼を楽しませたものだった。陽に当たるとそばかすができてしまうから——彼女の母はそれで肌が台無しになると言っていたが、彼女の鼻のまわりに踊っている薄い黄金色の斑点を、彼はたまらなく愛していた。

イーサンは彼女の横顔を思う存分楽しみながら、彼女に同意した。「とても、きれいなところだ」

「セント・アイヴィスで暮らしはじめて、どれくらいになるの？」

「四年だ」

「そのまえは、どこに？」

「あちらこちらを点々とした。我が家と呼べる場所を探して。ようやく、ここでそれを見つけたんだ」

「結婚はしなかったの？」

「しなかった」

そっけない口調で返事をすることで、彼女がその理由をたずねずにいてくれることを願った。真実を認めたくはなかったからだ。幸いなことに、彼女はなにも言わず、しばらくのあいだ聞こえてくるのは、頭上で葉がカサカサいう音と、彼らが踏みしめる枝の音だけだった。

やがて、彼女が口を開いた。「我が家と呼べる場所を探していたって言ったけど……ゲーツヘッド・マナーがあなたの家じゃないの」

「一時は。だが、離れねばならぬときが来た」

「あっさり出て行ってしまったわよね」彼女は間を置いて、つけ加えた。「さようならも言わずに」

あんなに辛いことは、生まれて初めてだった。「書き置きを残しただろう」

「実入りのよい働き口を見つけたから、ほかの屋敷で働く。すぐに来てほしいと言われたってそれしか書いてなかったけど」

「ほかには、なにも言うことがなかった」

彼女がこちらに顔を向けるのを目の端でとらえたが、彼は前を向いたままでいた。「もうずっと昔のことだから言ってもいいと思うけど、あんなふうにあなたが姿を消してしまったことで、わたしは傷ついたのよ。すごく」

きみは傷ついただけだろうが、おれは腑《はらわた》をえぐられた気分だった。「なぜだか、よくわからないな。二週間もしないうちに、きみはコーンウォールのウエストモア伯爵家に嫁ぐはずだったんじゃないか」

「だって、あなたはわたしの友だちだったんだもの。わたしのたったひとりの友だちだったのに。走り書きの置き手紙だけではなくて、ちゃんと説明してほしかったし、さようならぐらいは言ってもらえると思っていたのよ。わたしなら、あなたに対して、あんな仕打ちはしないもの」彼女の口調には胸の痛みと怒りと、混乱がはっきりとこもっていた。

彼は、面目《めんぼく》ないという思いに駆られた。あんなふうに彼女を置き去りにした自分が情けなかったが、あのときは、ほかに選択肢がなかった。「すまなかった、キャシー」それは、本心から出た言葉だった。「きみを、傷つけるつもりはなかったんだ」

「きっと、あとで連絡をくれると信じていたの。でも、それもなかったわ」

「おれは手紙のやりとりは苦手だから」嘘をついているわけではないが、罪の意識がつのった。たしかに、手紙を送るのは不得手《ふえて》だった。だが、ちゃんと手紙は書いたのだ。十数通も。けっして送るはずはないとわかっていながら、彼は手紙のなかで彼女に対する思いのたけを綴《つづ》った。「手紙は、送らないほうがいいと思った。ふつう、馬丁の息子が伯爵令嬢と文通はしないものだろう」

彼女がなにも言い返さないのは、それが真実だと彼女もわかっている証拠だった。彼が身分をわきまえているのと同じように。だが残念なことに、それを理解していても、人生の過酷な現実の痛みは少しも癒えなかった。

やがて、彼女は口を開いた。「父に、あなたがどこのお屋敷に移ったかって訊いたのよ。でも知らないって言われたわ」

「ご主人様には言わなかった」

「なぜ?」

「訊かれなかったから」

「なぜ、訊かなかったのかしら?」

「お父さんに訊いてくれ」

彼の背中に緊張が走った。彼女が、別の質問をしようとしているのを感じたからだ。だが、ちょうど角を曲がったことで、彼はその質問をまぬがれた。彼女は立ち止まって、予想もしなかった突然の絶景に息を飲んだ。彼もまた、この角を曲がってこの眺望《ちょうぼう》を目にするたびに、足を止めて見とれてしまった。

目の前に広がる海は、まるで藍色の毛布のようで、白い波が黄金色の砂浜に打ち寄せている。広い浜辺の端のほうでは、崖が海のほうに突き出ていて、ぎざぎざした岩にぶつかった波が砕けて、噴水のように空高く水しぶきをあげ、落ちてくる水滴が陽光を受けてきらきらと虹のように輝いた。キーキーと甲高い声をあげるカモメが、海面すれすれに飛んだり、上空を飛んだりしている。強い風を受けながら空中を漂っているカモメは、まるで宙に浮いているように見えた。

「まあ、イーサン」彼女はささやいた。「なんてすばらしい景色なのかしら」彼女はゆっくりとまぶたを閉じて、顔を空に向けた。陽の光が彼女の美しい顔に降り注いだ。「海を見たのは、本当にひさしぶり。潮風を嗅《か》ぐのも。気持ちが落ちつくような冷たい潮風にあたるのも、本当にひさしぶりなの。こんなに、平和な気分になれるものだってことを、すっかり忘れていたわ。すごく、懐かしいわ。いろんなものが、とっても懐かしい……」

彼女はふたたび前を向いて、目を開けた。満面の笑みを浮かべ、そのせいで、ほおにえくぼがくっきりと現われた。いつものように、彼女の笑顔は彼をまどわし、その場に釘付けにし、胸を高鳴らせた。

「こんなきれいなもの、いままで見たことがある？」彼女は両手を大きく開いて、笑いながらたずねた。

「こんなきれいなものは、いままで見たことがないよ」彼は、彼女から視線をそらすことができなかった。

「砂浜に降りたいわ」彼女が言った。「それに、海にも入りたい。それから、貝を集めて、石を拾って海に投げるの」そう言うと、カサンドラは彼の手をつかみ、彼を引きずるようにして海に向かって駆けだした。

かつて、ゲーツヘッド・マナーでは、彼女はいつもこんなふうに彼に触れていた——手をつかんだり、ふざけてたたいたり、彼の髪や服から干し草をとったり。そんな彼女のさりげないしぐさを、彼は愛すると同時にいやがっていた。純粋な喜びとともに、それは歯を食いしばって耐えねばならない試練でもあったからだ。

彼女の手のぬくもりを手のひらに感じると、全身が熱くなって、足がもつれそうになったが、彼はすぐにそこから立ち直った。彼女といっしょに走りたいという衝動には逆らえなかった。潮風が彼らの髪と服をはためかせ、陽の光が肌を刺す。TCはふたりの前を駆けていた。砂を蹴散らし、浜辺を狂ったように走り抜ける。柔らかい毛布のように、カサンドラの笑い声が彼を包みこむ。このまえ、こんなくつろいだ気分を味わったのはいつだったろう、と彼は考えた。それがいつだったにしろ、キャシーといっしょだったはずだ。

水際で立ち止まると、彼女は握っていた手を離した。イーサンはすぐにそのぬくもりが懐かしくなった。彼女は腕を大きく広げ、息を切らしながらくるくるまわって笑い声をあげた。ダークブルーのスカートが足のまわりで大きくはためく。ようやく足をとめたとき、彼女の目は、激しい運動のせいでサファイアのように輝いていて、真っ赤になったほおには後れ毛が張りついていた。

彼女の姿を眺めながら、彼は、この瞬間の彼女を絵に描いて残すことのできない自分を残念に思った。背景は海と、雲が点在する真っ青な空。きらきら光る砂を踏みしめ、黄金色の日光に照らされて、潮風に髪や服を乱されている彼女の姿を。

自分を押しとどめることができず、彼は彼女のほうに手を伸ばして、風に吹かれてほおに張りついたカールを耳のうしろに撫でつけた。それは、さりげない、ごくふつうのしぐさだったが、彼にはさりげないとも、ごくふつうとも思えなかった。彼女も同じように感じていると、身動きひとつしない彼女を見ていて彼は確信した。こんなにすべすべした肌に触れたことはなかった。彼はそのまましばらく彼女のほおに触れていたが、風に吹かれた絹のような髪が指に絡みつくのを見て、ようやく手を離した。

「もし、キャシーを捜しているのなら、彼女は目の前にいるよ」彼は優しく言った。「陽の光のなかで笑っている」

一瞬目を閉じ、カサンドラは深く息を吸いこむと、ゆっくりとうなずいた。「ええ、彼女がいるのを感じるわ。体のずっと奥のほうに。どうしてもおもてに出てきたがっている」

「おれの目から見ると、彼女はちゃんとおもてに出てきているよ」彼女の瞳に複雑な表情がよぎったが、それがなんだかイーサンには計り知れなかった。だが、彼女の心中を少しでも知りたくて、彼はたずねた。「ほかに、どんなことが懐かしいんだ、キャシー?」

とたんに沈んだ表情で、彼女は海を眺めた。黙りこくった彼女の横顔を見つめながら、答える気があるのだろうかと、彼はいぶかった。やがて、彼女はこちらに目を向けたが、その表情からはなにも読みとることができなかった。「浜辺を散歩することや、水面で石を跳ねさせる水切り遊びとか、貝殻を拾ったり、蟹《かに》を捕まえたり。話し相手がいることや、話を聞いてくれる人がいること。誰かの話を聞くこと。声をあげて笑うことも、星を見上げることも、それに砂のお城を造ることも。陽が昇ると同時に馬に乗ったり、くだらない夢を話しあったり、おかしな作り話をしたり、それに予定外のピクニックをしたり」

彼は目を見開いて彼女を見つめた。それはすべて、ふたりがいっしょにやったことばかりだ。孤独感から生まれた身分違いの友情と、多くの共通の興味に没頭したふたりの共通の思い出。彼が言葉を発するまえに、カサンドラは手を伸ばし、彼の片手を自分の両手で包みこんだ。「懐かしかったのは、あなたよ、イーサン」彼女は穏やかな口調で言った。「あなたに、会いたかったの」

彼女の言葉のせいで、自分の手を包んでいる彼女の柔らかい手の感触のせいで、彼はなにも言えなかった。彼が立ち直るまえに、彼女はたずねた。「あなたも、わたしに会いたかった?」

もし、それが可能ならば、声をあげて笑っていたはずだ。会いたかったかだと? 息をするたびに、脈を打つたびに、毎日、会いたかったとも。

返事をするまえに、彼は唾を飲みこんだ。「ときどきはね」

彼女の下唇が震えるのを見て、彼はその場で打ちすえられた気がした。これ以上、彼女の瞳を見つめつづけていたら、きっと彼女の前にひざまずき、この愚かな、道ならぬ恋心を告白してしまうに違いない。彼女に、愛してくれとすがりついてしまうだろう。

そう考えただけで、全身の血が凍る思いだった。共通の思い出にひたっていたはずが、突然、個人的な大切な話に話題がすり替わっている。彼はまんまと騙されたというように、わざと冗談を言った。「きみみたいな、女々《めめ》しい奴のことだって、ちゃんと思い出したさ」

「女々しい?」期待どおり、彼女は憤慨したように言った。彼の手を離すと、彼女は腰に手をあてる。「そんなことはないわ。だって、釣り針に餌《えさ》をつけるのを怖がったりした?」

「いや、怖がらなかった。だが、めったに釣れたことはないよな」

「それは、あなたが近くで水をばしゃばしゃしたからでしょう。それに、わたしは木に登るのを怖がった?」

「いいや。だが、何度か助けてやらなきゃならなかったよな。きみの、女々しいドレスが枝に引っかかったとき」

「ふん！　お願いしたときに、乗馬用ズボンを貸してくれれば、助けてもらう必要なんかなかったのよ」

たしかに、それはそうだったが、そんなことをしたら、彼のほうこそ助けが必要になっただろう。彼女が自分の服を着ていると思っただけで、心臓が止まりそうになる。

「よくわかった」彼はしぶしぶ認めた。「きみは、たしかに少しも女々しくはない。それどころか、男みたいなもんだ。なんでひげを生やして、葉巻を吸っていないのかが不思議なほどだよ」

彼女は不愉快そうに鼻にしわを寄せた。「どちらも、あまりやりたくはないわ、ご親切に、どうも」そして、彼女はつんとあごを突きだした。「もちろん、女々しくたっていいんだけど」

「とくに、女性の場合は」

「乗馬用ズボンを貸してくれるべきだったのよ」

「お母さんが、卒倒するぞ」

彼女は楽しげに目を輝かせ、上品に鼻を鳴らした。「お母さまは、いつだって気つけ薬を持ち歩いているもの。それにもしお父さまが銃を手にとったとしても、射撃の腕前は最悪だから」

かならずしも、そうじゃない。突然、現実に引き戻されて、彼は思わずほおの傷に指を這わせた。すぐにその手を下げると、押し寄せてくる記憶を振りはらった。両腕を組んで、できるかぎり厳しい表情で彼は言った。「お嬢さんが、半ズボンなんてはくものじゃない。絶対に」

彼女は、わざとらしいため息をついた。「あなたが、行儀作法にそんなにうるさいと知っていたら、あなたの部屋から勝手に乗馬用ズボンを持ち出していたのに」

「お嬢さんは、盗みなんかしちゃいけない。絶対に」

「石頭《いしあたま》」

「恥知らずなおてんば娘め」

彼女は口角を上げた。「それは、認めるわ」

「ならば、絞首刑の罰に処する」

「そのまえに、捕まえてごらんなさい」

「それはぜんぜん問題にならない。きみはその」――彼は、彼女の服をじっと見て――「女、女々しい服を着ているんだから」

彼女はくすっと笑った。「自業自得ね」

美しい瞳が楽しげに輝き、彼の胸は高鳴った。彼女がそばにいるというだけで、彼の全身が喜びで震える。十年の歳月が消え失せ、彼はふたたび二十歳の若者に戻って、愛する女性といっしょにいる喜びを感じていた。

息を吸いこむと、かすかなバラの香りがして、彼は口をついて出そうになったうなり声を必死で押しとどめた。たとえ泥だらけになっていても、砂だらけになっていても、海に入ろうが湖に入ろうが、いかに体が汚れていても、カサンドラからはいつだって花園を散歩してきたばかりのような香りがした。

真夏の夜、ゲーツヘッド・マナーのバラ園で過ごした夜が何度あっただろうか？　目を閉じて、バラ園にすわりこみ、彼女を連想するバラの香りを楽しみ、無益な夢を追い求めた。厩番《うまや》が魔法のように王子になって、伯爵令嬢に求愛できる空想の世界に入りこんだ。

彼女の顔から笑みが消え、視線が下がって彼の傷痕にたどりついた。それは、一瞬忘れていた現実を彼に思い出させた。自分の姿はすっかり変わってしまった。それも悪いほうに。

カサンドラは手を伸ばし、傷ついたほおに指を走らせた。全身に緊張が走り、彼は、彼女の瞳に浮かんだ同情が声になるのを身構えて待った。

「痛かった？」彼女は優しくたずねた。

自分の声が信用できず、彼は首を振った。

「ずいぶん、辛い思いをしたんでしょうね」彼女は、彼の目を見つめた。「胸が痛むわ、イーサン」

おれもだよ。いろいろなことにね……。

彼女に優しくほおを撫でられながら、彼はなにも言えずにただその場に突っ立っていた。彼女の手のひらにキスしたいという衝動を抑えるには、ヘラクレスのような強い精神力を必要とした。彼女を抱きしめ、キスをしたいという衝動を、彼は必死でこらえた。このままではなにも考えられなくなりそうだった。そんなことはしてはいけないという理由を、すべて忘れてしまいそうだった。

「どうして、こんな傷を負ったの？」

「切られた」彼はぶっきらぼうに答えた。彼女から離れ、波打ち際を歩きだす。彼女も少しうしろからついてきて、そのあとをTCが小走りでしたがった。顔に関する次の質問をはばむために、イーサンは先手を打った。「ほかにもあるんだ」

「なにが？」

「傷だよ」

「なぜ、そんなことになったの？」

こんな会話はしたくなかったが、彼女は、彼の人生について知りたいと言った。それならば、いますべてを話してしまったほうが賢明だろう。「ゲーツヘッド・マナーを出たあと、ぼくは軍隊に入ったんだ。ウォータールー（ワーテルロー）の戦いで、火事にあって怪我をした」

頭の隅にずっと押しやってきた記憶が、彼を激しく攻めたてた。男たちの悲鳴と馬のいななき。銃声や轟音をたてて燃えさかる炎と、閉じこめられた兵士たち。それを助けようとする者たち……だが、燃えさかる炎と激しい煙が行く手をはばむ。服に火がつく。衝撃的な、身を焦がすような熱。

カサンドラに顔を向けると、彼女は恐怖と同情が混じりあったような表情で彼を見ていた。

「ああ、なんてこと」彼女は息をつくと言い添えた。「軍隊に入りたいなんて、一度も聞いたことはなかったわ」

なぜなら、入りたいなどと思ったことはなかったからだ。ゲーツヘッド・マナーを出てからは、生きようが死のうがどうでもいいと思っていたので、どうせ死ぬなら、なにか有益なことをして死のうと思ったのだ。軍隊は、それを達成するにはもっとも近道に思えた。そして彼は、自分の命を捨てるために考えうるあらゆる無謀なことをした。危険な任務にはみずから志願したものの、彼は生き残って、欲しくもない勲章と褒美《ほうび》を受けたのだ。

「誰かが、あのナポレオン野郎をこらしめてやるべきだと思ったんだ」

「ちゃんと、成功したってわけね」

「最後にはね。だが、その代償は……」彼は首を振って侵略してくる記憶を、ふたたび頭の奥底に押しやった。「味方が、たくさん死んでいったよ。あまりにも大勢」

「あなたが、そのなかのひとりじゃなくてよかったわ」

「ぼくは、うれしくはない」その本音は、止める間もなく口をついて出ていた。その結果、いつもそうだったように、彼は、誰にも話したことのない胸の内を、彼女にだけ明かすことになった。「骨の髄まで疲れはて、傷の痛みに耐えかねて、このまま眠って、二度と目を覚まさなければいいと祈ったことは一度だけじゃなかった」

彼の言葉のあとに、長い沈黙が続いた。ついに、カサンドラがその沈黙を破るように質問した。「どうやって、そのあと生きてきたの？」

どこまで正直になるか、彼は迷ったが、やがて肩をすくめた。彼女に言わない理由はない――どうせ、明日にはいなくなってしまうのだから。そうだ――またもや、彼をひとりきりにして、と彼の内なる声が自嘲気味に言うのが聞こえる。

「きみのことを考えた。絶対に自分にはできないと思いこんでいたさまざまなことを、本当はできるのだと、きみがぼくに納得させてくれたときのことを思い出したんだ。足し算を教えてくれたときのこと。ワルツを教えてくれたときのこと。服にボタンの付けかたを教えてくれたこと。それから、庭の花の名前も教えてくれた」

彼は言葉を切って、小さな石を拾い上げると、それを波間に投げてから、話を続けた。「親父《おやじ》が死んだときに、きみが言ったこと、やってくれたことを思い出したんだ。ぼくの手を握って、こう言ったんだよ。〝あなたはひとりじゃないわ、イーサン。お父さまはいつでもあなたの心のなかで生きているのよ。それにわたしは、ずっとあなたの友だちだから。お父さまも、わたしも、あなたが最高の人だって、ちゃんと知ってるんだから〟ってね」彼は、カサンドラを見つめ、彼女が目を丸くして自分を見つめていることに気づいた。「あの言葉があったから、ぼくは、どんな辛いときでも生きてこられた」

「わたしは……うれしいわ。だけど、びっくりしちゃった。あなたが、覚えていてくれたことに、感動しているわ」

「ぼくは、なにもかも覚えているよ、キャシー」きみに触れられた感触も、その笑顔も、涙も、胸がはり裂けるほどの哀しみも。

彼女は目をそらさずに言った。「わたしもよ」

イーサンは無理やり顔をそむけ、足もとの砂をじっと見た。彼らはなにも言わずに歩きつづけた。やがて、彼女は気に入った貝殻を見つけて拾い上げ、うす桃色の宝物から砂を払いながらたずねた。「どうして、〈ブルー・シーズ・イン〉を所有することになったの?」

「軍隊にいたころ、ある男を助けたんだ。同僚の兵士だった。彼が金を遺《のこ》してくれた。それを使って、宿屋を買ったんだ。建物には修理が必要だったが、それが完了したところで、開業した。商売はけっこううまくいったから、二年前に家畜小屋も増築したんだよ」

「助けるって、どうやって?」

またもや、戦場の光景が目の前に蘇ってきた。「ビリー。彼の名はビリー・スタイルズといった。倒れた馬の下敷きになったんだ。それを引きずり出した」それから、最後に残った弾を使って、苦しんでいた馬にとどめを刺した。そのとき、自分が涙を流していたことは、ビリーに言われるまで気づかなかった。

「彼の命を救ったのね」

「いい男だったが、足の怪我がひどくて、結局、除隊することになった。ロンドンの家に帰ったんだが、二年後に高熱を出して亡くなった――ちょうど、おれが怪我を負った時期だった。弁護士が、おれの居所を突きとめて、遺産があることを教えてくれた。怪我が治ったあと、我が家と呼べる場所を探しまわったのさ」

「そして〈ブルー・シーズ・イン〉を見つけたのね」

「そうだ。さあ、次はきみの番だ」苦々しい口調にならないように努力して、彼は言った。「ウエストモア伯爵夫人としてのすばらしい人生の話を、聞かせてくれ」

しばらく押し黙ったあと、カサンドラは静かな声で話しはじめた。「もしもすばらしい話を聞きたいのなら、悪いけど、なにも話せることはないわ」

5

カサンドラが目を向けると、イーサンの黒い目にとまどいの色が浮かんでいた。彼は顔をしかめている。

「幸せじゃなかったって言うのか？」彼はゆっくりとたずねた。その声には困惑と驚きがこもっている。

彼女は彼から顔をそむけ、まっすぐ前を向いた。「ええ、イーサン。幸せではなかったわ」刺すような視線を感じたが、彼女は彼に顔を向けなかった。「ご主人が亡くなったから？」

この瞬間まで、彼女はどこまで彼に話すべきか決めていなかった。だが、彼の質問は彼女の心のダムを決壊《けっかい》させ、押し殺していた怒りと苦悩が一気にあふれ出てきた。「いいえ、不幸せだったのは、主人が生きていたからよ。十年間、わたしの人生は生き地獄だったわ。このまま眠って、二度と目を覚ましたくなかったって、あなたも言ったでしょう？　それがどんな思いか、わかってるわ。すごくよくわかっている」激しい調子で思いを吐露《とろ》したことで、彼女はカタルシスを感じた。

「わたしの結婚生活は、悲惨だったのよ。まさに悪夢。でもウエストモアが死んでくれたことで、ようやく終わったわ」彼女は身を震わせ、彼のほうに顔を向けた。憎しみと怒りが自分の目に浮かんでいるのはわかっていたが、それを彼に見られてもかまわないと思った。「あんな男の死を悼《いた》んだりはしないわ」

彼は足を止め、振り返って彼女に顔を向けた。探るような目で彼女を見つめ、答えを求めた。「悪夢って、どんなふうに？」

カサンドラは彼から目をそらし、狼狽《ろうばい》したように早足で歩きだすと、前方にある、岩が露出した崖に目線を向けた。彼も横にならんで歩きながら、黙って続きを待った。

「あなたも知っているように、わたしは結婚に高い理想を抱いていたの……」もちろん、彼もそのことは知っている——彼女は、夢や希望をすべて話してくれていたのだから。優しい夫と結婚し、たくさんの子どもをもうけて、温かい、愛情あふれる家庭を築いていきたいという彼女の話に、彼は辛抱強く耳を傾けたものだ。それは、両親が彼女に与えてくれなかったものだった。両親はたったひとりの子どもが女だったことにすっかり落胆していて——そのことを、しつこいくらいに娘の彼女にもくりかえし言った。そのため、彼女は子どものころから、両親を喜ばせる唯一の方法は良縁をつかむことだとわかっていた。社交界デビューを果たした翌年、ハンサムで、魅力的で、誰もが羨む理想の紳士ウエストモア伯爵から結婚の申し入れがあったと父に聞かされたとき、彼女は自分がとても幸運だと思った。

「わたしの役目は、良家に嫁いで、父が望むとおりの人生を送ることだったわ。ウエストモアの役目は、もちろん、跡継ぎをつくること。だから、結婚して半年たってもわたしが妊娠しないので、ふたりの関係は悪くなっていったの。時間がたてばたつほど、状況は悪化していったわ」

まるで化膿《かのう》している傷口に針を刺して、そこから一気に膿《うみ》を出そうとでもいうように、彼女は一気にまくしたてた。「結局、三年たってもわたしが妊娠しなかったので、ウエストモアはもうたくさんだって宣言したの——二度と、わたしに触れるのもいやだって。それ以来、わたしたちの夫婦生活はほとんど口もきかない、冷たい関係になってしまったわ。たまに、彼がわたしに話しかけることがあっても、それはただ、どれほどわたしが役に立たない女かを思い知らせるためだけ。おまえみたいに無能な女は、顔を見るだけで腹が立つって」

彼女は言葉を切った。まざまざと蘇ってくる辛い思い出を振り払うために。

「なんて奴だ」イーサンがつぶやいた。「自分のせいかもしれないとは、ウエストモアは考えなかったんだろうか？」

「そうではないもの」彼女は感情を押し殺した口調で言った。

「どうして、そんなことがわかるんだ？」

「だって、その後の七年間で、彼は六人の愛人を孕《はら》ませたから。もしかすると、もっといるかもしれないけど。途中で、数えるのをやめてしまったから」

しばらくのあいだ、ふたりのあいだに沈黙が流れた。やがて、彼は厳しい声でたずねた。

「奴は浮気をしていたのか？」

思わず口からこぼれる自嘲的な笑い声を、彼女は抑えることができなかった。「結婚した直後からね。はじめのうちは隠れてやっていたので、わたしも気づかなかったの。でも、わたしに跡継ぎが産めないってわかってからは、過ちを隠すそぶりすら見せなかったわ。そのころには、わたしが抱いていた結婚に対する期待も幻想も粉々に打ち砕かれていたけど、せめて、お互いを憎みあうようなところまで関係が悪化することは避けたいってまだ思っていたのよ。だから、愚かなことに、彼と話しあおうとしたわ。本当に申し訳ないと思っているし、わたしだって落胆しているんだって何度も言ったの。せめて、お互いに礼儀正しくつきあっていけないかって」

「彼は、なんと？」

「そんなつもりはないって、はっきりと意思表示されたわ」

「はっきりとした意思表示とは、どういうことだ？」

全身に悪寒《おかん》が走り、彼女は自分を抱きしめるように腕を組んだ。「あの人……わたしを傷つけたの」

イーサンは足を止め、彼女の腕をつかむと、無理やり顔を向けさせた。彼の目は怒りに燃え、あごはわなわなと震えている。「傷つけた？」彼は低い声で問い返した。「つまり……きみを犯したということか？」

カサンドラは首を振った。「いいえ。わたしに興味がないことは、疑う余地がないくらいはっきりしていたから……そういうことは……二度と起こらないって」

目に安堵の色を浮かべた彼は、すぐにまゆをしかめた。「じゃあ、いったいなにを……？」

彼の表情が突然曇った。「奴に殴られたのか？」

彼がショックを受けているのは明らかだった。それに、怒り狂っていることも。そのどちらの反応も、彼女の傷ついた心を癒し、彼女はのどに熱いものがこみあげてくるのを感じた。誰かが彼女を気づかってくれることなど、数年来なかったことだ。目頭《めがしら》が熱くなり、彼女はあわててまばたきをして涙を押しとどめた。

「彼に殴られたのよ」自分のものとは思えないひどく落ちついた声で、彼女は答え、イーサンは傷痕を探すように全身を見まわした。「ひどく打ちすえられたというほうが正しいわね。傷が治るまでに数週間かかったんですもの」

彼の目を見つめたまま、カサンドラはありのままの事実を述べた。これまで一度も、声に出して言ったことのない事実を。彼女が、もはやかつての少女ではないことが、これで彼にもはっきりわかるだろう。「たぶん、もう一度やったら、わたしに殺されるんじゃないかと思ったのでしょうね。あの人は、それから二度と手は挙げなかったわ。それでも、わたしは彼を殺してやりたいって思っていたけど」

口をつぐんだ彼女は、自分が震えていることに気づいた。息は荒く、これ以上、彼の目を見つめていることができなかった。ひざが震えているにもかかわらず、彼女は一歩下がり、彼は両手をだらりとわきに垂らした。身を守るように腕を組んだまま、彼女はふたたび歩きだした。彼も無言でうしろからついていった。彼がなにも言わずにいてくれることに、彼女は感謝した。熱いものが下からこみあげてきて、とても言葉が出なかったからだ。岩肌があらわになった崖の近くまで来るころには、カサンドラは肉体的にも精神的にも疲れはててしまったので、張りだした岩の陰でしばしたたずんだ。

彼女の目に、ほかのものが映るのを恐れるかのように、イーサンが彼女の前に立ったので、カサンドラは彼の目から目をそらすことができなかった。のぞきこんだ彼の目には、激しい敵意と驚くほどの優しさがにじんでいた。

「キャシー……」イーサンの唇から彼女の名が漏れた。彼がのどから絞り出したのは、そのひとことだけだった。これまで感じたことのない激しい怒りが彼の全身をおおっていた。彼女は本当に不安そうで、孤独で、希望を失ったその瞳は暗く沈んでいた。彼のなかでなにかが破れ、その傷口から、これまで溜めこんでいたすべての怒りや苛立ちが一気に彼女の足もとに流れ出た。

彼女が真実を言っているのはわかっていたが、彼にはどうしてもすんなりとその言葉を信じることができなかった。どうして、どうして彼女を傷つけることができるのだ？　彼はいままで数えきれないほど幾度も、眠れぬ夜を過ごした。彼女の夫が、彼女を抱いているところを想像して。彼にはけっして手の届かないものを所有している、自慢げな夫の姿を思い描いて。まさか彼女が不幸な生活をおくっているとは、一度も想像したことはなかった。当然、彼女は愛されて、大事にされていると思っていた。なんということだ。あのろくでなしが彼女を邪険《じゃけん》にあつかい、彼女を傷つけ、痛めつけているところを想像しただけで……イーサンは目の前に広がる赤いもやを振り払うように、ぎゅっと目を閉じた。

戦争で、彼は何人もの相手を殺《あや》めてきた。たとえ敵であっても、人を殺すたびに、自分のなかでなにかが失われていくのを感じた。だが、そんな彼でも、もし機会さえあればなんの罪の意識も覚えずに、ウエストモアのろくでなし野郎を殺すだろう。残念なのは、あのろくでなしがすでに死んでしまっていることだ。おかげで、奴の命を奪う喜びを失われてしまった。

彼は目を開けて、深く息を吸いこんだ。それから、彼女の上腕をそっとつかみ、彼女が震えているのを感じた。「なぜ家を出なかった？」

「家を出て、どこに行くの？」

「実家に帰ればよかったのに。ゲーツヘッド・マナーへ」

彼女は首を振った。「両親は、夫を捨ててきたわたしを、許してはくれないもの」

「だが、きみに対する扱いを知れば――」

「知ってたわ」

またもや、激しい憤《いきどお》りが彼の全身を貫く。「それなのに、きみを助けようとはしなかったのか？」

「ええ。父は、子どもができない以上、ウエストモアのいらだちは当然だと彼に同情していたわ。殴られたことに関しても、それまで暴力的なところはまったくなかったのだから、たまたま常軌《じようき》を逸《いつ》しただけだって。役立たずの、子どもも産めない女といっしょになってしまったショックで、たんに自制心を失っただけだろうって」

カサンドラの父の姿が頭に浮かんだ。あのくそったれ。イーサンは、父が馬丁長として雇われて、ゲーツヘッド・マナーで暮らしはじめた直後、まだほんの子どもの時分に初めてキャシーから話を聞いたときから、あの男のことが好きではなかった。彼女が馬房の隅に縮こまって泣いているのを見つけたからだ。父親にひどいことを言われたせいだった。その後、時がたつにつれて、彼に対する反感はますますつのり、やがては深い憎しみすら抱くようになっていた。

「だが、友人はいただろう――」

「いいえ。ウエストモアに敷地から出ることを禁止されていたし、お金も与えられていなかったから。使用人は、みんな彼にとても忠実で、いつもわたしの行動に目を光らせていたの。仲良くなれそうな人も、なかにはいたんだけれど、みんな暇を言い渡されたわ。わたしにとって、唯一の慰めは、毎日のお散歩と、乗馬――いつも、従僕か馬丁が黙ってついてきていたけど――あとは、ときおり母から来る手紙だけ。たしかに豪華な屋敷には住んでいたけれど、それでも牢獄は牢獄だわ」

「そんなふうに十年間も暮らしていたのか」怒りのあまり体が硬直し、彼は言葉を詰まらせた。「もし、それがわかっていたら――」

「あなたには、なにもできなかったわ」

「そんなことはない。奴に、きみを邪険にあつかった報いを受けさせてやるさ」

「牢獄にたたきこまれるのがおちよ」

「死人は、誰かを牢獄に送ることはできないよ」

彼女は涙で潤んだ目を大きく見開いた。「だめよ。あなたは絞首刑になっていたかもしれないわ」

その程度の代償なら、彼は喜んで払うだろう。イーサンは震える手で彼女のほおを包みこみ、詰まったのどの奥から声を絞り出した。「キャシー……おれは、きみが人生を楽しんでいるとずっと信じていた。笑いと子どもたちに囲まれて。幸せだと」だから、彼は正気を失わずにいられたのだ。

「わたしも、あなたが幸せに暮らしているとずっと信じていたわ、イーサン。だから、いままで生きていられたの」

ROMANCE & MYSTERY
10 二見海外文庫
月の新刊
0910／ illustration by 上杉忠弘

彼がどう答えたらいいか迷っていると、彼女はさらに続けた。「戦争から戻ったあと、一からやり直すことができたでしょう。男として、自分の運命を自分で決めることができたはずよ。宿屋を始めて、お金を稼いで。あなたには、選択肢があったわ。でも、わたしは……ウエストモアが死んだとき、これで自由になれると思ったの。でも、そうじゃないってことが、すぐわかった。あの人、わたしにはなにも遺してくれなかったから。彼の弟が爵位を継いでウエストモア・パークに越してきたわ」あらたな怒りを覚え、彼女の瞳が光った。「あそこに残って義理の弟の愛人になるか、家を出るしかなかったの。お金もないし、行き場もないから、両親の家に戻ることにしたのよ。父が、そうすることを許してくれたから」

カサンドラは、彼の手首に手を置いた。「ウエストモアが死んだ直後に母から来た手紙に、あなたがセント・アイヴィスで〈ブルー・シーズ・イン〉という宿屋を買ったことが書いてあったの。だから、コーンウォールに戻ると決めたときに、絶対にここに立ち寄ろうって決心したのよ。あなたに会うために。ずっと会いたかった親友のあなたに」

彼女のほおを一筋の涙がつたい、彼は打ちすえられたようにその場に立ちつくした。言いたいことは山ほどあったが、彼女がこれまで体験してきたことに対する哀しみと怒りで、言葉が出なかった。そのかわり、イーサンは彼女を腕のなかに引き寄せ、これまでの苦しみをすべて吸い寄せるように彼女を抱きしめた。彼女も彼の背中に両手をまわし、彼にしっかりとしがみつくと、彼の胸に顔を埋めた。まるで、傷ついた動物がぬくもりを求めるように。

イーサンが彼女を抱きしめると、彼女は肩を震わせて泣き、涙が彼のシャツを濡らした。その涙の一粒、一粒が、彼にはまるで鞭《むち》の一撃のように思えた。無力感にさいなまれながら、彼は耳もとで慰めの言葉をささやき、彼女の背中を優しくさすった。

ようやく、すすり泣く声が小さくなり、やがて彼女は顔を上げた。ふたりの目が合い、青白く、涙の筋がついた彼女の顔や、濡れたまつげに縁取られた哀しみをたたえたその瞳を見たとたんに、彼は胸のなかにぽっかりと大きな穴が開いたような気がした。

片手で彼女を抱いたまま、彼はもう一方の手でハンカチを取りだして、彼女に差しだした。カサンドラは感謝するようにうなずき、ハンカチで目のまわりを拭きながら、震える小声で言った。「ごめんなさいね。あなたの前で、泣きじゃくるつもりはなかったの」

「謝る必要なんかないさ。それにいつだって、好きなときにぼくの前で泣きじゃくっていいんだよ」

「ありがとう」彼女はかすかに笑みを浮かべた。「あなたみたいに優しくて、我慢強い人には、いままで会ったことがないわ」

「それはきみが、おれが会ったなかでいちばん優しくて、すてきな人だからだよ。初めて会った日から、ずっとそう思っているんだ」

彼女は一瞬、うれしそうに目を輝かせた。それを見て、感情の嵐は過ぎ去ったらしいと、彼はほっと胸を撫でおろした。「なんにも知らなかったくせに――だってあなたは、十人くらいしか知り合いのいない、ほんの六歳の子どもだったじゃない」

「十人以上は知っていたさ」彼は負けずに言い返した。「ゲーツヘッド・マナーに来るまえ、親父がハンフリー男爵の屋敷で働いていたこと、覚えているだろう。男爵の子どもたちは、おれを嫌っていた」彼はひそひそ話のように声をひそめた。「臭いって言われたんだ」

「わたしは、あなたの匂いが大好きだったけど。だって、あなたは――冒険の匂いがしたんだもの」

彼女は、まだ五歳のときからバラの香りがした。ひょろっと脚が長い、目の大きな、そばかすだらけの、三つ編みの小さな妖精。あのとき、馬小屋の隅で泣いているところを彼に見つかると、カサンドラは小さな拳で涙をぬぐい、大きな、真剣な目で彼を見つめた。幼い彼は、また拒絶されることを覚悟した。だが拒絶するどころか、彼女はこう言った――「わたしと、友だちになってくれる？」物欲しそうにしていたと思われたくなくて、彼は一瞬顔をしかめ、まるでその件について熟考するかのようにあごに指をあてた。だが結局は、肩をすぼめ、了解した。すると彼女はえくぼを見せて大きく笑い、二カ所隙間が空いている歯を見せると、彼の手をつかんで、走りだした。そして彼を敷地内の湖まで連れて行くと、ふたりでそこにすわりこんで、何時間も話をしたのだ。

「ハンカチを貸してくれて、ありがとう……」彼女の声で、彼は現在に引き戻された。彼女が手のなかの布を目を丸くして見つめていることに、彼は気づいた。

彼は身動きひとつせずに、彼女の親指が、ハンカチの隅にブルーの糸で刺繍されたイニシャルを撫でるのを見ていた。「このハンカチ……わたしのだわ」カサンドラは小声で言った。「まだ子犬のころに、TCが盗んだのよ」

「ああ、そうだ」

「それをずっと持っていたの？」

「ああ」

「たまたま、今日の午後、それを持っていたというわけ？」

彼が視線を上げると、彼女が探るような目でこちらを見ていた――それを、避けることなど不可能だった。「どんな午後でも、おれのポケットに入っているんだよ。毎日。たぶん、お守りみたいなものかな」

「それって……感激だわ、イーサン」彼女は咳払いをした。「わたしにも、じつはお守りがあるのよ」

カサンドラは、彼を見つめたままスカーフの下を探ると、細い革製のひもを引き出した。ひもの先には、彼女の親指の長さと同じくらいの大きさの、平らな、丸い灰色の石がついている。石の端に穴が空いていて、そこにひもを通してある。イーサンがそれを手にとると、石にはまだ彼女の肌のぬくもりが残っていた。彼は、それがなんであるかすぐに気づいた。

「おれがきみにやった、水切り遊び用の石じゃないか」

彼女はうなずいた。「あなたのお父さまを埋葬《まいそう》した日、水辺をいっしょに歩いていたときに、あなたがこの石をくれたのよ。どんな水切り遊びコンテストでも、絶対に勝てるよって言って」

「それを、ずっと持っていてくれたのか？」

「ええ。穴を開けて、いつも首からさげているの。毎日」彼女は照れくさそうに言うと、彼が言った台詞をくりかえした。「たぶん、お守りみたいなものね」

彼の胸のなかで、心臓がふっと軽くなった気がした。まるで、それまで心臓をつなぎ留めていた錘《おもり》がいきなりはずれたかのように。彼も、彼女が言った台詞をそのままくりかえした。

「感激だよ、キャシー」

彼女が革のネックレスをふたたび上着のなかにしまうのを見て、その石が彼女の胸の谷間に落ちつくところを想像しながら、彼もまたハンカチをポケットに戻した。

「抱きしめてくれてありがとう、イーサン」彼女は言った。「誰かに……誰かに抱きしめられたのは、本当に久しぶりなの」

なんてことだ。いったい、一日に何度落胆を味わえばいいのだろうか？　彼は本能的に両手を伸ばして彼女の体を包みこみ、彼女もおとなしく身をゆだねた。自分たちの体が、胸からひざまでぴったりと重なりあっていることに、突然、彼は気づいた。そして、頭のなかを満たしているのが、彼女の柔らかな肌から立ち昇る、ほのかなバラの香りだけであることに。

そして彼女の唇が、すぐ目の前にあることに。

強い欲望が、腑を突き刺すような激しさで彼に襲いかかり、ひざの力が抜けてしまいそうだった。内なる声が警告を発する。たとえただならんで散歩をする以上のことを覚悟しているると彼女にほのめかされたにしても、こんなふうに弱気になっている彼女を思いどおりにするのは野卑《やひ》な男だけだ。彼の良心が、いますぐ彼女から手を離し、一歩下がれと激しく主張した。彼もそうすべきだと思った。本当にそうしようと思った。だが、そのとき、彼女の視線が彼の唇に注がれた。

見つめられただけで、まるで愛撫されたような気がして、彼の目は、彼女のふっくらとした唇に釘付けになった。夢のなかで、彼はいままで何度もその唇に口づけをした。そんなことをしてはならない理由はいつもある。だが、いまの彼には、ひとつも思い出すことができなかった。

自分を抑えきれず、彼はゆっくりと首を傾けた。当然、彼女に押しのけられるだろうし、やめてと彼女は言うはずだ。だが、彼女は上を向き、まぶたを閉じた。

まるで夢のなかにいるような気分で、彼はそっと唇を重ねた。かすかに唇が触れあっただけで、全身に衝撃が走り、息苦しいほど心臓が高鳴った。まるで壊れやすい宝物に触れるように、彼はそっと、優しく、彼女の唇をなぞり、口の端に軽く触れてから、すぐにまた唇に戻った。彼がしたかったことは、それだけだった。それ以上を望んでいたわけではなかったが――彼女が小声で、彼の名をささやいた。そのため息のようなハスキーな声が、彼に自制心を失わせた。彼女がかすかに口を開け、あえぎ声をあげると、彼の良心は粉々に砕け散り、彼は激しく彼女の唇をむさぼった。

舌が、絹のように心地よい彼女のぬくもりのなかにすべりこんだとたんに、彼女以外のすべてがこの世から消え去った。彼女の香《かぐわ》しい唇、肌から漂うバラの香り、押しつけられた官能的な曲線、ハスキーなうめき声が、彼の五感を満たし、彼はいっそう強く彼女を抱きしめた。彼女はつま先立ちになって、彼に身を預けた。イーサンは彼女を抱き上げ、誰にも見つからないように、風をさえぎる涼しい岩陰に彼女を連れこんだ。

唇を重ねたまま、彼は身体の向きを変え、岩壁に背中をつけて、大きく脚を開いた。V字形になった太腿のあいだに彼女を導き入れると、カサンドラはぴったりと彼に体を寄せた。最初のディープキスが、次のキスを誘う。彼は、彼女のすべてを味わいたいという欲望を抑えきれなくなった。実際、彼女に注意をそらされなければ、おそらくこの場ですぐにことに及んでいただろう。彼女は彼に体をこすりつけ、彼の髪を掻きあげ、舌で彼の舌を愛撫した。彼と同じように、彼女も彼を求めていることを示すように、彼の両肩にしがみついた。

イーサンは片手で彼女の背をまさぐり、やがてその手を尻まで伸ばし、疼く下半身を彼女の下腹に強く押しあてた。もう片方の手のひらで、彼女の豊かな乳房を包むと、乳首が固くなるのがわかった。ふたりを分ける布の存在を心のなかで呪いながら、彼は指先で乳首をもてあそんだ。

　だが、ふたたび彼女が彼の注意をそらそうとして、今度は両手を彼の胸にあてて筋肉を揉《も》みしだき、かえって彼の欲望に火をつけた。全身の血管を血が駆けめぐり、耳ががんがんして、股間のものがずきずきと疼く。自分を押しとどめることができずに、彼は興奮したものを彼女にこすりつけた。彼女のキスの味と、胸を這う彼女の両手の感触と、体に押しつけられた彼女の柔らかな曲線が、最後に残っていた彼のかすかな自制心を失わせた。いまここで止めなければ、もう自分を押しとどめることは不可能だった。

　イーサンはなんとか彼女から唇を離したが、彼女が悩ましげな長い吐息を漏らすと、震える首筋に唇を這わせたいという欲望を抑えることができなかった。彼女の手触りも、匂いも、味も、どれも彼が長年ずっと求めつづけてきたものだった。

　最後に、彼女の耳のうしろの柔らかい肌にそっと口づけると、彼は深く息を吸って、無理やり背を伸ばした。

　カサンドラの顔を見下ろして、彼は苦悶《くもん》のため息をついた。目を閉じた彼女は、風と彼の指とで髪を乱され、ほおをサクランボ色に染め、濡れた唇を半開きにしている。彼の激しい口づけで、目を潤ませている彼女は、これまで彼が目にしたなによりも美しかった。

　彼女はゆっくりと目を開けて、夢見るような表情で彼を見つめた。イーサンは震える手で、彼女の紅潮したほおにかかった後れ毛を払ってから、ふっくらとした下唇を親指の腹で優しく撫でた。なにか言わねばならないとわかってはいたが、言葉がどうしても出てこない。ただ彼女を見つめ、感じ、求めることしかできなかった。

「イーサン……」欲情している彼女のハスキーな声が発した自分の名に、彼の全身が欲望で緊張した。彼女は両手で彼の顔を包みこみ、指先で彼の顔だちを覚えこもうとするかのように、震える指で彼のほおを撫でた。

「キスって、本当はこういうものだったのね。十年間も結婚していたのに、いま初めて知ったわ」

彼女は彼と同じように、夢見るような、物思いにふけるような声で言った。もしもまともに言葉が出てくるのなら、彼もキスがこんなに身も心もとろかすものだとは知らなかったと言いたかった。だが、彼女とのキスがこうなることはずっとまえからわかっていた。その姿を見ただけで胸が高鳴るような女性とキスをして、恍惚とならないわけがないだろう? 彼女の蜜《みつ》の味をけっして忘れることはないだろう。それに彼女の体の感触も——あらゆる細かい点までが、彼の体じゅうに強烈に焼きつけられていた。

だが明日、彼女は行ってしまうのだ。

彼のハートを奪って。

ほんの少し残ったそのかけらを、デリアに与えようかと思った矢先に。

彼は一方で、今日という一日、カサンドラと過ごすこの一瞬一瞬は、なにものにも代えがたいと感じていた。

だが、もう一方で、彼女がこうしてふたたび目の前に現われたことを苦々しく思っている自分もいた。いっしょに宿に戻るために、彼女の背中にまわした手をはずす力さえ振りしぼることができないのだから。明日、どうやって彼女を見送ればいいというのだ?

それは彼にもわからないが、ひとつだけわかっていることがある。

ふたりには、まだ今夜という時間が残されている。

「キャシー――」

彼女は彼の唇に指を押しあてて、首を振った。「お願いだから、後悔してるって言わないで」

イーサンは彼女の手を優しくつかむと、白い、柔らかい手首の内側に口づけした。彼女が息を飲む音にうれしくなる。「後悔なんかしていないよ。おれは……」彼は言葉尻を濁し、つかんだ彼女の手のひらを自分の胸に押しあてた。胸のときめきを、彼女はその手のひらで感じるはずだ。

「あなたは、なに?」彼女はかすれ声でたずねた。

「もっときみが欲しい。キャシー、今日いちにち、いっしょに過ごしてくれと言っただろう。今度は、ぼくのほうから頼みたい。今夜、ぼくといっしょに過ごしてくれ」

6

カサンドラは寝室を行ったり来たりしながら、これから起こることに緊張し、動揺していた。これから三十分後に、イーサンと夕食をともにする——そのあとは……食後に起こることは。今夜、ぼくといっしょに過ごしてくれ。

彼の台詞を思い返した。それは彼女がひそかに聞きたいと願っていた言葉だった。心の底で、その言葉を期待して〈ブルー・シーズ・イン〉に立ち寄ったのだ。ひと晩だけでも、孤独な夜を過ごさずにすむように。長い間の孤独を、心のなかで愛しつづけてきたイーサンに癒してもらいたくて。

今夜、それが現実のものとなる。

今夜、彼女は体裁をかなぐり捨て、今夜だけ、ずっと胸の内に抑えこんできた欲望を解き放つのだ。今夜だけは、ひとり暗闇に横たわって、イーサンに触れられていると自分を騙してみずからを慰める必要はないのだ。

一時間前に宿屋に戻ったとき、彼女とイーサンはその場で別れた——ただしそのまえに彼は、馬小屋の暗い隅に彼女を引っぱっていき、またもやうっとりとしてひざが抜けてしまいそうなほど激しい口づけをした。彼女は興奮して息を切らし、激しい欲望に体が疼いた。寝室に戻る途中で、彼女がソフィーの部屋に立ち寄ると、メイドが長旅で疲れはてている様子だったので、夕食を部屋に運んでくれるようにミセス・ティルドンに依頼した。メイドは女主人の心遣いをありがたく受け入れた。

メイドの部屋にすぐに食事を届けるように頼んだことに、カサンドラは良心の呵責《かしやく》を覚えた。それはイーサンとふたりきりで食卓に着くための、身勝手なふるまいだったからだ。だが彼女は、未亡人が公の場で古い友人と食事をともにしてもなにも不都合はないと自分に言い聞かせた。それにダイニングルームには、当然、ほかの客もいるに違いない。食事のあとの予定がいかに不適切かという点については、彼女は無視することにした。

楕円形《だえんけい》の姿見に歩み寄り、カサンドラはそこに映った自分の姿を見てため息をついた。せめて今夜だけは、美しい服を着たかったと心から思った。ウエストモアは最低限必要なもの以外はなにひとつ彼女に買い与えてはくれなかったので、美しい服など持っていなかったが、それでも彼女は精一杯身だしなみに気を配った。このくすんだ灰色のドレスは、けっして亡き夫を弔《とむら》うふりをする偽善者の装いなどではなかった。

ノックの音で、彼女は我に返った。部屋を横切ってドアを開けると、メイドの衣装を着た、のっぺりした顔つきの、リンゴのようなほおをした若い娘が、おいしそうな匂いが漂っているトレーを抱えて、軽く頭を下げた。「お食事をお持ちしました、奥さま。入浴の準備もととのっております」

「食事？ 入浴……？」混乱した彼女が言い終わるまえに、メイドが部屋に入ってきて、そのうしろから四人の屈強な若者が、湯を張った大きな銅製のバスタブを抱えて入ってきた。メイドはベッドの上にトレーを置き、男たちは暖炉のほうに近づいた。「でも、わたしは――」

「タオルと石けんはこちらに」メイドは勝手に話を続け、その品々をバスタブのそばに置いた。「それから、手紙もお預りしております、奥さま」彼女はきちんと封蠟が押された手紙をエプロンのポケットからとりだし、カサンドラに手渡した。「長旅でお疲れでしょう、奥さま。温かいお食事を召しあがって、ゆっくりお風呂にお浸《つ》かりになれば、きっと元気になられますわ」メイドはふたたびお辞儀をすると、若者たちのあとから部屋を出て、静かにドアを閉めた。

カサンドラはすぐに封蠟を切り、なかの短い手紙を開いて読んだ。

ゆっくり風呂に浸かってくれ。すぐに行くから。

イーサン

彼女は、山盛りの料理がのったトレーと、湯気がたっているバスタブを見て、彼の思いやりの深さに涙ぐんだ。彼はダイニングルームではなく、彼女の部屋でふたりきりで夕食をとるほうがいいと判断したのだ――その計画は、彼女の胸を不規則に高鳴らせた。

ソフィーの助けを借りずにできるかぎり急いで服を脱ぐと、彼女は温かい湯のなかに身を沈め、至福のため息をついて肩まで湯のなかに浸かった。ゆっくりと目を閉じかけたとき、窓のほうでかすかな物音がした。目を開けると、せまいバルコニーに人影が見えたので、彼女は心臓が口から飛び出そうになったが、その人影が見慣れた姿であることに、彼女はすぐに気がついた。彼がフランス窓を開けて、部屋のなかに入ってきた。

彼女は驚いて目を見開き、バスタブに近づいてくるイーサンの姿を見つめた。彼の目は燃え立つ黒檀のようにきらきらと輝き、片手には使い古した大きな革製のカバンを提げていた。彼女はむさぼるような目で、長身の体軀と広い肩、体にぴったりとした乗馬用ズボンからのぞく長い脚を見つめた。闇夜のような黒髪は、暖炉の光を浴びて黄金色に光っている。暖炉の火が、彼のいかつい横顔を、よりいっそう彫りが深く、魅力的に見せていた。彼はたくましくて力強く、男らしく見えた。たまらなくセクシーだ。そう意識したとたんに、彼女は体がかっと熱くなり、期待で背筋がぞくぞくした。

「どうやって、そのバルコニーに登ったの？」彼女はたずねた。

「おれの部屋は、この真上にあるのさ。飛び降りるのは造作《ぞうさ》もない」

彼女は目を見開いた。「飛び降りたの？　怪我をしたらどうするの！」

彼はバスタブの縁まで来ると、足を止めた。自分の裸体を舐めまわすように見つめる彼の視線に、彼女は体がほてるのを感じた。「褒美の価値を思えば、リスクは小さい」

「なぜ、ふつうにドアから入ってこないの？」

「きみのような並はずれた女性には、あまりに平凡すぎるだろう。今夜は、きみのために並はずれた夜を演出しようと決めたんだ」

彼の優しい言葉に、カサンドラの胸はときめいた。返答を考えつくまえに、彼は話を続けた。「どうやら、タイミングは完璧だったようだな」

「完璧って、なんのために？」彼女の声は、明らかにうわずっていた。

「きみの入浴を手伝うためさ――ぼくの計画の第一段階だ」

「それが第一段階だとしたら、第二段階でなにが起こるのか、わくわくするわ」

彼はカバンを床に置き、ひざまずいた。ひじまでまくり上げたシャツの袖からのぞく、たくましく陽に焼けた前腕をバスタブの縁にかけ、指先で湯を掻きまわした。彼は真剣な顔で彼女を見つめた。「第二段階は――きみにすばらしい夜をプレゼントすることだよ。いままでずっとそのチャンスを奪われてきた、喜びと、笑顔に包まれた、ロマンチックで情熱的な一夜をね」

「ああ……わたし」彼女は涙で目を潤ませた。

湯から顔を出しているひざに、彼が濡れた指先でそっと触れると、彼女の全身に電流が走った。「いっしょにいられる時間には限りがあるから、ダイニングルームで食事をして時間を無駄にしたくなかったんだ。かまわないだろうか？」

カサンドラはうなずき、詰まったのどから必死で声を絞り出した。「最後に誰かがこんなふうにわたしを気づかってくれたのがいつだったか、もう思い出すことさえできないわ」

「キャシー、きみはいつだって気づかわれるべきだ。でも、おれの目的は自分勝手なものなんだ。ふたりきりで、この時間を過ごしたい。きみを独占したいんだ」

彼女を見つめるイーサンの熱っぽい視線や、彼の魅惑的な甘いささやきが、まるで毛布のぬくもりのように彼女を包んだ。「わたしも、あなたを独占したいわ」彼女は首を伸ばして床の上に目をやった。「持ってきたカバンには、なにが入っているの？」

彼は口を歪めてにやりと笑い、目を輝かせた。「きみを驚かせるためのプレゼントだ」

「どんなプレゼント？」

「知りたいかい？」

「ええ、もちろん」

彼の瞳がいたずらっ子のようにキラリと光る。「どれくらい知りたい？」

彼のわざとらしい流し目に、彼女は思わず笑ってしまった。「なにが欲しいか、言って」

彼の目にともった炎で、火傷《やけど》しそうだった。「とりあえず、キスかな」彼は前にかがみ、軽くキスをした。一度。二度。彼女をからかうような、じらすようなかすかな接触が、かえって彼女の欲望を掻きたてた。三度目に唇を合わせたとき、カサンドラは彼の下唇に舌を這わせ、低いうめき声を勝ちとった。ふたりの舌が優しく絡みあう。彼女は濡れた両手で彼の髪を梳いた。自分がみだらな女になった気がした。ようやく身を起こした彼は、呆然とした表情で、息を切らしていた。

「どうして、そうやってぼくを悩ませるんだ」

「なにもしていないわ。ただ、お湯に浸かっているだけ」全裸ではあったが、彼女は精一杯とり澄ました調子で答えた。

「それだけで、おれはもうふらふらだよ」

これまで経験したことのない、女としての悦びが全身を駆け抜ける。「だとしたら、それは、あなたが……わたしを大胆にさせているのよ」

「また、そんなことを言って、おれを悩ませるんだな」彼はふざけて顔をしかめた。「カバンを開けてほしいんじゃないのか？」

「開けて、お願い」

彼は革のカバンを開けた。すると突然、ほのかなバラの香りが漂ってきた。イーサンは、茎をひもで縛った花束を彼女に手渡した。

「イーサン、なんてきれいな花なの」彼女は花束を受けとると、鼻を近づけて大きく息を吸った。鮮やかな赤やバターのような黄色や、雪のような白やほおのようなピンクの繊細な花びらに指を這わせる。「なんてきれいな色なのかしら。でも、散歩から戻って一時間もたたないのに、どこで手に入れたの？」

「庭のバラ園から切り取ってきた」

彼女は花束越しに彼の顔を見た。「バラは、わたしのいちばん好きな花なのよ」

「知っているよ。だから、きみにそれをあげたかったんだ」

彼女は涙がこぼれそうになるのを彼に見られたくなくて、うつむいて花束に顔を埋めた。

「花束なんてもらったの、初めてだわ」彼女は小声で言った。「ありがとう、イーサン」

「どういたしまして。きみは、毎日花束を受けとるべき女性《ひと》だよ」彼は彼女から受けとった花束を床に置き、ふたたび手を伸ばして彼女のひざをそっと撫で、それから脚の曲線をなぞってふくらはぎに手をあてた。彼の熱い視線が、彼女の体の上をゆっくりと移動する。湯に浸かっているのにもかかわらず、体に火がついたような気がしている自分に、彼女は心底驚いた。彼の熱い視線が彼女の胸に留まると、注目された乳首がとたんに固くなった。突然、恥ずかしさがこみあげてきて、彼女は体を隠そうとしたが、彼は首を振って、彼女の両手を片手でつかみ、それを自分の唇にあてた。

「隠さないでくれ、キャシー」そのひとこと、ひとことが、熱い吐息となって彼女の肌を刺激する。「入浴を、楽しんでいるかい？」

ほおが赤らむのを感じたが、彼の強い視線から目をそらすことはできなかった。「気持ちがいいわ」

「バスタブを用意させようと決めたときから、きみのことを考えていたよ――裸で、濡れたきみのことを」

彼の言葉は、乾いた焚《た》きつけに飛ぶ火花のように、一気に彼女の子宮に火をつけた。「裸になって、濡れた瞬間から、わたしもあなたのことを思っていたわ」

欲望を剥きだしにした彼の熱っぽい視線を浴びて、カサンドラは冷たい風にあたりたくなった。これが、本物の欲望というものなのね。

無言のまま、彼はタオルの上にのっていた小さな石けんをつかむと、それを湯につけ、大きな手で泡立てた。両手にたっぷり泡をつけてから、彼は彼女のうしろにまわった。「前にかがんで」彼は優しく指示した。

彼女は命令にしたがい、立てたひざを抱えこんだ。期待で肌が疼いた。濡れた背筋をつたう泡だらけの手の感触に、彼女はため息を漏らした。彼の手が背中全体をさするうちに、それは悦びの長い吐息に変わった。ぬくもりで全身から力が抜けていき、長いあいだの緊張がほどけていく。彼以外のすべてのものが、この世から消え去った。感じられるのは、ただ肌の上を這う彼の手だけ。お湯をすくっては、彼女にかける彼の手。

「今度は、うしろにもたれて、キャシー」

彼女は小さくため息をついて、言われたとおりに頭を曲線状になったバスタブの縁に預けた。うれしいことに、石けんを塗る彼の手がゆっくりと下のほうに降りていく。まずは片方の腕、次にもう一方の腕へと。優しく腕を撫でたあと、感じやすい指を一本一本丁寧に洗っていく。彼女は心地よさに酔い、骨まで溶けていくような気がした。

「この感じ、すごく……ああ……気持ちいいわ」彼女はハスキーなため息を漏らす。

「こんなに柔らかい肌に触れたのは、生まれて初めてだよ」手ですくった湯を彼女の上腕にかけながら、彼は言った。

「あなたに撫でられると、体が溶けてしまいそうだわ」

彼はふたたび両手を泡だらけにすると、今度は彼女の鎖骨にとりかかった。指先が鎖骨のくぼみや首筋を這ってから、胸のほうに降りていく。彼の両手が湯のなかで乳房を撫でると、彼女は息を飲み、それから彼の手にみずから胸のふくらみを押しつけた。彼の両手が乳房を包み、突き出ている乳首の先を親指がそっとかすめる。

彼女は背中をのけぞらせ、両手を彼の首にまわし、彼のあごに軽いキスをくりかえした。

「また、ぼくを悩ませる気だな」彼の両手は、彼女の下半身へと向かっていった。

カサンドラは、はっと息を飲んだ。「もうおかしくなっちゃいそうよ」

彼の両手が太腿のあいだに入りこみ、バスタブの幅っぱいに彼女の脚を広げた。「やめてほしいかい？」

「とんでもないわ」彼の唇に自分の唇を押しつけたまま、彼女はささやいた。「お願い、やめないで」

　彼女は目を静かに閉じて、悦びのため息を漏らしながら、すべての抑制を解き放って感覚だけに身をまかせた──こんなことは、夫とのあいだでは想像すらしないことだった。イーサンの大きな片手が、ふたたび胸に戻って乳房をもてあそび、もう片方の手は大きく広げた彼女の脚のあいだに忍びこむ。感じやすい部分に彼の指が触れた瞬間、ふたりは同時にうめき声をあげた。彼女のもっとも繊細な部分を愛撫する彼の指の動きに合わせて、ふたりはゆっくりと舌を絡ませあった。

　彼女は唇を重ねたままうめき声をあげ、それまで経験したことがない激しい欲望に突き動かされて、彼の手に自分の体をすり寄せた。痺《しび》れるような感覚に、彼女は我を失った。両手で彼の肩をつかみ、キスをもっとせがみながら、彼の指がもっと奥まで侵入しやすいように腰を浮かせた。

　だが、ようやく彼の指がなかまで忍びこみ、優しく彼女を刺激すると、彼女はもはやそれだけでは満足できなかった。もっと体を密着させて、肌と肌を合わせたかった。

　イーサンはもう一本の指をなかに差し入れると、手のひらで彼女の感じやすい部分を円を描くように愛撫した。彼女は体の奥底からため息をもらした。強烈な快感が全身を駆け抜ける。本能のおもむくままに、彼女は片脚を上げてバスタブの縁にかけ、彼の愛撫を求めてさらに大きく脚を開いて、腰を浮かせた。体の芯が疼き、絶頂感を得ようとしても得られないもどかしさがつのっていく。

するると、彼が動きを速めた。乳首をもてあそぶ指先に力が加わり、舌の動きが激しくなり、指が荒々しく奥深くまで侵入する。全身が痙攣し、彼女は悲鳴をあげた。激しい快感の波が次から次へと押し寄せてくる。彼女は意識が薄れるほどの快感に酔った。やがて痙攣はおさまり、これまで経験したことのない心地よい疲労感が彼女の全身を包んだ。

彼女は、彼の指が体内から出て行くのを感じたが、彼の唇は襟足にキスをくりかえしていた。

「キャシー」彼は、耳たぶを軽く嚙みながらささやいた。

「イーサン……」彼女が悦びに満ちたため息とともに彼の名を呼ぶと、彼は服がびしょ濡れになるのも厭わずに、彼女を両腕で抱え上げた。抱き上げられたまま、燃えるようなまなざしで見つめられた彼女は、体じゅうが熱くほてるのを感じた。

「つかまっていろよ」彼が言った。

カサンドラが両手を彼の首にまわすと、彼はいったん腰をおろしてタオルをつかみ、それで彼女の体をおおった。彼の体温と、暖炉の火で温められたタオルに包まれながら、彼女はイーサンの首筋にキスをくりかえした。

彼はベッドまで彼女を運ぶと、ゆっくりと彼女を床に下ろし、タオルで優しく彼女の体を拭いた。彼女は両手で彼のほおを包みこみ、つま先立ちになってキスをした。ぎゅっと抱きしめられると、彼の体温が体じゅうに伝わってきた。固くなった彼のものが下腹に押しつけられ、それに呼応するように子宮がきゅっと縮まった。

「イーサン」彼女は彼を見上げてささやいた。「こんな感じは、生まれて初めてだわ」

彼の瞳が一瞬曇ったが、そこに浮かんだ感情の正体は彼女にはわからなかった。「おれのほうこそ、楽しませてもらったよ」

「もっと楽しいことをしてあげる」

ユーモラスな表情がかすかに彼の顔に浮かんだ。彼は彼女のジニョンからピンをはずした。「きれいな髪だ」髪を指で梳きながら、彼は言った。「きみの体も、美しい」彼は一歩下がって、彼女の全身をまじまじと見つめた。「本当に、きれいだよ」彼が彼女の胸を手で包み、指先で乳首を愛撫すると、彼女の口からあえぎ声が漏れた。イーサンが首を曲げて、固くつんと立った乳首を口に含むと、彼女ははっと息を飲んだ。

「これって、不公平だわ」彼女は身をのけぞらせて言った。「わたしにも、あなたの体に触れさせて、イーサン」

彼は乳首にゆっくり舌を這わせてから、顔を上げた。「いいとも」彼女の両手をつかんで、自分のシャツの上に置いた。「脱がせてくれ」

彼女は震える手で彼のシャツのひもをつかんだ。彼女の手つきがぎこちないのは、夫を悦ばせられなかった自分は、彼を悦ばせることもできないのではないかという不安がよぎったからだった。そんな彼女の不安を察して、彼は言った。「きみとこうしていっしょにいるだけで、おれは最高に幸せなんだ、キャシー。きみほど美しい女性は見たことがないし、こんなに柔らかい肌に触れたこともない。いますぐきみに跳びかかりたいのを、必死に我慢しているんだ。おれの自制心がどこまでもつかわからないよ」

彼の言葉に、彼女はみだらな期待をつのらせてシャツの前を開いた。「自制心なんて捨ててかまわないわ」彼女は両手を彼の胸にあてた。イーサンの体はいかにも労働者らしく、筋肉質でがっしりとしていて、真っ黒に日焼けしている——たくましく、男らしいその体つきは、たまらなく魅力的だった。小麦色の広い胸には黒い体毛が生えていて、しだいに細くなった先端が、黒いリボンのように胴をふたつに分けている。その胸毛の続きを早く探求したくて、彼女は指先がむずむずした。

彼の体臭を楽しむように、彼女は深く息を吸った。石けんと、清潔なリネンと、それに昔からそうであったように冒険の香りがする。彼の姿を見ただけで、彼女は向こう見ずで無鉄砲な気分になった。大胆な気持ちになっている自分にめまいがしそうだ。それは、自分でも意外な感情だったが、もはや抑えることができなかった。

彼の体に見とれていた彼女は、視線を無理やり彼の顔に向けた。「あなたに、むさぼってほしいわ。感じたいの。すべてを。あなたに触れたいのよ。あなたのすべてに」

彼の瞳に欲望の火がともった。彼女の助けを借りて、彼はシャツを脱ぎ捨てた。カサンドラは彼の胸に唇を押しあて、そのまま唇を這わせて乳首を噛んだ。手のひらに彼の鼓動を感じ、のどの奥から絞り出される低い声に耳をすましながら、優しく乳首をしゃぶった。両手を胸から下のほうに這わせ、固く引き締まった筋肉や、みぞおちの真ん中を縦に貫く黒いリボンのような胸毛を指先で探るようになぞっていく。両手が彼の乗馬用ズボンにかかったところで、彼女は顔を上げた。「これも脱いで、イーサン」

彼女は一歩退いて、彼がズボンを脱ぐ様子を眺めた。最初にブーツを脱ぐと、続いて、体にぴったりした乗馬用ズボンを脱ぎ捨てる。ようやく全裸になった彼の姿を見て、彼女は口のなかがからからに渇いた。魅力的な胸毛のリボンはずっと下の、脚の付け根まで続いていて、そこには、興奮した男の象徴が彼女を魅了するように堂々とそびえ立っていた。逞しい両脚はすらりと長く、全身に期待のあまり緊張がみなぎっている。

彼女はゆっくりと彼のまわりをまわって、背中で立ち止まり、傷痕に目が釘付けになった。

「これも火事で負った傷なの?」彼女は優しい声でたずねながら、皮膚がひきつっている白っぽい傷痕に指を這わせた。

「そうだよ」

彼女は両腕を彼の胴にまわして、古傷にほおずりすると、背中のあちこちにキスの雨を降らせた。「すごく痛かったでしょう」カサンドラはキスの合間にささやいた。彼の苦しみに、胸が張り裂けそうになった。「本当に、かわいそう」

「もう、なんともないよ」

最後に、背中に長いキスをすると、彼女はふたたび彼の正面に戻った。手を伸ばし、勃起した彼のペニスの先を指先でそっと触れた。イーサンははっと息を飲んだ。「あなたって、とてもすてきな体をしている。たくましいのね」

彼は生唾を飲みこんだ。欲望で瞳を曇らせ、肌を紅潮させている。彼女は、そんな彼の欲望を全身に浴びていた。

「いまはまったく、自分がたくましいなどとは思えない」彼は振り絞るような声で言った。

「あら？　じゃあ、どんな気分？」

「征服されてしまった気分だ」

彼女は、彼のそそり立ったものに指を巻きつけてそっと握った。彼は突然、目を閉じた。

「打ち負かされた気がするよ」彼はささやいた。

「やめてほしい？」さっきの彼の質問を、彼女はくりかえした。

「いいや、だめだ。やめないでくれ」

彼の追いつめられたような口調に、純粋に女としての満足感を覚え、彼女は笑みを抑えることができなかった。「あなたが、そう言うのなら」彼女はそうつぶやくと、彼のものに指を這わせ、ぴんと張りつめた皮膚の隅々まで探った。最初は片手で、そのうち両手を使って、彼自身を包みこみ、刺激する。彼の息がどんどん荒くなっていくのを確かめながら、その行動はしだいに大胆に、堂々としたものになっていった。

長いうめき声を漏らし、彼は天を仰いで両目をぎゅっと閉じた。「どれほど気持ちがいいか、きみには想像もつかないだろう」

ペニスの先端で白く光っている液を、彼女が一本の指先で触れて、そのまま腫れ上がった皮膚に撫でつけると、彼は首を絞められたような声をあげて、彼女を両腕で抱き上げた。「もう我慢できない」彼はそうささやくと、彼女をベッドカバーの上に横たえ、自分もベッドに上がり、彼女のひざをこじ開けて、大きく広げた脚のあいだにひざまずいた。浅い息をくりかえしながら、手を伸ばして、彼女のふくれた蕾《つぼみ》を指でまさぐると、そこはしっとりと濡れていた。彼女の肢体に視線を這わせたあと、彼女と見つめあい、それから彼はゆっくりと彼女の上に体を重ねた。

彼がするりとなめらかに彼女のなかに侵入すると、その心地よい摩擦と、彼の体の一部が自分の内部に入っているという一体感に、彼女は言葉を失うほど驚嘆した。彼のすべてが彼女のなかにすっかり飲みこまれると、彼はしばらく動きをとめたので、彼女は、彼が自分の体の奥まで侵入しているという感覚に酔った。両脚を彼の腰に巻きつけ、両腕を首にまわすと、彼女は、彼の体をしっかりと抱き寄せた。

「情熱ってこういうことを言うのね」彼女はささやいた。

「そうだよ」彼はいったん彼女のなかから出てから、ふたたびゆっくりと彼女のなかに入った。さっきと同じなめらかな感触が、彼女の膣を心地よく刺激した。「そして、これが……」彼はもう一度ゆっくりと彼女のなかに侵入した。やがて彼は動きを速め、激しく奥に分け入った。その一突き、一突きが彼女をじりじりと限界へと追いつめた。彼女は彼の肩に爪を立て、びっくりするような悲鳴をあげて、彼の下で弓なりになり、息ができないほどの激しい快感の波に飲みこまれていった。イーサンは全身をこわばらせ、次の瞬間、彼女をきつく抱きしめてから、彼女の首筋に顔を埋めて、彼女のなかにすべてを解き放った。

身震いが止まると、彼は数回荒い息をしてから、ようやく顔を上げた。カサンドラが目を開けると、彼女と同じように、彼もうっとりと満ち足りた顔をしていた。それを見て、深い満足感が彼女の全身に広がった。

彼のほおに片手を置いた。「これが、愛しあうってことなのね」

イーサンは、彼女の手のひらに口づけした。「そうだよと言ってやりたいところだが、本当のことを言うと、おれもこういうものとはいままで知らなかった」

「こういうものって？」

「最高だよ」

彼が体をずらそうとすると、カサンドラは腕と脚に力を入れて彼を押しとどめた。「どかないで。あなたに乗られている感覚、あなたがわたしのなかに入っている感触は、あなたの言葉を借りれば、最高なんだから」彼女は探るように彼を見つめると、小さな声で言った。「わたしと……ウエストモアとの関係は、とても……冷淡なものだったの。あなたみたいに、愛してくれたことは一度もなかった。彼は、わたしのベッドに来ることを仕事だととらえていて、ただ跡継ぎをつくるために、わたしのなかに種を植えつける作業をさっさと終わらせたいと思っていたのよ」

彼は怒りの感情をあらわにした。「きみを妻にできるほど幸運な男のくせに、きみを大切にしないとは、とんでもない奴だ」彼は憤然として言った。

彼女が下唇を震わせると、彼は身をかがめて、優しくそこに舌を這わせた。彼女は小さくあえぎ、彼の顔を引き寄せて、ゆっくりとディープキスをした。彼が顔を上げると、彼女はおずおずと言った。「わたしを抱いた様子から見て……間違いなく、あなたは……経験豊富みたいね」

彼は真剣なまなざしで彼女をじっと見つめ、それから静かに言った。「きみほどおれの心をとらえた女は、いままで誰もいなかったよ、キャシー」

彼女の指が、彼の傷痕を優しく撫でる。「やきもちなんて、ずいぶん長いこと焼いたことがなかったわ。でも、あなたがいままで触れたすべての女性に、わたしはやきもちを焼いている。それに、この先あなたが触れるすべての女性に」彼が誰かとこんなふうに抱きあい、愛しあうところを想像しただけで、彼女のなかでふつふつと嫉妬の感情がこみあげてきた。

「キャシー……残り少ない時間を、そんなに先のことを考えて無駄にするのはよそう」

もちろん、彼の言うとおりだった。「そうね」彼女は彼の下で体をくねらせ、彼の手が体を這う感触に笑みを浮かべた。「わたしの体に、尽きることのない興味を抱いてくれて、とてもうれしいわ」

「そいつはよかった。おれの興味はまだまだ尽きることはないからね」

「あなたについて、わたしも同じことを考えていたところよ」

彼は口の端に軽くキスをした。「そんないいニュースを聞いたのは、生まれて初めてだよ」

満足げに深く息を吸いこむと、バラのかすかな香りがしたので、彼女はたずねた。「あのカバンのなかには、ほかになにが入っているの？」

「毛布と、ワインと、イチゴだよ――ここに運んだトレーの料理と合わせて、ピクニックをしようと思って」

彼の思いやりの深さに、彼女は目に涙を浮かべた。「あなたといっしょに行ったピクニックは、わたしの人生のなかで、いちばん楽しかった思い出だわ」

「おれにとっても、同じさ。食事をしたあと、また愛しあおう――今度は、あわてないできちんと」彼は、耳のうしろの感じやすい部分に鼻をすりつけた。「次はもっと楽しめるよ。三度目は、きっと、もっとよくなる」

「待ちきれないわ」彼女はふたたびディープキスを求めて、彼の唇を引き寄せた。「早くまた愛しあいたい」

彼はカサンドラの望みをかなえた。朝焼けに窓が藤色に染まるころに、ようやく彼女は彼の腕なかで睡りに落ちた。やがて彼女が目を覚ましたとき、彼の姿はどこにもなく、枕の上に一枚の置き手紙があった。枕には、彼が寝ていた跡のくぼみがまだ残っていた。彼女は震える指で手紙をとり、短いメッセージに目を通した。

昨夜のことは、一生忘れない。こんなふうに去っていくおれを許してくれ。どうしても、別れを言いたくないんだ。

目の前の視界が曇り、一粒の涙が手紙の上に落ちた。イーサンは行ってしまった。そしてまた、耐えがたい孤独が戻ってきた。

7

イーサンはローズの手綱を引き、息を切らして汗をかいた雌馬の首を愛おしげに軽くたたくと、砂浜越しに、セント・アイヴィス湾のきらきら光る青い海を眺めた。昨夜の記憶を頭から消し去ろうとして、彼は夜が明けきらないうちからずっと馬を走らせていた。数時間がったいま、すでに陽は高く、どこまでも続く紺碧の空をさえぎる雲はひとつもなかった。だが、どうしてこんなに空が晴れているのだ？　キャシーは行ってしまったというのに。いまの彼には、灰色の薄暗い空に、冷たい風が吹いている天気がふさわしいのに。

彼はゆっくりと浜辺を見渡した。昨日、ふたりで歩いた道をたどり、キスを交わした岩肌の見える崖に目を留める。これまで感じたことのないほどの空しさと、強い願望が、彼の内部でうず巻いていた。そして、それには怒りの感情も混じっていた。自分に対する怒り——彼女をここに泊めたことに。二度と手に入らないものに手を出したことに。この腑《はらわた》がえぐられるような苦痛を自分に課したことに。もしかしたら、一度天国を味わうことは、その経験がないよりもずっと辛いことかもしれない。もう二度とあんな幸せは訪れないとわかっているのだから。

昨日、彼女に会うまえも、彼女を忘れられずにいた――そのために、彼はけっして消えない深い痛みを抱えていたが、その痛みにはどうにか耐えることができた。

だが、彼女を抱きしめ、彼女のキスの味を知り、いっしょに笑い、愛しあい、彼女を腕に抱いて眠るという経験をしてしまったいま、この痛みにこれからどうやって耐えていけばいいのだろう？　心がばらばらになって吹き飛ばされそうな感じがする、この痛みに？　いまの彼の心には、けっして埋まることのない大きな穴がぽっかりと開いている。

ポケットから彼女のハンカチをとりだし、そこに刺繍されたイニシャルを見つめた。彼女の瞳の色と同じ、ダークブルーの糸の刺繍。彼はハンカチを握りしめ、目を閉じた。なぜ心が麻痺《まひ》しているにもかかわらず、こんなに胸が痛むのだ？

彼女との思い出を記憶から消し去ることなど、どうしてできるだろう？　かつて、彼女は彼の心のなかに住んでいた。だがいまは、彼女の匂いや味や感触が、この皮膚に染みついている。彼の心にこれほど深く刻みつけられた彼女の痕跡を、消し去ることができる女はいないだろう――これまでも、そんな女はいなかったのだから。だが以前は、いつかはそういう女性に出会えるという淡い希望を抱いていた。彼の孤独をほんのつかの間だけ癒してくれるという関係以上になれる誰かにめぐり逢えると。

だがいまは、その希望すら打ち砕かれた。なぜなら、肉体的な欲求を満たすだけのセックスと、魂を捧げた相手と愛しあうことの違いを、知ってしまったからだ。始末の悪いことに、これまでの安らぎの場所は、いまはキャシーとの思い出が詰まった場所になってしまった。宿屋も、馬小屋も、ほぼ毎日訪れるこの砂浜まで。いまでは、思い出から逃れられる場所はどこにもない。

白波の立つ海面にもう一度目をやってから、彼はローズ——キャシーの好きな匂いにちなんでつけた名だ——の向きを変えて、馬小屋に戻った。馬にブラシをかけたあと、彼は馬具室に入った。馬具をしまっていると、背後から声がした。「いま、ちょっと話ができるかしら、イーサン？」

振り返ると、戸口にデリアが立っていた。その顔には、判読しがたい表情が浮かんでいる。青白い顔と、グレーの仕事着をしきりにいじる指の動きから、どこか様子がおかしいと彼は感じた。

「もちろん。なにか宿で問題でも？」

彼女は首を振って、部屋に入ってきた。「宿屋のこととは関係ないわ」彼女は口をきっと結ぶと言った。「レディ・ウエストモアについて話をしたいの」

キャシーの名を聞いただけで、彼は無意識に拳を握りしめた。「彼女が、なにか？」

デリアは一瞬目をそらしたが、すぐに彼を見つめ直した。「あなたには、ずっと好きな人がいるってわかっていたの。過去に出会った誰か。だから、わたしがいくら近づこうとしても、あなたはわたしの気持ちに気づかないふりをしているのだとわかっていたわ」彼女はあごを突きだした。「彼女だったのね。レディ・ウエストモア。彼女が、あなたの心をつかんで離さない女性だったんでしょう」

なんてことだろう。誰もがひとめでわかるように、おれの顔には恋わずらいをしていますと書かれていると言うのか？

彼がなにも答えないと、デリアはぎこちなくうなずいた。「まあ、否定はしないのね。そんなことをしても意味はないけど。だって、あなたが彼女をどんな目で見ているか、わたしはこの目で見てしまったんだもの」

「どんな目で見ているというんだ？」

「いつの日か、あなたに、そういう目で見つめてほしいってずっと思っていたように」

イーサンは深いため息をついて、両手で顔をおおった。「デリア、すまない」

「別に謝ることじゃないわ。友だち以上の関係になれるって、間違った期待を抱かされたことはないし」彼女はうつむいて、床を見つめた。「あなたは、すばらしい人だわ、イーサン。正直で。あなたを亭主にしたいってわたしが思ったのは、あなたのせいじゃないもの」

彼は、デリアに歩み寄り、優しく彼女の肩に触れた。「きみを、大切に思っているのはわかっているだろう、デリア」

顔を上げた彼女の目に、涙が浮かんでいた。「わかっているわ、イーサン。でも、わたしがあなたを大切に思っているのとは違う意味なのよ。わかっていたの。でも、あなたの心をつかんで離さない女《ひと》は、二度と会えないか、死んでしまっているって自分に思いこませていたの。いつの日か、あなたもそれに気づいて、やり直す気になるって。そのときを、わたしは待っていたのよ」

彼女は深く息を吸い、うしろに一歩下がった。彼の両手がわきにだらりと下がった。「でも、そういう人がいるってことを頭でわかっているのと、実際に会うのとは大違いだわ。もう二度と、あなたを見ていて、あなたが、わたしのことを考えているなんて思うことはできないもの。あなたは、彼女のことを考えているんだって、わかってしまうから。いまはもう、彼女は頭のなかにいる幻《まぼろし》じゃなくなってしまったんだもの。実際に、会ってしまったんだもの。あなたが、彼女を見つめ、ほほえみかけるところを見てしまったんだもの。あなたたちが笑いあうところを。わたしが入りこむ隙はまるでないわ。だって、あなたの心のなかには、彼女しかいないんだもの」

デリアの言葉を否定したかった。キャシーからデリアに、気持ちを移せればと切望した――いっしょに未来を生きていける、同じ階級の女性に。だが残念ながら、彼のキャシーに対する想いは、骨まで染みこんでいた。ずっと昔からそうだったのだ。それは自分でもわかっていたし、デリアもそれを知っていた。だから、デリアに真実以外のことを告げて彼女を傷つけることはできなかった。

「きみを傷つけるつもりなどなかったんだ、デリア」

彼女は肩をすくめた。「自分で勝手に傷ついたのよ。でも、どうやら、あきらめる潮時みたいね。わたしはここから出て行くわ、イーサン。〈ブルー・シーズ・イン〉から。セント・アイヴィスから。ドーセットの姉のところに行こうと思うの。数カ月前に双子が生まれて、人手が必要なのよ」彼女は手を揉み、迷いと哀れみと怒りが入り交じったような色がその瞳に浮かんだ。「いくら彼女を想ったところで、望みがないってことは、自分でわかっているのよね。貴族の娘が、わたしたちみたいな平民を相手にするわけがないって」

彼は歯を食いしばった。「わかっているよ」

「いくら彼女を想ったところで、夜、体を温めてくれるわけじゃないわ。わたしが、いくらあなたを想ったところで、ぬくもりが得られないのと同じこと。わたしは、寒いのにもううんざりしちゃったの。それに、ひとりでいるのも。夫がいる状態が懐かしいわ。誰かと、いっしょに生きていきたいのよ。幸運を祈ってるわ、イーサン。幸せになれることを。愛する人に、めぐり逢えることを」

彼はその場に立ちつくして、彼女のうしろ姿を見送った。一方で、彼女のあとを追いかけ、行かないでくれと乞《こ》うて、キャシーを忘れると彼女に誓いたい自分がいた。ほかの誰かとともに生きて、彼女のことを忘れたかった。だが、その一方で、そんなことは無理だとわかっている自分もいた。これまでの十年間が——そして昨夜の出来事が——そのことを証明していたからだ。

巨大な拳で打ちすえられたように呆然として、彼はデリアが去っていったドアを見つめた。あんなふうに彼にはっきりと気持ちを伝えるのは、彼女にとっても楽なことではなかったはずだ。その想いがかなわないことは知っていたのだから。彼女は、彼にはない勇気を見せてくれた。自分は、一度もキャシーに想いを伝えたことがない。愛していると言ったことがない。

イーサンは、現実に気づいて、その場に立ちすくんだ。それから、ゆっくりと髪を手で搔きあげた。昨日、彼は過去をわきに押しやって、デリアと未来について話しあおうと心に決めたのだ。彼女に対する友情と敬愛をきちんと口にして、それでも自分といっしょになってくれるか、デリアに決めてもらおうと思っていたのだ。それをデリアに対してできるのなら、なぜ自分は同じことをずっと愛しつづけてきた女性に対してできないのだ?

誰かと、いっしょに生きていきたいのよ。デリアの言葉が頭のなかで反響した。彼だって、誰かと、いっしょに生きていきたい。その誰かは、キャシーなのだ。彼女に与えてやれるものは、彼自身以外なにもない。身分もなければ財産もない。だが、彼はけっして彼女を傷つけたりはしない。それに、あのろくでなしのウエストモアが彼女に与えられなかったものを差しだすことはできるのだ。

愛情と、彼の心と、魂を。

もしかすると、ただ情け深い目で見られるだけかもしれない。それどころか、さらに悪いことに同情されるかもしれない。だが、十年間も、不幸で孤独な、愛のない空しい生活を送ってきた女性にとっては、彼の捧げるささやかなものでも充分かもしれない。ほかのことはともかく、すくなくとも彼女は、自分が愛されていることを知ることができるのだ。彼女には、それを知る価値がある。

間違いなく、彼の申し出は断わられるだろうが、それは、一か八か、やってみなければならないことだ。現状では、どうせ彼女は彼の人生から去っていってしまったのだから、気持ちを素直に打ち明けたところで、失うものはなにひとつない。それにもしかしたら、もしかしたら、こんな彼のささやかな申し出でも、受け入れてもらえるかもしれない。すくなくとも彼女に、決めてもらうことはできる。

カサンドラはゲーツヘッド・マナーの居間にすわって、両親のあいだで交わされる会話に意識を集中しようとしていたが、脳裏に去来する想いを振り払うことはできなかった。幸いなことに、母が、最近行った音楽会の話を延々としていたので、カサンドラはただ、ときおりうなずくだけでこと足りた。

紅茶に口をつけ、繊細なティーカップを盾にしてみじめな気分を隠そうとしたが、そんなことをする必要はなかったかもしれない。もしも彼女がテーブルの上に立って、わたしはみじめなの！と叫んでも、両親はそれに気づかないのではないかとカサンドラはいぶかしんだ。

いや……かならずしもそれは正しくないかもしれないと彼女は思った。彼らはきっと気づくだろう。そして母はこう言うのだ。そんなことはないでしょう。くだらない話は、もう聞きたくないわ。そして父は、首を振ってこう言うだろう。もしもおまえが男に生まれてきたなら、悲惨なことにはならなかったし――みんなが喜んだのだ。

たしかに、反論の余地もない。もし彼女が男だったなら、絶対にイーサンとの恋に胸を痛めることなどなかったのだから。

イーサン……ああ、この十年間、痛みと空しさと孤独を味わってきたと彼女は思いこんできた。それが、たんなる将来に備える訓練だったといまさらわかるなんて、なんと皮肉なことだろうか。ウエストモアによって与えられた苦痛など、イーサンの許《もと》を去らねばならなかったこの痛みに比べたらなんでもない。体を締めつけられるような激しい痛みで、彼女は、まともに息もつけないほどだった。

彼女はただ、彼といっしょに過ごす時間が、彼のキスが、彼とベッドをともにすることがどんなものなのか、体験してみたかっただけだった。だが、それを知ってしまったいま、彼女の頭のなかにあるのは、そのことだけだった。それは、彼女が結婚生活で与えられなかったものばかりだった。それは、彼女がずっと求めつづけてきたもの――情熱と、笑いと、優しさ。彼は、あの、夢のようなひと晩に、そのすべてを彼女に与えてくれた。それは、彼女にとってかけがえのない一夜だったが、そのせいで、これから死ぬまですべての夜が、もっと空しく感じられるだろう。

彼女はふたたび紅茶に口をつけると、目を閉じた。とたんに、さまざまな情景が目の前に蘇ってきた。彼女に笑いかけるイーサンの笑顔。彼女にイチゴを食べさせてくれる彼のしぐさ。激しい欲望に駆られた目で彼女を見つめる彼の瞳。身を乗りだしてキスをするところ。彼女の上に、身を沈める姿。

ともに過ごす唯一の夜を、彼は完璧なものにしようとくわだて、みごとにそれに成功した。あまりに完璧すぎたために、彼女が目を閉じるたびに彼の姿がまぶたに浮かんでくる。この先ずっと、かつて心があった場所の空洞の痛みを感じながら生きていくのだ。彼を求める心の奥底の痛みや、彼を必要とする内なる渇望が癒えることはないだろう。

これからずっと、彼を全身全霊で愛しつづけていこう。

自分が、彼を懐かしんでいたことも、愛していたこともわかっていたが、彼に再会するまでは、その感情の計り知れない奥深さに、本当に気づいてはいなかったし、理解してもいなかった。いま、心のなかに巣くっている、腑をえぐられるような激しい渇望に比べたら、〝懐かしむ〟などというのは生ぬるい表現だということが、わかっていなかったのだ。誰かを好きになるということと、心の底から真剣に、狂ったように誰かを愛することの大きな違いを、想像してもみなかった。

だが、彼女はいま、それを知ってしまったのだ。

そして、一瞬味わったあの極楽の味を、二度と忘れることなどできないだろう。なぜなら、彼女は全身全霊をこめて、それを渇望していくからだ。これから毎日、死ぬまで一生。イーサンとともに。イーサンのことだけを思って。

なのに、イーサンは行ってしまった。

こみあげてくる涙を、まばたきをしてあわてて押しとどめた。それから彼女はティーカップを置くと、ドレスの大きなポケットに片手を入れて、彼が残していった手紙に触れた。どうしても、別れを言いたくないんだ。

最初にそれを読んだときは、〈ブルー・シーズ・イン〉を発つまえに彼に会うことができないという想いに、彼女の心は打ち砕かれた。だがその後、馬車のなかで、宿屋の建物がしだいに小さくなっていくのを眺めながら、彼の行動が正しかったことに気づいた。彼女も、さよならなんてとても言えなかっただろう。車輪がまわるたびに、どんどん彼から離れていくことになる馬車に乗りこむことなどできなかったはずだ。それでも、彼女はあの場所をあとにせざるをえなかった。

はたしてそうなのだろうか？

彼女はまゆをしかめた。もちろん、あの場所に別れを告げなくてはならなかったのだ。彼女の家はここ、ゲーツヘッド・マナーなのだから。

本当にそうなのだろうか？

彼女は目を細めて、美しく飾り立てられた室内を見まわした。自分はここで、高級な家具や、多くの使用人に囲まれて、一族の資産によってもたらされる快適さのなかで育った。だが、彼女がいちばん愛していたのは屋敷ではなかった。彼女が気に入っていたのは、イーサンとともに探険した広大な敷地だった。それに馬小屋。そこで、彼女は多くの時間をイーサンとともに過ごしたのだ。

「どう思う、カサンドラ？」

母の横柄《おうへい》な問いかけに、彼女ははっと我に返り、無理やり両親の会話に意識を引き戻した。

「どう思うって？」

母は、いらだたしげに唇を嚙みしめた。それは、カサンドラが子どものころから見慣れた表情だ。ゲーツヘッド・マナーに到着してからこの三時間のあいだに、すでに彼女は何度もその表情を目にしていた。

「トーントン卿と奥さまが来週お見えになるとき、ささやかな音楽会を開いてもいいかということよ」

「もちろんだわ。そうなさりたいのなら、いいと思うけれど。どうして、それがいけないのかしら？」

「あなたに気を遣っているからよ、きまっているでしょう」母は、カサンドラの喪服に棘《とげ》のある視線を送った。「あなたは喪中なんですもの」

カサンドラは口をつぐみ、こみあげてくる苦々しい笑いを必死で押し殺した。「わたしは、まったく気にしませんわ、お母さま」彼女は単調な声で言った。

「喪中など、まったく忌々《いまいま》しい」父はつっけんどんに言った。「厄介なもの以外のなにものでもない」彼は冷たい顔で目を細め、娘をにらみつけた。これもまた、子どものころから彼女をその場で凍りつかせる見慣れた表情だった。父の薄いブルーの瞳は、いつも、彼女に氷を思い起こさせた。「おまえになにも遺さないとは、ウエストモアはまったく思いやりのない男だ。だが、むろん、彼にはそれなりの理由があったのだが」その理由がなにか、彼は言葉に出しては言わなかった。なぜなら、おまえは跡継ぎを産むことができなかったからだ。だが、その場に広がる空気を思えば、それを声に出して言う必要などなかった。「いずれにせよ、喪があければ、すべてまた元どおりだ。手配はすべてすんでいる」

「手配って？　なんの話なの？」

「おまえの再婚だ」

気まずい沈黙が部屋をおおった。その場の空気を吸い尽くしてしまったように。一瞬、カサンドラは目を丸くして父を見つめることしかできなかった。父の言葉を聞き違えたに違いない。何度か唾を飲みこんでから、ようやく言葉が出てきた。「なんですって？　いま、お父さまは〝再婚〟っておっしゃったように聞こえたわ」

「だから、そう言ったのだ。アッターリー公爵が興味を示している。彼が欲しがっているケントの土地を、わたしは最近購入したのだ。それと引き替えに、おまえのためにそれなりの財産と、サリーの土地を差しだすと言ってきた。死んだ最初の妻が、すでに三人の息子を産んでいるから、おまえが不妊であることは障害にならんのは幸いだ。唯一の問題は、おまえの忌々しい喪に服する期間だ。公爵の年齢を考えると、十カ月も待つのは賭けだ。取引が成立するまえに、彼があの世に行ってしまわないことを祈るだけだ」

驚愕の波に一気に飲みこまれて、カサンドラは溺れそうになった。次に自分の口から発せられる音が、笑い声や、鳴き声や、悲鳴や、その三つが組みあわさったものでないよう、彼女は必死で冷静さを保たなければならなかった。母のほうに目を向けると、彼女はうなずいて言った。「あなたは、本当に運がいいわ、カサンドラ。とてもいいお話だもの」

吐きけをもよおしながら、彼女は父に視線を戻した。咳払いをしたあと、彼女は誤解を受けぬようゆっくりと、はっきりした口調で言った。「それは間違いだと思いますわ。わたしは、再婚するつもりなどありませんから」

父の視線がさらに冷たさを増す。「おまえの意志など関係ない。喪が明けたら、すぐにアッターリーと結婚するのだ。ただし、彼がまだ生きていればの話だが。もし、そのあいだに公爵が逝《い》ってしまったら、次の結婚相手はテンプルトン卿だ。彼の最初の妻も、ちゃんと息子をもうけている」

カサンドラは内心のいらだちをぐっと抑えてから、あごを突きだして父をにらみ返した。「どちらのかたとも、再婚するつもりはありませんから」

父はほおを真っ赤にして、さらに目を細めた。「おまえは、言われたとおりにすればいいのだ。すでに話はついているのだから」

「でしたら、お断わりしてください」

「そのようなことをするつもりはない」彼は立ち上がり、床を踏みしめて娘に近づくと、彼女を見下ろして低い声で言った。「アッターリーとの再婚は、おまえにはもったいないほどの話だ。公爵夫人になれるのだから」

カサンドラは内なる震えを感じた。恐怖からではなく、冷たい怒りが突如としてこみあげてきたからだ。彼女はゆっくり立ち上がり、父と対峙した。彼に気づかれないように、ひざの震えを必死で抑える。「お父さまが手配してくださった最初の結婚のおかげで、すでに伯爵夫人になれましたわ――でも、そんな地位をもらっても、一瞬だって幸福ではなかったわ」

「幸福？」父は不審そうにその言葉をくりかえした。「幸福など、どうだっていいことだ」

「どうやら、そのようですわね。お父さまが欲しがっている土地を手に入れられればいいだけなのですから。最初の結婚で、ドーセットの数千エイカーの土地を手に入れたように」

「有益な政略結婚とは、本来そういうものだ」

「お父さまにとっては有益でしょうけど、わたしにとっては、そうじゃないわ」

「公爵夫人になれるのは、おまえにとっても、間違いなく有益なことだ。おまえがこの結婚を望んでいるかどうかなど関係ない。おまえは、わたしの言うとおりにすればいいのだ。それくらいするのは当然だろう――ほかになんの役にも立たないのだから」

それは、これまで何度も、さまざまな形で、彼女に投げつけられてきた言葉だった。最初は父から、そしてウエストモアからも。もうそろそろ言われ慣れてもいいころだった。それでもなお、胸の痛みは感じたが、彼女を満たしていたのは、氷のような、静かな冷静さだった。「最初の結婚を承諾したことで、お父さまへの借りはもう充分に返したはずですわ。再婚なんて、絶対に受け入れません」

彼は氷のように冷たい目で、愛想を尽かしたように娘をにらみつけた。「おまえは、なんの役にも立たないのだから、わたしの家で暮らしている以上は、父であるわたしの言葉にしたがうのだ。この件で、これ以上言い争うつもりはない。これからの十カ月で、そういうことを学ぶがいい。おまえには、ほかに選択肢はないのだから」彼は上着をきちんとととのえると、冷酷な目で娘をにらみつけた。「夕食の時間まで、寝室で休みなさい。どうやら、ふだんより疲れているようだ」そう言うと、彼はアームチェアに戻り、なにごともなかったようにティーカップを手にとった。彼の言いつけがすべて守られると、確信しているのだ。

しばらくのあいだ、カサンドラはその場から動くことができなかった。息をつくのもやっとで、高鳴る胸の鼓動が耳のなかでこだまする。母のほうへ顔を向けたが、彼女も父と同じような無関心な表情を浮かべている。父に敵対して自分の味方になってくれたことなど一度もない女性が、援護してくれるなどということは期待すらしていなかったが、母のその態度に、彼女は骨まで揺さぶられるような強い衝撃を受け、いまさらながらに、自分はひとりぼっちなのだという現実を、あらためて実感させられた。

うちひしがれたまま、カサンドラはそれでもなんとか取り乱すことなく、ぎこちない足どりで部屋を出た。廊下を抜けて玄関ホールに向かって一歩ずつ歩くごとに、胸のなかでみじめさと怒りがふくらんでいった。寝室に着くころには、彼女は激しく泣きじゃくっていて、ほおには、こらえきれない涙がつたい落ちていた。

なぜこうなることを、予想していなかったのだろう？　これまでのことを思えば、実家に戻って、残りの人生をここで静かに暮らせるなどと考えるほうが甘かったのではないか？　おまえには、ほかに選択肢はないのだから。父の言葉が、まるで弔鐘《ちょうしょう》のように頭のなかで鳴り響く。それは、これまで聞いたなかでももっとも忌むべき台詞だった。これまで、いやになるほど聞かされてきた言葉だ。ずっと、彼女につきまとってきた言葉だ。もう二度と、けっして聞きたくない台詞だった。

高価な多色模様の絨毯《アクスミンスターカーペット》を踏みつけるようにして、いらだたしげに部屋のなかを歩きまわった。ほんの数時間前までは、信じられないほど幸せだったのに。いまは、深い空しさと絶望に打ちのめされている。こんなことが本当にありえるのだろうか?

なぜなら、数時間前までは、イーサンといっしょにいたからだ。

イーサン。彼女はその場に立ち止まり、両目をぎゅっと閉じた。本当に、彼のことを愛している。彼は、彼女を幸せにしてくれる。笑顔をくれる。自分が魅力的で、求められていると思わせてくれる。それは、ほかの人とでは一度も経験したことがないことだった。彼の想いの深さに疑いはないし、彼女を大切に思っているのは明らかだった。それに、彼女を求めているのも。自分が、彼に幸せを運んだことに疑いはなかった。すくなくとも、一夜は。

彼女は目を開けて、深々と息を吸った。突然、ある考えが頭のなかを駆けめぐった。おまえには、ほかに選択肢はないのだから。もしかしたら、選択肢はあるかもしれないと、突然気づいた。希望が生まれた――彼女にその勇気さえあれば。これまで彼女の人生を決めてきた社会のルールを無視して〈ブルー・シーズ・イン〉に戻る勇気さえあれば。イーサンに、自分の気持ちを伝えることができれば。そして、彼が自分をどう思っているか、たずねることができれば。もし、彼がほんの少しでも、彼女と同じような想いを抱いていてくれたなら、彼も、彼女がそこに留まることを許してくれる可能性はある。もし、そうならば、カサンドラは宿屋に留まろうと考えた。ほかに行くあてがないからではなく――それがどこであろうとも――彼といっしょにいたいからだ。

その噂は、彼女の評判をぶち壊すだろうし、二度とふたたび社交界に受け入れられることはないだろう。両親は、間違いなく、彼女を勘当するだろうし、ゲーツヘッド・マナーに戻ることはできなくなる。

だが、そのいずれも、彼女にとってはどうでもいいことだった。イーサンに差しだせるのは彼女自身以外になにもなかったが、もしかすると、とても運がよければ、それだけでも充分なのかもしれない。

どうしても、別れを言いたくないんだ。それは、彼女も同じだった。すくなくとも、戦わずしてあきらめることなどできなかった。

生まれて初めて感じるような高揚感に包まれながら、彼女は部屋の向こう側に行き、ベルのひもを引いた。すぐに、ノックの音がして、ソフィーが部屋に入ってきた。

「お呼びでしょうか、奥さま」

カサンドラはメイドに言った。「あなたとミスター・ワットリーが、明日、ウエストモア家に帰るのは知っているわ。だけど――」

「まあ、それでしたら、奥さま」ソフィーは急いで口をはさんだ。「お受けしますわ」

「お受けします?」

「かわりに、喜んでここで、奥さまのもとで働きますわ」ソフィーは、はにかみながらほほえんだ。「奥さまみたいにご親切なかたの下で働いたのは、初めてなんですもの。正直申しますと、ウエストモア家に戻るのが、楽しみというわけではなかったのです。新しい奥方さまは、奥さまほど優しいかたではありませんし。意地が悪いんですもの」

カサンドラは、ソフィーが意地の悪い主人に虐《いじ》められるところを思い描いて、両手に力が入った。「ありがとう、ソフィー。あなたほど優秀なメイドには、これまで会ったことがないわ。でも、わたしが言おうとしていたのはね、わたしもゲーツヘッド・マナーを出るということなの。今日。二度と戻ってくる予定はないのよ」

ソフィーは目をぱちくりさせた。「お屋敷を出るんですか、奥さま？　でも、着いたばかりではないですか。どこに向かわれるのです？」

「〈ブルー・シーズ・イン〉に戻るの。あそこで暮らすつもりなのよ」

ソフィーは目を丸くした。「まあ……わかりましたわ」彼女はそう言ったものの、なにがなんだかわかっていないのは、明らかだった。それどころか、メイドの表情は……呆然としていた。

そのとき、カサンドラはいいことを思いついた。ゆっくりとメイドに向かって話しだす。

「もしいっしょに来たいのなら、歓迎するわ、ソフィー。ただし、将来どうなるか、保証はしてあげられないけど。村の宿屋では、この屋敷とは比べものにならないのは確かだけど――」

「喜んで、お供いたしますわ、奥さま」メイドは明らかにほっとしたような口調で言った。

「奥さまとごいっしょにあそこで暮らすほうが、奥さまがいらっしゃらないウエストモア家で暮らすよりもずっといいですから」彼女はふたたびカサンドラに恥ずかしそうな笑顔を向けた。「ミスター・ワットリーも〈ブルー・シーズ・イン〉で働きたいと言いだすかもしれませんわ。あそこの馬小屋はすばらしいって言っていましたもの。ウエストモア家の馬丁長はとても意地悪な人ですから、ミスター・ワットリーもまたあの人にあごで使われたいとは思っていないと思います」

手を伸ばして、カサンドラはソフィーの両手を握りしめると、微笑みかえした。「では、これで決まりね。もし荷物をまとめておいてくれるのなら、わたしが馬小屋に行って、ミスター・ワットリーに計画を説明してくるわ」

その後、彼女は両親に家を出ると伝えるのだ。それから、イーサンのもとへと出発する。あとは、彼が、彼女を受け入れてくれることを願うばかりだ。

8

ミスター・ワットリーにできるかぎり早く馬車を用意するよう頼んでから、カサンドラは裏のテラスにあるフランス窓から屋敷に入った。モノトーンのタイルが敷き詰められた玄関ホールまで来たとき、半開きの書斎のドアの向こうから父の冷淡な怒声が聞こえてきた。

「さっさと、この家から出て行け」

「キャシーと話すまでは、出て行きません」

それは、間違いなくイーサンの声だった。彼の声には、これまで聞いたことがないような確固たる決意が含まれていた。

「十年前におまえをゲーツヘッド・マナーから追いだしたとき、二度と戻ってくるなと言い渡したはずだ」

「キャシーに会わせてくれれば、すぐに喜んで帰りますよ」

「いますぐここから出て行かないのなら、左のほおにしたのと同じように、右にも傷をつけてやるぞ」

カサンドラの全身が凍りついた――体内に流れる血液も、呼吸も。まるで目に見えない氷の拳に締めつけられたように。しばらく沈黙が続いたあと、父の言葉の意味がようやく理解できた。

「そんなことをしようとしたら、たいへんな思いをすることになりますよ」イーサンが静かに答えた。穏やかな口調ではあったが、そこには脅しの響きがこもっていた。

「十年前、おまえは娘にキスをして、とがめられずにすむと思った——馬のくそほどの価値もないくせに。おまえが、どんな目で娘を見ていたかは知っている。もしチャンスがあれば、スカートをまくり上げようとしていたし、あの愚かな役立たずの娘のことだ、喜んで、おまえにそうさせていただろう」

「ぼくの前で、彼女のことをそんなふうに言うのは、許せない」

父は、耳障りな高笑いをした。「わたしは、自分のやりたいようにするのだ。これ以上、おまえの戯言《たわごと》に耳を傾けるつもりはない。出て行け。いますぐ。さもなければ、叩き出すぞ」

「もう一度言っておきますが、キャシーに会うまえにそんなことをすれば、あなたはたいへんな思いをする羽目になりますよ」

ふたたびふたりのあいだに沈黙が流れ、そのあいだにカサンドラは茫然自失の状態から、ようやく我に返った。書斎に向かって歩きだしたが、二歩目を踏みだすまえに、蝶つがいがはずれそうな激しい勢いでドアが開き、イーサンが廊下に出てきた。彼は険しい表情をしていて、実際より体が大きく見え、陰鬱そうで、危険なほど決然としていた。彼女の姿に気づくと、彼は一瞬歩みを止め、すぐに急いで彼女のほうに寄ってきて、両肩に手を置いた。「キャシー」彼の目は、不安そうに彼女の顔を探った。「無事だったか?」はたして自分が無事なのかどうか、自分自身でもわからない。父の言ったことや、そこから導きだされる結論……だが、そのことを考えるのは後まわしだ。彼女は大きくうなずいた。

「大丈夫よ。あなたが、ここに来るなんて信じられない」

「きみと話をしなくてはならない――」

「娘から手を離せ」

ふたりが振り返ると、怒りのあまり氷のような目をした父が、彼らに向かってきていた。イーサンは彼女の前に立ちはだかったが、カサンドラも前に出て、彼とならんで立った。彼がそばにいることと、こみあげてくる怒りが、勇気を増幅させたのだ。

父はすぐそばまで来ると、立ち止まった。彼女のほうを見ようともしない。ただ、イーサンをにらみつけるだけだった。「これが最後の警告だ。さっさとこの家から出て行け」

「だめよ」言葉が、カサンドラの口からほとばしり出た。怒りのあまり、全身が震えている。

「書斎で、お父さまが言ったことを聞いたわ。十年前に、あなたがイーサンを追いだしたこと。彼の顔に傷をつけたこと」彼女の声は、嫌悪感のあまり震えていた。「あなたは冷酷な人だわ。あなたの娘に生まれたことを、恥ずかしいと思います」

娘のほおをたたこうと彼が手を上げたとたん、イーサンがその手を払いのけ、彼のシャツの襟首をつかんで体を持ち上げた。イーサンは大きく二歩前に出て、彼を壁にたたきつけた。父は息を飲んだが、なにか言う間も与えずに、イーサンは前腕を彼の喉もとに押しつけた。

「これが最後の警告だ」イーサンの声は低く、危険なまでに落ちついていた。「第一に、もう一度あなたが彼女に手を上げたら、あなたの腕をへし折ってやる。まずは、手始めに。第二に、ぼくは、これからキャシーと話をするが、あなたには、それを止めることはできない。たとえナイフを使っても、ピストルでも、使用人たちを集めて束になってかかってきても。ほかに考えうること、なにをしても、ぼくを止めることはできない。ぼくは、もはや十年前の青二才ではないんだ。もし、もう一度邪魔をしようとしたら、この顔と同じように、躊《ちゅう》躇《ちょ》せずにあなたの顔にも傷をつけてやる」

父の顔は真っ赤に紅潮していた。怒りと恐怖が入り交じって、瞳が燃え上がって見える。彼はイーサンの腕から逃れようともがいたが、それは巨大な花崗岩を動かそうとするようなものだった。

「いつの日か、おまえは地獄に堕《お》ちるだろう」締めつけられるような声を、父は吐きだした。

「そうかもしれない。だが、もし彼女を傷つけようとしたり、邪魔をしようとしたならば、あなたのほうが先にそこに行くことになりますよ」イーサンが父を抑えていた手を急に離したので、彼は床に崩れ落ち、肩で息をしながら、首を押さえた。

イーサンは、戻ってきて彼女の前に立った。「大丈夫だったか？」

「え……ええ」今度は、彼女のほうが手を伸ばし、イーサンの手を握った。ここから、早く逃げだしたいと思ったからだ。ふたりは屋敷を出た。どちらに行こうと彼女が迷っていると、イーサンは門柱に繋《つな》がれていた栗毛の美しい雌馬のところまで、彼女を導いた。先に彼がまたがると、手を伸ばして、まるで花を一輪もぎ取るように、軽々と彼女を持ち上げ、自分のひざにすわらせた。たくましい両腕が彼女の胴にまわされる。カサンドラは彼の胸に背を預け、彼のぬくもりと力強さに包まれた。イーサンが踵《かかと》で馬に出発の合図を送り、馬が威勢よく走りだしても、彼女は、どこへ行くのかとはたずねなかった。そんなことは、どうでもよかった。彼といっしょにいられるだけで、彼女は満足だった。

彼はなにも言わなかった。頭のなかに次から次へと浮かんでくる質問を口に出さずにいるために、彼女はしっかりと唇を閉じていなければならなかった。三十分後、ようやく彼は馬のスピードを緩め、彼らは敷地内にある浜辺に着いた。ふたりが、かつて多くの時間をいっしょに過ごした場所だった。彼はサドルから降りると、彼女のほうに手を伸ばした。彼女は両手で彼の肩につかまり、彼は彼女を抱きおろした。彼女を地面に降ろしても、彼は抱きしめる手を緩めなかった。足もとがおぼつかなかったカサンドラは、それがうれしかった。

彼を見上げただけで、全身に愛おしさがこみあげてきた。風に吹かれて乱れた髪や陽に焼けた小麦色の肌……唯一白いのは、左ほおの傷痕だけ。彼女は震える手を伸ばし、引きつった肌の上に指を走らせた。

「なぜ、本当のことを言ってくれなかったの？」彼女はささやいた。

「もう、昔の話だから」

彼女のなかで、あらたに怒りがこみあげてきた。「あなたにこんな仕打ちをするなんて、父のことは一生許さないわ。お父さまに立ち向かってくれたこと、わたしをかばってくれたこと……あなたは、本当に堂々としていたわ。あんなふうに、わたしの味方をしてくれた人は、いままで誰もいなかったから。ありがとう」

「どういたしまして。いままで十年間、きみのそばにいて、そうしてやれなかったのが、心残りだよ」

彼女も、それは同様だった。

「きみが、おれをかばってくれた姿も、堂々たるものだったよ」彼は感心したように言った。

「ありがとう」彼女の両手を握りしめ、指を絡ませた。それから、真剣な漆黒《しっこく》の瞳で彼女を見つめた。「おれが来るまえに……お父さんに、なにか痛めつけられるようなことをされたかい？」

「いいえ、肉体的には」彼女は急いで、アッターリー公爵のもとに彼女を嫁がせようという父の計画を説明した。

彼は厳しい顔つきになり、歯をぎゅっと噛みしめた。「それで、なんと答えたんだ？」

「再婚はお断わりだって」

彼の両目になにかが光った。「そうか……なるほど」彼は軽く彼女の両手を握りしめた。

「きみには選択肢がないというお父さんの言ったことは間違っているよ、キャシー。選択肢はちゃんとある。おれといっしょに来てくれ。〈ブルー・シーズ・イン〉に帰ろう」

安堵感と愛情が押し寄せてきて、彼女は息もつけなかった。「そう言ってくれて、すごくうれしいわ、イーサン。だって、今日〈ブルー・シーズ・イン〉に戻るつもりだったのですもの」

彼は目を見開いた。一瞬、言葉を失ったようだ。「お父さんと言い争いになったからか？」

「いいえ。ただ最終的には、そのことが、わたしに決断させる引き金になったんだけど。だから、たぶん、お父さまには感謝すべきなのね」彼女は勢いよく息を吸いこむと、一気にまくし立てた。「〈ブルー・シーズ・イン〉に戻って、あなたに愛しているって言おうと思ったの、イーサン。ただ愛しているだけではなくて――そのことは、ずっと前からわかっていたけど――本気であなたに恋をしているって。苦しくなっちゃうくらい」愛の告白は、まるで口の広い水差しから一気に水が流れるように、彼女の口からほとばしり出た。もし息継ぎのためにいったん口を閉じたなら、度胸が萎えてしまうかのように。「夢のような一日を過ごすことで、あなたは、空しかった十年間の孤独を癒してくれたわ。そして、わたしが求めているものがなにか、気づかせてくれただけではなくて、なにを望んでいないかもわからせてくれたの。あなたがいないゲーツヘッド・マナーでは、暮らしたくないわ。そこがどこであろうが、あなたなしではいたくない。そしてわたしが求めているのは——あなたなの。これから毎日。毎晩。あなたが、わたしを必要としてくれるあいだ、ずっと」

彼女はいったん口を閉じて息をしたが、肺に空気を取りこむ間もなく、自分が、彼の驚いた顔をのぞきこみ、答えを待っていることに気づいた。彼は口をぎゅっと結び、両目をしっかり閉じている。ああ、神さま。これって、どういう意味なの？ 延々と沈黙が続き、彼の体を揺さぶりたい気分になった。なぜ、彼はなにも言ってくれないの？

ようやく、彼は目を開けた。その瞳に揺らめく熱い想いに、彼女は期待を抱いた。「あなたが、わたしを必要としてくれるあいだ、ずっと」彼は彼女の言葉を小声でくりかえした。「キャシー、それって、永遠だってわかっているかい？」

安堵感のあまり、彼女のひざが抜けそうになる。「ああ、神さま。そういう答えを待っていたのよ。でもイーサン、わたしは、なにも与えられないって言っておくわよ。お金もないし、子どもも産めない。あなたは、きっとすごくいいお父さんになると——」

彼は指で彼女の唇をふさぎ、言葉をさえぎった。「平民の特権のひとつは、跡継ぎをつくらなくてもいいことなんだよ」

「あなたとわたしだけで、ずっと生きていくことになるわ」

彼は、カサンドラを抱きしめるとひたいを合わせた。「ぼくが欲しいのはきみだけさ」

彼女は彼のほおを両手で包みこむと、頭をもたげ、彼の瞳を見つめた。全身を駆けぬける喜びで、足がすくわれそうになる。「イーサン、わたしと結婚してくれる？」

彼はまたもや目を閉じ、彼女が息を飲むくらい激しく、情熱的に唇をむさぼった。彼がようやく顔を上げたとき、彼女はうっとりと恍惚の表情を浮かべていた。「これって、イエスっていうこと？」彼女がささやく。

彼はたくましい片手で彼女を抱いたまま、もう片方の手で乱れた彼女の髪を撫でつけた。「その質問に答えるまえに、おれがここになにを言いに来たか、知りたくはないかい？」

「もし、話してくれるのなら」

「話すとも。きみに、愛していると言おうと思って来たんだよ。ずっと昔から愛していたって。きみだけを。最初きみに、友だちになってくれと言われたあの日から、ぼくはきみに夢中だったんだ。伯爵令嬢とのあいだに、なにかが起こるとは思ってはいなかったが、こうして再会して、きみの結婚生活の話を聞いたとき、おれがどれだけきみを愛しているか、言わずにあきらめることはできないとわかった。そして、なにも与えてやれないおれでもいいか、きみに決めてもらいたかった。きみが育ってきたような贅沢な暮らしを、おれはきみにさせてやれないが、寒い思いはさせないし、飢えさせるようなこともしない。おれは、なにも持っていないが、キャシー、きみにおれのすべてを捧げるよ」

震える唇から、笑いともすすり泣きともとれる音が漏れた。「領地も爵位も――わたしに幸せをもたらしてはくれなかった。わたしが欲しいのは愛なの、イーサン」

「ずっときみを愛していたよ。これからもずっと、きみを愛しつづけていく。ずっと、きみに恋をしたのは間違いだと信じこんできた。だがいまは、そうでないことがわかった――おれの犯した過ちは、きみを手放したことだ」彼女の両手を握りしめ、イーサンは彼女の前にひざまずいた。「キャシー、結婚してくれるかい?」

純粋な喜びの涙が彼女のほおをつたい、握りあった手に落ちた。「わたしが先にプロポーズしたのに」

彼はにやりと笑った。「おれの答えは、イエスだよ」

「わたしの答えも、イエスだわ」

「神よ、感謝します」彼は立ち上がると、ふたたび激しく彼女の唇をむさぼり、それからカサンドラを抱き上げてくるくるとまわりだした。ふたりは笑いころげて息を切らすまで、ずっとそれを続けた。

彼女を地面に降ろすと、カサンドラは彼を見上げ、美しい彼の黒い瞳のなかに、ずっと夢見ていた愛情が輝いているのを見た。「これが、幸せっていうものなのね」彼女は、彼の瞳にほほえみかけた。

「愛しのキャシー、これこそ、まさに幸せなんだよ」

ジャッキー・ダレサンドロ

ニューヨークのロングアイランドで過ごした青春時代、わたしは早い時期からロマンス小説に夢中になった。駆けぬける馬にまたがった、威勢のいい悪《ワル》な男に連れ去られることを夢見ていた。結局、わたしの運命の人が目の前に現われたとき、彼はジーンズ姿でフォルクスワーゲンに乗っていたが、それでもこの人なのだとひとめでわかった。わたしたちは、互いがホフストラ大学を卒業するのを待って結婚し、ジョージア州アトランタでそれからずっと幸せに暮らしている。生まれつき威勢のいいいたずらっ子、とても賢く行動的なひとり息子とともに。読者のかたからのお手紙は大歓迎！　わたしのホームページ www.jacquied.com にご意見をお寄せください。

これからずっと

キャンディス・ハーン

FROM THIS MOMENT ON

CANDICE HERN

登　場　人　物　紹　介

ウィルヘルミナ（ウィリー）・グラント	ハートフォード公爵夫人
サミュエル（サム）・ペロー	英国海軍元大佐
スミートン	ウィルヘルミナの付き人
ジョン・フルブルック	元ペナン島知事の代表補佐官
メアリー・フルブルック	ジョンの娘
グリッソム	宿〈ブルー・ボア〉の主人

『戯れの恋におちて』に登場する、ウィルヘルミナの話を書いてくれという手紙をくださった読者のみなさんに、感謝をこめてこの一編を捧げます。

1

一八一四年十月　バッキンガムシャー

車輪が砂利を踏むバリバリという音と、少しずつ減速する馬たちのパカパカという蹄《ひづめ》の音が、またあらたな馬車の到着を告げた。英国海軍の元大佐、サム・ペローはエールのジョッキを片手に、〈ブルー・ボア〉のラウンジの庭を見下ろす窓がついた狭いアルコーブで、次の馬車が入ってくる様子を眺めていた。宿屋の主人が大急ぎで迎えに出る。またもや、土砂降りのせいで旅の中断を余儀なくされた予約のない客の到着だ。

サムの馬車もまた、ほんの半時ほどまえにこの前庭に乗り入れた。海上生活の長い彼にとって、体が濡れることは気にはならなかったが、興奮状態の馬たちを操って足もとの悪い、ぬかるんだ道を走るのに比べれば、激しい嵐のなか、後甲板にいるほうがずっと快適だった。そのため、同じような考えを持つ二、三十人の旅人とともに、乾燥したバー・ルームでスコールをやり過ごすことに決めたのだ。

大勢の客の訪れに、宿の主人であるグリッソムは明らかに大喜びしていた。アッパー・ハンプデンの村は、馬車道沿いにある定番の立ち寄り先のちょうど中間に位置しているため、〈ブルー・ボア〉がこのように満員になることはめったにないのだろうとサムは考えた。それはとても由緒ある宿屋で、おそらく二百年以上前に建てられた建物だろう。モノトーンの木造建築で屋根の傾斜がきつい切妻造り。上階の建物は危険なほど傾いて、庭に影を落としているが、それでもこのような小さな村にあるにしては、手入れの行き届いた快適な宿だった。ところが馬小屋のほうは、すでに大小さまざまな馬車と本来の許容量を超えた数の馬たちで、すっかり混みあっていた。だがそんな状況でも、宿屋の主人の欲得ずくの笑顔にかげりが見えることはなく、彼は大きな傘をさしかけて、あらたな来客を屋内に導き入れようとしていた。

雨の筋がついたマリオン窓越しに、実際のところ、庭に停まっている馬車が二台であることに気づいた。そのどちらも、大きな、豪華な造りの馬車で、ドアには紋章がついている。紋章の細かいところまで見えるわけではなかったが――たとえ見えたとしても、さしたる違いはない。貴族の紋章の見分けかたなど、彼にはまったくわからないのだから――だが、彼の恭《うやうや》しい態度から察するに、自分の宿に貴族社会の一員を迎えたことを、グリッソムはちゃんと認識しているようだ。

びしょ濡れの仕着せ姿の従僕が、一台目の馬車の後部席から飛び降りると、持ち運びができる踏み台をとりだし、ドアを開けた。宿屋の主人がさしかけた巨大な傘のかげになりながら、レディが馬車から降りてきて、早足で宿の入口へと向かった。そのあとに、もうひとりの女性が続く。傘のサービスがないところを見ると、明らかにこちらはメイドだった。クロークを頭の上にかぶったまま、彼女は革製の箱をしっかりと胸に抱えて屋内へと入っていく。二台目の馬車からは、屈強な体つきの男性が降りてきて、仲間の従僕たちや、馬の世話をするために出てきた馬丁となにごとか相談すると、こちらも足早に玄関へと向かった。

サムが椅子の背もたれに体を預け、静かにエールを楽しんでいると、玄関ホールが騒がしくなった。なぜか、夫とは違って千客万来《ばんらい》のこの状況をあまり快く思っていないらしいミセス・グリッソムが、数少ない従業員に指示を出す声が聞こえてきた。堂々たるその命令口調に、彼女は接戦のなかでも優秀な砲術将校になるだろうと考え、サムは笑みを浮かべた。

怒号が飛びかう大騒ぎのなかで、「いちばん上等なお部屋」や「公爵夫人」という言葉が耳に飛びこんできた。ということは、あらたにやって来た客は公爵夫人だということだ。不安のあまり下腹の筋肉がかすかに震える。これまで、何人かの公爵夫人と面識があったが、そのなかにひとり、彼の心の隅にずっと居座りつづけている女性がいた。とは言っても、彼女の姿はここ数年見かけたことがない。それに、最後に彼女と会ったときの体験は、けっして楽しいものではなかった。彼は愚かにも、この公爵夫人のことを、自分の公爵夫人だと考えていたからだ。彼女はロンドンの住人で、それが、イギリスに戻るたびに、できるかぎり彼があの大都会を避けて通る理由だった。彼女と再会したくはなかった。最後に会ったときの印象が、あまりに不愉快だったからだ。彼女に対する自分の本心がいまひとつつかみきれていなかったし、その半信半疑の状況が、つねに彼をひどく混乱させる。いいや、ここはロンドンから遠く離れた土地だし、おそらくあれは誰か別の公爵夫人だ。イギリスには、公爵夫人がごまんといるのだから。

それでも、彼は玄関ホールへと続く戸口から視線をそらすことができなかった。せまいスペースに数人の人影がひしめいている。そのなかで公爵夫人を見分けるのは簡単だった。彼女は、人々の輪の中心にいたからだ。宿屋の女主人は、要人の客用に部屋の準備をするためにメイドをあちらこちらに追いやっているとき以外は、まるで錨《いかり》についたブイのようにレディに対して何度もひざを折っている。また、二台目の馬車から降りてきた屈強な男性は、平民たちが奥さまに近づかないよう、すぐ近くで目を光らせていた。

公爵夫人自身は、大騒ぎの渦中でも落ちつきはらっているように見えた。彼女は、サムのほうに背を向けてはいたが、そのうしろ姿のたたずまいから、彼女がとても美しい女性であることは間違いなかった。彼女は深いブルーのベルベット製のペリースを身につけていて、背中には複数の短いケープが飾りとしてついている。男性の外套に似せて作ったものだ。それに彼女は、揃いのボンネットをかぶっていた。女性のファッションについて、サムはなんの知識も持っていなかったが、それでも、その服が流行の品で、間違いなく非常に高価なのはひとめでわかった。

彼女は宿屋の主人に対してうなずいてから、屈強な使用人と話すために振り返った。そのとき、彼女の顔の一部がちらりと見えて、サムははっと息を飲んだ。なんということだ。それは、彼の公爵夫人だった。正確には、ハートフォード公爵夫人。サムにとっては、なんの権利も主張できない相手ではあったが、ただふたりはかつて、はるか昔に愛しあっていたことがあるというだけだ。もう四半世紀近く前の話だ。長い時間とさまざまな出来事がふたりを引き裂いてはしまったが、それでもなお彼女は、彼の心臓を激しく高鳴らせる力を持っていた。

無意識のうちに、彼はベンチから立ち上がり、ひな壇の上にあるアルコーブから出ると、彼女に歩み寄っていた。ハートフォード公爵夫人、ウィルヘルミナのほうへ。

忌々しい雨だこと！　ウィルヘルミナは、今夜じゅうに家に帰り着きたいと思っていたのだが、大雨のなか旅するほど、不愉快で気が滅入ることはない。まだ昼少し過ぎで、雨は一時間かそこらでやむのかもしれないが、ここでの遅れは、そのまま自宅に着く時間がもっと遅くなることを意味する。それよりも、この古風で趣のある小さな村でとりあえず見つけられる宿を利用して、今夜は一泊するほうを選んだ。明朝、願わくはもっと穏やかな天候のなかで、ロンドンに向けて出発すればいいだろう。

長年、彼女の雑用係を務めているスミートンに、同行している召使いたちにも泊まる部屋を用意するよう指示しているとき、彼女は、隣のサロンで人が動く気配を目の端でとらえた。なにか、不可解な力に引かれるように、彼女はそちらに顔を向けた。ひとりの男が、彼女に近づいてくるのが見えた。うしろで盛んに燃えさかる暖炉の火のせいで陰になっていたために、彼の顔を見分けることはできなかったが、瞬時に、彼女は慣れた目で彼の全身を値踏みした。

男は長身で、肩幅が広く、腰がきゅっと締まっている。背筋をぴんと伸ばした姿勢の良さは、まるで軍人のようだった。こちらにまっすぐ向かってくるところを見ると、おそらく知り合いなのだろうとウィルヘルミナは考えた。

誰かしら？　もし以前の愛人のひとりならば、この退屈な古ぼけた宿屋で、友人と思い出話にふける楽しみができる。ただ、あの男が、以前に振った男性のひとりでないことを願った。そういう男もたくさんいるし、そんな人に会ったなら、ただでさえ悲惨な一日がもっと辛いものになってしまう。

彼が近づいてくると、その姿の懐かしさに、全身に衝撃が走った。彼の顔がようやく光に照らされたとき、彼女は完全に息を飲んだ。だがすでにそのまえに、彼が誰かはわかっていた。

男は笑みを浮かべながら声をかけてきた。そのゆがんだ笑顔は、かつてよく知っていた顔だ。「ウィリー」

彼女はもはや、感情に押しながされ、のぼせるような娘ではなかったが、サム・ペローの姿を見ると、昔からひざの力が抜けそうになる。彼はいまでもハンサムだった。実際、彼は歳を重ねてますます美しさに磨きがかかったように見える。そうでなければ、彼女のハンサムな男に対する定義が変わったのかもしれない。歳を重ね、さまざまな経験を積み、分別のある、顔にしっかりと年輪を刻んだ男――そういう男性を、いまのウィルヘルミナは魅力的だと思うのだ。それは、自分も歳をとったせいだろうと彼女は考えていた。若々しい、経験の乏しい青年に惹かれることは、いまはもうほとんどない。

サムの髪はいまでも黒々としていたが、とても短く刈りこまれている。それを見て、彼女が驚いたのは、最後に会ったとき、彼はまだ長髪で、うしろにひとつで結んでいたからだ。こめかみには、白いものがちらほら見えたが、それが、なぜかよりいっそう彼を魅力的に見せていた。そこにはまた、彼女の記憶にない傷痕もあった。片方のまゆ毛の上に切り傷がついている。

彼の瞳は、角度によって色が違って見える不思議な茶色だった。ときにはコーヒーのように黒く見えるときもあれば、シェリー酒のような黄褐色に見えることもある。だがいま、目の前にある瞳は、彼女の記憶のなかにあるよりもずっと黄金色に近い色に見える。まるで、彼の肌を焦がしたのと同じ太陽によって、漂白され、磨き抜かれたようだった。

あまりにも懐かしく、同時にすっかり変わってしまったその顔には、いまだに彼女のひざをがくがくさせるような力があった。長いこと埋もれていたはずの激しい感情が一気におもてに出そうになる。

彼女は冷静さを保ち、手を差しだした。「サム。また会えるなんて、とてもうれしいわ」

「こちらこそ」彼は彼女の手袋をした手をとると、指に口づけした。「おひさしぶりです、公爵夫人」

「もしあなたが、わたしのことを公爵夫人と呼ぶつもりなら、わたしはあなたのことをペロー大佐って呼ばなければならないわ。大佐でいいのよね？」

「そうだよ。数年前に昇進した」

「おめでとう、大佐」

「ありがとう。だが、できればサムと呼んでもらいたい」

「ならば、あなたもわたしのことを、ウィリーって呼んで。もう何年も、そんなふうに呼ばれたことはないのよ。うれしいわ。ときどき、ウィルヘルミナですら仰々しいって思うんですもの」

「だから、その名を選んだのだろう？」

彼女はくすっと笑った。「そのとおり。ウィルマ・ジェップなんていうシンプルな名前は、ほら、少しばかり……派手さに欠けるから。でもいまはすっかり歳をとって、それなりに賢くなって、見栄を張らなければならない理由もなくなったわ。ウィリーで充分なのよ。おかげさまで」

「ならば、ウィリーと呼ぼう」

ふたたび彼の顔に浮かんだ笑みを見て、彼女は息が止まりそうになる。それは、大人の男の笑顔ではなく、彼女をからかい、彼女を笑わせることに生き甲斐を感じていた十八歳の少年の笑顔だった。

「どうせふたりとも、ここで嵐をやり過ごそうとしているのだから、いっしょに時間をつぶさないか？」彼は床より一段高いところにしつらえてあるアルコーブのほうを指し示した。そこにはテーブルを挟んでふたつのベンチが向かいあわせに置いてある。まるでボックス型の信者席のように、両端部のひじかけ部分が壁のように高くなっていて、ある程度のプライバシーは保たれていた。部屋のそのほかの部分は——バーとダイニングを組みあわせたような部屋で、おそらく、この宿屋で唯一のサロンだろう——人でごった返していた。そのほとんどが男性で、長テーブルのまわりにひしめきあうようにすわっていて、話し声や笑い声、ジョッキを合わせる音やフォークやナイフの音がカチャカチャ鳴り響いていた。ほかにも、独立したアルコーブが窓付きの壁沿いにいくつかあったが、それらの席はすべて埋まっていた。

「すくなくとも、あの席なら世間の騒音からは隔離されているよ」彼は言った。「かなり早い時期にここに着いたので——馬車の幌《ほろ》が裂けて、ザルのように水が漏れていたんだ——だからいちばんいい席を確保できたのさ。きみのことは大歓迎だし、もし公爵もいっしょなら、彼もいっしょにどうだい？」

まあ、彼はまだ知らないのね。「猊下《げいか》は四年前に亡くなったのよ」

「そうなのか。それは気の毒に。まったく知らなかった」一瞬、彼の顔に妙な表情が浮かんだが、すぐにそれは消えてしまった。そして、彼はため息をついた。「地上戦だろうが海上戦だろうが、最新の戦争の作戦行動についてはどんなことだって話せるが、社交界のニュースにはまったく疎《うと》い。お悔やみを申しあげます、ウィリー。きみが彼といっしょになって、どれだけ幸せだったかはわかっている」

本当に？　最後にサムと会ったとき——本当に、もう十年もまえになるのかしら？——彼女は、ハートフォードと結婚してまだ一年もたっていなかった。サムは、大夜会の席で、彼女に近づいてきたのだ。彼女は、そんな場所で彼に会ったことに、心底驚いた。ほとんどいつも彼は海の上にいて、めったにロンドンには戻ってこないからだ。そのうえ、彼は、彼女の生きかたを快く思っていなかったので、彼がわざわざ彼女に会いに来たことが、不思議でならなかった。彼は何か迷っているようで、少しばかり不安そうに見えたが、ともかく、彼女に会えたことを喜んでいたし、それを見て、彼女の心は躍った。彼女は礼儀正しく船旅のことや家族のことをたずね、つい最近、彼が妻を失ったことを知ったのだ。ところが、公爵との結婚の話をした途端《とたん》、会話は苦痛を覚えるほどぎこちないものになった。その理由が、彼女にはいまでもわからない。彼女の結婚に反対だったのか？　彼女が、身分不相応に高い地位に登りつめたと思ったのか？　それとも、なにかほかに気落ちするような理由でもあったのか？　その答えは結局わからずじまいだったが、それがとても気まずい出会いだったのは間違いなかった。

「たしかに、ハートフォードとの結婚生活は幸せだったわ。夫としても、庇護者《ひご》としても、彼以上の人は望めないもの。いまでも、彼が懐かしいわ。でも、なにが起ころうとも、人生は続いていくのよ。あなたも知っているとおり」

「そうだな。人生は続いていく。ときには、驚くようなことが起こったりもする。こうして、こんな辺鄙《へんぴ》な場所で、ひさしぶりにきみにばったり出会うように。話したいことはたくさんあるんだ、ウィリー。嵐が過ぎるのを待つあいだ、喜んで話し相手になるよ」

ウィルヘルミナはほほえんだ。「それ以上の申し出は、考えつかないわ。温かいお紅茶が、なによりだもの。ありがとう、サム。旅のほこりを落としてくるあいだ、少しだけ待っていてもらえるかしら？　すぐにまた降りてくるわ」

彼女が振り返ると、神出鬼没の雑用係が、真横に立っていた。大きな曲がった鼻に太いまゆ、それに片方のほおからあごにかけて続く長い傷痕のある彼の悪漢風の顔は、たいていの人に恐怖を覚えさせる。だがそれは、ウィルヘルミナにとっては安心できる顔だった。彼女は、とことん彼を頼りにしていたからだ。かつてプロボクサーだったスミートンが彼女のもとで働きはじめてもう十五年になる。彼は、彼女にとってかけがいのない使用人だった。執事であり財産管理人であり雑用係でありボディーガードとして彼は、ロンドンの自宅にいるときも、旅先でも、公爵夫人の日常をすべて取り仕切っていた。

「奥さまのために、この宿で最高のお部屋をご用意してあります」彼は、顔に似つかわしくない穏やかで上品な口調で言った。「わたくしが部屋を確認して、これならふさわしいと考えました」

「ありがとう、スミートン」その部屋に先客がいたとしたら、彼がその客をほかの部屋に移したのは間違いないだろう。愛すべき使用人は、彼女以上に公爵夫人の地位と財産を有効に使っている。スミートンという男は、みごとなまでに俗物《スノッブ》なのだ。

「ただしこの宿には、貸し切りにできる談話室は用意されていないようでございます、奥さま」そんな事態は信じられないとばかりに、彼は声をひそめた。「ですが、お部屋にきちんとしたテーブルがございますので、そちらでお食事をなされればよろしいかと存じます」

「ほんのひと晩のことですもの。それで充分だわ」ウィルヘルミナは答えた。「だけれども、服を着替えたらすぐに、わたしはサロンに行きますから」

彼の瞳に恐怖の色が浮かんだ。「サロン、でございますか？　本当に、そのようなことが、奥さま？　あの部屋には、あまり好ましくない面々がいたように見うけられましたが。そのような者たちと交わるのは、いかがなものかと」

ウィルヘルミナは声をあげて笑った。「そのなかのひとりは、海軍大佐で、わたしの古くからの友人よ。彼といっしょにお茶をいただくの。もちろん、あなたが許可してくれればだけど」

「奥さま！」彼は侮辱されたかのようにうしろに飛びのいた。「わたくしは、奥さまがなさることを許可したり、反対したりするような立場にはございません」

「それを聞いて安心したわ。さあ、それでは部屋に案内してちょうだい。それから、マーシュに部屋に来るように言ってくださいね」

「こちらでございます、奥さま。ミス・マーシュは、すでにお部屋で奥さまをお待ちしております」彼は先に立って、二階に着くまでに二度折り返されるせまい階段を登っていった。

彼女にあてがわれた――と言うか、スミートンが接収した――寝室は清潔でゆったりしていた。がっしりとしたオーク材の家具が置いてあり、部屋には、簡素な石装の暖炉と庭を見下ろせるいくつかの菱形窓《ひしがた》がついている。古ぼけたダマスク織りのカーテンがかかった大きくシンプルなベッドが、部屋の大半を占めていた。メイドのギニーは、持ってきた高級リネンのシーツをベッドにかけていた。宿屋のシーツは床で山になっている。ウィルヘルミナの衣装係であるマーシュは、トランクから荷物を出して、おこしたばかりの暖炉の火の熱で、しわやたたみ目が消えるよう、暖炉の前に置いた椅子にドレスをかけていた。

「奥さまがお選びになれるよう、ドレスをご用意してありますわ。これなんか、いかがでしょう……？」マーシュが指さしたのはバンダイク・レースの高い襟がついているシンプルな薄地の平織綿布《ジャコネット》のドレスだった。日中、田舎の宿屋の屋内で過ごすにはふさわしい服だったが、ウィルヘルミナが思い描いているドレスとは違った。公爵夫人が首を振ると、マーシュはもう一枚の、小枝模様の綿モスリンのドレスを手にして見せた。いいえ、それもいやよ。非の打ち所がないほど適切な自分の選択をウィルヘルミナが拒絶したことに、マーシュは明らかに冷静さを失った。

だが、サム・ペロー大佐とお茶を飲むのはマーシュではないのだ。未亡人となったハートフォード公爵夫人はすでに盛りを過ぎていると思う者もいるだろうが、そんなことはないし、いまでも、紳士といっしょに過ごすときは、もっとも美しく見えるように装いたいのだ。それに、彼はふつうの紳士ではない。サムなのだ。彼女のサム。初恋の人だ。

彼女はカシュクールの胸もとから、わずかに谷間がのぞく、柄物《がらもの》のフランス・モスリンの袖付きドレスを選んだ。ウィルヘルミナは自分のスタイルに自信がある。彼女の歳の女性ならば当然覚悟しなければならないたるみや、ふくらみはまだないと、彼女は信じていたからだ。いまでも、自分が魅力的な女性であることを、サムに見せたいと彼女は思った。

もしかしたら、自分は愚かなのかもしれない。サムは、二度と彼女を求めたりはしないだろう。いまは公爵夫人となっているが、かつて彼女は、金で身を売るようなことをしていたのだから。そのことを、彼はけっして忘れないし、許すこともできない。

ギニーが彼女のボンネットとペリースを脱がしているあいだに、マーシュはフランス・モスリンのドレスのしわを伸ばそうとした。ウィルヘルミナはまるでマネキンのように突っ立ったままで、彼女たちに服を着せられているあいだに、なにもかもがもっと単純だった時代、彼女とサムが、コーンウェル地方のポルルアン・コーヴという村で暮らしていた子ども時代のことに想いをはせた。

当時、ウィルマ・ジェップと名乗っていた少女は、地元の鍛冶屋《かじ》のひとり娘だった。サムは、子どものころに両親を亡くし、十二歳になるころには、自力で漁師として生計を立てていた。十六歳になるころに、突然彼は背が一気に伸びて、ウィリーを含む地元の女の子たちの目から見ると、突然、とびきりハンサムになったように見えた。だが、サムが見ていたのは、村いちばんの美少女、ウィリーのことだけだった。彼らはティーンエイジャーにありがちなように、互いにとことん夢中になり、いつの日か、サムが小さな家を建てられるだけの金を貯めたら、結婚しようと話しあった。

敬虔《けいけん》なメソジスト派信徒だったウィリーの母は、子どものころから自分の力で生活している不作法な若い漁師を快く思ってはいなかった。一度、サムとウィリーがキスをしているところを見つけ、母は、ウィリーを激しくたたいて罰した。だが、その程度のことでは、ハンサムな若い漁師に対するウィリーの若者特有の情熱を、押しとどめることはできなかった。彼女が十六、彼が十八歳になったある日、ふたりはついに欲望に負け、彼女の父親が所有していた馬小屋の二階で、初めて体を重ねた。

その一週間後、彼は姿を消してしまった。

その日、サムは漁から帰ってこなかった。翌日、壊れた空《から》のボートが岸に流れ着いた。なかには彼の釣り道具一式と、釘に引っかかった服の切れ端が残っていた。村中の全員が、なにか事故が起こって、彼は溺れ死んだのだと思いこんだ。

ウィリーは哀しみのあまり狼狽し、みずから命を絶とうとしたが、そんなとき、ロンドンから来ていた画家と知り合った。彼は彼女の顔がたいそう気に入り、次から次へと彼女の肖像画を描きつづけた。娘が、画家のモデルを務めていることを知った母親は、激怒し、結局ウィリーを家から追い出した。数カ月後、愛する人を失い、住むところもなくなった以上、もう失うものはなにもないと悟って、ウィルマ・ジェップはウィルヘルミナ・グラントと名前を変え、その画家の愛人となった。美しい顔だちが、彼女に財をもたらした。すぐに、彼女は画家と別れ、ほかの男の庇護のもとへと走り、しばらくするとまた次の男へと遍歴《へんれき》をくりかえすうちに、ついには、この王国で最高位の男たちにまでたどりついた。

五年間、彼女はかつて愛していた少年の思い出を慈《いつく》しみ、彼が生きていたらどうなっていただろうと想いをはせた。だが、ある夜、彼が劇場のボックス席にいきなり姿を現わしたとき、そのセンチメンタルな空想は、一気に粉々になった。彼はなんと無事でいて、怒りに燃え、彼女を糾弾《きゅうだん》したのだ。

彼の姿を目にしたウィルヘルミナは心底衝撃を受けた。幽霊を見たと思って気を失いかけたのだ。その当時サムは、海軍の少尉になっており、彼が死んだと思われていた八九年のあの日、彼は強制徴募《ちょうぼ》隊に拉致《らち》され、無理やり海軍に入隊させられたことを知った。彼は、何度も彼女に手紙を送ったと言い張ったが、彼女は一度もそんな手紙を受けとった覚えはなかった。彼はずっと生きていたのに、彼女は、まったくそれを知らなかったのだ。

そんなわけで、そのころには有名な高級娼婦となっていたウィルヘルミナは、怒り狂うサムと対峙することになった。彼は、なぜ彼女が彼の帰りを待てなかったのか、理解してはくれなかった。彼女が事情を説明したあとも、やはり彼は、ほかの男に身をまかせるという彼女が選んだ人生を許すことができなかった。ショックを受け、怒り、彼女を許す気がない彼は、彼女に背を向け、ウィルヘルミナの心を打ち砕き、彼女の前から姿を消した。彼の死という、胸が張り裂けるような出来事があってから五年後、彼女はふたたび彼を永久に失ったのだ。

それでも、かつて愛していた少年を、ウィルヘルミナはけっして忘れることができなかった。その不愉快な再会劇のあとも、彼女は数回彼の姿を見かけた。彼を失ったことは後悔していたが、時計の針を元に戻すことはできないし、自分の選んだ道を貫いていくことしかできなかった。実際、彼女はうまくやっていた。彼女のパトロンは大使や王子、将軍に詩人、首相にまで及んだ。最後の庇護者となったハートフォード公爵は、本気で彼女を愛し、社交界の一大スキャンダルに発展するのも厭《いと》わずに、彼女と正式に結婚した。

いろいろと考えあわせると、彼女の人生はすばらしかった。あのまま、ポルルアン・コーヴにいるよりも、ずっといい人生を送ったと思う。いまや彼女には財産と地位があり、ある程度の尊敬も勝ち得ている。

だが、そのために彼女は初恋を犠牲にしたのだ。むろん、当時はそのことを知らなかったのだが。

あれから年月がたって、彼女もサムも歳を重ねて穏やかになった。もういまは、彼も彼女を軽蔑してはいないようだし、彼女も、彼のあからさまな蔑《さげす》みに対し、慇懃《いんぎん》無礼《ぶれい》な態度で応じるような真似はしない。彼らは違う道を選んだ成熟した大人として、今後は、良き思い出を語りあい、友情をはぐくんでいけるかもしれない。

ウィルヘルミナにとって、マーシュがなにをしているかなど眼中にはなかったが、彼女は公爵夫人の旅行用ドレスを脱がし、胸が大きくV字に開き、手首と裾に美しいレースが施された柄物のフランス・モスリンのドレスを彼女に着せ終わっていた。部屋には、小さな姿見しかなかったが、それでも、そのドレスが自分によく似合っているのは、ひとめでわかった。彼女は、自分の姿に満足したが、髪はまだ、ボンネットのせいでぺちゃんこになったままだ。

ウィルヘルミナは化粧台と兼用の小さなデスクに腰かけ、ギニーが魔法のように髪をととのえるのを待った。メイドは、肩までの長さの巻き毛を留めているピンをはずした。ブロンドのその髪は、人々が思っているような人工的なものではなく、自然な髪の色で、いまだに白髪は見あたらない。それをギニーはよく梳かしたあと、手際よくシニョンを結い直してレースのリボンで結び、額とこめかみの後れ毛をカールさせた。

ウィルヘルミナは鏡に映った自分の姿を見ながら、満足げにうなずいた。彼女の年代のまともな女性ならば誰もがかぶっている、落ちついた趣のあるキャップなど、ウィルヘルミナは絶対にかぶりたくはなかったし、それよりもひらひらと風に舞うようなスタイリッシュな髪型を好んでいた。ある程度の歳を重ねた女性が、純情娘のように装うのは最悪だし、若づくりをするつもりはなかったが、ファッショナブルかつ粋《いき》に装うのは悪くない。サムも、彼女の姿を見てそう思ってくれるだろうか？　小粋な熟年女性？　それとも、かつて知っていた少女の年老いた脱け殻だと思うのだろうか？

「宝石箱をお持ちしましょうか？」マーシュが深い襟ぐりに目をやりながらたずねた。

「ええ、お願いよ。カメオのネックレスとイヤリングがいいと思うの」

「そうでございましょうか、奥さま？」

ウィルヘルミナはため息を漏らした。マーシュの言うとおりだ。自分はサムに好印象を与えようとしゃにむに着飾りすぎている。「いいえ、やっぱりやめましょう。もっとシンプルなものがいいわね」彼女は、細いゴールドチェーンがついた、竪琴《たてごと》を模《かたど》った小さなパール付きのゴールドのペンダントと、シンプルなゴールドのフープ・イヤリングを選んだ。

これで用意はできた。本当に？　審判を受けるために、彼の前に出る準備がととのう日がはたしてやって来るのだろうか？　恥ずかしさを覚えずに、彼の前に立てる日が来るのか？

馬鹿馬鹿しい。恥ずかしがるのは、元々彼女の性《しょう》に合わないのだ。自分の選んだ生きかたに対する後悔は、もうとっくの昔に消えている。人生をやり直すことなどできないし、いまさら純潔な自分に戻ることはできない。道徳的な生きかたをしてきたと主張することだって、できはしない。不可能なことを嘆き悲しむのは無益なことだ。だが、何年ものあいだ、サムに会うたびに、彼女は柄《がら》にもなく後悔を覚えては胸を痛めていた。もし、彼が生きていることさえわかっていれば。もし、彼からの手紙が届いてさえいれば。もし、あのとき……もし……。

だが、いまは状況が違う。ハートフォードが彼女を正式の妻として迎えてくれたおかげで、彼女はわずかながら社会的地位を取り戻すことができた。それでも、上流社会の格式張った連中のなかには、いまだに彼女をまったく受け入れてくれない人々もいる。彼女に対してけっして開かれないドアはたしかにある。しかし、彼女の地位と財産によって、たいていのドアは開かれた。そして彼女が出会った、数人の良い友人の揺るがぬ支持と友愛のおかげで、より多くのドアが開かれるようになった。ハートフォードと結婚したとき、ウィルヘルミナはかつての自分と決別し、公爵の当惑の種ではなく無形の財になろうと決意した。七年の結婚生活と、未亡人になってからの四年をかけて、ウィルヘルミナはかつての高級娼婦にとって可能な範囲で、立派な社交界の一員となった。サムの前に立つときに、恥や後悔を覚える必要などない。長い歳月を経て、ようやく彼女は胸を張って彼と顔を合わせることができるようになった。

ウィルヘルミナは寝室から出るとき、ちらっと窓の外に目をやった。まだ雨はやんでいない。嵐はどうやら長引きそうな気配だ。午後いっぱい、サムといっしょに過ごせるかもしれない。

胃が落ちつかない感じなのは、不安からなのか、それとも期待からなのか、彼女には判断できなかった。いや、もしかするとこれは、たとえ一瞬でも、サム・ペローが彼女の人生に顔を出すたびに彼女がいつも感じる、愚かな少女じみた反応なのかもしれない。

2

席に戻ったサムは、すぐに紅茶を注文しなくてよかったと思った。予想したとおり、公爵夫人は三十分たっても戻ってこなかったからだ。彼は、人生のほとんどを男ばかりの世界で生きてきたので、ときとして、女性にとって〝旅のほこりを落としてくる〟のがどれだけ時間のかかる行為か、忘れがちになってしまう。多くの男性にとって、それは忍耐力を試される機会となるが、サムは昔から女性のそういうところを愛しいと思うのだ。女性が、彼のためにめかしこむということが、彼にはとてもうれしかった。だが今日にかぎっては、時間が空いてしまったために、彼はいやが応にもこの予想もしなかっためぐり逢いについて熟考せずにはいられなかった。彼女と交わした一瞬の会話に、彼は希望を持った。それはいままでのような気まずいものでも険悪なものでもなかったからだ。彼女はどこから見ても寛容で、愛想がよく、過去にときとして見せたような憤然とした様子は微塵もなかった。だが、彼女が好戦的になるのは、いつも彼のあからさまな蔑みから身を守るためだった。彼女があのような悪名高い人生を選んだことを裏切りととらえずにいられるようになるには、長い時間が必要だった。ウィリーの運命を知った結果、サムの人生は完全に変わってしまった。女性に関して、いっさいのロマンチックな幻想を抱けなくなってしまったのだ。ウィリーのおかげで、彼はそんな弱みを持たずに生きていけるようになった。すくなくとも彼はそう信じていたが、気づくと彼は、ロンドンで彼女のことを探していた。それも一度ならず二度までも。そのどちらも、無駄足に終わったが、ウィリーに関しては分別のある行動をとれたためしがない。口やかましい母親に家から追い出されたあと、生きていくために必要なことを彼女はしたまでだと考えられるようになったときには、彼が望むような形での和解にこぎつけるには手遅れになっていた。彼女は身分の高い女性、公爵夫人になっていたのだ。

だが、その彼女もいまは未亡人だ。そのニュースは、ショッキングなものだった。田舎の宿屋での偶発的な出会いは、かつて彼が夢見たような和解の機会になるかもしれない。ただ、この嵐が過ぎたあとに彼が向かう目的地が、頭のなかの大それた妄想に水を差した。

いや、今日は、数年ぶりに再会した古くからの友人が、互いの近況を報告しあうだけになるだろう。それだけでも彼は満足だし、それで会話がはずめば、もしかすると彼女に厳しい評価を下してしまった過去の彼の行ないについての謝罪を、彼女が受け入れてくれるかもしれない。

室内の会話と騒音が一瞬途絶え、玄関ホールのざわめきが聞こえてきた。宿の主人、グリッソムに案内された公爵夫人が戸口に姿を現わしたのを見て、サムは給仕をしているメイドのひとりに、先ほど注文した紅茶のポットを持ってくるよう合図を送った。公爵夫人が部屋を横切って近づいてくると、彼は椅子から立ち上がり、アルコーブに向かってくる彼女の姿に見とれた。

本来ならば、彼女ほどの年齢の女性が魅力的に見えるはずはないのだが、一瞬、彼のなかで激しい欲望が湧きあがり、波となって全身に広がった。むろん、それはまったく愚かなことだった。彼らはどちらも、そんな馬鹿げた衝動に駆られるにはすでに歳をとりすぎている。こんなことを考えるのは、あまりにも長いあいだ女性が身近にいなかったせいかもしれなかった。

だが、それにしても彼女は美しい。ボンネットをとったおかげで、彼女の顔がはっきりと見える。ウィリーの顔は、十六歳のころの美しさをほとんどそのまま残していた。おそらく、元々の顔だちが美しいからだろうと彼は考えた。彼女は昔から美人だった。八十歳になってもやはり美しいだろうと彼は想像した。彼女の髪はあいかわらずブロンドだったが、若いころのギニー金貨のような色に比べるとハチミツ色に近くなっている。白髪も少しはあるのだろうか？　彼にはそれが見つけられない。彼女は、彼よりふたつ年下なだけだというのに、彼のほうはいやになるほど白髪だらけだ。

だが、彼の股間を落ちつかなくさせたのは、彼女のしぐさだった。猫のように優美な動きでサロンを横切る彼女に、そこにいた全員の視線が釘付けになった。彼女が一歩進むごとに、白いドレスのスカートがエレガントに揺れ、その下に隠された太腿と腰のくびれを想像させる。そのうえ、大きくV字にくれた胸もとからは、見る者をじらすような谷間がちらりとのぞいている。あの歳になっても、彼女は全身から抗しがたい色気を発散していた。あれは熟練の演技なのだろうか？ それとも、ずっと昔から彼女が身につけていたもので、はるか昔に最初に彼が惹かれたのは、そこだったのか？

「公爵夫人、お手をどうぞ」彼は片手を差しだした。

「ありがとう、サム」彼に導かれて、彼女はアルコーブに上がる階段をふたつ上がった。彼女は席につくと、彼を見上げてほほえんだ。「お待たせしてごめんなさいね。女性にとって着替えのプロセスが、たとえ人手を借りてもどれほど面倒なものか、きっとあなたには想像できないわ」

「待つ価値は充分あったよ」彼は彼女の向かいに腰をおろした。「本当にきれいだ」

彼女は忍び笑いを漏らした。「サム！ すっかりお世辞がうまくなったのね」

彼もほほえみ、肩をすくめた。本心を声に出して言ってしまったことに、照れ臭さを覚えたからだ。彼は運ばれてきた飲み物に救われた。ほかならぬミセス・グリッソム本人と、メイドの若い娘が、紅茶のポットと、バターとジャムを添えた皮の堅いパンをトレーにのせて運んできた。茶器セットがミセス・グリッソムのとっておきの品なのは明らかだった——それは、暖炉のわきにある古ぼけた松材の食器棚にならべられている、ブルーと白の皿とは違って、サムが東インドから妻の土産《みやげ》に持ち帰ったような、薄手の繊細な食器だった。

「お待たせいたしました、奥さま。手もとにある最高のボヒー茶をご用意いたしました。こちらは、エールのお代わりです、大佐」ミセス・グリッソムとメイドは、まるでここがアッパー・ハアンプデンの古い〈ブルー・ボア〉ではなく、ロンドンの最高級レストランであるかのように、皿をテーブルの上に整然とならべた。「パンは焼きたてですから、地元のおいしいバターと自家製のブラックベリーのジャムといっしょにお召しあがりください。もしなにかほかにお入り用でしたら、ここにいるリジーになんなりとお申しつけくださいませ」

公爵夫人が大仰な感謝の言葉を述べると、宿屋の女主人は顔を輝かせ、何度もお辞儀をしてから、メイドのリジーを連れて引き下がった。ウィリーが紅茶を注いでいる様子を眺めながら、サムは、彼女がごく自然に貴族らしく振る舞っていることに驚いた。彼女は、どこから見ても、正真正銘《しょうしんしょうめい》の公爵夫人だった。鍛冶屋の娘が、よくここまでになったものだ。

「なぜ、ここにやって来たの？」彼女はたずねた。「あなたにこんな所で出会って、すごく驚いたのよ」

「わたしのほうが、きみを見つけてもっと驚いたよ。なぜかわからないが、きみはけっしてロンドンを離れないものだと思いこんでいた」

「まあ、わたしだって、たまにはブライトンの社交界や別荘でのパーティーに顔を出すこともあるわ。じつは、今日もそこから家に戻る途中で、不運にも嵐にあってしまったのよ。でもこの古い宿は、思ったよりも快適な場所だと思わない？　朝には日が照っていることを願いながら、ひと晩過ごすにはいい所だわ。でも、あなたは？」

「残念ながら、わたしは勇猛果敢な旅人だからね。雨があがるのを待って、すぐに出発する予定だよ」

「どこへ……？」

「ここより少し北に住んでいる友人宅を訪ねる途中なんだ。だが、ウィリー、ここできみに会えて本当によかったよ。最後に会ってから、もう何年になるだろうか」

「十年よ」

彼は驚いて目を見開いた。「まさか、もう十年もたったのか？」本当に、そんなに時間が流れたのか？　そうだ、あれはたしか一八〇四年のことだった。セーラが死んで長い忌引《きびき》休暇をとったとき。トラファルガーの海戦のまえだった。実を言えば、彼はあれ以来ロンドンを訪れていないのだ。一八〇六年のネルソン提督の葬式にも、彼は出席しなかった。ああ、そうだとも。彼は、ウィリーに最後に会ったときのことをはっきり覚えている。あの場で、彼はウィリーがハートフォード公爵と結婚したことを知って、かろうじて物笑いの種にならずにすんだのだ。

それにしても彼女が、あれから何年たったかをこれほどはっきり覚えているとは。彼女がその日を記憶に刻みつけている理由が、彼の愚かな行ないのせいではないことを祈るばかりだ。

「どうしていたんだ、ウィリー？」

「元気だったわよ、ありがとう」彼女は紅茶を注ぐ手をとめて、彼の目を見つめた。「いまのは、儀礼的な質問じゃないわよね？　ええ、わたしは本当にうまくやっていたわ。いい人生を送ってきた。ご覧のように、立派な未亡人になったのだもの。ところで、あなたは？　戦争も終わったし、しばらく本土にいる予定なの？」

「しばらくどころじゃないよ。無事にナポレオンをエルバ島に閉じこめたことだし、もうヨーロッパでは、あまり海軍の仕事はないんだ。だが、わたしはアメリカの戦争に加わる気はないので、引退することにしたんだよ」

「引退？　あなたはきっと大将になるまでは海軍にいるのだと思いこんでいたわ」

「きみも記憶にあるとおり、海軍は、好きで就いた職場ではないからね。楽しい思い出もあるが、辞めることに後悔はない。もう世界中を駆けまわる生活に疲れたんだ。どこか一カ所に根を下ろしたい。サセックスの海岸沿いに小さな家があるんだが、そこがとても気に入っていてね。しばらくそこでゆっくりと、青ではなく緑の上に陽が昇り沈むところを眺めて暮らしたい」

「海が懐かしくなるんじゃない？」

「おそらく。引退した将校の多くは、すっかり退屈しきっていて、こっそりと次の開戦を待っているのだよ。だがわたしは、恒久的な平和を楽しみたいと思っている。サセックスの陸地で、残りの人生を送りたい。ささやかな敷地のある、なかなかいい屋敷なんだよ。前庭からは海が見えるし、背後にはサウスダウンズが望める」彼はにやりと笑ってウィンクをした。「もしかすると、農夫になるかもしれないな」

彼女は声をあげて笑った。その声は、彼を一気に故郷ポルルアンの馬小屋の二階に連れ戻した。そこでふたりは互いの無垢な体を与えあった。あのときと同じ、音楽のような響きだった。心持ち、声は低くなっていたものの、それでも耳に心地よい響きは変わらない。「あなた、農業の仕方なんて知っているの、サム？」

「まったくわからないよ。だが、実際の作業は誰かを雇ってやらせて、わたしはパイプをくわえて犬といっしょに暖炉の前にすわって、気むずかしい爺《じい》さんになっていくんだ。だが、とりあえずは休職給を受け取りながら、静かな生活を楽しみ――」

「休職給？　だって、退役したんでしょう」

「海軍将校に退役はありえないんだよ、ウィリー。そんな規定は存在しない。いったん軍人になったら、死ぬまで軍人なんだ。だが、次の戦《いくさ》に借り出されるまで、休職給をもらって好きな生活を営むことはできる。召集がかかったときに出頭しなければ、休職給はその後もらえなくなる。わたしとしては、そうするつもりなんだがね」

その後、半時間ほど、彼の海軍での生活について、彼女は次々と質問をし、彼が訪れたさまざまな場所や、戦いの模様、何度か進出した東インドのことや、ここ五年ばかり彼がかかりきりになっていた、単調で退屈な海上封鎖の仕事について、話がはずんだ。

話しながら、サムは、彼女のことをじっくり観察した。彼女は、いまでもめったにお目にかかれないほどきれいな女性だ。いや、〝きれい〟というのは公爵夫人を表現するには、あまりにも味気ない言葉だ。彼女は、美しいのだ。少年のころ、彼が夢中になった、ピンクのほおをした丸顔の少女の若々しい華やかさは失われているものの、いまの彼女には、彼がギリシャで目にしたような大理石の古代彫刻のような、時間を超越した美しさがあった。数本のしわは見えるものの、すべての平面や角度が完璧に見える。

それでも、まぎれもなく大金を費やして保っているであろう美しい外観の下から、かつての若く美しい少女が、ときおり顔をのぞかせるたびに、彼ははっと息を飲んだ。かすかに見える口もとのえくぼや、彼の話を聞きながら首を傾けるしぐさや、笑うときに鼻にしわを寄せる癖。その瞬間、数十年の歳月が消えてなくなり、彼はコーンウォールに逆戻りして、恋人とともに馬小屋の二階にいる気分になった。

もし、ふたりの計画が予定どおりに行なわれたとしたら、彼が強制徴募隊に捕まることなく、予定どおり彼女と結婚していたとしたら、ウィリーはこの美しさを保つことができただろうか？　あのままいったら、いまごろ彼女は、げっそりと憔悴《しょうすい》しきった四十一歳の女になっていたのか？　美しさなど、とうの昔に失われ、骨の折れる仕事と子育てに追われる、食うや食わずの生活をしていただろうか？　それとも、いっしょにいられる幸せで、苦労など感じずにいただろうか？

どんなふうになっていたかは、いまとなっては知るよしもないし、過去を変えることなどできないのだから、くよくよ考えても意味はない。サムは、昔から前向きな人間だったし、与えられた人生を、最大限に利用することをつねに心がけてきた。

だが、今回のこの偶然の出会いには、どういう意味があるのだろうか？　どうやってこれを利用すべきなのか？

「それで、あなたはどうなの、サム？　プライベートの生活は。最後に会ったとき、奥さまを亡くされた直後だったじゃない。再婚はしたの？　お子さんは？」

彼は首を振った。「再婚はしなかったよ。ほとんど家にいられない生活だから。むろん、トムに会えるときは休暇をとっていたが」

「息子さん？」

「そうだ。だが、女性を口説いている暇はなかった。海上封鎖担当の大佐の生活なんて、自分の思いどおりにはならないものだから」

「強制的に徴募された水夫が、どうやって大佐まで登りつめたのか、わたしにはさっぱりわからないわ」

「わたしの場合は、かなり珍しいケースであるのは確かだよ。それどころか、そうとう特異な例だと自分でも思う。きみも知っているとおり、わたしはかなり腕のいい水夫だった」

　たしかにそれは知っている。ウィルヘルミナはほほえみを浮かべ、岸に上がっているときより、釣り船の上にいるほうが生き生きとしていた若いころのサムが、入り江で舟を自在に操っていた姿を思い出した。

「そんなわたしの才能に、彼らは最初から目をつけて、利用したんだ」彼は続けた。「もう家には戻れないし、このまま海軍に居つづけるしかないとわかった時点で、わたしも、ならばこの状況をできるだけ有効に利用しようと心に決めた。海軍での生活を楽しみ、いろいろなことを貪欲に吸収し、積極的に仕事を覚えた。数年たつと、わたしが優秀な水夫で、士官になりたがっているという評判がたった。よい大佐の下についたのも幸運だったよ。慣例に反して、最終的にはわたしのことを少尉にまでしてくれたんだから」

　彼女は紅茶のお代わりを注ごうとして、ポットが空になっているのに気づいた。室内を見まわし、向こうの端にいるリジーと目を合わせると、ウィルヘルミナはまゆを上げた。メイドはひざを折ると、急いで紅茶をとりに走った。このまま、サムの話を聞きながら、何時間でもここにすわっていたいとウィルヘルミナは思った。あいかわらずコーンウォール地方の訛《なま》りが抜けず、Rを長く発音し、鼻母音《びぼいん》を使う彼の話し声は、まるで彼女を包む毛布のように心地よかった。だが、すでに雨はあがりかけている。サムはすぐにでも出立《しゅったつ》したがるはずだが、まだ彼を行かせたくはなかった。彼と短い会話以上のものを交わしたのはひさしぶりだったし、その短い会話のほとんどが、不愉快なものか、もしくは気詰まりな体験だった。こんなふうに、旧友同士として楽しく話ができる日が来るとは夢にも思っていなかったし、この状況を心ゆくまで楽しもうと考えた。もしかして、このまま彼に話を続けさせれば、彼は雨がやんだことに気づかないかもしれない。

「海軍の組織のことはよくわからないけど」彼女は言った。「少尉になれるのって、珍しいことなの？」

「強制的に徴募された水夫にとっては、めったにないことだ」彼は自嘲気味にかすかな忍び笑いを漏らした。「昇進したとき、わたしはすでに二十三で、乗組員のなかでは最高齢の少尉だったが、それでも孔雀《くじゃく》のように胸を張って、士官としての階段を登り詰めていく計画を、すでにひそかにたてていた。わたしの乗った船が五年の航海の果てにようやくイギリスに戻ったのが、ちょうどそのときだったんだ。昇進したことがうれしくて鼻高々だったわたしは、きみを迎えに行こうと思った。ささやかだったがひそかに貯めていた捕獲賞金を、きみに差しだそうと思っていた」

いつかは話しあわねばならない話題に、こうしてようやくたどりついたわけだ。だが、彼女としては、それは喜ばしい展開ではなかった。とはいえ、避けて通ることはできないのだ。それに、きちんと考えを伝えあう時期なのかもしれない。「ところが、わたしは故郷に、もういなかったというわけね」

サムは顔をしかめ、しばらく黙りこんだ。ようやく口を開いたとき、彼の口調は苦々しげだった。「腹がたってしかたなかったんだよ。きみが、例の画家と出奔《しゅっぽん》したと聞いたとき。そのうえ……」

「売春婦になったって言われたから」

サムは、まゆをひそめた。「そういう表現を使うつもりはなかったよ」

「でも母は、あなたにその話をしたときに、間違いなくそう言ったでしょう」母はウィルへルミナに対して、売春婦とはっきり言ったのみならず、もっとひどい言葉を投げつけ、彼女がジェームズ・ベネディクトという画家や、サムや、ほかの数多くの男たちに体を許したと言って非難したのだ。娘を探しに来たサムに対して、マーサ・ジェップはためらうことなく同じことを言ったはずだ。

「生きるためには、しかたがないことだったんだね」彼の口調は穏やかなものに変わった。「そう納得できるまでには、長い時間がかかったよ。だが、いまはそれがわかっている。本当だよ、ウィリー。そのことだけは信じてほしい」彼は手を伸ばして、軽く彼女の手を握った。「だがあのときは……九四年に少尉に昇進して国に帰ってきたわたしは、捕獲賞金で買った真新しい制服で胸を張っていたあのころのわたしは、その話を聞いて打ちのめされた。あまりの辛さに、きみにひどいことを言ってしまった」

あの日、劇場のボックス席に愛人たちといっしょにいた彼女の前に、彼は突然現われた。

ひとめ見ただけで、それがサムだとわかり、彼女はめまいを起こした。過去から蘇った亡霊が、自分のほうに近づいてくるのが見えたからだ。

「まさかと思ったが、やっぱり本当だったのか」

こちらをにらみつける彼の怒りの激しさに、彼女はふたたび頭がくらくらしてきた。もし、席についていなかったら、間違いなく、その場に倒れていただろう。驚きと喜びと、恥ずかしさが入り交じった感情が湧きあがってきた。あまりのことに、彼女は言葉を失った。

「信じたくはなかった」彼が言った。「悪名高いウィルヘルミナ・グラントの話はあちらこちらで耳にしたが、その尻軽女《しりがるおんな》が、ぼくの知っていた愛しのウィルマ・ジェップと同一人物だなんてありえないと思っていた。それが嘘だということを、この目で確かめたかったんだ。なのに、結局こういうことか」彼は、ウィルヘルミナの愛人たちにちらっと目をやった。「ぼくがかつて愛した女性は、高級な服や宝石を買ってくれる男たちに次から次へと身をまかせている。まるで女王さま気どりで、こんなボックス席に陣取って、自分の卑猥さを世界中に誇示しているんだ」彼は口を歪め、いまにも吐きそうな表情をしていた。「なんてことだ、ウィリー。なぜ、こんな真似ができるんだ？」

「サム」そのひとことだけで、彼女はのどが詰まりそうだった。彼が生きていた、本当に生きていたのだという喜びに気が遠くなりそうだったが、同時にこんな所を見られたことに打ちのめされた。ボックス席にそのときいた男たちについて、彼の言ったことは半分だけ正しかった。彼らはみな、彼女を手に入れようとしていたが、実際にそれに成功しているのは、ほんの数人だった。ウィルヘルミナ・グラントは、簡単に金で買うことなどできない、この世にふたつとないとびきりの商品だった。当時彼女の庇護者だったサー・クライヴ・ピンチーは、彼女の椅子に手を置いて、真うしろに立っていた。彼がサムに向かっていこうとする気配を感じ、彼女は彼を押しとどめるために片手を上げた。

「なぜ、こんな真似ができたんだ？」怒りのなかに、哀しさが混じった口調でサムはたずねた。「ポルルアンできみに会えると思っていた。ぼくを待っていてくれると。きっと……だが、こんなふうになってしまっていたのか？　畜生。きみの母さんが言ったとおりだったよ。きみは、いまでは……」

彼が、卑俗な言葉を彼女に投げつけようとしているのはわかっていたし、そう呼ばれることに、彼女はもう何年もまえから慣れていたが、サムの口からだけは、その言葉を聞きたくはなかった。ウィルヘルミナはあわてて落ちつきを取り戻し、いつも世間に見せつけている相手を見下すような態度で言った。

「堅苦しいことは言わないで、サム。これが現実よ。コーンウォールの小さな田舎の漁村とは違うの。あなたのうまい表現を借りれば〝高級な服〟も大好きだし、宝石や馬車やいろんなものを手に入れてきたの。それを手にした方法がお気に召さないのなら、さっさとここから出て行ってちょうだい」

「冗談ではなくて、本当に、感動したはずさ。とてもよく書けていた手紙だったから」

「読みたかったわ、サム。どれほど読みたかったか、あなたにはわからないと思うわ」ウィルヘルミナは彼の上に手を重ね、サムはその手を取って、唇にあてた。こぶしにあたる彼の肌と息のぬくもりが、全身に激しい欲望を呼び起こしたせいで、彼女はもう少しでうめき声をあげそうになった。こんなふうに男性を求めたのは、何年ぶりだろうか。そのうえ、その相手がサムだったので、欲望はよりいっそう激しさを増した。初恋の相手であり、初めての失恋の相手。彼の目をのぞきこむと、彼も同じように自分を求めているのがわかった。

「あの手紙があったから、わたしは頑張ってこられたんだ」サムは、彼女の指をさすりながら言った。「きみが恋しくて死んでしまいそうだと思ったときも、生きる目的をくれた。読み書きがあまり得意でなかったのは、きみも知っているだろう。だが、徴募されてすぐに、同じコーンウォール出身の副船長と仲良くなった。彼はいろいろとわたしの面倒を見てくれて、海軍で必要なことをすべて教えてくれた。航海に関する本を読むようにと貸してくれたのだが、わたしが苦労しているのを見て――なにしろ、そこに書いてある言葉はすべて外国語にしか見えなかったから――読み書きを教えてくれたのだ。もし、海軍で出世したければ通信文や航海日誌を書かねばならないし、契約書や命令書や規則を読んで、理解できなければだめだと言ってね」

「きみへの手紙を練習台にして、字を書く練習をしたんだよ。何枚も、何枚も、わたしの海での生活やきみへの想いを綴っていった。あれが、きみの手に届かなかったのは、つくづく残念だよ。本当に傑作だったんだぞ。バイロンの詩なみの出来だった。おい、笑うなよ。間違いなくすばらしい名文だったのだから。本当だよ」

「その手紙を読めるなら、どんなことだってするわよ、サム。でも、わたしは一通も受けとっていないし、あの夜、劇場に姿を現わすまで、あなたは死んだものだと思いこんでいたの。幽霊だと思ったわ。激怒している幽霊。あんな所をあなたに見られたことが、すごく恥ずかしかったわ」

彼は目を見開いた。「記憶が正しければ、きみは恥ずかしがっているようには見えなかったがね」

「そうね。自分の状態をわざとひけらかしたのは、あなたに背を向けてほしかったからなの。過去にさかのぼってやり直すことはできないし、貞節な人生を取り戻すことはできないんだもの。だから、あなたといっしょになれないことはわかっていたの。もう手遅れだって。最良の方法は、きっぱり別れることだと思ったから、あなたが、わたしに背を向けやすいようにしたのよ」

「そして、わたしにあらたな人生を歩ませた」

「そうなの？」

「きみのおかげで、あらたな野心が生まれたんだ。もうけっして、へりくだったりしない……というか、絶対に、なんというか、誇りを捨てずに財を築いてやると心に決めた。裕福な妻まで見つけた」彼は肩をすくめる。「もし、きみがほかの男の愛人になったという事実に傷ついていなかったら、あれほど大急ぎで結婚したかどうか、あやしいものだ」

彼は、画家のジェームズ・ベネディクトのことを言っていたが、それ以上の意味を含んだ発言であることは、ふたりとも理解していた。愛すべきサムは、いまだに彼女がどんなふうに変わってしまったかを、はっきり口に出して言うことはできないのだ。それにしてもウィルヘルミナは、まさか自分が選んだ仕事が、彼の結婚をうながしたとは思っていなかった。

「と言うことは、恋愛結婚ではなかったの？」彼女はたずねた。

「最初は違うが、良縁ではあった。彼女の父親は、わたしが多くの時間を過ごした東インドの農園主だった。どういうわけか、彼はわたしが将来有望で、娘の夫にふさわしい男だと思ってくれた。彼女はとてもかわいい女性だったし、わたしは彼女に好意を持っていた。たんなる好意が、年月がたつにつれて、深い情愛に変わっていった。わたしは彼女を愛していたよ。わたしのセーラは、とてもすばらしい女性だった」物思いに沈むようにほほえむサムを見て、ウィルヘルミナは彼がいまでも他界した妻を想っていることに気がついた。

「お呼びでしょうか、奥さま？」スミートンはアルコーブの隣で、直立不動で彼女の指示を待っていた。手に持ったシルバーのトレーには、公爵夫人の筆記用具と紙が一枚のっていた。ペンケースは開いていて、シルバーのペン先が、細い純銀製の持ち手にはめこまれていて、いつでも使えるようになっている。

ウィルヘルミナはサムに顔を向け、握っていた手をしぶしぶ離した。「失礼。少し待っていてくださいね、サム。簡単なメモを残すだけだから」彼女がうなずくと、スミートンはトレーをテーブルの上に置いた。それから、彼は二歩下がって、厳粛《げんしゅく》な表情で、公爵夫人の作業が終わるのを待った。彼女がとても妙な依頼をそこに書き記したときにも、顔の表情ひとつ変えなかった。

書いた内容が見えないよう、腕で紙を隠しながら、二、三行の文章を書き終えると、息を吹きかけてインクを乾かし、そのあと紙をふたつに折りたたんで、スミートンに差しだした。「このとおりに、やっておいてくださいね」

彼はふたたびテーブルに近づくと、トレーとメモを回収した。「ほかになにかご用はございませんか、奥さま?」

「それだけよ、スミートン。どうするかは、すべてあなたにまかせるわ」

「かしこまりました、奥さま」彼は直角にお辞儀をすると、立ち去った。

「どこかで見たことのある顔だが」サムは部屋から出ていくスミートンを目で追った。

「ロンドンの家では執事として働いているから。たぶん、うちに来たときに会ったのでしょう」

「ああ、そうだ。九九年の休暇のときだ。ロンドンじゅうが、六カ月前のアブキール湾の勝利にまだ沸き返っていた」

「なにしろ、そのまえの出会いがあんなふうだったから、スミートンに、あなたが訪ねてきたって聞かされたときは、羽根で触れられても倒れてしまいそうなほど驚いたわ」

彼は降参とばかりに両手を上げた。「なぜきみを訪ねたのか、自分でもわからないんだ。ネルソン提督のレセプションで、遠くからきみの姿を見かけて、もう一度きみに会うべきだと悪魔がささやいたんだ。わたしが、どれほど成功したか、きみに見てもらいたかったんだと思う」

「まず、上流階級の女性を妻にしたことを話してくれたものね」

「正直に言って、ウィリー、きみと再会するのは辛かった。よりによって、公爵の腕のなかにいるきみを見るのはとくに。わたしたちは互いに、野心が強い者同士だなとつくづく思った。負けず嫌いの性格だから、どうしても自分の成功をきみに自慢せずにはいられなかったんだ。財産を築いて出世したと言って、真新しい中尉の制服の白い襟を見せびらかし、サセックスの新居や妻やがっしりとした体つきの息子のことを吹聴《ふいちょう》したかったのさ」

「わたしにとっても、あなたと再会することは辛かったのよ、サム。おまけに、奥さんや息子さんの話を聞くのは。たしかに、あれは胸にぐさりと突き刺さったわ。もしかしたら、サセックスの屋敷で暮らしていたのはわたしだったかもしれないって、何度も何度も思ったんだもの」

「本当か？」

「でもね、わたしたちがいっしょになっていたら、そうはならなかったんだって気づいたの。もし、あなたが強制徴募隊に連れ去られてなかったら、わたしたちは、予定どおりに結婚していたと思うのよ。海のそばの、一部屋しかない小さな家で暮らしていたんじゃないかしら。スレートの屋根がついた、窓にガラスのない、いつも魚の臭いが石壁に染みついている家で。わたしたちはどちらも財産なんか築けなかったでしょう。わたしも、あなたと同じようにあなたに負けたくないと思ったのよ、サム。わたしのほうがずっと上に行ったことを、あなたに見せつけてやるって決めていた。だから、宝石や公爵やいろんなものをひけらかしたの」

「そして、最後にきみに会ったあの日……」彼は一瞬口ごもり、顔に傷ついたような表情が浮かんだ。「わたしは長い休暇で国に戻ってきていた。わたしたちの人生はそれぞれ大きく変わっていた。わたしは妻を亡くし、きみは、公爵と結婚した」

「いろいろあったわよね。お互い、別々の道を歩いてきたけれど。十六歳のときは、自分の人生がこんなふうになるとは思ってもいなかったわ。地位も財産も手に入れて、欲しいものはなにもないって思うようになるなんて」

「そうだな。じつに皮肉だと思わないか？　あの忌々しい強制徴募隊のせいで、わたしたちの人生が、両方ともここまで変わってしまうなんて」

3

サムは窓の外をちらっと見て、陽が照っているのにひどく驚いた。いつ雨はやんだのだ？ウィリーとのひさびさの会話に夢中になっていて、まったく気がつかなかった。こうしてまた彼女に会えて本当によかった。互いに疎遠になってしまった理由をきちんと話しあえてよかった。こんなに長く話をしたのは、ほぼ四半世紀ぶりだった。そのあいだにふたりのあいだに起こったことや、かつて、互いに対して投げつけた憎しみのこもった言葉の数々にもかかわらず、ふたりがまったく別の道を歩んできたにもかかわらず、なぜか、まるで仲違《なかたが》いした時期などなかったかのように、ふたりの話ははずみ、いちばん気がかりだった話題ですら無理なく話しあうことができた。まるで、昔に戻ったかのように。

もしかすると、彼らの人生は一周し、また元の場所に戻ってきたのかもしれない。歳を重ねて互いに賢くなり、時間が相手を許すことを教えてくれた結果、もう一度彼女といっしょになれるかもしれない。ようやく、そのときが来たのかも。ふたりともいまは独身で、見つめあうふたりのあいだの空気は、口に出せない欲望に満ちていた。こんなふうに再会することは、運命だったとすら思えるのだ。

だが、そんなはずはない。よりによって彼がかならずしもひとりとは言えないこの時期に、サディストの運命の女神がふたりを再会させたのだ。これほど残酷な状況でなければ、笑いだしたくなるほどだ。

だがサムは、笑いはしなかった。

「雨がやんでいる。残念だが、そろそろ行かなければ」彼はベンチから立ち上がり、そばの釘にかかっていたコートと帽子を手にとると、テーブルをまわってウィリーのそばにやって来た。テーブルに置いた彼女の手をとると、ふたたび手の甲にキスをした。唇を離さずに彼は言った。「思いがけず、楽しい時間を過ごせたよ、ウィリー、こんなふうに会えて、本当にうれしかった。めったにロンドンには行かないし、また十年後まで出会えないかもしれないが、なにがあるか、わからないよな？　とにかく、元気でいろよ、ダーリン」恋人同士だったころの彼女の呼び名が、さらりと彼の口から出た。彼は手を離すまえに、もう一度軽くキスをした。

彼女はまゆをひそめた。「本当にもう行かなきゃならないの？　こんなにひさしぶりに会えたのに。もっといろいろな話を聞きたいし、話したいことは山ほどあるのよ。いっしょにお夕食でもどう？　昔のよしみで？」

サムは予定を変更したくなった。彼女の顔に浮かんだ表情と、首筋に置かれた彼女の指のせいだ。思わず、豊かな胸に目が釘付けになる。彼を行かせたくないがために、誘惑しようとしているのだろうか？　そう思っただけで彼のものが固くなり、風にはためくマストのように、胸のなかで心臓が上下左右に大きく揺れた。彼は無理やり口を開いた。「残念だが、ゆっくりすることはできないんだ。友人宅を訪問しなければならない。ここから数時間北に行ったところにある。クロップヒルのすぐそばだ。いますぐ出発すれば、日が暮れるまえに向こうに着ける」

「遅れたって、彼らは気にしないでしょう」彼女は、あいかわらず胸もとのレースをいじっていた。「雨のせいで遅くなったって理解してくれるはずだわ」

彼はうつむいて袖についた糸くずを払った。彼女のブルーの瞳と目を合わすことができない。「わたしの到着を、首を長くして待っているんだよ。彼らは今日……」サムは言葉を濁して肩をすくめた。「すまない、ウィリー、だが、やはり行かねばならないんだ」

「そこまで彼らをがっかりさせたくないのなら、よほど大切なお友だちなのね」

彼は顔を上げなかった。ふたりのあいだに、気まずい沈黙が流れる。気安い仲間意識はすっかり消えてしまった。なんてことだ。この際だから、本当のことを話して、すっきりさせたほうがいいだろう。

ようやく、彼は口を開いた。「ある一家に会いに行くんだ。東インドにいたころに知り合いになった。ジョン・フルブルックはペナン島知事の代表補佐官だったが、いまは引退して、一族の土地である屋敷、クロップヒルのそばのベッドフォードシャーで暮らしている。彼の息子は、勇敢なフルブルック大佐として有名な男で、わたしの親友なのだ。それから……娘もいる。メアリーという名だ」

「まあ」彼女は哀しげな微笑みを向けた。「再婚するの？」

彼は首を振った。「わからない。もしかすると、そうなるかもしれない。たぶん、彼らはそれを期待していると思う。だから、今日、こうして屋敷に招かれたんだ」

「あまり乗り気じゃないみたいね。わくわくしている花婿っていう感じはしないけど」

「まだプロポーズする決心はついていない。メアリーはすばらしい女性だし、わたしは十一年間もひとり身でいたのだ。戦争も終わったことだし、サセックスに落ちついて、自分の領地を心ゆくまで楽しむつもりだ。再婚をしたいとは思っているんだよ」

「まあ、だったら、お幸せにって言わなきゃね」

彼は気弱な笑みを浮かべた。「ありがとう」

「外まで、見送りに行ってもいいかしら？　ずっと天気が悪かったから、少しは陽の光を浴びたいの」

「もちろんだとも。だが、きっと地面がぬかるんでいるよ。それに寒いだろうし」

「二階に駆け戻って、ショールと、使い古したハーフブーツをとってくるわ。念のために言っておくけど、そのブーツはぜんぜんおしゃれじゃないものだから。でも泥を受けつけないという点では優れものなの。あなたを見送ったあと、村のなかを散歩してみるのもいいかもしれないわ」

彼はアルコーブの階段を降り、彼女に手を貸そうと片手を差しだした。その手を握り、彼女は階段を降りる。アルコーブの前で、肩が触れあいそうな距離で隣同士に立ったとき、彼は突然気づいた——いや、思い出したのだ——彼女がどんなに小柄かということを。彼女の頭の先が、彼の肩に届くか届かないかの背の高さで、それが、なぜか彼女をとても若く見せた。まるで、あのころコーンウォールにいた優しい少女に戻ったような気がした。だが、彼女から漂ってくる香りは成熟した女性のそれだった。彼女がつけているスパイシー・ムスクの香水は、東インドで目にしたエキゾチックな植物を連想させた。一瞬にして、彼はその香りに包まれたくなった。彼女の素肌から直接それを嗅ぎたい。いま、出発すべきなのだ。サムは、一生後悔するようなことを口走ってしまいそうになっている。またしても。

彼は腕を差しだし、彼女をエスコートしてサロンから出た。サロンでは、いつの間にか客の数が半分に減っていた。ウィリーに夢中になっていて、どれだけの客が出て行ったのか、彼はまったく気づかなかった。

「すぐに戻ってくるわ」彼女は階段の下で言った。「先に庭に出ていて。あなたを探すから」

サムはコートを着ると、制服を脱いだいまも手放せない、海軍将校などの正装用に用いられる左右後の三カ所のつばが折れ曲がった帽子《トリコルヌ》をかぶって外に出た。〈ブルー・ボア〉の正面玄関を出ると、そこはすぐ庭で、その手前に馬車用のアーチ形の入口があった。建物の裏側にある馬小屋に向かう途中、濡れた砂利がブーツの下でキュッキュッと音をたてた。

彼の二頭立ての小型二輪馬車は、ほかの数台の馬車とともに、馬小屋の隣に建てられた簡素な建物のなかに停まっていた。前面が開いたその建物は、馬車置き場として使われているようだ。そばにいたふたりの馬丁のうちひとりが、サムの馬車を指さしている。

「きびきび動きたまえ」彼らに近づきながら、サムは甲板で部下に指示を出すような太い声で言った。「この馬車を準備してもらいたい。馬に馬具をつけてくれ。すぐに出発したい」

馬丁は帽子のつばに手をかけてから言った。「わたくしクレモンズが承《うけたまわ》ります、大佐。こちらがお客さまの馬車でしょうか？」

「そうだ。さあ、早く馬を連れてきて、出航の準備をととのえてくれ」

「非常に申しあげにくいのですが、大佐」馬丁が言った。「少しばかり問題がございまして」

「なにがあった？」

「ここにいるジムと、ちょうどその話をしていたところでございます。どうやら、左の車輪が破損しているようで。ほら、ここです。スポークのうち一本が、ハブからはずれてしまっております。隣のスポークは緩んでおりますし。このような車輪に重量をかけましたら、馬車が倒れてしまいます」

サムは腰をかがめて車輪を調べた。なんということだ。その車輪はたしかにすっかりだめになっている。馬丁の言うことは正しかった。これでは、まったく使い物にならない。「わたしが雨宿りしてエールを啜《すす》っているあいだに、いったいぜんたい、なぜこんなことになったのだ？　ここに馬車を乗り入れたときには、車輪には、まったく問題はなかったのだぞ」

「お間違いないでしょうか、大佐？」クレモンズがたずねた。「溝にはまったときに、緩んでしまったのかもしれませんよ。このあたりの道は、雨のせいで穴だらけの状態でございますから」

それはたしかにそうだった。この宿に続くぬかるんだ道を走るあいだ、彼は溝や穴にはまらぬようにたいへんな苦労を強いられたのだ。そして一度か二度は、かなり激しく車体が揺れた。彼が〈ブルー・ボア〉にたどりついたときには、土砂降りで、彼は馬丁に手綱を渡すと、宿のなかに駆けこんだのだ。雨を避けようと気が急《せ》いていたせいで、車輪の不具合に気づかなかったのかもしれない。だが、壊れた車輪のようなひとめ見ればわかる状況を、彼が見逃すはずがない。それよりも、予想を超えた数の客を迎えた馬丁のひとりが、馬車を手荒く扱ったのではないかと、彼は思った。

「そうだな。溝に落ちたせいだろう」サムは、多くの部下たちが恐怖で逃げだすような鋭い視線で、ふたりの馬丁をにらみつけた。「だがやはり、車輪がこのように割れているのになぜ自分が気づかなかったのか、不思議でならない」

「よくあることでございますよ、大佐」もうひとりの馬丁、ジムが、残りのスポークを確認しながら言った。「たいていの人は、馬車がひっくり返るまでなにも気づかないものでございます。ご出発のまえに気づいて、幸いでした。そうでなければ、溝に投げ出されるところでしたよ」

「まあ、そうだな。きみたちの鋭敏な目に感謝すべきだろう。それはともかく、これから――」

「すぐに修理は可能です」ジムが言った。「車輪の修理屋が野原の向かい側にありますから。わたくしが車輪を持っていって、新しいスポークと付け替えてもらって参ります。すぐにすみますよ」

サムは彼に数枚のコインを渡して礼を言った。ここでまた足止めを食ったら、日が暮れるまえにクロップヒルに着くのは不可能だが、それもしかたがないだろう。彼はきびすを返して宿へと戻った。庭に入るとすぐ、ウィリーがこちらに向かってくるのが見えた。大きな、ペイズリー柄のショールにくるまれ、頑丈そうな茶色のブーツを履いている。実用本位の履物ながら、彼女が身につけるとファッショナブルに見えるのが不思議だった。彼女はほほえみながら、慎重な足どりですべりやすい砂利道を進んでくる。その笑顔と、いたずらっ子のような目の輝きに、またもや、洗練された彼女の姿とは別の、コーンウォールの女の子が見え隠れした。

「妙な顔つきで、わたしのことを見ているわ」彼がかたわらに来ると、ウィルヘルミナは言った。

「昔知っていた少女を思い出したからさ」

彼女は声をあげて笑うと、首をかしげて、ボンネットのつばの下から彼を見上げた。「かわいかったの、その彼女は？」

「世界一、かわいい子だったよ。美人だった。彼女は、いまでも美しい」

「サム！ 顔が赤くなっちゃうじゃない。わたしはもう、こんな歳なんだから。ところで、馬車はどこ？ お見送りに来たのに」

「それが、少し待ってもらわねばならなくなった。どうやら車輪が壊れているらしいので、修理しなければならないんだ」

「まあ、災難だったわね。でも、おかげでもう少しいっしょにいられることになったわけね。もちろん、わたしがお相手じゃ退屈で死にそうだって、あなたがすでに思っていなければだけど」

彼は彼女の手をとって、自分の曲げたひじにその手を導いた。「きみと散歩をするあいだ、どうにか居眠りしないように頑張るよ。せっかくふたりとも外出着でいるわけだし、ふたたび陽も出てきたことだ、アッパー・ハアンプデンの村の見所はなにか、探索してみよう」

彼の腕につかまり、馬車道を、小さな村の広場に向かいながら、ウィルヘルミナは必死で笑いをかみ殺した。彼をまだ行かせたくなかったし、本音を言えば、今宵一夜、彼が〈ブルー・ボア〉に留まってくれればいいと望んでいたのだ。彼を、まだあきらめきれなかった。それは間違いなく自分勝手な望みだが、ただ、彼をこうして見つめているだけで、心の底から純粋な喜びがこみあげてくる。そして、彼のことを愛しすぎて死んでしまうのではないかと思っていた、あのコーンウォール時代のことを思い出した。

だが彼はもはや、かつて知っていたひょろっと背の高い少年とは違う。成長期のサムは、まさに一夜のうちに背がいきなり伸びたようにさえ見えたものだ。突然長くなった手足にとまどって、彼の動きはぎこちなかったし、当時はやせこけた少年だった。それに比べていまの彼の態度には非の打ち所もなく、その動きは自信にあふれていて、優雅だった――ぐらぐら揺れるデッキの上で、バランスをとるという長年の鍛錬の賜《たまもの》に違いない。それに歳を重ねて、彼は体格もよくなった――肩幅が広く、がっしりとした体型はまさに彼女の好みそのものだった。コートを着て帽子をかぶった彼は、たくましく、大きな存在だった。それに、罪深いほど魅力的だ。

ウィルヘルミナは男性に関して、自分の気持ちをごまかすような真似はしない。好意を否定したところで無意味だ。彼女は、サムのことが欲しかった。ひと晩いっしょに過ごせれば、ふたりが感じてきた痛みを癒すことができるかもしれない。自分に対しては、ちゃんとそれを認めてはいたものの、彼にそう率直に伝える覚悟はまだできてはいなかった。もし、どちらかが誘惑するとしたら、それはサムでなくてはならない。サムに、誘惑などお手の物の熟練した娼婦だと思われたくなかったからだ。そんなことになれば、また古傷が疼くだけだ。そうではなく、かつて愛しあった男女が、自然にまたいっしょになるという状況を、彼女は望んでいた。

仲違いの原因となり、これまでの長すぎる時間、ふたりをへだてていたすべてのことに折りあいをつけることで、今日、彼らは、幸先のよいスタートを切った。まだ話したいことはたくさんあるが、もし神とスミートンが手を貸してくれたなら、それを口にする時間もできるだろう。その後、もし互いに惹かれあっているのだとしたら、究極の癒しの行ないが実現することだろう。互いに、同じ気持ちを抱いているのは間違いない。ウィルヘルミナほど、男が自分に興味を持っているかどうかをうまく嗅ぎ分けられる女はいなかった。そして、ふたりの人生の輪は一本に繋がる。

その後、彼はミス・フルブルックのもとに行き、彼女にプロポーズすればいい。

とりあえずは、彼のそばにいて、彼の腕に手を預け、アッパー・ハアンプデンの小さな村を散歩がてらに訪れてみたかった。

それは、美しく絵になる村で、周囲を取り囲む森は、いまの季節は、華やかな色に葉を染めている。中心の広場の周囲に家々が点在していて、そのほとんどは黒と白の外面真壁《しんかべ》づくりの建物で、わらぶき屋根のものもあれば赤いタイル張りの屋根もある。風雨にさらされすっかり古ぼけた十字架が広場の中心に立っており、その両側には巨大なブナの木がそびえ立っている。赤や暗いオレンジに色を変えた葉がついた優美な枝が、広場の上に巨大な影を落としていた。

彼らは雑談をしながら、パン屋、靴の修繕屋、鍛冶屋、食料品店の前を通りすぎた。そばにある粉ひき場まで足を伸ばすために、水たまりやぬかるみを避けて歩くあいだ、好きな本や芝居について語りあった。教会墓地の入口を抜けて、村のはずれにある八角形の尖塔《せんとう》がある聖マリア教会に入るころには、ふたりの話題はサムの旅の話へと移っていた。

彼の海での暮らしぶりは、ウィルヘルミナを魅了した。それと同時に、たしかにそれは感心したくなるような話ではあるが、同時に恐ろしいことや失望させられるようなこともあったはずで、その体験が、結局は、彼という男を創りあげたのだと彼女は気づいた。「船上での生活は、たしかに楽しそうだけど」彼女は教会の庭をゆっくりと散歩しながら言った。「いつも楽しいことばかりってことはないでしょう。辛いこともあったはずだし、危険な目にもあったのでしょう」

「あったさ。もう海の上にだけはいたくない、と思ったこともあったよ。たとえば病気のときなど、船の上では楽だったためしはないし、食料の在庫が切れたときには、正体をぜったい知りたくないものを食べさせられた。それから、大嵐のときには、デッキから投げだされて二度と生きては帰れないと思うものだ。それに戦いが始まると、銃声でそのあと何時間も耳鳴りがするし、火薬と煙で窒息《ちっそく》しそうになる。だが、ほとんどのときは、船上にいるほうがくつろげるんだ。やらねばならぬことは多いし、過酷な生活だが、わたしはそのなかで成功した」

「そうよね。ということは、あの強制徴募隊は結局恵みだったということなのかしら。そうでなければ、けっして知り得なかった人生を、あなたに教えてくれたわけだから」

「たしかにそうだ。しばらくたってからは、本当に彼らに連れて行かれたことを感謝したくなったよ、だがあのときは、あれ以上悲惨なことはないと思っていた。悪夢のなかにいる気分だった」

「かわいそうな、サム」彼女は彼の腕を握り、彼は、彼女と手を重ねた。「でも、あなたは立派に生き残ったのよ。あのころから、あなたはとても強情だったから、きっと与えられた環境を有効に使おうとしたんだと思うわ」

彼はうなずいた。「最初のころ、下甲板でみじめな暮らしをしていたころは、強固な決意だけが生きていくための唯一の手段だった。クルーのなかには極悪非道な連中もいて、新入りの人生を生き地獄に変えようと手ぐすね引いて待っていた。だがわたしは、そういう連中を無視して、ときには、恐れず奴らに立ち向かっていった。やがて、彼らもわたしには手出しをしなくなった。ほとんどの仲間はわたしより若い少年で、ずっと年下の子も多かった。

日中は、サルのような身軽さでマストによじ登り、夜は、肩を寄せあってハンモックで眠ったよ。まるで、梁《はり》にぶら下がって眠るコウモリのように。彼らはけっして愚痴《ぐち》を言わなかったし、わたしもその点ではいっしょだった。まったく違う環境であっても人はしばらくするとそこに慣れる。これは、驚くべきことだよ。一カ月後には、船上でもすっかりくつろいだ気分になっていたのだから。実際、あっという間にあの生活が好きになった」

彼は足を止めて、彼女と向かいあった。「強制的に徴募された男たちのなかには、隙を見ては逃げだす連中もいたが、わたしは逃げようとは思わなかった。きみには本当に会いたかったが、わたしにもプライドがある。脱走兵としてきみの前に顔を見せるなどということは耐えられなかったんだ」

「あなたがそんなふうに誇りを捨てずに頑張っていたのに、わたしがさっさと誇りを捨てたってことを聞いたときには、さぞやがっかりしたでしょうね」

「ウィリー、自分を卑下《ひげ》するのはやめるんだ」

「でも、それは事実でしょう？　あなたが死んだと思っていたのに、いきなり目の前に戻ってきたときの、あなたの表情が忘れられないの。ショックと失望と怒りが瞳にまざまざと浮かんでいたもの」それに、彼のあの言葉。

「でも、それだけではなかったんだよ、ウィリー。たしかにわたしは怒りの反応を示したが、心のなかでは激しい痛みを抱えていた。あのころは、すでに海での暮らしが長かったから、相当な……数の女性を見ていたんだ。男に、体を売る女たちの。きみが、あんな女たちのひとりだと思うだけで、許せなかった」

「そうじゃないわ、サム」彼女はけっしてありきたりの娼婦ではなかったのだ。彼女は、そう簡単には手に入らない特別の女だった。

「そうでないのは、わかっているよ。だがあのときは、そのイメージが頭から離れなかったんだ。船が港に着くたびに、娼婦が群れをなして待っている。港の女たちにとって、上陸許可をもらった水夫はお得意さんだったから。捕獲賞金をポケットに入れて陸に上がってきた水夫たちが、それを夜が明けないうちに酒と女につぎこむことは、ほかの連中と同じように彼女たちも知っていた。だから、どこかの港に着くたびに、彼女たちは大挙して波止場に押し寄せてくるんだ。自分たちの取り分を確保しようとして」

彼は顔をしかめて、彼女の肩越しに遠くを見た。あたかも、あのみじめな女たちの姿が、いまでも見えるかのように。「ときには、岸で待つことすらできず、ボートで船に乗りつけてくることすらあった——売春婦が満載された大きなボートが来るんだよ。乗組員のなかには、十八カ月ずっと海の上にいて、女性の姿をまったく見ていないなどという連中もいたからね。そんなボートがやって来たら、熱狂的な騒ぎになる。男たちは大あわてでロープをつたって降りていき、船上で楽しもうと女たちを連れて戻ってくるんだ。それは、けっして気持ちのいい光景ではなかったよ。貧しく無知な、追いつめられた女たち。彼女たちは、とっくの昔に恥を知る心も慎みも捨ててしまっていた」

彼は、ふたたび彼女を見つめた。彼の黄金色に輝く茶色の瞳は哀しみであふれていた。

「きみが、そんな仕事を始めたと聞いたとき、わたしの頭に浮かんだのは、あの忌まわしい、下品な、哀れな女たちの姿だった。いちばん年長の船乗りだろうが、いちばん年下の下級水夫だろうが、誰彼かまわずセックスをする。ほんの数時間のあいだに、何人もの男と」

「わたしの場合は、そんなことはしたことがないわ、サム」彼女は、ほとんど聞こえないほどの小声でささやいた。「保証するわ。わたしは、そういうことはしたことがない」

「わかっているさ。だが、愚かなわたしが最初に思ったのは、そういう光景だったんだよ。だから、わたしがどれだけ怒っていたかは理解できるだろう。きみが、同じような状態にいると思いこんでいたのだから。きみが、そこまで追いつめられていたと思うだけで、たまらなかったんだよ」

「でも、そうではなかったわ」

「わかっているよ。許してくれ、ダーリン。ずっと昔のことだし、あのころのわたしは、愚かな、悲嘆に暮れた若者だった」サムは彼女の不安そうな顔を見下ろして、いつの日か、彼女が売春婦に身を落とした本当の理由を話してくれる日が来るのだろうかといぶかった。彼女が口出しすべきことではなかったが、かねてから、ずっと知りたいと思っていたのだ。

ふたたび彼女の手をとると、自分の腕にかけてサムは言った。「さあ、広場に石のベンチがあるから、そこに腰かけて、ひなたぼっこでもしようじゃないか」

教会の庭を抜け、広場に向かって目抜き通りを行くあいだ、ふたりのあいだには心地よい沈黙が流れ、ポルルアンの海岸や入り江の上の崖沿いに散歩していたころの古い記憶が蘇ってきた。あの当時は、ほほえみを交わし手を握りあうだけで、満足しきっていたものだ。突如として、ウィリーと――あのころの十六歳の少女ではなく、いまの、成長した美しい、セクシーな女性とならんで――サセックスの敷地内を歩いているところが目の前に浮かんだ。霧の彼方に見え隠れする船影のように、そのイメージは彼を悩ませた。手を伸ばしても届かないそれに対して、湧きあがってくる激しい欲望を、彼はあわてて抑えた。万が一、ふたりのあいだにいっしょの未来があったとしても――そんなことは、ほぼありえないことだが――ウィリーは、公爵や王子や首相と交友があるような根っからの都会っ子だ。引退した、元大佐との人里離れた田舎暮らしではけっして満足できないだろう。そのことを、忘れてはならないし、ありえない妄想を抱くのはもうやめにすることだ。

そのうえ、彼の好むと好まざるにかかわらず、このウィリー――ウィルヘルミナ――は、かつての知り合いではない。いまでも、あのころの幼いウィリーが顔をのぞかせることはあっても、目の前にいる女性は、実際はまったく見ず知らずの他人なのだ――冷静で、賢明で、知識が豊富で。そしてどうしようもなく色っぽい。

広場に着くと、サムはコートを脱いで、まだ湿っている石のベンチの上に敷いた。ようやく椅子に腰をおろしたとき、長かった沈黙を破ったのはウィリーのほうだった。「ごめんなさいね、サム」彼の手を握って彼女は言った。「いまでも、悲嘆に暮れた若者に対して、申し訳なくてしかたがないの。あなたを傷つけちゃって、ごめんなさい。そのことだけは、わかっておいてほしいのよ」

彼は彼女の手をとり、甲に口づけした。「わかっているよ、ダーリン。ただ、あのときはきみを自分のものだと思っていたから。あの馬小屋の二階での思い出をすごく大切に思っていたからなんだよ」

ようやく彼女を劇場で探しあてた九四年のあの日、彼女が自分のものだと思いこんでいたせいで、彼は噂に聞いた彼女の現実を受け入れることができなかった。だが、取り巻きたちに囲まれた姿を見た瞬間、すべてが変わってしまったのだ。

彼女を見て、サムは驚いた。まだ二十一歳だったにもかかわらず、ずっと年上に見えたのだ。やつれていたわけではない。彼女は、あいかわらず美しかった。息を飲むほどきれいだったが、荒削りな若さや少女特有のふくよかさはすっかり姿を消し、すらりとした体型になって、それが彼女の美しさをよりいっそう引き出していた。高いほお骨、まっすぐな鼻や、エレガントなあごのカーブ、色白で細く長い首筋。だが、外見上の違いよりも、もっとはっきりと若いころとの違いを際立たせたのは彼女の表情だった。如才《じょさい》なく、洗練されていて、賢そうなその顔は、彼女にぴったり合っていたし、間違いなく彼女が選んだ職業には最適だった。彼が置き去りにした少女は、女になっていた。間違いなく、大人の女に。彼女は、もはや彼のウィリーではないのだ。彼女からは、コーンウォールの訛りもすっかり消えていた。いまの彼女はロンドンのレディ。悪名高いウィルヘルミナで、彼のものではない。

「あなたの怒りに燃える瞳の裏に、コーンウォールや馬小屋の二階の思い出がちゃんと見えたわ。あのとき、わたしのなかにも、同じ記憶が蘇ってきたもの。でも、蔑むふりをしてあなたを追い返したのは、二度と、あんなふうに後悔する辛さを味わいたくないと思ったからなの。二度と、あなたに会わずにすめばいいと思っていたわ」彼女は小さな声で笑った。「ところが五年後、あなたったら、うちに訪ねてくるんですもの。中尉になったって胸を張って」

サムもいっしょになって哀しそうに笑った。それは、たしかに思い出したくない記憶だった。なぜ自分が彼女を訪ねて行ったのか、自分でも、理由がよくわからないのだ。「ぴかぴかの靴をはいて、ナイルの海戦で授かったメダルを胸に、王の謁見式《えっけん》に出るような姿で、きみの家の玄関前で、なかに入れてくれとやかましく要求している十人ほどの期待に胸をふくらませた男たちに混じって、待っていたのさ。ようやく、あの恐ろしい顔をしたきみの執事が、なかに招き入れてくれたときには――」

「彼の名はスミートンよ。とっても心配性な人なの。彼に、サミュエル・ペロー中尉が会いに来ているっていわれたときには――あなたに再会すると思っただけで、心臓が飛び出そうだったわ。通していいってスミートンを納得させたのだけど、彼としては、あなたを玄関先から追い払いたかったみたいね。たかが一介の中尉など会う価値はないと思っていたみたいだから。でも、わたしはあなたに会いたかった。数年前の、とても友好的とは言いがたい出会いがあったくせにね。だから、わたし個人の居間にお通ししてって、スミートンに言ったのよ」

「いっしょに玄関先で待っていた男たちは、とがった顔の執事に導かれてなかに入っていくわたしを、ひどく羨ましがっていたよ。彼のあとについて、いくつもの部屋を通り抜けると、そこには、身なりのよい男たちがたくさんいた。個人的には知らない顔ばかりだったが、彼らが、この国の最高峰にいる連中だということは直感的にわかった。慎み深いとは言いがたいドレス姿の美しい女性たちが、彼らと楽しそうに歓談し、それ以上のこともしていた。たまたま、そのなかにブラックウッド海軍大将を見つけたときは、正直、きびすを返して逃げだそうと思ったよ。彼は、背の低い、ふくよかなブロンドの美女をひざにのせていたからね。きみが、そんな環境のなかにいるということが許せなかったが、その事実をしっかりとこの目で確かめるために、わざわざ訪ねて行ったんだ。きみはすっかり変わってしまい、セーラと結婚したほうがわたしにとってはよかったのだと、自分に言い聞かせるためにね」

「だからあなたは、わたしの記憶が正しければ、たしかこういきなり言ったのね。〝結婚したんだ。息子もいる〟」

サムはうなり声をあげた。「きみにどう思われたか、想像もつかないよ。どうしようもない愚か者だと思ったことだろう。すでに青二才の時代は過ぎていたのだから、もう少しうまいやりかたがあっただろうに。だが、結局わたしは意地の悪い満足感を得るために、あの日きみの家に行ったのだ。だから、前置きもなしに、いきなり言いたいことを口にした」

「それに対してわたしときたら、こんな所に来るのは、奥さんを裏切ることになるって説教してしまったわけね。その奥さんの存在を、いま知ったばかりだというのに。あなたに、なんと思われたか、想像したくもないわ。あんなひどいことを、いきなり言うなんて」

「あの日、わたしたちはどちらも互いのあいだに一線を引いたのだと思う」サムは言った。「自分たちが何者かをはっきりさせて、わたしたちが、まったく違った人生を歩んでいることを認めたと思うんだ。きみは、ちゃんとした目的があってああいうことを言ったんだよ、ウィリー。ふたりのあいだにはっきりした境界線を引いたのだ。あとになって、そのことだけは、さすがのわたしも気づいたよ。きみが、わたしよりもずっと賢い人間だということがわかった。わたしは、きみの生きかたを軽蔑するふりをしながら、実際は、きみのことを高く評価していたんだ」そして、彼女を愛しつづけていた。

「本当に、サム？　まあ、そう言ってくれて、本当にうれしいわ。ずっとあなたに憎まれていたわけじゃないって知ることは、わたしにとって大きな意味があるんですもの」

いや、違う。彼女のことを憎んだことなどなかった。一度も。サムはその後、九九年に何度か、偶然、ウィルヘルミナと顔を合わせている。海軍本部に呼ばれたり、そのほかの用事でロンドンに行くたびに、彼女の噂話を耳にした。ときには、社交の席でばったり会ったりもしているのだ。一度など、人でごった返すパーティーの席で、彼女とあいさつを交わした彼を見て、同僚の士官たちが大騒ぎをしたものだ。なぜ、悪名高いウィルヘルミナ・グラントと知り合いだと言わなかったのかと問いつめられ、彼女について、なんでもいいから話してくれとせがまれた。彼は、その質問をうまくかわし、ほとんどなにも答えなかった。有名な高級娼婦のことは知らないが、かつて、鍛冶屋の娘に恋をしていたのだということは、自分の胸だけにしまっておいた。

「きみを嫌いになんてなれないよ、ダーリン」彼は、ふたたび彼女の手に口づけをした。彼女の笑顔が、彼の股間を直撃した。彼はいきなり、なにも考えずに、彼女の唇にキスをした。それはあっさりとしたキスだったが、かつて愛していた少女と、何年ぶりかで唇を合わせた感覚が彼の感情を掻きたて、ふたたび当時の若者に戻った気がした。

サムは、彼女の背中に両腕をまわし、さらに激しく彼女を求めた。かすかに開いた唇の隙間から、彼女のなかに入りこみ、不思議なくらい懐かしい彼女の口のぬくもりを味わった。顔を上げると、ウィルヘルミナは驚いたように目を見開いて彼を見つめていた。彼女もまた、一瞬、二十年前にタイムスリップしていたのだろうか？

手の甲を優しく彼女のあごに這わせる。「けっして、わたしに憎まれているなどとは思わないでくれ、ウィリー。きみは、いつだって特別な女性なのだから。わたしの、初恋の人だ」

「あなたには、驚かされるわ、サム」

「いきなりキスしたからかい？」彼はほほえんだ。「昔のよしみで、ということにしておこう」

「昔のよしみでね」彼女は彼の腕から逃れた。「ありがとう、サム。おかげで気持ちが楽になったわ。ずっと、嫌われていると思いこんでいたから。わたしが選んだ生きかたを、あなたが許してくれるとは思わなかったし、わたしがこんなふうになってしまったことを忘れられないって思っていたから」

「忘れることはないさ」彼は、にやりと笑った。「きみがどこでなにをしているか、逐一聞こえてくるのだから、忘れることなどできないだろう？　いろいろな噂を聞いたよ、たとえば……」

彼女はため息をついて、彼とのあいだに距離を置いた。「それはそうでしょうね」

「噂によると、きみは一時、皇太子ともつきあって――」

彼女は目を剝いた。「十六歳のときから、噂やゴシップの種になるのは慣れているわ。そういう話には耳を貸さないし、言い返すのもとっくにやめているの。あなたが聞いた噂のほとんどは、たぶん本当の話だし、真実を元にしたものだと思うけど、でも同じくらいの数だけ、たんなる作り話が混じっているのも間違いないと思うの。人は、わたしみたいな女の話を言いふらすのが好きだから。それが真実であるかないかは関係ないの。信じる、信じないはあなたの勝手よ、サム。でも、いちいちそれに対して、それは正しい、それは違うって言うつもりはないから」

「いいだろう。いずれにせよ、わたしが口出しをすべきことではない」

「ただし、昔のよしみで、わたしが出会ったふたりの男性のことだけは、話してあげるわ。わたしの人生を変えたふたりよ」

「本当に、ダーリン、無理して話してくれなくてもいいんだよ」

彼女は手を振って、彼の気遣いをしりぞけた。「いいえ、話しておきたいの。でも、話すのはふたりのことだけ。それだけよ。最初のひとりはジェームズ・ベネディクト。彼は西海岸を旅しているあいだに八九年にポルルアンにやって来たの。あなたが失踪《しっそう》した直後のことよ。英国王立美術院のメンバーで、海や崖やコーンウォールの日射しを描きにやって来たの。コーンウォールの光は特別だって、彼はいつも言っていたわ」

「妖精の光だ」

「わたしも彼にそう言ったの。彼はいつも外で絵を描くの。人を描くときもかならず屋外だったのよ。肖像画であろうが、寓意画であろうが。とくに好きだったのは顔を描くことで、わたしの顔を気に入ってくれたの」

「気に入らないわけがないだろう?」

彼の世辞にウィリーはほほえみ、話を続けた。「わたしに、モデル料を払ってくれて、彼はわたしをさまざまな女神に見立てて、古典的な寓意画を描いたの。とても楽な仕事だったし、母に言わずに、こっそり隠し持っていられる自分で稼いだお金があるのがうれしかったの。でもなによりジェームズは、わたしが最悪の時期に優しくしてくれたのよ。あなたがいなくなってしまったせいで、哀しみに打ちひしがれて、不安定で、生きる目的を失っていたから」

彼女はいったん口を閉じ、ゆっくりと深呼吸すると、顔をしかめて話を続けた。「もちろん、モデルになっていることは母に知られてしまったわ。激怒されちゃったの。罪深いわたしの行ないについて、母にはさんざん罵られたわ。最初はわたしの肩を持ってくれていた父も、母の怒りには勝てなかったし、彼女のメソジストとしての倫理観に口答えはできなかったの。だから、母に家からたたき出されたときも、なにも言ってはくれなかった」

「お母さんに、文字どおり家からたたき出されたのか？」

「そうよ。たとえちゃんと服を身につけていたとしても、絵のモデルになるような娘は、信心深いジェップ家には居場所なんかないんですもの。わたしは、泣きながらジェームズの所に行ったの。そうしたら彼は、面倒を見てくれるって言ったわ。いっしょにロンドンに来れば、きちんとしたプロのモデルとして育ててやるって。ポルルアン・コーヴから逃げだすチャンスに、わたしは飛びついたの。あそこには、あまりにあなたの思い出が多すぎたから。

そうしてわたしはロンドンに行って、人生がすっかり変わってしまったわ。名前まで変えたんだもの。ウィルヘルミナ・グラントになったの。ジェームズが描いたわたしの絵を見て、多くの人が彼の才能を賞賛したのと同時、わたしにも大きな注目が集まったわ。一夜にして、わたしは多くの紳士たちの興味の対象になってしまったの。そのなかには、貴族も含まれていた」

サムも、その絵のことはよく知っていた。そのうちの一枚については、非常に詳しく知っているのだ。「きみを捜しに最初にロンドンに行った九四年に、ベネディクトの作品は目にしていたよ。とても美しい絵だった。きみは、暗い海の上の月光のように光り輝いていたよ」

ウィリーはうなずいた。「あの一連の絵のおかげで、彼はものすごく注目されたわ。女神の寓意画が発表されたあと、絵が飛ぶように売れるようになったのよ。そしてわたしも、モデルとして大きな注目を集めたわ。別の画家たちからだけではなく、ほかの人々からも。でも、注目されるのはうれしくなかったの。ジェームズがいやがるんじゃないかと思ったから。わたしは、彼に絶対の忠誠を誓っていたから。でもある日、とある紳士がわたしの庇護者になりたいって言っているって、もう手配はすんでいるし、欲しいものはなんでも手に入るようになるからとジェームズから言われたの。いやだって言ったのだけど、彼のもとに行けとジェームズから言われたわ。これ以上、手もとに置くことはできないからって。すぐに、ジエームズがわたしをその紳士に売り渡したことがわかったの。そのとき初めて、ジェームズにとってわたしは、たんに描きたい顔だったというだけで、それ以上の意味などなにもなかったんだって気がついたのよ。それは、娼婦として生きていくうえでの、最初の授業だったわ。だから、うしろも見ずにジェームズのもとから離れて、そこから、わたしの悪名高いキャリアがスタートしたわけ」

ついに、なぜ彼女があのような生きかたを選択したかが彼にもわかった。それは哀しい話だったが、金目当ての行ないではなかったのだ。「かわいそうに、ウィリー」

「哀れんでくれなくていいの。たしかにわたしは、多くの人から尊敬されるような人生は歩んでこなかったけれど、つきあう男性はちゃんと選んできたっていうプライドがあるのだから。高価な女でもあるのよ。わたしはお金持ちになったし、この国の最高位にいる男性たちとおつきあいしてきたのだもの。自分のサロンを持って、芸術家や詩人や政治家を楽しませてきたわ。招待状が珍重《ちんちょう》されていたんだから。とても刺激的な人生だったし、後悔はしていないわ」

「それで、きみの人生を変えたふたり目の男というのは誰なんだ?」

「もちろん、ハートフォードよ。わたしがうんと言うまで、彼はずいぶん長いこと、わたしを追いかけまわしていたの。ほかの男性とのつきあいをやめてほしいと言われたから、最初は、そこのところが問題だったの。でも、彼はとても情熱的で、すごくすてきな人だったから、じきにわたしは降伏したの。数年間、いっしょに楽しいときを過ごしたわ。そのあいだは、公の場では彼の愛人ということになっていたの。公爵は、本当にわたしを愛してくれた。本気で、愛してくれたのよ」彼女は、まるでいまでもその事実が信じられないという口調で言った。まるで、あんなにすばらしい男性に愛される価値など自分にはないと思っているかのようだった。「ところが、奥さまが亡くなったとき、彼にプロポーズされたの。わたしは、彼の気がふれたんじゃないかと思ったわ。でも、彼は本気だったのよ。わたしたちの関係を、正式なものにしようと心に決めていたの。そんな寛大な、すばらしい申し出を断わることなんてできないでしょう？　だから娼婦の暮らしにはさよならして、公爵夫人になったのよ」

「きみも彼を愛していたのか？」

「彼は、わたしにすべてを与えてくれたわ。自分が他人からどう思われるかということよりも、まずわたしのことを考えてくれたの。もちろん、わたしも彼を愛していたわ」

「でもいろいろと……たいへんだっただろう？　社会的な意味で」

「上流社会に受け入れられたかってこと？　完全に受け入れてもらえたわけではないわ。今後も、そうなることはないの。でも、わたしには無視できないだけの地位も財産もあるから、多くのドアは開かれているわ。なかにはしぶしぶのものもあるけれど、快く受け入れてくれる場合もあるのよ。よくない過去もすべて含めて、わたしを受け入れてくれるすばらしい友人たちに出会ったわ。そのことが、わたしにとっては最大の幸せよ」

それは、目を見張りたくなるような話だった。彼女が、ようやくその話をしてくれたことが、サムにとってはうれしかった。やっと彼女を理解することができたと感じたし、いままで以上に、彼は彼女を高く評価した。

「公爵が亡くなってからは、どんな暮らしをしていたんだい？　なにをしていたのかな？　喪服を着て家に閉じこもっていたわけじゃないだろう」

「そうではないわ。三年以上ずっと喪に服していたのだけど。いまでも、人に会うのは大好きだし、社交界の催しには全部顔を出しているわ。でも、慈善事業もやっているの。善意の寡婦基金の理事をしているのよ。いろいろな意味で、楽しい経験になっているわ。基金の仕事を通じて、いちばん仲のよいお友だちとも出会ったのよ。彼女たちは地位の高い、尊敬されるレディばかりだけれど、一度だってわたしの生まれが卑しいことや、悪名高い仕事のことで顔をしかめたりはしなかったわ。じつは、今日も、そのうちのひとり、ノーサンプトンシャーのレディ・セインのところにお邪魔してきた帰りなのよ。彼女はつい最近、侯爵の元気な男の子を出産したばかりなの。その赤ちゃんの洗礼式に出席してきたのよ。想像できる？　わたしが教母《きょうぼ》だなんて！」

「未来の侯爵の教母？　なんてことだ、ウィリー、きみは本当に人生を百八十度変えたんだな。そのうえ、慈善事業をしている？　すっかり貴族そのものじゃないか。そのほかには？」

彼女はエレガントなまゆを上げた。「ほかには誰とって訊きたいの？　いまだにわたしを批判したいの、サム？」

「いや、そうじゃない。ただ、わたしは、もしかして……」彼は肩を落として首を振った。言いかけたことを、最後まで言うことができなかった。いずれにせよ、彼女は、彼の本心をはっきりと見抜いていた。

「わたしの人生に、いま、ほかの男性がいるのかどうか、訊きたいのね」

彼はおどおどした笑みを浮かべた。「男としては、そういうことが気になるんだよ。きみはあいかわらずとてもきれいな女性だ、公爵夫人。あらゆる年代の、勇敢なる男たちが、玄関口に押し寄せているだろうと思って」

彼女はまゆをひそめた。「あなたが家までやって来て、待っている人たちを押しのけて列の先頭に立ったあのときみたいに？」

「いや、そういう意味で言っているんじゃない。きみがもうああいう生活はしていないことぐらいわかっている。だが、だからと言ってロンドンじゅうの男の目が見えなくなったというわけじゃないだろう。きみのことだ、いつだって値踏みするような目で見られるだろうし、ウィリー、それだけじゃないと、わたしは思うんだ」

彼女はふたたび笑顔を取り戻して言った。「ずいぶん見え透いたお世辞を言うのね、サム。いいえ、謝ることじゃないわ。うれしいもの。あなたの口から、そう言ってもらえたことが、わたしにとってはすごくうれしいのよ。それに、たしかにわたしは尼僧《にそう》の人生を送ってきたわけではないし。でもね、わたしもいまは歳をとったし、ひとりでいるのが楽しいの。以前のように、つねに隣に、男性にいてほしいとは思わなくなったのよ。ベッドのなかにもね。ハートフォードが逝ってしまってから、ひとり、ふたり、おつきあいした人はいたけれど。最後の人は、すっかりわたしに夢中になっていたから、絶対に申し出があると思っていたのよ――結婚しようという申し出ね――ところが、しばらくしたらもっと若い、きれいな女性に目を留めて、恋に落ちたのと同じくらいあっという間にわたしのもとから去っていったわ」

「そりゃ、残念だったな、ウィリー」

「いいのよ。たんなる浮気で、それ以上の意味はなかったから。たぶん、彼とは結婚しなかったと思うし」

浮気。彼女は、ときどき浮気をしている。だが、自分とも、そうしてくれる気はあるのだろうか？

サムは、いったいどこからそんな馬鹿げた考えが生まれてくるのかと思い、急いで、それを頭の隅に押しやった。キスなんかしたからだ。彼女にキスなどすべきではなかった。まさに今夜、メアリー・フルブルックにプロポーズしようと彼女の家に向かう途中だというのに。ほかの女性にキスをして、浮気をすることなど考えている場合ではないはずだ。たとえそれが、たんなる昔のよしみだとしても。

だが、それでも……

4

広場の向こう側で動くものの気配を、ウィルヘルミナは目の端でとらえた。顔を上げると、男が、車輪を転がしながら〈ブルー・ボア〉に向かっている。サムの馬車の車輪に違いない。ああ、忌々しい。もう修理がすんだのかしら？　せっかくふたりのあいだがいい雰囲気になってきたのに――彼は、キスをしてくれたのに！――いま、彼が行ってしまうなんて哀しすぎる。

サムも、車輪に気づいて言った。「おお、間違いなくあれはわたしの車輪だ。一時間程度で直ったということは、たいした破損ではなかったに違いない。そろそろ宿屋に戻ろうか。ようやく、クロップヒルに向けて出発できそうだ」

「ミス・フルブルックのところに向かうのね」

「そうだね。彼女も待っている」彼は立ち上がり、手をとって彼女を立たせたあと、ふたりが腰かけていたコートを見て顔をしかめた。

「あら、まあ」彼女は言った。「コートがだめになってしまっていないといいけど」

サムはコートを手にとり、振った。「いいや、もっと過酷な目に何度もあっている。あちらこちらにしわが寄っているが、たいしたことはないよ」だが、彼はコートを着るかわりに、片腕にかけて、もう片方の腕を彼女に差しだした。

「楽しい午後だったわ、サム」彼女は、宿への道をたどりながら言った。「本当に、もう少しゆっくりしてはいけないの？　ディナーをごいっしょしたいわ。それほどご馳走が出てくるとは思えないけれど、いっしょに食事をする人は歓迎だわ」

「ウィリー。そうできればいいと思うのだが。きみにこうして会えたことは、うれしい驚きだったよ。それにゆっくり話しあえてよかった。たんなるあいさつだけではなくて、ちゃんと話ができたこと。だが、友人たちを待たせているんだ。すでに遅くなっている以上、すまない、ダーリン」

ほんの一瞬、彼女は行かないでくれと彼にすがりつきたくなったが、卑屈な態度はとりたくなかったし、柄にもなく、じつは手がかかる女だったと思われたくなかった。車輪が壊れたのは幸いだった。ほんの少しのあいだ、彼の出発を遅らせるための申し分ない理由となったが、いまとなっては、彼を押しとどめる手立てはない。彼女は無理やり笑顔をつくって、落ちついた声で言った。「謝る必要などないわよ。ミス・フルブルックやご両親を落胆させてはいけないもの」

泥だらけの水たまりを避けながら、彼女は彼について馬小屋へと向かった。行き来する馬車の轍《わだち》の跡が交差して、庭には深い溝ができている。ウィルヘルミナは一度ならず転びかけ、サムの腕にしっかりとつかまった。

馬丁のひとりが修理屋といっしょに、車輪を確かめていた。サムは彼女の手を離し、ふたりの男に近づいた。「出発できそうか？」

「はい。新品同様でございます、大佐。すぐにでも——」馬丁は話の途中で口をつぐみ、両目を見開くと、やがて怒りのこもった声でどなった。「ベンジー・ロヴィット、愚かな若造め、さっさとその動物をわたしの前から連れ去れ！」

そのとき、二頭の巨大な豚が、馬小屋の前庭に飛びこんできた。その勢いは、巨体からは——それにぬかるんだ地面からは——想像できないほどの猛スピードだった。それに続いて少年が、腕を振りまわし、豚に止まれと叫びながら走ってくる。豚にとっては泥だらけになるのが習性なのだとウィルヘルミナが考える間もなく、一頭の豚が金切り声をあげ、足をすべらせながら止まると、サムの車輪に激突した。車輪は地面に転がり、それを豚が踏みつけた。もう一頭の共犯豚は、ほぼ同時にサムに向かって突進し、彼を突きとばしたので、彼は尻餅をついた。

あっという間の出来事に、サムは言葉も出ずにぬかるみに尻をついたまま、信じられないという表情をした。ウィルヘルミナはこみあげてくる笑いを抑えようと、片手で口を押さえた。馬丁は、あいかわらず少年をどなりつけている。少年もまた、豚を捕まえようと怒声を浴びせていたものの、豚たちは庭に面して立ちならぶ馬小屋を散策するのに余念がなかった。修理屋は、せっかく直した車輪の有り様を見て悪態をつき、すべての馬丁と厩務員は、なにごとが起こったかと騒ぎを見に飛び出してきた。何人かは少年をどなりつけ、ほかの者たちは彼を手伝って豚を捕まえようと走りだし、それ以外の者たちは、腹を抱えて笑いだした。やがてグリッソムが宿の庭から両手を振りまわしながら駆けこんできて、客のひとりがぬかるみに倒れているのを見つけると度を失い、大佐になんということをするのかと、誰彼なしにどなりつけた。

まさに喜劇のワンシーンそのものだわ、とウィルヘルミナは考えていた。そうでなければ、ホガースの風刺画ね。

「その忌々しい動物たちが、これ以上の被害を与えないうちに、わたしの馬車から追い払え!」サムのよく響く太い声が、叫び声の応酬をようやく止めた。ぬかるんだ水たまりのなかで尻餅をついたまま、彼は少年と馬丁と、車輪の修理屋に対し、いっさいの反論を受けつけない威厳のある声で言い放ったのだ。彼は、この状態を滑稽とは考えていなかったので、すぐにこの騒ぎを鎮めるようにと厳命した。

後甲板でペロー大佐に叱りつけられるとはこういうことなのだ、とウィルヘルミナは思った。彼女のサムは、なんと恐るべき男に成長したのだろうか。たとえぬかるみのなかで尻餅をついていても、恐るべき魅力の持ち主だ。

グリッソムは手を差しだしてサムを立たせると、追従《ついしょう》的な謝罪をくりかえした。サムはそれを手を振ってしりぞけ、汚れてしまったズボンと上着の裾をうんざりした顔で見下ろした。やがて彼が顔を上げると、ウィルヘルミナと目が合った。彼女はまだ手で口を押さえていて、こみあげてくる笑いを抑えきれずに苦心していた。サムは、ふたたび泥だらけの服を見下ろし、もう一度ウィルヘルミナと顔を見あわせると、いきなり大声で笑いだした。それが引き金となって、彼女も声をあげて笑いだした。ふたりは馬小屋の前で、しばらくのあいだ笑い転げた。

グリッソムは、そんなふたりの姿を交互に見ながら、ためらいがちに含み笑いを漏らした。ようやく笑いの発作《ほっさ》が治まったとき、宿屋の主人は難局を打開しようと言った。「とにかく、なかにお入りください、大佐。その泥を落とさなければ。車輪はもう一度修理させます。ただし、今回は、直すのにもう少し時間がかかることになるでしょうが。折れているスポークの数も多いですし、縁が曲がってしまっておりますので。まったく忌々しい豚たちだ！　これは、失礼いたしました、奥さま。そろそろ暗くなってまいりますし、今夜は、こちらにお泊まりになったほうがよろしいかと存じます、大佐。すぐにお部屋をご用意いたしますし、妻に服をきれいにさせましょう。そのあいだ、お召しいただくものは、わたくしどもでご用意いたしますから」

サムはグリッソムに命じて、馬車のトランクから旅行カバンをとりだした。これで、洗濯しているあいだの着替えはこと足りる。ウィルヘルミナはサムについて宿屋に戻り、廊下でスミートンに出会った。スミートンは問いかけるようにまゆを上げ、ウィルヘルミナはうなずき、目くばせしてから、ミセス・グリッソムに注意を向けた。宿屋の女主人は、起こった出来事に対する怒りのあまり目を剝き、騒ぎを引き起こした少年と彼の豚についてぶつぶつひとり言をくりかえし、大佐のために自室を明け渡すと言い張った。空いている部屋は、あいにくせまい屋根裏部屋だけだからと言うのだ。だが、サムはその申し出をあっさり断わり、喜んで、せまい屋根裏部屋に泊めてもらうと答えた。「長い船上生活で、せまいところで寝るのは慣れている」彼は言った。「だから、屋根裏部屋の小さな穴でも、わたしにとっては充分だよ」

ミセス・グリッソムは大佐に礼を言い、彼の泥だらけのコートと帽子を受け取って、きれいにしておくと約束した。「のちほど、メイドに汚れた服をとりに、お部屋まで行かせます。ちゃんと洗濯しておきますから、ご心配なく。明日の朝、きちんと洗って乾いた服をお届けいたしますわ。さあ、こちらへどうぞ……」

屋根裏部屋に向かうまえに、サムはウィルヘルミナを振り返ってほほえんだ。「どうやら、結局、きみといっしょに夕食をとることになりそうだ」

「うれしいわ、サム」まだ彼と別れたくはなかった。あと数時間でいいから、いっしょに過ごしたかったのだ。それは、彼女のわがままだったが、みごとに願いはかなった。ミス・フルブルックには、あと一日、プロポーズを待ってもらうしかないだろう。今夜のサムは、ウィルヘルミナのものなのだから。すくなくとも、彼女はそう思いたかった。

サムはテーブルの上のご馳走を眺めた。ヒツジのロースト、鶏の丸焼き、バター・ソースのかかったポテト、タマネギのピクルス、インゲン豆、それに皮が厚くて堅いパンが皿に山盛りになっている。泥だらけになった豚騒動とせまい屋根裏部屋の穴埋めとして、ミセス・グリッソムが料理の腕をふるい、せめて彼が飢えないようにしようとしたに違いなかった。サムはたっぷりの料理に舌鼓《したつづみ》を打ったが、公爵夫人がほとんど皿に手をつけていないことに気づいた。

「どうしたんだ?」彼はたずねた。「ミセス・グリッソムの料理が口に合わないのかい?ふだんはもっと高級な料理を食べ慣れているのはわかっているが」

彼女は顔を上げてほほえんだ。「ヒツジの脚のローストや、この水っぽいポテトを見たら卒倒するようなフランス人のシェフを雇っているのよ。ふだんは、旅行のときにも連れて来るのだけれど、今回はセイン侯夫妻のところにお邪魔したから。彼らの家にも、すばらしく腕のいいシェフがいるから、彼には、ひさしぶりに休暇を与えたのよ」

「つまりきみは、洗練されたフレンチ・ソースや珍しいシーズニングのかかっていない、シンプルな料理に耐えねばならぬということか。気の毒に、ウィリー」

彼女は声をあげて笑った。「そこまでお高くとまっているわけじゃないわよ。たまには平凡な料理だって悪くないわ。ただ、今日はぜんぜんお腹がすいていないというだけ」

「きみにとっては平凡な料理に見えるのかもしれないが、公爵夫人、ビア樽《だる》からでてきた豚の塩漬けや歯が欠けそうに堅い軍用の乾パンばかり何年間も食べつづけると――乾パンは、まず食べるまえに一度テーブルにたたきつけて、ゾウ虫を落とさなければならないんだぜ――昔ながらの、イギリス風のヒツジの脚のローストだって、たいへんなご馳走だと思えるものだよ」

その彼のひとことがきっかけで、話題はまたサムの船上生活へと戻った。どうやら、彼女はとても興味を持っているらしく、食事のあいだじゅう、何度も彼に質問するので、単調でつまらない海上封鎖の話ですら、彼が話すと、楽しい冒険のように思えてきた。ウィルヘルミナはとくに、彼がどのように出世していったかについて強い興味を持っていた。それは、いかに優秀な水夫であっても、ふつうではないスピードだということが彼女にもわかったのだ。

「アブキール湾の海戦までは中尉だったんだよ。あの戦いでは、多くの士官が必要とされた」彼はリンゴを切って、一切れ、彼女に差しだした。「あの偉大な戦いで、わたしは大尉として、ルイス大佐の下で戦う栄誉を得て――」

「アレキサンダー号ね」

彼は驚いて目を見張った。「なぜ、そんなことを知っているんだい？」

ウィリーは軽く舌打ちをした。「サム、いいかげんにしてちょうだい。わたしが新聞も読まないと思っているの？　ナイルの海戦は、重要度から言ったら、トラファルガーの戦いに次いで大切な戦いでしょう？　新聞にも雑誌にも、くわしく書かれていたわ。わたしなんか、うちの客間のインテリアを、エジプト風に変えてしまったほどよ。一種のブームだったんですもの」

「だが、なぜアレキサンダー号に乗っていたことを知っているんだ？　《モーニング・クロニクル》紙に、いちいち若い大尉の名が載っているわけはないだろう」

「海軍兵士のリストで、あなたの名前を見たの」

彼は、驚いた顔で彼女を見つめた。「わざわざリストを見たのか？」

彼女ははにかんだようにほほえんだ。「てっきり死んでしまったと思っていたあなたが、五年後に元気な姿であの劇場にいきなりやって来たとき以来、わたしはずっとあなたの仕事ぶりを追っていたの。あなたがアレキサンダー号に乗船していたのは知っているし、そのあとはペガサス号だったと思うわ。リブラ号の指揮を執ることになって、それから、もう一艘《そう》別の船でも。でも、あなたが大佐として、最初に艦長になったのはダートモア号だったわ。それから、最後に乗っていた船の名は、クリストベル号でしょう」

サムは背もたれに体を預け、目を見開いて彼女を見た。「いやあ、驚いたなあ」

「わたしは、あなたのことを忘れたことがないのよ、サム。あなたは、自分でわかっているかどうか知らないけれど、わたしの心を奪っていってしまったのだもの。それがどこにあるか、いつだって知っていたいでしょう」

彼の胸も高鳴り、全身にぬくもりが広がった。「きみには、本当に驚かされるよ、ウィリー。満ち足りた人生を送ってきたのに――サロンを持ち、浮かれ騒いで、贅沢な生活をしていながら――まさか、わたしのことを思い出してくれているとは思わなかった」

「あなたのことを、忘れたことなんて一瞬たりともなかったわ、サム。さっきあなたも言ったように、初恋の相手を、忘れることなんてできないの」

彼女の言葉が、サムをどれほど揺り動かしたか、ウィルヘルミナには想像することもできないだろう。彼女が、彼の仕事ぶりを逐一追いかけていたという事実は、ふたりのあいだに起きた不幸な出来事にもかかわらず、彼女がいまでも彼のことを想っているという証拠だった。だが、彼の身を滅ぼす原因になったのは、そう言った瞬間、彼女が彼を見た目つきだった。彼をとろけさせるような炎が、その瞳に宿っていたからだ。

彼は、店内にいるほかの客たちの様子を眺めた。四人組の男たちが、長テーブルの端にすわって、大声で話しながらジョッキを合わせ、せっせと酒を酌《く》み交わしている。テーブルの反対側にすわったおとなしいふたり組は、バックギャモンに興じていて、年老いた男性のふたり組が、暖炉のそばに寄せた椅子で居眠りをしていた。もうひとつのアルコーブを陣取っている恰幅《かっぷく》の良い中年の夫婦は、無言で大きな干しブドウ入りのプリンを分けあって食べている。

アルコーブ席のサムとウィリーがすわった場所は、充分にプライバシーが保てるところだったが、彼が言いたいことやしたいことを実行に移すには、やはり観客の目が気になった。道義上、彼女の寝室に行きたいとは言えなかったが、むろん、彼はなによりそれを望んでいた。彼の部屋は、本当にせまい屋根裏部屋で、そこに幅のせまいベッドと小さな簡易ベッドがひとつあるだけだったので、彼にとって最良の手段は、彼女を月明かりの屋外に連れ出すことだけだった。

彼女は彼の誘いを受けて、数分後に、ふたりは明るい満月の光を浴びながら、昼間一度散歩をした教会の墓地にある古い墓石の上に腰をおろしていた。彼はもう一度彼女にキスをしたかったが、明日のことが頭から離れない。ミス・フルブルックと彼女の家族の期待について、考えないわけにはいかなかった。だが、それは明日の話だ。今夜は、ウィリーといっしょにいるのだから。月光に照らしだされた彼女は、本当に美しく、はたして彼女に触れずにいられるかどうか、彼は自信が持てなかった。

彼女に会うたびに、すっかり評判を落とした彼女に激怒し、胸を痛めていたあの最初の再会のときでさえ、彼は彼女を求めていた。十八歳のころと同じように、彼女を自分のものにしたかった。体も、心も。だが、彼女が、ほかの何人もの男を渡り歩いてきたことを知っているせいで、彼のプライドが――それに苦しみが――その可能性を検討することさえ許さなかった。

その気持ちが変わったのは、十年前だった。あのとき彼は、彼女に対するあらゆる良心の咎《とが》めを投げ捨てようと思っていたのだ。

そしていま、彼はふたたび彼女を激しく求めている。またもや、彼女に燃えるような想いを抱いているにもかかわらず、今度はあらたなやましさが、良心の隅に芽生えている。そのやましさゆえに、彼はひたすら話しつづけた。話すことは、キスをするよりは安全だ。そのため、二十年分のギャップを埋めるべく昼過ぎからほとんど際限なく続いている彼らの会話は、名も知らない誰かの墓石の上にならんですわったまま、延々と続いていた。

「トムのことを聞かせて」彼女は言った。

サムは笑みを浮かべ、誇らしさで瞳を輝かせた。「すばらしい子だよ。いや、青年と言うべきだな。もう十九だから。すでに大尉になって、名を上げているんだ。いまは東インドのジャワ湾で、海上封鎖の任務についている」

「頻繁に会えるの？」

「満足できるほど頻繁じゃない。海軍で働く問題点は、けっして一所《ひとところ》に長居できないということなんだ。彼が子どものころは、ほとんど会えなかった。母親が死んだあとは、サマーセットにいる妻の妹の家に息子を預けた。だが、当時から海が大好きな子でね。海岸が遠いと言っていらだっていたよ。船に乗せてくれという哀しげな手紙を何度も寄こした。少尉になるための訓練を受けたいって。わたしが条件付きで降伏したのは、彼が十二歳になったときだ。二年後には、しっかり少尉の制服を着ていたよ。そして十七歳になったとき、大尉の昇進試験に受かったんだ。彼は、わたしよりもずっとふつうの出世コースを進んでいるから、あの調子ならば四十歳になるまえに大将になるだろう」

彼女は哀愁をおびたほほえみを浮かべた。「息子のことを話すときの、あなたの顔を鏡で見せてあげたいわ。自慢げなお父さんね」

彼は声をあげて笑った。「たしかに、そうだよ。トムはすばらしい息子だ。ハンサムなんだぞ。わたしと同じくらい背が高くて、ただ、まだまだ細いが。手足ばかりひょろっと長くて、やせこけている」

「お父さんも、同じくらいの歳のころは、そうだったわ」

サムはほほえんで、うなずいた。「髪や目の色もわたしとまったく同じなんだ。死んだセーラの面影は、どこにもない。ときどき、口もとがちょっと似ているなと思う程度で。もっとたくさん子どもが欲しかったよ。できれば、セーラのようにブロンドでブルーの瞳の娘が欲しかった。だが、そうならない運命だったんだろう。きみはどうなんだ、ウィリー？　どこかに隠し子がいるんじゃないか？」

彼女の顔が一瞬青ざめた。ほおがぱっと赤くなり、隣で彼女が身をこわばらせるのをサムは感じた。まゆをひそめたその表情から、彼は、自分がまずいことを言ったと悟った。若い恋人同士にありがちな会話で、かつて彼らは、子どもをたくさん作ろうと話しあった。かわいい娘たちと、腕白な息子たち。ウィリーは子どもを欲しがっていたのだ。だが、もしかすると彼女は、自分が不妊症であることを知ったのかもしれない。それとも、子どもを産んで亡くしたか。それとも、子どもの存在は、彼女のライフスタイルには迷惑な存在で、産んだ子どもを養子に出したのかもしれない。その理由がどれかはわからないものの、自分が触れてはならない話題に触れたことだけは確かだった。まったく、なんということだろう。もしできるなら、舌を嚙み切ってしまいたい気分だった。完璧に近いこの夜を、不用意な発言で台無しにしてしまうとは。

「すまなかった、ウィリー。訊くべきではなかったよ。わたしには関係のないことなのだから。ほかの話をしよう。きみが熱心にやっている慈善事業の話を、聞かせてくれ」

歯を食いしばった口もとや、落ちつかない手の動きからも、彼女の居心地の悪さは明らかだった。彼女はしばらく口をへの字に曲げていたが、気詰まりな長い沈黙のあと、ようやく聞き取れないほどの小声で話しだした。「産んだことはあるの、一度」

ああ、ウィリー。過去形なのか？

「でも早産で、あの子は一時間も生きてはいられなかったの」

「気の毒に、ウィリー」

「彼女に、サマンサという名をつけたわ」

突如として、顔から血の気が引くのがわかった。のどが、からからに渇いている。「サマンサ？」彼は声を詰まらせた。

「お父さんの名をもらったの」

まるでみぞおちにパンチを食らったかのように、彼は身を固くした。むせび泣きのような音が、自然と口から漏れていた。「まさか。まさか、ウィリー、ダーリン。わたしたちの子どもだったのか？」

彼女はうなずいた。

「なんということだ」彼は痛みを抑えるように、両腕で自分の腹を抱きしめた。「それが、ポルアンにいられなくなった理由だったんだな？　だから、お母さんに家から追い出されたのか？　わたしの子どもを宿していたから」

彼女はふたたびうなずいた。

彼は乱暴に彼女を抱きすくめると、首筋に顔を埋め、彼女をしっかりと抱きしめた。しばらくのあいだ、彼らはそれぞれ痛みと哀しみに身をまかせた――二十四年前に、いっしょに悼むべきだった子どもの死を、無言で、断腸の思いで、嘆き悲しんだ。

そしてサムには、我が子の死以外にも、悲しむべきことがあった。首筋のなめらかな肌に顔を埋めたまま、彼はささやいた。「きみひとりに、こんな想いをさせたことが辛くてたまらないよ、ウィリー。どんなことをしても、そのとき、いっしょにいてやりたかったと思う。哀しみの重荷を、いっしょに背負ってやりたかったと思うよ」

「どうしても、あの子が欲しかったの」彼女はささやいた。「あなたのたったひとつの忘れ形見《がたみ》だったから。あなたを失った直後に、あの子が逝ってしまったことで、わたしが耐えられる限界を超えてしまったの」

「わたしと関係を持ったせいで、妊娠したせいで、きみは無一文で家から放り出されたんだね。そうだとしたら、ウィリー、きみがあんな人生を歩んだのも無理はないよ」

彼女は、彼の肩から頭を上げ、かすかに身を引いたので、彼は、彼女を抱きしめた腕を緩めなければならなかった。だが、手を完全に離しはしなかった。まだ、彼女を行かせるわけにはいかない。

「わたしがスキャンダラスな職業を選んだからといって、自分を責めるのはやめて、サム。娼婦になろうと決めたのは、わたしが選んだことなんだから。体が元の状態に戻ったとき――回復には時間がかかったのよ。もしわたしが若くなくて、健康ではなかったら、早産のせいで、わたしも死んでいたかもしれないの――わたしは世界で唯一の友人だったジェームズにすがったの。彼は親切にしてくれたわ。本当に優しくしてくれたの。だから、そのお返しに、彼の愛人になったのよ。それ以降は、もう引き返すことはできなかったわ」

「だが、あの馬小屋の二階で、きみを誘惑しなかったら、そんな選択をしなければならない立場にはならなかったはずだ」

「わたしの記憶では、お互いに誘惑しあったのだと思うけど。わたしのほうも、積極的にそれを望んでいたんだもの」彼女は、サムを見上げてほほえんだ。まだ哀しみの色がわずかにその瞳に浮かんではいたものの、その表情には、まったく別のなにかが浮かんでいた。彼女も、彼に惹かれているのか？　誘っているのか？　求めているのか？　今回もまた、積極的にそれを望んでいると示唆《しさ》しているのか？　それとも、たんに彼の希望的観測か？　もしかしたら、月明かりのせいなのかもしれない。

「それにね」彼女は言った。「遅かれ早かれ、わたしは逃げだしていたと思うの。ポルアンから。母から。だって、とても悲惨だったんですもの。ジェームズみたいに世話してくれる人がいて、わたしはラッキーだったと思うのよ。もし、ひとりぼっちで家出していたら、たぶん売春宿にたどりついて、もっとひどいことになっていたと思うわ。でも幸い、裕福で贅沢な暮らしができるようになったのだもの」

彼女は身をよじって彼の腕から離れたが、肩を抱かれることには異議を唱えなかった。彼らはしばらく黙ったまま、その場にならんですわっていた。サムは、若かったウィリーが家から追い出されるところや、産まれたばかりの赤ん坊を失うところ、彼女の身の破滅に自分が果たした役割について思いをはせた。だが、もっと状況は悪くなっていたかもしれないという彼女の言葉に同意せずにはいられなかった。彼女が道端で体を売るような羽目に陥らないように面倒を見てくれた忌々しいあの画家に、彼は感謝すべきなのだ。それにたしかに、彼女は興味深い人生を生きてきた。

「きみは、幸せだったかい？」彼はたずねた。

「ほとんどの時間は。あなたは、海の上で幸せだった？」

「ほとんどの時間は。間違いなく、だんだん海上での生活が好きにはなったし。だが、最初は、ともかくきみのもとに帰りたくてしかたがなかったよ。だが、カリオペ号は——強制徴募隊に連れて行かれた船だが——翌朝、西インドに向かって出航し、最初に立ち寄った港で、きみ宛の手紙を出す以外、なすすべはなかったんだ」

彼女は、彼の肩に頭をもたせかけた。「なんていう時期だったのかしら。お互いに、違う意味でお互いに対して希望を抱いていたのね。すくなくとも、わたしは自分の知っている世界にいたけれど、あなたは、まったく見知らぬ世界に放りこまれたのですもの。怖かったと思うわ」

「最初のころはたしかに、銃声がするたびに死ぬほど恐ろしかったよ。わたしたちは、弾薬を詰めこむ仕事をさせられた。あのときは、このまま死んでしまって、二度ときみには会えないと覚悟したよ。それに前檣楼《ぜんしょう》の上で寒さに身を震わせて、見張りに立った夜に、わたしの体を温めてくれたのは、まるでもつれあう織り糸のように、あの馬小屋の二階で抱きあったわたしたちの思い出だった」

サムは、彼女の腕を撫で、ふたたび馬小屋の二階の出来事を思い出しながら、彼女を抱き寄せた。「彼は、きみによくしてくれたのか？　ベネディクトは？　ちゃんと大切にしてくれたか？」

「ええ、いっしょにいたあいだはとても親切にしてくれたし、愛してくれたわ」

「いまでも、彼に会うことはあるのか？」

「ときどき、でもそれほど頻繁ではないわ。彼は以前、わたしのサロンの常連だったから。それにあれから何年もたったいまでも、あの初期のころの寓意画のせいで、多くの人は頭のなかで、わたしたちのことを関連づけて思い出すみたい」

「いまは、彼の絵も変わったんだろうな」

「そうね。でも、あいかわらず肖像画の依頼は多いみたいよ。ハートフォードはジェームズ・ベネディクトの作品が大好きで、とくに女神の絵には夢中になったわ。たぶんモデルのせいではなくて、作品自体が気に入っていたのだとわたしはずっとまえから思っていたの。彼は、九枚の女神の絵すべてを手に入れようとして、大金を費やしてその行方を突きとめて、どうしても売ってほしいと持ち主を説得したわ。結局、七枚しか手に入らなかったけど。摂《せっ》政《しょう》の宮《みや》が、エラトの絵は手放せないと売るのを拒否したの。あと、テルプシコラの絵は、結局、持ち主が見つからなかったわ。それに関しては、とても残念に思っているのよ。だって、わたしはあの一枚がいちばん気に入っていたから」

「わたしもだよ」

ウィリーは身をそらして、彼を見上げた。「あの絵を見たことがあるの？」

「わたしが買ったんだ」

彼女は頭をのけぞらせて、声をあげて笑った。「あなたが？　テルプシコラの絵の謎の所有者はあなただったの？」

彼はうなずいて、にやりと笑った。「初めてイギリスに戻ってきて、きみに会った直後に、あの絵を買ったんだ。画家のことは、きみのお母さんから聞いていたが、彼女は、もしかしたら知らなかったのかもしれないが、きみがいっしょに逃げた画家の名前までは教えてくれなかった。だが、彼の正体はすぐにわかったよ。有名なモデルについてたずねてまわったら、すぐに。わたしはきみに腹を立てていたし、悲嘆に暮れていた。きみとはきっぱりと縁《えん》を切って、生きていこうと決めていた。だが、なんとしても問題の絵を見たかったんだ。当時はまだ、ベネディクトがそのほとんどを所有していたから、喜んで見せてくれたよ。まるで魔法にかかったように、わたしはテルプシコラの絵から視線をそらすことができなかった。優美な襞の動きや、リラを持つきみの姿から。あの絵に、わたしは惚《ほ》れてしまった。価格を相談した結果、わたしは手もとにあった捕獲賞金のすべてをあの絵につぎこんだのさ。サセックスの家を買うまでは、船から船へと持ち歩いた。あの絵はいまでも、自宅の居間にかかっているよ。亡き妻は、なぜ、わたしがあの絵をたいそう気に入っているか、最後までその理由を知らずに逝ってしまった。彼女には、結局話さず終《じま》いだったのだ。だが、明らかにあの絵は巨匠《きよしよう》の作品と呼べるものだがね。わかったかい、ウィリー？　わたしだって、一度もきみのことを忘れたことなどなかったんだよ」

彼女は背伸びをして、彼のほおを撫でた。「わたしたちって、なんてカップルなのかしら。いい歳をして、あいかわらず若いころの想いを捨てきれずにいる。わたしの、士官リストもそうだし、あなたの絵もそうだわ」

サムはふたたび彼女を抱きしめた。「もしかすると、もう一度あのころの想いを再燃させるときなのかもしれないよ」彼は、彼女の瞳を見つめ、ほほえみかけると、彼女に口づけをした。

5

本能的に、彼女は彼の腕のなかに身を預けた――あれから長い年月がたっているにもかかわらず、いまでも、懐かしい彼の腕に――そして、頭のなかでくりかえされる警告を無視した。どれほど彼女が望んでも、サムに対する自分の欲望に屈するのは大きな間違いだ。彼は、けっして彼女の暗い過去を忘れることはできないし、最終的には、ふたりとも傷つくことになるのだから。だが彼女は、自分の気持ちとは裏腹のそんな声を封じこめ、されるがままにキスに応じた。いま、この一瞬、彼女は生まれてこのかた経験したことがないほど激しく、強く彼を求めていた。なぜなら、それがサムだからだ。彼女の、初恋の人だから。

この行為もまた、昔のよしみだからなのだろうか？　彼は、若いころの恋人だったウィリーにキスをしているのか？　それとも、大人の女になったいまの彼女を求めているのだろうか？　その答えを得ることはおそらく不可能だろうし、重要な事実は、彼が、いま彼女にキスをしているというそれだけだ。そして彼女も、同じように、必死で彼の唇をむさぼっている。彼の舌が円を描き、忍びこむ動きに合わせ、彼女もまた、同じように舌を動かした。

ようやく唇を離したとき、ふたりとも荒い息をしていた。ウィルヘルミナが見上げると、彼の黄金色に近い茶色の瞳が、悦びで輝いていた。

「ああ、ウィリー、きみが欲しくてたまらない。きみを求めるように、ほかの女性を欲しいと思ったことはいままでなかった」

「まあ、サム」彼女は彼のほおを両手で包みこむ。「あなたと再会したおかげで、元気が出たわ。あなたが、わたしを求めてくれることを知って、謙虚《けんきょ》な気持ちになったし、驚いたし、それにとてもうれしいわ」

「なぜ驚くんだい？　もう二十歳ではないからか？」

「三十でもないわ。ほかの男性とはけっして歳の話はしないけれど、あなたは、わたしが四十を越えていることだってちゃんとわかっているものね。でも、それは違うわ。あなたに求められて驚いている理由はそれでもないの。わたしの生きかたが、あなたのなかにあったわたしへの温かい気持ちを、すべて消し去ったと思いこんでいたからよ」

「そんなことはけっしてない」

「だって、十年前に最後に会ったとき――」

彼は手を上げて彼女を制した。「頼む。あのきまりの悪い再会のことは、思い出させないでくれ。わたしは後悔しているのだから」

「なぜ？　結局なにが起こったのか、わたしには、よくわからなかったのよ。わざわざ会いに来てくれたのに、二言三言、気まずい会話を交わしただけで、あなたはすぐに帰ってしまったし。公爵との結婚に賛成できなかったから？」

「いや、もちろん違う。あれはただ……予想もしていなかったことに驚いたんだ」

「わたしが柄にもなく高い地位についたから？　それとも、公爵がそこまで身を落としたかと思ったわけ？」

「どちらでもないよ、ウィリー。そんなふうに思ったことはない。心の底では、よかったと思っていたんだ。いままでの生活をやめて、ふつうの暮らしに戻ってくれてうれしかった。わたしは、結婚に反対したわけではないんだ。ただ……がっかりしたんだよ。その理由は、わかってもらえると思っていた」

「わからなかったわ。いまでも、わからない」

「本当に？」

「サム、あなたがなにを言っているのか、さっぱりわからないわ。ただ、わたしが分不相応な地位についたとあなたが思っているのだろうと想像しただけ。そうでなければ、わたしが公爵をたぶらかして結婚にこぎつけたのだと思っているのだろうなと。いずれにせよ、あなたが賛成していないのはわかっていたし。すくなくとも、わたしはそう考えていたの。本当のことを教えて。あの晩、あなたはなにを考えていたの？　なぜ、あれほど落ちつかなかったの？」

サムはうつむいた。「なんでもないよ。馬鹿馬鹿しい話だ。きっと、きみは笑うよ」

「そうかもしれないけど、でも教えて」

彼はうなり声をあげた。「本当に恥ずかしい話なんだが、しかたがない、言うよ。あのときわたしは……もしできれば……ああ、畜生。じつは、ウィリー、きみに申し出をしようと思っていたんだ」

彼女は驚きのあまりあんぐりと口を開けた。「プロポーズってこと？」

彼は首を振った。「違う」

「なるほど。わかったわ」もちろん、彼が正式に彼女との結婚を考えることなどありえない。彼女はほほえんだ。「あなた、次の庇護者になろうと思ったわけ？」

彼は首をすくめた。「馬鹿馬鹿しい話だと言っただろう」

ウィルヘルミナは声をあげて笑った。「サム・ペロー、あなたって、偽善者ね。一度は、娼婦にまで身を落としたってわたしを罵ったくせに、わたしを愛人にしようと思ったの？まったく。変われば変わるものね」

「究極の偽善者だよ。十年前のことは失敗だったし、いまでも恥ずかしいと思っている。すまなかった、ウィリー。きみに、そういうことを求めるなんて、自分が、なんと忌まわしい男かと思うよ」

「いまでも、それを望んでいるの、サム？」

るのなら」

「そうだって、知っているじゃない。あなたに、サロンでいっしょにお茶を飲もうと誘われた瞬間から、ずっとこのときを待っていたのよ。あなたとただ話をするだけじゃなくて、ほかの形でも旧交を温めたいって」

サムは目を見開いた。「ウィリー、きみが雇っている、あのとがった顔の雑用係にいったいなにを命じたんだい？　彼を、わたしたちのテーブルに呼び寄せたとき」

彼女は照れくさそうな笑みを浮かべ、ほおをかすかに赤らめた。「なぜ、そんなことを訊くの？」

「わたしの勘では、この宿に着いたとき、あの車輪にはなにも問題がなかったと思うからさ。彼に、なにを言ったんだい？」

「どんな手段を使ってもいいから、今夜、あなたが出発できないようにしてと言ったの」

彼は声をあげて笑い、彼女の頭のてっぺんに軽く口づけした。「図々しい娘っ子だ。あの忌々しい豚もきみの差し金かい？　あれも、彼の仕業《しわざ》なのか？」

「スミートンは、仕事がとても丁寧だし、いろいろ考えつく人なのよ。わたしは、今夜、あなたといっしょに過ごしたかったの、サム」

「ならば、その望みをかなえてあげるよ、ダーリン」彼女が、自分をこの場に留まらせようとあれこれ画策《かくさく》してくれたという喜びで、彼は有頂天になった。彼女の手をとり、二階に上がる木製のハシゴに導く。「おいで。もう一度、十八歳と十六歳になったつもりになって、人生がもっとシンプルで、出会ったばかりだったあのころに戻ろう。ほんの数時間、若さとあのころの互いを取り戻そう」

彼はデッキをつなぐハシゴを何年間も駆け上がってきたが、今回は、前に立ってゆっくりとウィリーを導き、慎重に一段一段踏みしめて上がった。二階にようやく着くと、まるで過ぎ去った月日が嘘のように、目の前の光景は、コーンウォールの彼女の父親の馬小屋と同じだった。だが、あのときのサムは、経験のない、未熟な少年だった。今回は、落ちついて、彼女を楽しませられると彼は確信していた。

彼女の肩からコートをとると、それを干し草の上に敷き、その上にウィリーを寝かせた。ネクタイをはずし、彼もかたわらに寝そべった。彼女を抱きしめ、キスをする。彼の唇が、柔らかく敏感な彼女ののどもとを這っていく。それからエレガントな長い首を探求し、それと同時に彼の両手はつるつるしたドレスの上をつたい、女らしい腰と太腿の曲線を愛でていく。彼女は、子猫のように喉を鳴らし、その音にサムの血が燃えたぎった。彼女のなかに侵入したい。彼女を我がものにしたかった。彼女を、悦びの絶頂へと導きたい……

「痛い！」

彼は身を固くした。「わたしがなにかしたかい？」

彼女は、彼の下で身をよじったが、それは誘惑するようなしぐさではなく、たんに不快だったからだ。「いいえ、ただ首に藁《わら》がささっただけ。たいしたことはないわ」

彼は唇にふたたびキスをしてから、彼女の細い首筋に顔を埋め、唇と舌で耳の付け根を愛撫しながら、片手で乳房を探った。甘い匂いがする首筋にキスを落としていくと、艶やかな金髪のカールが鼻と唇をくすぐった。そしてなにか、艶やかとはほど遠いものも。口のなかで罵り言葉を吐きながら、彼は首をもたげ、口に入った干し草を吐きだすと、鼻に刺さった数本の藁を取りだした。「まったく」

ブルーの瞳をうれしそうに輝かせながら、彼女は彼を見上げ、すぐにふたりは声をあげて笑いだした。

「なぜ、昔はこんなことができたんだ？」彼は上半身を起こし、シャツに付いた干し草を払いながらたずねた。「これじゃまるで、ハリネズミの背中で愛しあっているようなものだ」

「あのころは若すぎて、不快だと感じる余裕もなかったからじゃないかしら」

サムは彼女を助け起こしながら、こんな口説きかたは最悪だと考えていた。きっとウィリーは彼のことを、気の利かない、とことん無粋《ぶすい》な男だと思っているに違いない。これでは、かつての青二才と同じではないか。

「そんな絶望的な顔はしないで、サム」彼女はほほえむと、彼のほおを撫でた。「また振り出しに戻るのが、すごくロマンチックに見えたのは確かだわ。また、こうして馬小屋の二階で愛しあうなんて。あれから二十年以上たっているのに。でも、かならずしも干し草のベッドでなくてもいいと思うの。〈ブルー・ボア〉のわたしの部屋には、とても快適なベッドがあるんですもの」

彼は希望に胸をふくらませた。「わたしを、ベッドに招待してくれるのかい、ウィリー？」

「ええ。あなたと愛しあいたいんですもの。ただし、昔のよしみでじゃないわよ。いまのあなたと、今夜、愛しあいたいの」

彼はウィルヘルミナにキスをした。「今夜、そうだね。さあ、行こう。立派な大人らしく、こんなちくちくする干し草の山から出て、きみのベッドに行くことにしよう」

彼女の部屋に戻ると、ふたりはあっという間に情熱を取り戻した。もどかしげに互いの服をむしり取り、自分の着ているものも脱ぎ捨てると、やがてすべての服が彼らの足もとに絡みついた。

ウィルヘルミナは、自分のスタイルの良さが自慢だった。事実、彼女は自分の容姿に自信を持っていたのだ。顔と体は彼女の財産だったし、そのどちらにも、かなりの手間をかけていた。張りつめた筋肉を維持するために、乗馬や散歩、それに、ささやかな庭をいじることで定期的な運動は欠かさなかった。食べすぎ、飲みすぎは絶対にせず、そのおかげで彼女のウエストは細さを保っていた。それはもはや十代の体ではなかったが——時間の流れを止めることなど、誰にもできない——いわゆる中年女性の体つきではなかった。その体を、サムの前にさらすことに、ためらいはなかった。

そして彼のほうも、恥じる点などひとつもなかった。かつて彼女が愛した美少年ではなかったが、彼はとても美しい男性となっていた。

ウィルヘルミナは彼の胸毛をもてあそんだ。「あの馬小屋で見た少年の体には、こんなに胸毛はなかったわ」

「それに胴まわりも、もっと細かったよ」

「なにを言っているの。あなたはいまでもやせているわ。必要なところに肉がついているだけ」彼女は、彼の胸や肩の筋肉を手でなぞった。

「同じことは、きみにも言えるな、ダーリン。いまの年齢から考えると、驚くほど美しいよ」

「どうせだったら、禿《は》げて、中年太りになっていてくれればよかったわ、サム。そうしたら、きっと我慢できたのに」

「マストを登ったり降りたりをくりかえしていれば、体型は保てるものさ」

「大佐みずからそんなことをするものだなんて、知らなかったわ。かわりにマストに上がってくれる若い男の子たちがいるものとばかり思っていた」

「もちろん、いるさ。士官のなかには、全部部下にまかせてしまう連中もいる。だが、わたしはそうじゃなかった。マストに登るのは、楽しみだったからね。帆を張るときの、ロープのたわみや反動を感じる瞬間ほど、少年の気分を味わえるものはないからな」

「だったら今度は、わたしがあなたに、大人の男の気分を味わわせてあげるわ」彼女は、持ってきたリネンのシーツが敷いてあるベッドへと彼を導いた。ふたりは、上掛けのなかには入らなかった。ウィリーはその上に横たわり、サムの体を引き寄せた。ふたりは、情熱的なキスを交わし、脚を絡ませ、飢えたように体を合わせた。

長いあいだ、互いの唇をむさぼったあと、サムは唇を離して、彼女の瞳をのぞきこんだ。

「怖いよ、ウィリー。きみのことがとても欲しいが、どうしても、ほかの男たちのことが頭から――」

彼女は、顔をしかめて彼を押しのけた。まったく、なんてことかしら。内心、こんなことをしてはいけないのは、わかっていた。頭の隅から離れなかった警告に耳を傾けるべきだったのだ。「じゃあ、よしましょう」彼女は、彼とのあいだに距離を置いた。「最初っから、こんなこと、うまくいくわけはないのよ。なんとかなると思ったわたしたちが馬鹿だったんだわ。あなたはけっしていまのわたしがどんな女かを忘れることも、許すこともできないんだから」

彼は、彼女を抱き寄せた。「馬鹿なことを言うなよ。きみがなぜそうしたか、ちゃんと理解しているとくりかえし言っただろう。もう何年もまえに、きみを責めるのはやめにした」

「なのにあなたは、ほかの男たちのことを考えずにはいられないって言うの？　ごめんなさいね、サム。こんなの、うまくいかないわ。またいっしょになるなんて、しょせん無理なの。とてもロマンチックだって思ったけど、わたしたちにとっては、もう手遅れなのよ」

「手遅れじゃないよ。試してみよう、ウィリー。ようやくこうして互いにひとり身になって、ふたりのあいだを妨げるものがなくなったいま試してみなければ、もう二度とチャンスは訪れないかもしれない。それに実際、ロマンチックじゃないか。長い年月を経て、恋人同士がもう一度愛を交わしあうなんて」

「そんなことできるわけないでしょう。あなたは、ほかの男たちのことを考えずにはいられないんだから。それにあなたの目から見れば、彼らは、わたしのことを辱《はずかし》めたんでしょう?」

「わたしが気にしているのは、これまできみがつきあってきた男たちのことじゃないよ、ダーリン。心配なのは、わたし自身のことなんだ。自分が、きみの期待に応えられないんじゃないかと思って」

彼女の怒りと哀しみは一瞬にして消え失せた。「まあ、サム。あなたがわたしをがっかりさせるわけがないじゃない」

実際、サムは彼女の期待に充分応えた。

彼は、ロンドンに巣くう多くの道楽者にけっして負けない巧みな手と口と舌遣いで、彼女を激しく攻めたてたが、そこには、斜《しゃ》に構えたような快楽主義の片鱗《へんりん》もなかった。彼は彼女に悦びを与え、同じような悦びを彼自身も享受した。それは純粋な情熱と欲望の表現だった。初めて体を合わせたときの記憶にある――不安で、でたらめな――無邪気な営みではなかったが、そのかわり、今夜のふたりの関係は、さまざまなことを知りつくした、経験豊富な大人同士の、恥じらいのない官能的な関係だった。

サムの唇が首から肩へとたどり、そこから下向きに移動して、胸の曲線へと到達する。やがて彼は、乳首を口に含むと、舌先でそれをもてあそんだ。彼女の低いあえぎ声が部屋に響いた。サムの口はそれに応えるように、ますます熱をおび、貪欲になっていく。彼の両手が彼女の肌を優しく愛撫すると、刺激された部分が敏感に反応した。ウィルヘルミナは果てしない欲望に突き動かされて、彼の背中や両肩をまさぐり、唇と歯と舌を駆使して、彼の体を探訪していった。

ようやく、彼がなかに入ってくると、彼の深い一突きを受けとめて、彼女の体の奥の襞がきゅっと締まった。

長い年月がたっているにもかかわらず、ふたりのあいだにぎこちなさはまったくなかった。ふたりの体が交わると、そこにあるのは安らぎと心地よさだけだった。ウィルヘルミナには、彼が本当はなにを考えているのかを知るよしもなかった。まだ彼が、ほかの男たちのことを考えているかどうかもわからなかったが、彼女の意識はサムだけに向けられていて、ほかの男のことなどまったく思い浮かばなかった。熱いものが駆けめぐり、彼女を満たし、全身を包む。彼が、彼女の尻を持ち上げて、より奥まで分け入り、力強く、くりかえし何度も侵入してくると、彼女は、我を忘れて快感に溺れていった。それでも彼女は、こうして自分のなかにいるのがサムだということだけは忘れなかった。サムが、自分を愛してくれているということを。

彼は、彼女より先にクライマックスを迎えないように努力をし、ときには彼女のなかで動きを止めて、時間を引き延ばした。ようやく彼女の体がこわばり、やがて震えとともに絶頂を迎えたとき、彼も限界の一歩手前だった。彼女の肩に顔を埋め、髪に指を這わせながら、彼は腰の動きを速め、彼女の名前を叫んでから、彼女の上に崩れ落ちた。

荒い息をして、汗だくになりながら、彼らは純粋な満足感に酔いしれた。しばらくすると、サムは彼女の上から降りて、彼女を抱き寄せ、優しくキスをした。その優しさに、彼女は泣きだしそうになった。まもなく、彼は深い眠りに落ちたが、そのまえに、彼女の耳もとでささやいた。「愛しているよ、ウィリー。ずっと、きみのことを愛していたんだ」

雄鶏の刻《とき》の声で彼は目覚めた。いや、もしかすると犬の鳴き声か、教会の鐘の音だったのかもしれない。サムはすぐに、朝のざわめきに気づいた。馬に馬具を装着するガタガタという音。砂利道を行く車輪の音。出発を待ちきれない馬たちのいななき。人々が窓を開け、下にいる誰かに呼びかけている声。

サムは疲れはてていたが、幸福の絶頂にあった。彼に寄り添って寝ているウィリーは、まだぐっすり眠っていた。昨夜は、ふたりともほとんど寝なかった。結局ひと晩で、彼らは三度愛しあった。ずいぶん若かったとき以来、そんなことをしたのはひさしぶりだった。本音を言えば、彼は今朝、青年に戻ったような気分だった。目の前に、明るい未来が見えていた。そして、隣にはウィリーが寝ていた。

サムは、キスで彼女を起こし、黄金色の朝日のなかで、もう一度彼女と愛しあおうかとも思ったが、それはあまりに身勝手な行動だと思い直した。これから、一生こうしていっしょに朝を迎えられるのだから、いまは、もう少し彼女を寝かしてやろうと思った。

彼は静かにベッドから出て——困ったことに、彼はこのぱりっとしたリネンのシーツに病《や》みつきになってしまいそうだった——洗面台の上の水差しに、水が入っているのを見つけた。それは一部凍っていたが、彼はその冷たい水を顔にかけ、顔と手を洗ってから、床の上の山のなかから、自分の服を掘り出した。ほとんど服を着終わったとき、ウィリーがもぞもぞと動く音がした。彼はベッドに腰かけて、彼女にキスをした。

「おはよう、愛しのウィリー」

「サム」彼女は身を起こしてほほえんだが、その瞳は物思いに沈んでいて、哀しげにすら見えた。「さよならを言うために、わたしが起きるまで待っていてくれたのね。ありがとう」

胃がキリキリ痛んだ。さよならだと？

「昨日の夜は、本当にすてきだった。すばらしかったわ。あなたに再会できて、本当によかったわ、サム。それに、気になっていたことを全部話すことができてよかった。それに、あなたと愛しあえたことも。本当に、すばらしい夜をプレゼントしてもらったわ！　一生、このことは忘れない」

彼女の笑顔は、少しばかり歪んでいて、その瞳は潤んでいたが、凜《りん》とした口調からも彼女の意図は明らかだった。

「ありがとう、サム。あなたに、神のご加護がありますように」

ようやく、ふたたび彼女とめぐり逢えたのに、そう簡単に彼が引き下がるとでも思っているのだろうか？　もう一度、こうして身体を重ねたあとで？「わたしは、きみのそばから離れないよ、ウィリー」

「いいえ、行かなくっちゃ。クロップヒルのフルブルック一家のもとに行かなければいけないわ」

彼は彼女の手をとって、優しく撫でた。「昨夜、あれほど愛しあったあとに、きみをあきらめられると思うのか？」

「ええ、そうしなければいけないの」

「いいや、そんなことはできないよ」なぜ彼女がそんなことを言い張るのか、サムには理解できなかった。裸のまま、彼の腕のなかで眠っていたというのに。「おお、ウィリー、わたしはきみと結婚したい。きみといっしょにこれからずっと生きていきたいのだ。わたしは、きみの初恋の相手なんだろう、ダーリン。今度は、きみの最後の恋人にもなりたいんだよ」

彼女は背筋をぴんと伸ばし、胸もとをベッドの上掛けでおおった。「ポルアンでの思い出は、あのころ愛しあったことは、わたしにとっても、とても大切な思い出よ、サム。でもね、わたしがしたことは――」

「ウィリー、もうよせ！　わたしはきみのことを責めては――」

「――わたしがしたことは、すべてを変えてしまったの。取り返しがつかないくらいまで。わたしはもう、あなたがかつて愛していた娘じゃないし、もう一度、彼女になることはできないの。わたしたちは、もうあのころには戻れない。わたしも、あなたも。そんなことは不可能なの」

「ならば、前を向いて進んでいけばいいだろう」

「無理よ。あまりに過去にいろいろありすぎて」

彼は、彼女の両手を握った。彼女に、なんとか自分を信じてもらいたかった。「ウィリー、これは、もう一度やり直すチャンスなんだよ。人生をやり直すチャンスなど、めったにあるものじゃない」

「ごめんなさいね、サム、でも、わたしにはできないの。うまくいくわけないわ。やり直すチャンスなんてないのよ。残念だけど」

なんて強情な女なんだ！ どうして、ここまでかたくななのだ？ 彼は、怒りといらだちが声に出ないよう努めた。「なぜだ？ なぜうまくいかないんだ？ 以前はたしかに無理だったかもしれない。互いに、罪の意識と胸の痛みを抱えていたころには。だが、そんな時代はもうとっくの昔に終わっている。もはや、わたしたちがいっしょになれない理由はないだろう」

彼女は首を振って、彼の目をまっすぐ見つめたが、その瞳にはかすかな哀しみの色が浮かんでいた。「過去のせいで、わたしたちはけっしていっしょにはなれないのよ。昨夜のようなことがあったとしても、結局、わたしはあなたの目には傷物としてしか映らないの。取り返しがつかないくらい汚れてしまっているの。そんな蔑みの目で見られながら、生きていくことなんてできないわ。もしかしたら、最初はそんなふうには思わないかもしれない。でもね、いつかはそういうときがくるのよ。それが、わたしには耐えられないの。ねえ、サム、最初の計画どおり、ミス・フルブルックと結婚したほうが、あなたのためにはいいことなの。彼女なら、あなたに後悔なんかさせないから」

彼は、彼女の両手を離し、ベッドから立ち上がった。彼女は本気で、彼に別の女のもとへ行けと言っているのだろうか？ 彼には、それが信じられなかった。「きみには失望させられたよ、ウィリー。きみは、もう後悔なんてしていないと思っていた。だが、それだけじゃないんだろう？ わたしがきみを許せないことを、きみは恐れていると言った。わたしは、もう何年もまえに、きみを許しているのにもかかわらず。そうじゃないんだよ。本当の問題は、きみが、きみ自身を許せないということなんだ。わたしが生きていると知らなかったこと。わたしの帰りを待っていられなかったこと。わたしを傷つけたこと。きみが気にしているのは、わたしではなく、きみ自身が、自分を蔑んで見ているからなんだとわたしは思う」

彼女は上掛けを払いのけ、一糸まとわぬ姿で、さっとベッドから立ち上がった。ああ、なんて彼女は美しいのだ。四十歳を越えた女性にしてはというだけではなく、どんな年齢の女性と比較しても、彼女は間違いなく美しい。どうして、そんな彼女に背を向けろと言うのだ？　彼女の人生から出て行くことなど、とてもできない。彼女は部屋着をはおって、ウエストのひもを締めると、強情な意志を示すようにきゅっとあごを上げた。

「いいえ、あなたは間違っているわ、サム。あなたは、もうすべてを乗り越えたと思っているけど、自分は、成熟した大人の寛容さを持つ、リベラルな考えかたができる人間だと思いこんでいるようだけど、ロンドンで会うすべての男性が、もしかしたら、わたしとベッドをともにしたんじゃないかと思うようになったら、そんなことは耐えられないでしょう？　そうなったら、きっと相手の名を聞きたくなるでしょう？　そして、それを聞きだしたら、嫌悪感を抱かずにわたしに触れることができるかしら？」

「ウィリー、わたしは――」

「やめて」彼女は手のひらを彼に向けた。「ほかの男性になんと思われようが、わたしはべつにかまわないの。彼らはわたしが誰か、どんな女か知っていたから。ハートフォードにしても同じよ。だって、彼の妻になるまえ、わたしは彼の愛人だったんですもの。でもあなたは唯一、娼婦になるまえのわたしを知っている男性なの。汚れていない時代のわたしを。わたしの、純真な心を知っている人。だから、あなたにどう思われるか、どう判断されるかは、いつだって重要なことなのよ、サム。だから、あなたといっしょにはなれないの。わたしは、あなたと釣りあう女じゃない。だって、過去を消すことはできないんですもの」

「ウィリー」彼女のせいで、彼の胸は張り裂けそうだった。

彼女はほほえんだ。そのほほえみは自信に満ちあふれている。「でも、昨日の夜のことは、本当にうれしかったのよ。一生、昨夜の思い出を大切にしていくわ。あなたは、いつだってわたしの初恋の人なのよ、サム。たとえ、もう二度と会えないとしても、あなたのことはけっして忘れない。それに、昨夜のことも。あなたは、本当にすばらしい人だわ」

「そう言って、わたしをここから追い出すのか？」高ぶる感情に、彼の声は震えていた。

ウィルヘルミナは彼の正面に立つと、背伸びをして、無精ひげが伸びているほおに手を置いた。「あなたは、これからほかの女性のもとに行くの。彼女のところに行きなさい。そして、幸せになるのよ」

おお、神さま。彼女は本気なのだ。いったい、おれはどこでへまをやらかしたのだろう？もはや過去はおれにとっては関係ないのだということを、なぜ彼女は信じてくれないのだろう？

希望を奪われて、途方に暮れたサムは、困惑したまま彼女にキスをして、部屋をあとにした。

これから、おれはどうやって生きていけばいいのだ？

彼が出て行ったとたん、ウィルヘルミナは力なくドアにもたれかかった。これほど辛い経験は、生まれて初めてだった。彼ほど魅力的な男性は、この世にひとりもいない。だが彼女は心を強く持ち、正しいことをやりとげた。たとえそれが、どれほど辛いことであったとしても。

ああ、神さま、なんて胸が痛むのだろう。彼女はこれまで、サムを愛したように誰かを愛したことなど一度もない。彼女は彼を愛していた。彼との思い出を、数十年にわたる恋を、いままで生きる糧《かて》としてきた。そしていまは、すっかり成熟し、大人になった彼を愛している。たった一夜の出来事で、なにもかもがこれほど変わってしまうとは。だが、彼に言ったことはすべて真実だった。生涯、彼に軽蔑されて生きるよりも、たった一夜の幸せな記憶とともに生きていくことのほうを、彼女は選んだのだ。はるか昔、娼婦の世界に足を踏み入れた時点で、もう後戻りはできないとわかっていた。たとえ公爵夫人となっても、過去の汚れを消すことはできない。ある特定の人々にとっては、彼女はいつまでたっても売春婦なのだ。

もしサムといっしょになったなら、人々は彼女のことを、彼が選んだ売春婦と見なすだろう。彼女はそういう目で見られることに慣れているが、サムにとっては、つねに悩みの種になるに違いない。やはり彼は、彼女と別れたほうが幸せなのだ。

彼女には、彼と過ごした一夜の思い出がある。夢のような一夜。それで充分だった。

彼女は時間をかけて、旅立ちの支度をした。無気力と哀しみのせいで、すべての動作が緩慢になる。彼女は、一生でもっとも愛した男性とふたたび結ばれた、この古風な田舎の宿に、不思議なほど愛着を感じていた。ギニーもマーシュも辛抱強く彼女につきあってくれてはいるが、彼女たちのいらだちが伝わってくる。もしかしたら、彼女たちのほうが、自分よりもずっと賢いのかもしれないと、ウィルヘルミナは思った。たぶん、できるかぎり早くロンドンでの生活に戻って、サム・ペロー大佐のことなど忘れたほうがいいのだろう。

スミートンがほかの使用人たちと荷物をかき集め、出発の準備をととのえるあいだ、ウィルヘルミナは物思いに沈みながら、無言で馬車のなかで待った。彼女がひとりになりたいと言ったので、ギニーは御者の隣にすわり、マーシュはスミートンといっしょにもう一台の馬車に乗りこんだ。ウィルヘルミナはロンドンに戻る道すがら、ひとりで考えを整理したかった。

ようやく馬車が〈ブルー・ボア〉の庭から出発したときには、昼近くになっていた。ウィルヘルミナは古い宿屋を振り返らなかった。まっすぐ前を見て、ロンドンまでの道のりに意識を向けた。

　だが、半マイルも行かないうちに馬車ががくんと揺れ、耳障りな音をたてていきなり停止した。御者のトレヴィットが御者席から飛び降りたのが、振動でわかった。ウィルヘルミナが窓を開けると、彼と、従僕のジョージが一頭の馬を調べているのが見えた。

「いったい、どうしたの？」彼女は窓から頭を突き出してたずねた。

「一頭の蹄鉄《ていてつ》がはずれたようでございます、奥さま」トレヴィットはうんざりしたような声で答えた。「幸い、まだそれほど離れてはおりませんので、この馬だけアッパー・ハアンプデンの村に連れて帰って、蹄鉄を直してもらって参ります」

　彼はぶつぶつ文句を言いながら、問題がある馬の馬具をはずしにかかった。ウィルヘルミナは、その様子をただぼんやりと見ていた。晴れ渡った空にもかかわらず、たまらなく陰鬱な気分だった。馬の蹄鉄がはずれようがどうしようが、彼女にとってはどうでもいいことだった。彼女がクッションの効いたベルベットの背もたれに体を預けたとたん、近づいてくる馬車の音が聞こえてきた。

　一台の二頭引き馬車が彼女の隣に停まった。手綱を握っているサムが、窓越しにほほえみかけてきた。

　ウィルヘルミナは、彼の姿を見たとたんに湧きあがってきた喜びを必死に押し殺したが、馬車のドアを開けて、彼のそばに行きたいという衝動にはあらがえなかった。「ここで何をしているの？」彼女はいぶかしそうに彼を見た。

「たまたま通りかかったのさ。なにがあったんだい？」

「馬の蹄鉄がはずれたみたい」

「なるほど」彼は、馬具をはずされている一頭の馬に目を向けた。「爺さん、ごめんな」

ウィルヘルミナは目を見開いて、彼をにらみつけた。「あなたなの？　あなたがやったの？」

彼はウィンクをした。「いくつかの切り札を用意しているのは、きみだけではないよ」彼が手を差しだした。「乗れよ、ウィリー。家までこの馬車で送っていく。使用人たちは、あとからついてくればいいだろう」

「でも――」

「でもじゃない、ウィリー」彼は一歩も引かなかった。フルブルックには適当に言い訳をしておいたので、彼の行く手をはばむものはなにもなかった。唯一の問題は、ウィリーの強情さだけだ。だが、彼女がいくら強情でも、強風や荒れた海や敵の猛攻撃にも屈しなかった彼の敵ではなかった。

「わたしの馬車で送っていくよ、ウィリー。きみの乗り物とは違って大きくはないが、その分スピードは速いから、きっときみも気に入るよ」

「でも、わたしの行き先はロンドンなのよ」

「知ってるよ」

「あなたの目的地とは、正反対じゃない」

彼はほほえんで首を振った。「いや、今回は進む方向に間違いはない。きみに向かって行くのだから。きみといっしょに」

「サム――」

「もう少しで、きみの主張に納得してしまうところだったよ、ウィリー。だが、きみの馬鹿げた、頑固な思いこみは、やはり理屈に合っていないよ。もう一度、過ちを犯すのはもうやめにしよう、ダーリン。最初のとき、きみはわたしが死んだと思いこんだ。今回、きみを許せないから、わたしを追い払うことはできないよ。そう簡単に、わたしがきみを愛せないと思いこんでいる。だが、それを信じるのは間違いだよ。わたしは十七歳のとき、きみと恋におちたんだ。それから何年たっても、なにが起ころうとも、わたしはずっときみを愛しつづけてきたし、これからも愛しつづけていく。もし、それを信じられないのなら、きみはまたもや人生を変えてしまうような過ちを犯すことになる。わたしが、ミス・フルブルックと結婚しようと思ったのと同じだよ。自分の錨《いかり》で、船底に穴を開けてしまうようなものだ。そんなことは、してはいけないよ、ウィリー。わたしから、逃げないでくれ……わたしたちから、逃げるな。いっしょにロンドンに行こう。わたしと結婚してくれ」

「でも――」

サムは頭をのけぞらせ、心からうれしそうに声をあげて笑った。それから手綱を緩めると、唯一本気で愛した女性とともに、ロンドンへ、あらたな人生へと船出した。

キャンディス・ハーン

キャンディス・ハーンは以前からリージェンシー時代のイギリスの歴史や文学に逃避する癖があり、ジェーン・オースティンの作品をはじめとする、さまざまな当時の女性の物語をくりかえし読むうちに、たまたま偉大なるジョージェット・ヘイヤー——そして、彼女の影響を強く受けた同世代の作家たちの——作品を見つけ、即座に虜《とりこ》となった。

キャンディスは現在サンフランシスコにある自宅で、アフリカスミレやランなどの花と、リージェンシー時代のアンティークと参考文献の山に囲まれて暮らしている。

彼女は、いつでも読者からの感想文を心待ちにしている。eメールアドレスはcandiceh@candicehern.com　または昔ながらの方法で、郵送のファンレターなら宛先はPO Box 31499, San Francisco, California 94131、公式ホームページのアドレスはwww. candicehern.com

だ愛しくて』『ただ会いたくて』（ヴィレッジブックス）

③ジャッキー・ダレサンドロ……リージェンシー時代のロンドンの高級住宅街メイフェアに住む貴族たちの恋模様を描く〈メイフェア〉シリーズの『夜風はひそやかに』『琥珀色の月の夜に』（二見文庫）、『赤い薔薇を天使に』『雨の日にはおいしいキスを』（ラズベリーブックス）

④キャンディス・ハーン……〈陽気な未亡人同盟〉シリーズの『戯れの恋におちて』（二見文庫）ちなみに、今回の作品はこの作品のスピンオフとなる続篇です。

四人の女性作家たちは、いずれもその実力には定評があり、今後もつぎつぎと魅惑的な作品が発表されていくと思われます。ステファニー・ローレンスは今回の作品で、２００９年度の短篇部門のＲＩＴＡ賞を受賞しました。これからの彼女たちの活躍がますます楽しみです。

二〇〇九年九月

ザ・ミステリ・コレクション

めぐり逢《あ》う四季《きせつ》

著者　ステファニー・ローレンス／メアリ・バログ
ジャッキー・ダレサンドロ／キャンディス・ハーン

訳者　嵯峨静江《さがしずえ》

発行所　株式会社 二見書房
東京都千代田区三崎町2-18-11
電話　03(3515)2311［営業］
03(3515)2313［編集］
振替　00170-4-2639

印刷　株式会社 堀内印刷所
製本　合資会社 村上製本所

ISBN978-4-576-09151-8
http://www.futami.co.jp/

罪深き愛のゆくえ
アナ・キャンベル
森嶋マリ［訳］

高級娼婦をやめてまっとうな人生を送りたいと願う美女ソレイヤ。ある日、公爵のもとから忽然と姿をくらますが…。若く孤独な公爵との壮絶な愛の物語！

いたずらな恋心
スーザン・イーノック
那波かおり［訳］

青年と偽り父の仕事を手伝うクリスティンに任されたのは冷静沈着でハンサムな英国人伯爵のお屋敷に潜入すること…。英仏をめぐるとびきりキュートなラブストーリー

見つめずにいられない
スーザン・イーノック
井野上悦子［訳］

ちょっと意地悪な謎の美女と完全無欠でハンサムな侯爵。イングランドの片田舎で出会ったふたりの、前代未聞の恋の行方は…？　ユーモア溢れるノンストップ・ロマンス！

奪われたキス
スーザン・イーノック
高里ひろ［訳］

十九世紀のロンドン社交界を舞台に、アイス・クイーンと呼ばれる美貌の令嬢と、彼女を誘惑しようとする不品行で悪名高き侯爵の恋を描くヒストリカルロマンス！

愛を刻んでほしい
ロレイン・ヒース
栗原百代［訳］

南北戦争で夫を亡くしたメグは、兵役を拒否して生き延びたクレイを憎んでいた。しかし、彼の強さと優しさに惹かれるようになって……。RITA賞受賞の感動作！

戯れの恋におちて
キャンディス・ハーン
大野晶子［訳］

十九世紀ロンドン。戦争や病気で早くに夫を亡くした高貴な未亡人たちは、〝愛人〟探しに乗りだしたものの、思わぬ恋の駆け引きに巻き込まれしまう。シリーズ第一弾！

いつもふたりきりで
リンゼイ・サンズ
上條ひろみ［訳］

美人なのにド近眼のメガネっ嬢《こ》と戦争で顔に深い傷痕を残した伯爵。トラウマを抱えたふたりの熱い恋の行方は――？　とびきりキュートな抱腹絶倒ラブロマンス

夜風はひそやかに
ジャッキー・ダレサンドロ
宮崎 槇［訳］

十九世紀、英国。いつしか愛をあきらめた女と、人には告げられぬ秘密を持つ侯爵。情熱を捨てたはずの二人がたどり着く先は…？　メイフェア・シリーズ第一弾！

琥珀色の月の夜に
ジャッキー・ダレサンドロ
宮崎 槇［訳］

亡き夫に永遠の貞節を誓ったはずの子爵未亡人キャロリン。だが、仮面舞踏会で再会したサットン伯爵から熱い口づけを受け、いつしか心惹かれ……メイフェア・シリーズ第二弾！

昼下がりの密会
トレイシー・アン・ウォレン
久野郁子［訳］

家族に人生を捧げた未亡人ジュリアナと、復讐にすべてを賭ける男・ペンドラゴン。つかのまの愛人契約の先に、ふたりを待つ切ない運命とは…。新シリーズ第一弾！

あやまちは愛
トレイシー・アン・ウォレン
久野郁子［訳］

双子の姉と入れ替わり、密かに想いを寄せていた公爵と結婚したバイオレット。妻として愛される幸せと良心の呵責の狭間で心を痛めるが、やがて真相が暴かれる日が…

愛といつわりの誓い
トレイシー・アン・ウォレン
久野郁子［訳］

親戚の家へ預けられたジーネットは、無礼ながらも魅惑的な建築家ダラーと出会うが、ある事件がもとで〝平民〟の彼と結婚するはめになり…。『あやまちは愛』に続く第二弾！

黄昏に輝く瞳
キャサリン・コールター
栗木さつき［訳］

世間知らずの令嬢ジアナと若き海運王。ローマの娼館で出会った波瀾の愛の行方は……? C・コールターが贈る怒濤のノンストップヒストリカル、スターシリーズ第一弾!

涙の色はうつろいで
キャサリン・コールター
山田香里［訳］

父を死に追いやった男への復讐を胸に、ロンドンからはるかサンフランシスコへと旅立ったエリザベス。それは危険でせつない運命の始まりだった……! スターシリーズ第二弾

夜の炎
キャサリン・コールター
高橋佳奈子［訳］

若き未亡人アリエルは、かつて淡い恋心を抱いた伯爵と再会するが、夫との辛い過去から心を開けず…。全米ヒストリカルロマンスファンを魅了した「夜《ナイト》トリロジー」第一弾!

夜の絆
キャサリン・コールター
高橋佳奈子［訳］

クールなプレイボーイの子爵ナイトは、ひょんなことからいとこの美貌の未亡人と、三人の子供の面倒を見るハメになるが…。『夜の炎』に続く待望の「夜《ナイト》トリロジー」第二弾!

黒き影に抱《いだ》かれて
ローラ・キンセイル
布施由紀子［訳］

十四世紀イタリア。大公家の生き残りエレナはイングランドへと逃げのびた——十数年後、祖国へ向かうエレナを待ち伏せていたのは…。華麗な筆致で綴られるRITA賞受賞作

プライドと情熱と
エリザベス・ソーントン
島村浩子［訳］

ラスボーン伯爵の激しい求愛を、かたくなに拒むディアドレ。誤解と嫉妬だらけのふたりは…。動乱の時代に燃えあがる愛と情熱を描いた感動のヒストリカルロマンス

あなたの心につづく道（上・下）
ジュディス・マクノート
宮内もと子［訳］

十九世紀、英国。若くして爵位を継いだ美しき女伯爵エリザベスを待ち受ける波瀾万丈の運命と、謎めいた貿易商イアンとの愛の旅路を描くヒストリカルロマンス！

とまどう緑のまなざし（上・下）
ジュディス・マクノート
後藤由季子［訳］

パリの社交界で、その美貌ゆえにたちまち人気者になったホイットニー。ある夜、仮面舞踏会でサタンに扮した謎の男にダンスに誘われるが……ロマンスの不朽の名作

灼熱の風に抱かれて
ロレッタ・チェイス
上野元美［訳］

一八二一年、カイロ。若き未亡人ダフネは、誘拐された兄を救うため、獄中の英国貴族ルパートを保釈金代わりに雇う。異国情緒あふれる魅惑のヒストリカルロマンス！

悪の華にくちづけを
ロレッタ・チェイス
上野元美［訳］

自堕落な生活を送る弟を連れ戻すため、パリを訪れたイギリス貴族の娘ジェシカは、野性味あふれる男デインに出会う。全米読者投票一位に輝くロマンスの金字塔

パッション
リサ・ヴァルデス
坂本あおい［訳］

ロンドンの万博で出会った、未亡人パッションと建築家マーク。抗いがたいほど惹かれあい、互いに名を明かさぬまま熱い関係が始まるが…。官能のヒストリカルロマンス！

水の都の仮面
リディア・ジョイス
栗原百代［訳］

復讐の誓いを仮面に隠した伯爵と、人に明かせぬ悲しい過去を持つ女が出逢ったとき、もつれあう愛憎劇が始まる。名高い水の都を舞台にしたヒストリカルロマンス

二見文庫　ザ・ミステリ・コレクション